魅丽文化
天下同萌

桃花折江山

·初绽卷·

白鹭双成 著

江苏凤凰文艺出版社
JIANGSU PHOENIX LITERATURE AND ART PUBLISHING, LTD

图书在版编目（CIP）数据

桃花折江山. 二 / 白鹭成双著. — 南京 : 江苏凤凰文艺出版社, 2017.10
ISBN 978-7-5594-1085-6

Ⅰ. ①桃… Ⅱ. ①白… Ⅲ. ①长篇小说－中国－当代 Ⅳ. ①I247.5

中国版本图书馆CIP数据核字(2017)第216773号

书　　名	桃花折江山. 二
作　　者	白鹭成双
出版统筹	黄小初　邹立勋
选题策划	天下同萌工作室
责任编辑	胡小河　姚　丽
文字编辑	孙宇航　余竹青　张丽君
责任监制	刘　巍　江伟明
出版发行	江苏凤凰文艺出版社
出版社地址	南京市中央路165号，邮编：210009
出版社网址	http://www.jswenyi.com
印　　刷	湖南凌宇纸品有限公司
开　　本	880mm×1230mm 1/32
字　　数	235千字
印　　张	10
版　　次	2017年10月第1版，2017年10月第1次印刷
标准书号	ISBN 978-7-5594-1085-6
定　　价	32.80元

（江苏凤凰文艺版图书凡印刷、装订错误可随时向承印厂调换）

目录 CONTENTS

CONTENTS

目录

第一章
秘密

争春阁。

桃花正在看府里的花名册，青苔皱着眉头进来道：“今晚爷要在海棠阁过夜。”

“嗯。”桃花头也没抬地应了，继续看手里的册子。

“您一点感觉也没有吗？”青苔不悦地蹭到她旁边，“秦娘子可是算计过您的，顾娘子不是说了吗？爷那么聪明的人，未必就不知道这些女人有多心狠手辣，可他还是……”

“青苔啊，”桃花叹息，抬头看了她一眼，“我问你，你去菜市场买青菜回来喂鸭子，卖菜的人告诉你那些青菜叶子是被虫蛀过的，你还买不买？”

青苔一愣，皱眉道：“又不是我自己吃，给鸭子吃的青菜，虫蛀了说明新鲜啊。”

“这不就结了？”桃花轻笑，“虽然后院里的女人心狠手辣，但又不是用在沈丞相身上，他怎么会在意呢？”

还有这样的说法？青苔很不能理解，正想再说，外头却传来越桃的声音：“姜娘子，我家主子请见。”

桃花微微一笑，收好桌上的东西，起身抬脚跨出了门。

顾怀柔站在温清阁的院子里，一见桃花就行了个大礼。

“这是干什么？”桃花伸手把她扶起来，道，“你我平级，行这大礼不是折煞我了？”

“娘子受得起。”顾怀柔满眼感激地看着她，“要不是娘子大度，不计前嫌伸手相助，妾身现在也不能站在这里了。”

会感恩的孩子就是好孩子啊！桃花觉得很欣慰，她总算是没看错人。以前一时鬼迷心窍没关系，只要以后聪明点儿就好。

“咱们进去说话吧。”她道，“站在这里也不像话。”

顾怀柔连忙点头，扶着她往里走。

“听闻爷去海棠阁了。”看了桃花两眼，顾怀柔抿唇，“是不是因为我的事情，娘子把爷得罪了？”

“是啊。”桃花点头。

顾怀柔心里一跳，皱眉：“这可怎么是好？”

“没什么大不了的，花无百日红。”桃花笑道，“明儿爷就可能来宠幸你了。”

宠幸她？顾怀柔摇头：“妾身还在闭门思过呢，怎么可能……”

“这相府是他的地盘，他想去哪里，还能被关在门外？”桃花笑了笑，“顾大人只要懂事，你的恩宠不会比秦氏少。”

顾怀柔微微一愣，她其实是不太懂前朝的利益纠葛的。不过看桃花这么胸有成竹的样子，她也就点头道：“若是爷来了，我定会替你美言两句。”

“不用啦。”桃花摆手，“牵扯上我对你没好处，你就当什么都不知道，好好伺候他吧。”

顾怀柔不解地看着她，问：“娘子是有别的自救之法吗？”

“没有。”

“为什么？”顾氏皱眉，“你连我都能救，怎么就不能救自己？”

“医者难自医。”桃花耸耸肩，“只能看命运的安排了。”

顾怀柔不信，毕竟姜娘子那么厉害，这次的事情一出，她觉得梅夫人都未必有姜娘子这么聪明。况且爷还一直喜欢她，怎么可能找不到翻身的机会？既然姜娘子不肯说，那她也没必要一直问了，总会好的吧。

两人寒暄一番，顾怀柔一直是眼含敬意地看着桃花，再也没有以前的防备和猜疑。看着她炙热的眼神，桃花明白顾怀柔是真的服了她了。这次上船，没给自己留逃生的小船，而是全心全意地选择相信她、跟随她。

“娘子回去好生休息。”送她出门的时候，顾怀柔还道，“等我这禁闭期过了，一定去争春阁看你。”

“好。”桃花点头，笑着朝她颌首之后，便带着青苔离开了。

春意越来越浓，后院里走动的人也就多了。刚经过花园，桃花就瞧见了个有些面生的女子：“那是谁？

青苔跟着抬眼看了看，道：“许是段娘子吧，府里人常说她爱花，就是身子不太好，不喜欢跟人来往。”

段娘子？桃花挑眉，脑子里飞快地回忆了一下看过的花名册。

段芸心，治粟内史之女。这名字她应该早就看过，沈在野一开始害她引人妒忌的时候，挤掉了两个人的侍寝机会。一个是孟蓁蓁，还有一个就是段芸心。只是，孟蓁蓁的反应颇大，一下子就跳到她面前来了，但是段芸心没有，一直没正式见礼不说，好几次在众人集聚的时候碰面，她俩都没正眼看过彼此。

是个不爱惹事的人吗？想了想，桃花带着青苔就往花园里走。毕竟都是后院里的人，打个招呼也是应该的。

段芸心扶着丫鬟的手慢慢走着，一边欣赏花园里的花，一边小声说着什么。桃花走近的时候，就听得她道：“春意浓了，院子里的花草也就越发旺盛起来。爷对有些花是过敏的，等会儿你回去的时候，拿瓶新做的药，给爷送去。”

旁边的小丫鬟应了，低声道：“今晚爷是在海棠阁里歇息，那位的性子一直不太好，咱们要不明日再送去？”

“无妨的。”段芸心抿唇，“为爷好的东西，自然是越早给他越好。如今孟氏不在了，秦娘子也未必会那般针对咱们，大不了你就多赔赔礼，让她体谅一二。”

听着这话，桃花顿住步子，绕到了旁边的假山后头去。

“主子？”青苔小声问，“怎么了？”

“她们在说事情，咱们这样过去似乎不太好。”桃花抿唇，道，“而且听起来，段娘子跟孟氏曾经交情不错，那于我就有些尴尬了。”

孟蓁蓁先前毕竟是担着“陷害姜娘子”这罪名的，后来顾氏假孕之事真相大白，但孟家上下遭殃，沈在野也就未曾给她平反，依旧默认此罪。虽然不关她什么事，但是在孟氏的朋友眼里，估计也不会把她当什么好人，这招呼不打也罢。

“回去吧。”看人走远了，桃花摆手道，“屋子里还有点心没吃完呢。”

“是。”青苔恭敬道。

争春阁里安静得很。桃花进屋坐下，看着盘子里的点心，抿了抿唇，拿起来慢慢地吃。

沈在野现在应该是在海棠阁里逍遥，以他那么粗暴的行为，秦娘子明日怕是去不了凌寒院请安了。要说心里没半点不舒服那是假的，虽然她知道自己和沈在野不会有什么好结果，但现在毕竟还是在一起的。跟她恩恩爱爱一阵子，又转去同别人欢好，怎么都让她有一种吞了苍蝇的感觉。

也不算是吃醋吧，就是觉得有点寒心。沈在野那人的心可真冷。这后院里的女人都是他的，却未曾见他对谁有真心，说休就休，说害就害。也不知他到底是以什么样的心情去宠幸她们的？

天色渐渐暗了下来，青苔从外头进来道：“主子，海棠阁已经点灯了。”

点完灯就是侍寝的时候，桃花点头，打了个哈欠就躺上了床。青苔却跟了过来道：“奴婢总觉得今日段娘子在花园里说的事儿，可能会闹得秦娘子不愉快呢。”

“怎么？”桃花闭着眼睛道，“送个东西而已，能有什么不愉快的？”

“可她挑的时候不对啊。”青苔道，“现在海棠阁已经在准备侍寝事宜，定然不会有人理她的丫鬟。一直在外头站着，秦娘子也不会高兴，就像秃鹰吃食，旁边还守着别的秃鹰一样。”

“你这比喻很恰当。”桃花笑了，“不过也不关咱们什么事儿，让她们去折腾吧。时候不早了，你也早点去休息。”

“是。”

夜幕越来越沉，丞相府里和往常一样宁静，然而沈在野却没有像往常那样一直留在侧堂。屋子里帘子一拉黑漆漆的，里头自有人替他去宠幸秦氏。他无声无息地隐到院子后头，皱着眉问："出什么事了？"

湛卢小声道："瑜王差点被暗杀，皇上连夜召人进宫问情况，景王有些慌了。"

"这点小事他也能慌？"沈在野黑了脸，"以前是我高看他了。"

"这怪不得景王，因为陛下慌了，看得出对瑜王舐犊情深，景王难免担心瑜王借此机会再翻身。那边的意思，是希望您能暗中过去一趟，当面商量下该怎么做，明日一早恐怕就得行事。"

沈在野微微抿唇，点了点头。反正晚上的时候也不会有人知道他去了哪里。他吩咐道："你去准备，小心别让人看见了。"

"是。"湛卢出门，左右看了看，院子里的人都歇息了，没敢打扰秦娘子侍寝，院子外头自然也是一片寂静。于是他便放心地去准备马车，然后回来请沈在野出门。

丞相府里晚上是不会有人乱走动的，所以他们离开的时候，没有仔细看周围。躲在墙角里的小丫鬟手里还捏着药瓶，惊讶地看着丞相出门，又看了看海棠阁。

她来这里很久了，奈何海棠阁里的人根本不让她进去。想着自家主子的吩咐，她也就只能等三更天爷起身的时候再送了。结果没想到，她却看见这么一出。时辰还没到呢，爷怎么就走了？想了想，小丫鬟干脆就在这里守着，看爷什么时候回来。

三更天的时候桃花就醒了，看看外头的天色，翻了个身想继续睡，却怎么也睡不着了。大概是两个人在一起睡久了，她一个人的时候抱枕头都不习惯了吧。翻来覆去到了四更天，还是睡不着，桃花干脆起身，披衣打算出去走走。

青苔仍旧在沉睡，外头的月光皎洁极了，桃花深吸了一口气，打开院门就往花园的方向走。

所以说人这一生里，有很多东西是命中注定的。桃花的睡眠质量一直很好，也从来没半夜醒过，偏巧就是今夜醒了，偏巧还想出去走走，偏巧走到侧门附近的时候，还遇见了刚从外头回来的沈在野。

沈在野也是一向少在晚上出去的，为了保险起见，他都会在被宠幸的女人院子里休息，直到三更天离开。可偏巧今夜出了事，必须让他出府；偏巧事情还有点复杂，让他四更天才能回来；偏巧回来的时候，还好死不死地撞上了出来晃荡的姜桃花。

两人大眼瞪小眼，都不知道对方是在做什么。不过沈在野的反应还是比桃花快一步，上前挟起她就推开了旁边小黑屋的门。

“你在这里干什么？！”沈在野的声音里是前所未有的紧张，他盯着她，恶狠狠地问。

桃花被吓蒙了，眨巴眨巴眼睛，无辜地道：“妾身睡不着，出来随意走走……”

“你骗得了谁？”沈在野皱眉，“一旦睡着，你什么时候半夜醒过？随意走走，怎么就走到侧门来了？”

桃花当真很冤枉，说道：“爷，从争春阁去花园，侧门这条路是必经的啊！”

沈在野抿抿唇，道：“你这女人，让我不敢轻信。”

“爷还让妾身觉得不可思议呢！”趁着四周一片漆黑，桃花终于壮着胆子朝他翻了个白眼，“大晚上的，您不是该在海棠阁吗？怎么跑到府外去了？”

“这个你管不着，但是有一点你要知道。”沈在野眯了眯眼，沉声道，“我出府的事情是秘密，你若是敢让第二个人知道，那你就完蛋了。”

桃花缩了缩脖子，撇嘴：“您不见了，秦娘子也是会知道的吧？”

“这个你不用管。”沈在野道，“我自有让她不知道的法子，一旦消息走漏，那我便只能拿你是问。”

“妾身明白了。”桃花撇撇嘴，举起双手道，“妾身发誓，一定替爷保守秘密。”

沈在野斜她两眼，点了点头：“莫要辜负我对你的信任。”

“您放心吧！”桃花打了个哈欠，泪眼婆娑地道，“本来还睡不着的，但是一看见您，不知怎么的睡意就回来了。要是没别的事，那妾身就继续回去休息了。”

“嗯。”应了一声，沈在野打开门，带着外头的湛卢，跑得比她还快。

每个人都有自己的秘密，尤其是丞相这种位置上的人，秘密更是不会少，所以桃花也没打算刨根问底，今晚就当没见过他便是。

回去争春阁，她倒是一夜好眠，第二天起来梳妆打扮，便去凌寒院请安。

府里请安的规矩是一直都有的，但桃花没怎么去，要么就是不在府里，要么就是有伤在身，请不了安。所以她这次过去，倒是让里头坐着的人觉得新鲜。

“哟，姜娘子竟然来了。”秦解语看了她一眼，笑了笑，“太阳今儿可能是从西边出来的。”

包括梅照雪在内，屋子里一共坐了四个人。柳香君是一早就过来了，正微笑着看着她。旁边还有个人，却是昨儿在花园里见过的段芸心。

桃花没来得及仔细看她，先给夫人见礼：“妾身请夫人安。”

梅照雪笑着抬手：“难得你过来一趟，先坐下吧。”

“是。”她应道。

段芸心旁边的位子还空着，桃花过去就先朝她颔了颔首：“段娘子有礼。”

“姜娘子有礼。”段芸心细声细气地道，“一直没仔细瞧过，今日方得一见，娘子真是倾国之色。”

先前青苔说什么来着？段芸心身子不好，不太喜欢跟人打交道？桃花一边笑着坐下一边腹诽，瞧这话说得多顺溜啊，哪里像不善交际的模样？

“这院子里还有好多姐妹都没仔细瞧过咱们姜娘子吧？”秦解语笑着掩唇，“真该都来瞧瞧，也好勉励自个儿，没有这般的倾国之色，就要多在别的地方下工夫，才能得到爷欢心。”

柳香君失笑：“听听娘子说的这是什么话？爷昨儿可还是在您那儿歇的呢。”

一提起这个，桃花就忍不住打量了秦解语两眼。沈在野昨晚也不知道是什么时候出的门，所以到底是宠幸她了还是没宠幸啊？

秦解语娇俏一笑，揉着帕子道："一时运气罢了，爷大概也是想起许久没去我那院子了，所以顺便去瞧瞧杂草长得有多高。"

"娘子莫谦虚。"柳香君道，"谁不知道爷昨儿破天荒地在海棠阁里留到了五更天啊？往常侍寝，可都是三更就回临武院的。"

说到这里，她又看了桃花一眼，掩唇道："妾身说的往常可没包括咱们姜娘子，爷在争春阁一连待上好几天也是寻常之事。"

秦解语脸上似笑非笑，看着桃花道："是啊，爷在我院子里留到五更天就已经是稀罕事了，可在姜娘子看来，怕是寻常得不能再寻常了。"

桃花有点惊讶，看了秦解语两眼，试探性地问："爷当真在海棠阁留到了五更天？一直都在？"

"你这问的是什么话？"秦解语撇嘴，"难不成爷中途还上哪里去了不成？"

桃花沉默了。秦娘子不是傻子，沈在野就算有再好的理由，中间离开过，她也应该知道才对，怎么会什么都没察觉？况且看这样子，当真是承过恩的，脸色比往常红润不少不说，眼里也满满的都是情意。

沈在野难不成还会分身术？

"大早上的，就不能换个话头吗？"梅照雪开口了，淡淡地道，"一屋子的酸味儿，也该通通风。"

秦解语一愣，连忙坐直了身子，笑道："夫人说的是，妾身跟她们开玩笑呢。爷是大家的，宠谁不宠谁，我们有什么好争的？"

桃花也颔首，恭敬地道："秦娘子说的是。"

秦解语悄悄白了她一眼，脸上有些得意，又有些高傲。她下巴扬得高高的，像极了一只孔雀。

前些天她的眉目间还满是怨气呢，现在这底气，肯定也只能是沈在野给的了。那么问题来了，沈在野是如何做到半夜离开海棠阁，还没让秦解语察觉的呢？桃花疑惑不解。

沈在野正在朝堂之上，安静地看着上头的帝王。

景王和瑜王都跪在大殿中间，瑜王手臂带伤，脸上也有划痕；景王面无表情，低垂着头。两人已经进行过一轮争辩了，现在就是皇帝下定论的时候。

瑜王府昨晚遇刺，有证据指向景王，景王大呼冤枉，已经凭借沈在野给的证据证明了清白。现在有臣子提出的问题是——瑜王被幽禁，护卫难免有疏漏，恐怕未到三个月，瑜王就性命不保。

皇帝脸色不太好看，心里恐怕是正在斟酌。

沈在野知道，皇帝是很想宽恕瑜王的，奈何景王死咬着不放，让他不悦的同时，也让他开始怀疑要害瑜王的人是不是真的跟景王有关系。对这种护短的皇帝来说，自己两个儿子手足相残是最可怕的事情，然而东宫之位诱惑太大，引起争抢是无法避免的事情。

“罢了。”许久之后，明德帝终于开口了，看着下头的两个儿子道，“朕会让人加强对瑜王府的护卫，无垢就先回去吧。至于无垠，既然与此事无关，那也没什么好说的。”

“儿臣谢过父皇！”两个皇子一同行礼。景王没有多高兴，瑜王也没有多伤心，反正各有所得，也各有所失。

下朝之后，明德帝把沈在野一个人留在了御书房。

“爱卿觉得，朕是不是应该早立太子为妙？”明德帝担忧地问，“再让他们这样争下去，恐怕会招致兄弟阋墙。”

“陛下心里可有人选？”沈在野拱手问道。

明德帝轻轻叹了口气，道：“先前朕是觉得无垠乃可造之才，但最近发觉，他的心思不纯，时常走些歪门邪道，甚至对自己的兄弟都能下得了手。这样的人，恐怕当不了仁君。”

“但是除了景王，朝中其他王爷，似乎也没有合适的了。”沈在野微微一笑，“陛下心里应该有杆秤。”

“是啊。”明德帝拍了拍自己的膝盖，想了一会儿，道，“不如就先让无垠监国试试，丞相觉得如何？”

沈在野低头道："臣觉得可行。"

王爷监国，那地位也就跟太子差不到哪里去，此旨一下，瑜王哪里还坐得住？

明德帝抬头，盯着明亮的窗户思忖良久，然后起身走到书桌前，开始提笔写圣旨。

半个时辰后，沈在野跨出御书房。景王已经走了，可稀奇的是，瑜王竟然在不远处等着他。

"王爷还未回府？"沈在野颔首道。

穆无垢似笑非笑地拱手道："本王特意等着丞相。"

"哦？"沈在野心里一跳，看着他，"可是有什么要紧的事？"

"本王觉得丞相乃我大魏第一忠臣，十分忠于父皇。"穆无垢眼里的神色很深沉，盯着面前的沈在野，态度有些古怪，"只是，好仆不事二主，别说父皇正当盛年，就算他已经迟暮，东宫要继位，那也得在新皇登基之后，您再效忠于新主。要是表面忠于父皇，私下却对某个王爷有偏爱，恐怕有些不妥。"

这话中的某个王爷就算他不明说，也只会是景王。

沈在野微微眯眼，他面上的功夫是花了心思在做的，在外人看来，他对众位皇子都是一碗水端平，瑜王上次也承着他的搭救之恩，如今怎么会突然来说这样的话？

"沈某有些不明白王爷的意思。"笑了笑，他问，"王爷可能说得具体些？"

瑜王轻笑，凑近他一些，道："具体些就是，昨晚若没有丞相相助，今日本王就不会被景王兄压在府内，继续幽禁了。本王觉得丞相可能是迫于景王兄的威胁，不得不帮忙，也不打算与丞相计较。但还望丞相当好百官表率，莫涉夺嫡之争。"

沈在野心下一沉，垂了眸子。瑜王怎么会知道他昨晚去帮景王了？

"话说多了没意思，不过本王是真心仰慕丞相之高德，所以才会等在这里。"穆无垢深深地看着他道，"将来的皇位会落在谁的头上还未可知，丞相又何必在一棵树上吊死？”

“沈某明白了，多谢王爷宽恕。”沈在野拱了拱手，满脸愧疚地道，“有些话沈某也无法说得太清楚，但王爷要明白，沈某效忠之人只有皇上一人。”

穆无垢微微颔首，道：“本王相信丞相。”

两人对着行了礼，瑜王便转身先走了。沈在野站在原地，脸上的笑容很快消失，拳头也渐渐握紧。

他是一早就知道这世上能相信的人只有自己的，可是，如今竟然傻到去信了一个女人。他昨晚出府的事情，除了姜桃花，没人会知道。姜桃花打起算盘来比他还精明，现在又在盘算什么？

一路带着怒气回府，沈在野很想直接冲去争春阁问个清楚。可是下车的时候被凉风一吹，他又稍微清醒了些。他会不会冤枉她了？毕竟她不认识瑜王，在这京城又没有任何人脉，怎么把消息传出去？仔细想了想，沈在野还是转身，先去了守云阁。

段芸心有些意外，迎着他进门，轻声问：“爷怎么一下朝就过来了？”

“许久没来看你，顺路来看看。”沈在野微微一笑，看着她道，“身子好些了吗？”

“好多了，谢爷关心。”段芸心笑了笑，看起来有些不安。

沈在野没再说话，就这么盯着她，眸子里充满探究意味。

段芸心自进府以来话就甚少，也没在他面前抢过什么风头，在沈在野心里，她其实算是个很懂事不争宠的女子。但是他不傻，也没忘记段芸心是治粟内史段始南家的女儿，而段始南，私下与瑜王的联系可是不少，说是党羽都不为过。这府里要是有人往瑜王那里传消息，先问段芸心总是没错的。

他没有任何证据能指证段芸心，所以上来先用的就是沉默战术，看能不能逼她自己认错。

“爷……”片刻之后，段芸心的腿都有些站不稳了，她脸色苍白，额上也出了冷汗，看起来十分慌张，“爷想问什么，不如直接问，何必这样吓唬妾身？”

沈在野微微一笑，看着她道：“比起问，我一向更喜欢主动招供的人。”

段芸心的神色看起来更加不安，手里的帕子都快揉烂了，整个人散发出一种十分无助的气息，软弱又惊惶，一瞧就知道当真是有什么事情瞒着他的。

“还不肯说？”沈在野收敛了笑意，看着她道，“是要我去查从昨晚到今早的出府记录？”

“爷！”段芸心跪了下来，愁眉紧锁，模样好生可怜，“您不用去查……妾身，妾身认错！”

内心微沉，沈在野的目光瞬间凌厉起来：“你认什么错？”

“您听妾身说。”段芸心咬牙，眼里满是泪花，“妾身也是刚刚才知道这件事的，今天芙蕖天没亮就跟厨房的丫鬟约好了一起出府买菜，刚走到路上却听见了些消息……芙蕖是妾身娘家带过来的丫头，惯常听父亲的话，一有什么消息，就……就传出去了。她回来告诉妾身是与爷有关的，妾身才知道她做了这样逆主的事。”

在路上听见的消息？沈在野的手微微捏紧：“她人呢？”

“……她知道自己做错了事，已经收拾包袱回了妾身娘家了。”

跑得倒是挺快，可跑之前也该说说消息是从哪里来的吧？沈在野有些恼怒，伸手就砸在了旁边的红木桌上！

“爷？”段芸心被吓了一跳，不由得往后缩了缩。

沈在野起身，一句话没说就往外走。湛卢跟在他身边，看了他好几眼，小声说道：“这次奴才也能猜到爷的想法，爷是知道消息肯定是姜娘子走漏的，所以生气了。”

“湛卢。”

“奴才在！”

沈在野回眸，目光温柔地看着他，一字一句地道：“你要是再敢乱猜爷的心思，小心拔了你的舌头！”

为什么啊？开始要他猜的也是他，现在猜准了又要拔他舌头？湛卢委屈地捂住自己的嘴，默不作声地低头跟在后头，心想都说女人善变，自家主子比女人也好不到哪里去吧！

沈在野没去争春阁，直接回了临武院，把自己关在屋子里发了两个时辰的呆。湛卢猜的是没错的，他夜出的事只有姜桃花知道，一旦有消息走漏，那也只能是她说出去的。刚开始他还以为她没有途径传给瑜王，结果谁知道，她竟然会利用身边的丫鬟。

真是聪明的女人，聪明得该死！这样做，到底对她有什么好处？

下午的时候，桃花兴致勃勃地做了桃花饼，带去书房请安。她想的是，沈在野就算不宠幸她，那搞好关系也是很有必要的。要是这位大爷一直生她的气，那对她可没半点好处。

可是，她刚想进书房，竟然还是被湛卢拦住了。

"我就送个点心。"桃花举了举手里的盘子，笑着道，"不会耽误爷做事的。"

"娘子请回。"湛卢摇头道，"爷不想见人。"

桃花撇嘴，端着盘子在门口晃荡了好一会儿，不高兴地问湛卢："你确定我不能进这门？"

"是。"湛卢严肃地点头。

"那好。"桃花点头，后退两步朝青苔小声嘀咕，"拖住他！"

青苔应了，上前与湛卢对峙。湛卢皱了眉："娘子想干什么？"

"不干什么，让她在这儿守着而已，看爷是不见我一个人，还是所有人都不见。"桃花笑眯眯地说完，端着盘子出了临武院。

湛卢很不安，因为青苔是会武之人，而且未曾切磋过，不知道深浅。就她身上散发的这种气息来看，怎么看都像是想硬闯！

无奈，他只能全神贯注地盯着这丫鬟，生怕给了姜娘子什么机会，让她闯了进去惹主子生气。

湛卢和青苔是差不多的人，武力值很不错，脑子不太够用。他完全没想过姜桃花为什么会转身出门，一心只用在防备青苔身上。

桃花端着桃花饼出门，绕到书房后头的院墙外，想了想，把一碟子饼都倒进袖袋里，然后拎着盘子就开始爬墙。

相府的院墙还是没有宫墙那么夸张的，爬上去也只是有点费力而已。一炷香的时间之后，桃花轻手轻脚地落在了院墙之内，然后重新把桃花饼拿出来，摆好盘。

这年头，她给别人送吃的，竟然还这么难！也幸亏她有这种坚持不懈的精神，要不然沈在野就吃不到这么好吃的饼了！在心里夸奖了一下自己，桃花飞快地跑到窗边，一伸爪子就把窗户拍开了！

沈在野正皱着眉在看折子，窗户就在他的左手边，冷不防被人拍开，吓得他差点将折子丢了出去。

“你干什么！”看清来人，他的脸色顿时变得阴沉，“这府里的规矩，是不是对你半点不起作用？”

桃花一惊，感觉沈毒蛇今天好像格外暴躁，她是不是不该硬要来做好事？可是，难得她亲手做出来这么好吃的点心，一没煳二没多放糖，连青苔都说好吃，她就想给他尝尝而已，怎么跟要了他命似的反应这么大？

“妾……妾身来给您送桃花饼。”桃花小心翼翼地把盘子捧过去，抬眼看着他道，“湛卢说不能进门，所以妾身才选择了窗户，又不是要进去，爷别这么凶啊……”

瞧她这副可怜巴巴的样子，眼睛眨巴眨巴的，小嘴撇着，像是做了好事还被大人骂的小孩子，无辜极了。

要是在以前，沈在野说不定就心软了，可是今日，他的脸色实在好看不起来，就这么睨着她，冷冷地道：“拿回去，没有我的吩咐，你别过来了。”

桃花歪了歪脑袋，问：“妾身做错了什么事吗？”

“你很聪明。”沈在野皮笑肉不笑地道，“所以是不会做错事的。”

就算当真做错了，用她那三寸不烂之舌，也能把自己撇得干干净净，所以他根本连说都懒得说。

桃花有点反应不过来，手高高地举着，盘子都微微有些颤抖，眼神茫然极了。她张嘴想问，可又不知道该问什么，想了想，还是厚着脸皮把饼往他怀里一塞："那爷尝尝吧？尝了妾身就走！"

沈在野眼神一沉，挥手就将盘子扔在了书桌上，颇为不耐烦地看着她，朝外头喊了一声："湛卢！"

还在跟青苔对峙的湛卢连忙跑了进来，一看这情况，吓了一跳："姜娘子，您不是离开了吗？"

"我又回来了啊。"桃花干笑两声，被沈在野浑身的戾气震得心里拔凉拔凉的，退后两步道，"不耽误爷办事了，妾身告退。"

说完，她跟兔子似的跑得飞快。

沈在野不悦地睨了湛卢一眼："你这样办事，让我怎么放心？"

湛卢连忙跪下，很是认真地道："爷放心，除非有您的吩咐，否则奴才以后定然不会再让姜娘子靠近这院子！"

沈在野抿了抿唇，挥挥手："你出去吧，让人在墙头上加些钉子。女人都可以随意翻的墙，怎么让我安心？"

"是！"湛卢应了，连忙退出去。

门窗都重新关上了，沈在野回到桌边，看了一眼那桃花饼。粉嫩嫩的颜色，看起来应该很好吃，只是，谁知道她会往里头放什么东西呢？

回争春阁的路上，桃花内心很郁闷，她不明白沈在野在抽什么风，为什么突然变成了这样。兴许他是因为朝政之事烦扰，所以连带对她没好脸色？那最近还是不要去打扰他好了，免得自讨没趣。

"主子。"青苔更担忧了，"爷是不是讨厌您了？"

"有可能。"桃花耸耸肩，道，"咱们安静一段时间再看看吧，反正顾氏是一定会得宠的，有她在，咱们的日子也不会太难过。"

她这猜测是很准的，沈在野当晚就去了温清阁。

顾怀柔在院子里迎接的时候，忍不住惊叹，姜娘子说今日爷会宠她，爷还真就来了。姜娘子到底是有多了解爷的想法啊？

"妾身惶恐，还在思过期间，竟然得爷恩宠。"顾怀柔低头行礼，小声道，"这是不是与规矩不合？"

“这相府都是我的，什么规矩能管到我头上来？”沈在野轻笑，伸手扶她起来，道，“你父亲最近帮了我不少忙，再委屈他女儿，我岂不是成负心人了？”

顾怀柔一笑，很是高兴。父亲肯听话，那她的日子也会好过很多。

院子里其他的人自然是不满的，凭什么顾怀柔还在受罚都能侍寝？可侍寝的第二日，沈在野竟然宣布，免了顾氏全部的罪责，只要她一心向善，便既往不咎。

“简直荒唐！”柳香君扶着段芸心在花园里走，边走边道，“这样看来，爷是当真没把孟姐姐放在心上了。”

段芸心轻轻叹了口气：“这不是很正常吗？若爷将蓁蓁放在心上，就不会那么草率地休了她。”

“可这样一来，府里规矩何存？”柳香君不悦地道，“犯了那么多大错的人，先是继续留在了府里，后来竟然连惩罚也没了，还得爷宠幸！”

“你在府里也有一段时间了。”段芸心看了她一眼，“难道还看不明白，这府里从来没什么规矩，都是相爷一人说了算？”

好像的确是这个道理，柳香君很愁，她当初是选择了抛弃顾怀柔，投靠这段芸心的。可如今顾怀柔翻身了不说，还愈加得宠，岂不是在打她的脸吗？

看柳香君的表情也知道她在想什么，段芸心轻轻一笑，道：“你急个什么呢？风大的时候不能出门，这是大家都明白的道理，且等等吧。”

轻轻点头，柳香君眉头未展，扶着段芸心继续往前走。

府里形势风云变化，沈在野也不知道是怎么想的，在接下来的大半个月里，宠幸了顾氏、秦氏、段氏，可就是一次也没去过争春阁。

顾怀柔得宠之后，气色好了很多，身上的衣裳和头饰也华贵了些。只是坐在桃花面前，她神色中满是担忧。

“娘子是不是哪里得罪爷了？”

桃花耸肩：“我不知道，什么都没做过，他突然就不想理我了。”

他连解释和询问的机会都不给她，每次她去临武院，都会被拦在外头。他不想见她，那她也没必要一直折腾了，好吃好喝地过着也不错。

“这也不是个办法。”顾怀柔皱眉，“要不我还是去说说吧？”

“你好生守住自己的恩宠就好了，别沾染我这一身晦气。”桃花抿唇，“眼下府里似乎又三足鼎立了，你还有精力担心我？”

顾怀柔一愣，很是茫然：“什么三足鼎立？”

“你没看出来？”桃花嘴角抽了抽，伸手拿过桌上的三个小茶杯，摆在一起道，“秦氏、段氏、你，你们三人如今包揽了相爷的恩宠，府中其他人也是会看形势的，比如前些日子就有侍衣去你院子里投诚了，也有人选择了其他两位主子。孟氏没了，府中两分之局崩塌，你因祸得福，占得一席之地，若还不长点心，定然是会被其他两位挤下去的。”

顾怀柔满目错愕，盯着桌上那三个茶杯，喃喃道：“所以先前那些人来找我，说一堆好话，是想跟着我？”

“不然你以为她们是闲得慌吗？”桃花摇头，“这府里可没什么真朋友，都是利益相通就站一起，利益冲突便是敌人。”

所以，前些日子姜娘子让她给人回礼，算是与人结盟了？顾怀柔咋舌，她还什么都不知道，一心就扑在怎么伺候相爷上，幸亏还有姜娘子在……

“娘子觉得，来找我的那几个侍衣靠得住吗？”

桃花轻笑：“要是靠不住，我怎会让你去回礼？去你院子里的两位侍衣，一个吴氏，是驱虎县县令之嫡女。一个冯氏，是长宁郡郡守之庶女，两人家世背景都不算高，但为人还不错，只是想找个栖身之地，却无踩你上位之心。”

顾氏问道：“你怎么知道？”

“她们的身世花名册上都有，而为人，你难道不会看吗？”桃花眼神古怪起来，“人家去拜访你的时候，你都看什么去了？”

“看了一下她们的衣饰和礼物。”

两人都沉默了，在沉默之中达成了共识——没有姜桃花，顾怀柔在这府里绝对混不下去。

这个问题她们还算发现得晚的，毕竟当局者迷。外头的某些人却很早就看出来了。

“与其花心思对付顾氏，还不如将姜氏除了，一劳永逸。”柳香君跪在秦解语面前，笑吟吟地问，“娘子觉得呢？”

秦解语皱眉，想了想，道：“爷现在已经冷落她了，咱们好像也没别的办法能把她怎么样。”

“办法总是要人想的。”柳香君道，“姜氏与别人不同之处可多了，比如她身为女眷，却总是与南王见面。要知道，南王可曾是与她有过婚约的人。”

“那不是爷默许的吗？”秦解语抿唇，“我倒是也听见些风声。”

“爷为什么默许咱们是不知道的，可这姜氏作为相府女眷，肯定还是有些忌讳不能犯。”柳香君压低了声音，看着秦氏道，“你这么聪明，一定有办法的。”

秦解语沉吟片刻，抬头看了柳香君一眼：“你这张嘴，倒是挺会挑弄是非的。”

“过奖，妾身不过是想为您做点事，好在这府里继续生存下去罢了。”柳香君一笑，慢慢起身道。

秦解语似笑非笑，看着面前这人行礼出去，垂着眸子想了好一会儿。

又到了南王过府的日子，沈在野一脸平静地在门口等着，见到穆无暇来了，便行了礼：“王爷。”

穆无暇好奇地看了他一眼，接着往里走：“有句话本王想问丞相很久了——丞相最近是病了吗？”

“没有。”沈在野看他一眼，“王爷怎么会这么问？”

穆无暇认真地道：“你的脸色看起来太差了，而且最近好像很少笑，连父皇今日都在问你是不是身体不适。”

沈在野抿唇，忽略了他的问题，反而问他：“皇上什么时候问的？您也在场？”

“今日不是颁旨让景王兄监国吗？”穆无暇道，“所有皇子都在御书房听训，父皇就提了这么一句。”

沈在野心神微动，看着旁边的南王：“听见景王监国的消息，王爷有什么想法？”

穆无暇步子一顿，侧头看了他一眼：“能有什么想法？本王不见得比景王兄差，但父皇对我有偏见，治国理念又与我不同，让景王兄监国，是正常的。”

四下无人，沈在野请穆无暇进了花园的凉亭，坐下来看着他道：“若景王监国是微臣一手促成的，王爷是否就会多倚仗微臣一些？”

穆无暇脸色一黑，皱眉道：“你又在打什么算盘？”

“总归不会是害您的算盘。”沈在野轻轻勾唇。

“丞相。”穆无暇看着他，很是认真地问，“你觉得一个人若是要靠别人帮扶到自己什么也不用做的地步，那人若有朝一日登上帝位，位置能稳吗？”

气氛瞬间僵冷下来，沈在野沉了脸，一瞬间也有些不知道说什么好。依他的安排，南王不出两年就能位及东宫。可现在他不配合，自己就得多走许多的弯路，他为什么就不明白呢？

“姜氏上次春日狩猎受伤了吧？”穆无暇转头道，“我想去看看她。”

提起桃花，沈在野心情更差，闷声道：“都这么长时间了，伤口早就好了，还有什么好看的？她毕竟是内眷，王爷还是少见为好。”

“本王把她当姐姐而已。”穆无暇道，“连见面都不成了？”

姐姐？沈在野冷笑，他的姐姐可没姜桃花那么诡计多端。

这边开始僵持，另一边的争春阁，桃花刚刚打扮好。

南王来了，按理说就算沈在野不待见她，那小王爷也是会想见她一面的，所以她还是打扮打扮，打算等下去送小王爷一个刚绣好的枕头。

“姜娘子。”没等一会儿，外头就有人来传话了，“相爷请您送点心去花园。”

“好。”桃花点头，让青苔捧着点心，自个儿抱了个枕头，高高兴兴地就朝花园去了。

沈在野想阻拦的事情，就算是南王也拧不过。穆无暇正气得要走，却听见花园门口有人喊了一声：“王爷！”

眼睛一亮，他抬头，就见姜氏抱着个枕头站在门口，正冲他笑。

沈在野脸“唰”地就黑了，站起来看着走过来的桃花，眼神凌厉。

他其实有大半个月没看见她了，乍一见，她好像面庞清瘦了些，身子也显得单薄了，不知道是不是没好好吃东西。

不过现在不是想这些的时候，他没传召，她竟然敢擅自过来见南王？

“妾身给爷、南王爷请安！”桃花脸上笑得很灿烂，捧着枕头就递到南王面前，“这是给王爷的谢礼，妾身亲手缝的，王爷别嫌弃。”

穆无暇一愣，接过来看了看。蓝底银花的锦绣枕头，带着股药香，里头想必塞的都是安神助眠的药草，味道很好闻，香甜不苦。仔细看看，那银色丝线绣的应该是团花，很复杂的花纹，明显花了不少心思。

“多谢。”穆无暇微微一笑，抱着枕头看着桃花，“你当真是有心了。”

桃花一笑，屈膝道：“王爷上次救妾身于危难，这点谢礼不成敬意。”

沈在野眯眼，冷声开口问：“谁让你过来的？”

“嗯？”桃花侧头看向他，挑眉道，“不是爷派人叫妾身过来见王爷的吗？”

“我没有。”沈在野目光冰冷，睨着她道，“你怕是自己想过来，却拿我当幌子。”

他冷落她许久，想也知道她有多不甘心。南王过府是一个好机会，聪明如她，当然会好好把握。只是，她竟然这样当着他的面送南王枕头？

桃花的表情僵了僵，看着沈在野这含怒的神色，不用想就知道这背后定然有人作怪。

这院子里的女人是怎么了？她都失宠大半个月了，她们还不肯放过她？这样费心费力地给她扣罪名，对她们到底有什么好处啊？

“你们这是怎么了？”穆无暇有些意外，站在中间左右看了看这两个人，“先前感情不还是挺好的吗？如今怎么见面就吵？”

桃花很无辜，看了沈在野一眼，叹息道：“男人心，海底针。”

沈在野冷笑：“分明是黄蜂尾后针，最毒妇人心。”

有一瞬间，穆无暇觉得身边这两人可能不是当朝丞相和赵国公主，吵起嘴来简直跟小孩儿没什么两样！

“你们有什么话好好说。”他无奈地道。

桃花耸肩，一脸无辜地看着沈在野：“不是妾身不愿意说，是爷不愿意听，到现在妾身都不知道自己做错了什么。”

“还能有什么好说的？”沈在野嗤笑，“一次不忠，百次不用，开了杀戒的和尚，还能继续念经？”

桃花心里一凉，有些生气：“断头台上都还要讼罪呢，杀人也要有个名头，爷这样不清不楚就说妾身错了，妾身怎么认？”

穆无暇点头：“话得说清楚一点，不然很容易误会的。”

沈在野咬牙，他现在怎么说清楚？难不成当着南王的面说自己半夜出去帮景王，结果消息被姜桃花走漏，让人传给瑜王了？南王本就不喜欢他私下做这些事，他哪里还能说得出来！

看姜桃花这一脸无辜的样子他就来气，这女人到底有几分真，几分假？演技厉害得让他都分不清，这才更可怕。

桃花本来不生气的，她与沈在野之间根本不存在什么信任可言。但是平白被人冤枉，几个人受得住？好歹告诉她到底是什么事，让她当真去做了，也不枉担着这罪名这么久啊！

气氛紧张又尴尬，穆无暇在中间站着，只觉得头皮发麻，干脆拉起桃花的手道：“今日天气甚好，姜姐姐陪我出去走走吧。”

又出去？沈在野心中气不打一处来：“王爷，您得注意身份，别总喜欢跟乱七八糟的人玩。”

你才是乱七八糟的人，你全家都是乱七八糟的人！桃花当真是生气了，狠狠地瞪了沈在野一眼，转头看着穆无暇温和地问：“王爷想去哪里？”

“随意走走便是。”穆无暇抿唇，看着沈在野，“本王已经十六岁了，不是什么不懂事的孩子。什么人能结交，什么人不能，本王心里清楚。”

“您当真清楚？”沈在野皱眉，指着桃花道，“她是我相府女眷，总与您一起出去，您觉得像话吗？”

“说起相府女眷，”穆无暇眼神微沉，不悦地看着他，“姜姐姐到底是怎么从我南王府的正妃变成了你丞相府的夫人，中间的故事，相爷没忘记吧？”

沈在野懊恼不已，说到底，是他抢了人家的正妃，人家现在就当姐弟一起出去走走，外头也没人认识桃花，他真要阻拦，也有点不厚道。

桃花笑眯眯地看着他：“相爷若是默许，那妾身就出门了。”

沈在野觉得心里窝火，却一时拿她没什么办法，只能朝穆无暇行礼，道：“王爷路上小心，天色不早，半个时辰之后请务必让姜氏回府。”

“本王知道。”穆无暇点头，当即就带了桃花往外走。

花园里空落落的，沈在野拂袖打碎了桌上的杯子，清脆的声音响彻四周，吓得湛卢后退了半步。

主子最近真是喜怒无常，也不知道到底是怎么了。

“人找到了吗？”他问了一句。

湛卢回神，连忙道：“已经在追了，说是回了老家。”

“那就把她老家翻过来找！”沈在野低喝，“大半个月了都找不到人，府上那些个号称千里眼顺风耳的都是干什么吃的？”

“……奴才马上去吩咐。”

沈在野闭眼，伸手揉了揉眉心，慢慢地冷静下来。良久之后，他又问了一句：“府里最近是没给争春阁送吃的吗？”

“嗯？”湛卢一愣，抬头看他，“这怎么可能，饶是姜娘子不得宠，那也是娘子，府里不敢亏待。”

没亏待，那她怎么会瘦了？沈在野拧眉，心里烦躁极了，摆了摆手就往温清阁走去。

第二章 挨饿

桃花和南王一出府，秦氏瞬间就不镇定了：“又出去？！”

还真没把“避嫌”二字放在心上啊，爷是怎么想的，竟然就允了？！

梅照雪微微一笑，剪了枝花插进瓶子里，道：“姜氏与南王姻缘未成，是被爷夺爱。爷对他们宽容一些也是正常的。但爷心里是守着底的，只让姜氏出去半个时辰。”

“那又怎么样？还不是让她出去了？”秦氏不高兴得很，撇着嘴道，“这要是出去了就别回来才好呢！”

捏着花的手一顿，梅照雪看了她一眼，垂眸想了想。

一出相府，桃花瞬间觉得神清气爽，上了马车就忍不住对南王道：“多谢您，这些日子妾身在府里都快被闷坏了。”

穆无暇看着她，眼神清澈，说道：“姜姐姐好像真的惹丞相生了不小的气。”

“他脑子有问题。”桃花脱口而出，随即瞧见小王爷脸上惊愕的神情，连忙缓和了语气道，“他莫名其妙就生气了，妾身当真很无辜。”

“丞相最近是有些不正常。”仔细想了想，穆无暇疑惑地道，“听闻朝堂上还跟人争执起来，脾气大得很。”

桃花摸了摸下巴，道：“妾身只知道女人每个月有那么几日会很烦躁，没想到相爷也会。”

“哦？”穆无暇好奇地看着她，“女人是为什么烦躁？”

“没什么，您还是别问了。现在咱们要去哪儿？”桃花干笑，伸手掐了自己一下。面前这还是个小孩子呢，她在胡说八道什么？

穆无暇茫然地看着她，又看了看窗外："你既然想散心，那就让车夫围着国都绕半圈吧，半个时辰也差不多。"

"好。"桃花点头，看着他的目光里忍不住又多了点慈祥，"妾身给王爷的枕头，王爷记得用，很舒服的，也不扎人，中药外头还裹了荞麦皮。"

南王微微一愣，看了看她，语气有些古怪地道："你是不是真的把本王当弟弟了？"

"恕妾身冒犯。"桃花低头，"但是您实在……让人很想好好照顾。"

南王这一张脸虽然星眸剑眉，但到底还没长开，有些孩子的稚气，又总是挺直腰杆，一副大人的样子，像极了她弟弟长玦。

穆无暇错愕地看了她两眼，又低头看了看自个儿，嘟囔道："你可真奇怪……"

别人都觉得他脾气古怪，很凶的，也就只有她看见他会觉得想疼爱照顾。不过……摸摸手里的枕头，他抿唇，这种被人当弟弟疼爱的感觉，真是久违了。

车行得很快，因为国都较大，就算只在半城里绕一绕，也需要挺长的时间。桃花掀开帘子看向外头，发现前头好像是贫民窟，眼前有不少衣衫褴褛的人，端着破碗四处躺着、靠着，跟内城里繁华的景象截然不同。

"这就是大魏国都的伤口。"她旁边的小王爷低声道，"朱门酒肉臭，路有冻死骨。主城里的人，才不会管外头的人饿死了多少，当官的还会去父皇面前吹嘘盛世繁华，这些人从来就没被当成人看。"

桃花一愣，有些唏嘘，不由得问他："王爷心善，可有在这些地方开粥棚施舍？"

"没有。"

啥？桃花有些意外，转头看着他："为什么？"

她还以为以小王爷这种善良的人，一定会做这种事的。

"粥棚救一时，救不了一世；救数十人，救不了全天下的人。"穆无暇抿唇，脸上的线条紧绷起来，眼神格外炙热，"想救他们，就得坐上皇位才行。"

桃花心中一震，下意识地伸手捂住了他的嘴，跟做贼似的四处看了看：“您疯了？这样的话落进别人耳里可怎么得了？”

穆无暇眨了眨眼，拉开她的手道：“这里没外人，我声音不大，有什么要紧？”

“王爷连妾身也不防备？”桃花指了指自己的鼻尖，瞪大眼看着他，“妾身与您相识也不久，您怎么就这么肯定妾身不会说出去？”

穆无暇歪了歪脑袋，一脸天真地问：“你会说出去吗？”

“……不会。”桃花无语道。

“那不就得了。”他微微一笑，道，“我看人很准的，什么人是好人，什么人是坏人，心里都清楚，你不用担心。”

这倒是，桃花轻轻点头。比起景王那种睁眼瞎，南王年纪虽小，却的确会识人。就凭他对沈在野又亲近又防备的态度，也知道这小王爷绝非池中之物。

不过皇位……夺嫡之路向来凶险，这孩子不愿沿着沈在野铺的路走，那前头又会是什么东西在等着他？

马车离贫民窟越来越近了，本是打算从这里借道过去，然后回相府的。但他们这马车，一看就知道里头坐的是皇亲贵胄，街边躺着的贫民瞧见了，自然就纷纷站了起来，跟着车走。

“不太妙啊。”桃花被四周射过来的视线吓得放下了车帘，皱眉对外头的车夫道，“快些穿过去！”

“是。”车夫应了，使劲一策马，马车便飞奔起来。

南王一愣，正想问怎么了，却感觉前头的马好像撞到了什么东西，发出“嘭”的一声闷响。

车夫勒马，车旁的护卫也都紧张起来，有人去前头看了，回来禀告道：“王爷，撞着人了。”

穆无暇瞳孔一缩，当即掀帘下马。桃花皱眉，也只能跟着下去。

马前有人被撞出去老远，嘴里不停地吐着血。车夫吓得脸都白了，跟在南王身后道：“王爷，这人是突然蹿出来的，小的勒不住马……”

穆无暇大步走上前去看，旁边的侍卫勉强将汹涌而至的贫民隔开，给他留出一块空地。

被撞的人是个跟他差不多大的男孩，脸上脏兮兮的，眼里也没什么神采，边吐血边挥手想抓他衣角，却被旁边的护卫拦住了。那孩子抬头看向穆无暇，目光触及他头上的金冠和一身锦衣华服的时候，眼里的神色像汹涌的海水，充满羡慕和不平，张嘴呜哇呜哇地说着什么。

桃花抿唇，低下身子凑近他一些，问道："你想说什么？"

"他……看起来是个有钱人。"男孩又庆幸又带着些恨意，"撞死了我，就要给我母亲一两银子，否则……否则我做鬼都不会放过他的！"

穆无暇心中十分震惊，也蹲下来愤怒地看着他："你跑出来撞马，就为了这一两银子？！"人命这么不值钱吗？他是和自己差不多年纪的人啊，却只值一两银子？穆无暇很无奈。

大概是被穆无暇这脸色吓着了，男孩软了语气，小心翼翼地道："那就半两吧？或者……给……给我妹妹两个馒头吃……"

桃花心里一震，转头看了看穆无暇，发现他眼眶都红了，伸手捏着那男孩的手腕问："你母亲和妹妹在哪里？"

男孩一愣，好像松了口气，又吐了口血，勉强挣扎着想继续说。穆无暇盯着他的嘴，却见那惨白开裂的嘴张合了两下，手里捏着的木柴一样的手腕，突然就垂了下来。

倒吸一口凉气，桃花连忙捏了捏他的脉。可是，已经没有动静了。

四周都是贫民吵嚷的声音，穆无暇脑子里却是一片空白，愣愣地看着面前这人，许久都没动，也没说话。

桃花抿唇，有些担忧地喊了他一声："王爷？"

可能是脚蹲麻了，穆无暇想起身，却跌坐在了地上，半晌才看着她，呆呆地问了一句："为什么他死了，我却活得这么好呢？"

"因为您是王爷，天子之子，而他只是平民，或者说是贱民。"桃花伸手将南王扶起来，眼里也有波浪翻滚，最后却只是笑着说了一句，"王侯将相，就是天生的贵族啊。"

穆无暇身子微抖，眼神复杂地看了桃花好一会儿，没敢再瞧地上的尸体，只朝旁边的侍卫吩咐：“将他葬了，找到他的母亲和妹妹，一人给两个馒头！”说完，他便拉着桃花回到马车上。

外头的贫民暴动了，有人大喝：“皇家的人就是没把咱们当人，这都撞死人了，才给几个馒头？！”

“草菅人命的东西！你们会遭报应的！”

有人开始捡了石子儿往马车上砸，车身、车顶上都是一阵乱响。

桃花看了南王许久，轻声道：“王爷真是让妾身敬佩。”

“有什么好敬佩的？”穆无暇的手依旧在发抖，“敬佩本王用四个馒头抵掉一条人命吗？”

“是。”桃花点头。

穆无暇皱眉，眼里带着血丝看向她。桃花微微一笑，像是安慰一样地柔声道：“若您真赔他一两银子，恐怕以后想撞贵人家马的贫民就更多了，死的人也更多，王爷做法冷血，心却无比温柔。”

喉咙一紧，小王爷的眼神突然脆弱起来，他张了张嘴想说什么，最后却还是别开了头。头一次有人理解他。为什么跟他们不一样的想法，就一定要被认为是错的呢？他没有错，以后总会一点点向沈在野和父皇证明，他真的没有错。

贫民暴怒，马车寸步难行，车外的护卫急忙道：“王爷，属下去衙门找人来救驾吧？”

“别。”穆无暇皱眉，“去相府找人即可。”去衙门找人，那就是京兆尹管辖国都不利，这些贫民没一个会有好下场。

护卫一顿，还是领命去了。

桃花听着车身上下被打砸的声音，抱着胳膊笑道：“王爷可真是宽厚善良。”

“不知者无罪。”穆无暇垂眸，“只是连累你了。”

桃花摇摇头，笑道：“这样的经历倒是挺新奇的。”

半个时辰是早就过了的，不过今日来这么一遭，就算她回去晚了，沈在野应该也不会责怪她吧？

报信的侍卫将话传给了相府的门房，门房没去临武院，倒是飞快地让人禀告了凌寒院。

“这可真是出门没看皇历。”秦解语站在凌寒院的院子里，眼睛滴溜溜地转，“不用告诉爷，让护院带些人赶过去就是了。”

“是。”家奴应了，躬身退下。

桃花是申时出的门，现在已经快到酉时了。她一个时辰未归，违背了相爷的吩咐，回来可有家法要受了。

临武院。

沈在野看了看时辰，问湛卢：“还没回来？”

湛卢低头，道：“爷息怒，姜娘子与王爷关系一向亲近，也许多玩了一会儿。”

亲近？沈在野冷笑，扯了旁边放着的一本家规直接扔在湛卢面前：“你翻翻看上面写的什么？”

这哪还用看啊，他都会背了。湛卢叹息：“姜娘子在您这里一向就没守过这东西，您以前也没同她计较……”

“所以就惯成了她这无法无天的样子！”沈在野揉了揉眉心，不悦地道，“你去门口守着，等她回来，立马把人关去静夜堂。”

湛卢一愣：“又关？”

抬头看他一眼，沈在野想了想，点头道：“也对，上次关了也没见她有什么觉悟，这次不仅关，连白菜豆腐都别给了，饿两天再放出来！”

“……是。”

先前还担心府里是不是克扣姜娘子的膳食，如今又是这位主子自己不给人家饭吃，到底在想什么？湛卢抿唇，不管怎么说，还是按自家主子的吩咐去办。

天色有些暗了，桃花和穆无暇在贫民窟里堵了许久才被相府的人救出来。两人在相府门口作别，桃花笑眯眯地看着南王道：“您回去不用多想，继续做您想做的事情吧。”

手里捏着车帘，穆无暇深深地看了她一眼，认真地点头。

马车走了，桃花也就转身准备进府，可刚一进侧门，湛卢就带着人过来，将她架了起来。

“怎么了？”桃花被吓了一跳，皱眉看着他，“这又是干什么？”

“姜娘子，得罪了。”湛卢低着头道，“相爷心情不佳，说您犯了家规，要让您去静夜堂思过两日。”

哈？桃花很不能理解：“我又犯什么家规了？”

“违背相爷的吩咐，就是犯了家规。”湛卢小声给她解释，“您今日的行为，都是在跟爷对着干。”

桃花低头想了想，觉得好像是有这么回事，毕竟他没让自己去花园，但是她去了。看样子他本不想让她出府，她也出了。说好半个时辰回来，结果也晚了。

但这些都是有原因的啊，他不能不分青红皂白，全部怪在她身上吧？

“我能跟爷当面解释一番吗？”桃花问。

湛卢摇头，挥手就让人将桃花关进了静夜堂。

大门上锁，里头一个人都没有，上次好歹还有青苔啊，但这次青苔还在争春阁，可能都不知道她被关进来了。沈在野真是一个不可理喻的人！

桃花觉得很委屈，蹲在院子里撇撇嘴，差点哭出来。

她今天已经很惨了好吗？只是毕竟比南王大，当着小孩子的面也不敢露怯。但那些石头砸在马车上、从车帘里飞进来打在身上的时候，她真是吓了个半死。自己好歹是宫里长大的，哪里见过这种阵仗？

本来想着回来被沈在野骂一顿也好，只要骂了之后能抱抱她、安慰一下她，那她就可以原谅他，既往不咎了。可是，别说抱了，他连她的面都不肯见，又把她关了起来！

鼻子红红的，眼睛也红红的，桃花伸手抱着自个儿碎碎念：“没事的，没事的，他是坏人，咱们不跟他计较……咒他今儿晚上睡觉着凉高热不退噩梦连连！”

"阿嚏！"临武院的沈在野打了个喷嚏，皱眉看着湛卢问，"人关进去了？"

"关进去了，大门已经锁上，不会有人去送吃的。"湛卢说着，小心翼翼地打量了自家主子两眼，"真的要关两天吗？两天不吃东西，姜娘子怕是要饿坏的。"

"我就是一直对她太温柔了，所以才导致她如今这种骑到我头上来的架势。"沈在野不悦地道，"就两天而已，饿不死人，两天一到你记得去开门就好了。"

"是。"湛卢应道。

背后莫名地感觉身子发冷，沈在野眯着眼看了看外头。那女人现在肯定在骂他吧？他感觉到了。

争春阁里一片慌乱，青苔听到自家主子被关的消息，想也不想就要往静夜堂冲。旁边几个丫鬟连忙拉住她，皱着眉道："姐姐使不得！这府里规矩森严，您若是硬来，不仅自己会遭罪，更会连累主子的！"

青苔气得直发抖，瞪着她们道："就让咱们主子被关在那里？"

"这也是没办法的事，除非爷心软，否则谁也没权力放主子出来。"小丫鬟连连摇头，将她按在椅子上，"你少安毋躁吧，说不定爷关上主子一天，就提前放出来了。"

丞相会心软？青苔皱眉，想了想也冷静下来。她的确是帮不上什么忙，也不能硬来，只能盼着沈在野念起自家主子的好，让她少受点罪。

桃花这事儿一出，府里就热闹了。凌寒院和守云阁的人都是喜上眉梢，小声嘀咕着爷的恩宠无常，终于也轮到姜氏遭殃。

而温清阁的顾怀柔却坐不住了，就算桃花三番五次跟她强调，不能在爷面前替她说好话，然而第二天，等沈在野下朝回府，顾怀柔还是在门口堵住了他。

"爷，姜氏何辜？您怎么就将她关起来了？"迎上沈在野，顾怀柔皱着眉道，"她那般喜欢您，您怎么忍心惩罚这么重？"

喜欢他？沈在野笑了，深深地看了顾怀柔一眼：“你还是在自己院子里待着吧，别人的事情就莫要插手了。”

“可是……”顾怀柔跟着他走了两步，“爷难道不知道这院子里是什么情况吗？姜氏是遭人陷害的，您既然那般宠爱过她，现在怎么就不肯相信她呢？”

沈在野脸上没了笑意，淡淡地道：“怀柔，这院子里无论是你还是她，都是一样的。不管怎样宠爱过，不该相信的时候，我都绝对不会相信。”

顾怀柔心中一震，呆愣地看着他，不免有些唏嘘。她步子停了下来，无声地看着沈在野远去，心里拔凉拔凉的。

一路回去临武院，经过静夜堂的时候，沈在野步子稍顿，问了湛卢一句：“没人给她送吃的吧？”

“回主子，没有。”

垂了眼眸，沈在野点头，继续往前走。

静夜堂里是有被子的，桃花尚算舒服地睡了一觉，醒来的时候肚子就咕咕直叫了。

她从昨儿傍晚开始就没吃东西，这会儿饿得前胸贴后背，忍不住就起身去敲门：“有人吗？有早膳吗？”

没人理她。事先湛卢也没说不会给她饭吃，所以桃花就乖乖地回去等着了，想着就算是白菜豆腐，到了时候他们也会送来的。

结果这一等，她就从清晨等到了下午。

眼前一片花白，桃花连生气都没力气了。沈在野这心狠手辣的玩意儿，看来是压根没打算给她东西吃！她上辈子肯定是杀了他全家，不然这辈子他哪来的这深仇大恨？先前的恩爱都是喂狗的，她再也不想看见他了！

窝在被子里，桃花聪明地选择睡觉，以保存仅剩的体力，抵抗饥饿。入睡的时候，她诅咒了沈在野九九八十一句，像做一个虔诚的法事，做完了才陷入梦乡。

也不知道是不是那些诅咒真的生效了，今日一起来，沈在野就有些头疼，应付了早朝之后，回府就有些发高热了。

“您这是感染了风寒。”湛卢担忧地道，“让大夫来开些药，先休息一会儿吧。”

“无妨。”沈在野白着脸，手上还拿着折子，说道，“最近朝中事务繁多，没空生病，让它自己好吧。”

病还有不吃药能自己好的？湛卢心里直嘀咕。

沈在野不是想硬撑，是实在没什么办法。上次帮景王的事情暴露了，瑜王似乎对他颇为不满。但他毕竟也是想拉拢自己的，所以也没下什么狠手，只给他制造了些麻烦。这些麻烦说大不大，说小也不小，总得让他费点力气才能处理好。

这都得怪到姜桃花身上吧，等抓住那传递消息的丫鬟芙蕖，他定然要让她俩一起吃不了兜着走！

湛卢也不劝了，直接出去让大夫开药方，熬了药再送进去。书房里人来人往，不少官员登门，沈在野也就再也没去想静夜堂里的那人。

桃花迷迷糊糊醒来的时候，天已经黑了。手软脚软，压根不想动弹，可她还是爬出门去看了看，想着万一沈在野良心发现，给她送点什么吃的呢？事实证明沈毒蛇是没有良心的，院子里空空荡荡，只有杂草和冷风。

现在饿是已经没什么感觉了，就是头晕而已。但是她很渴啊，想喝水，找了许久才在后院找着一口井，但是她连把水桶拉上来的力气都没了。

挣扎了许久，桃花坐在井边直哭，边哭还边把眼泪往嘴里引，争取不浪费半点水。

这哭声可能是太凄惨了，黑夜里不知是什么东西被她吸引了过来，蹲在屋顶上看了她许久之后，下来伸手就帮她打了一桶水上来。

桃花愣了愣，不管三七二十一，先低头喝水，喝够了才准备看看是谁这么好心帮她。

然而，不等她看清，那一身黑衣的人竟然就踏着井台飞上屋顶，悄无声息地消失了。

桃花目瞪口呆，看看天再看看井台上的水桶，忍不住小声嘀咕：“难道是老天爷看不下去了，派了神仙来救我？”

不管怎么样，她能喝到水就是很幸福的事情。她干脆一鼓作气喝饱一点，然后继续回去睡觉。

黑衣人无声无息地在相府房顶上穿梭，最后落在了沈在野的书房里。

“回来了？”沈在野咳嗽了两声，疲惫地看着他道，“查到了吗？”

“查到了。”徐燕归伸手扯了面巾，笑吟吟地看着沈在野，“这回可查出了个大事，你肯定得好好奖励我。”

“拿来吧。”沈在野垂着眸子道，“你燕归门功劳一向很大，奖励自然不会少。”

徐燕归挑眉，丹凤眼里满是戏谑：“不如把争春阁里的那个美人奖励给我？”

脸色“唰”地一沉，沈在野抬头看着他：“你活腻了？”

“哎，你不是不喜欢吗？那给我又有什么关系？”徐燕归“啧啧”两声，揶揄地道，“方才路过静夜堂，看她可怜兮兮的，又饿又渴，连井水都打不上来，坐在那儿直哭呢。你不会疼惜人，不如交给我啊。”

沈在野冷哼一声，皱眉道：“那是她自找的！你也别再打她的主意。她跟这院子里其他人不一样，你应付不来。”

“真小气。”徐燕归撇嘴，顺手交上一大沓的纸，“你要查的事情都在上头，该怎么用怎么用，我没有意见。跑了一天，累死个人了，我就在你院子睡了啊。”

“自便。”沈在野伸手接过他给的东西，认真地看了起来。

可是，没看一会儿沈在野就走了神，想了一会儿之后，他起身打开门：“湛卢。”

“你去厨房……”话没说完又顿住，沈在野有点犹豫，自己要是出尔反尔，那女人以后岂不是更不把他当回事了？

不等他说完，湛卢就拍着胸脯保证：“爷放心，厨房里没有任何人敢往静夜堂送东西！奴才都吩咐过了，连争春阁那边也一并下了令。”

沈在野神色复杂地问了一句：“姜氏身边那个功夫甚好的丫鬟，你也管得住？”

“这个奴才一早想到了！”湛卢道，“已经让人告诉过她，若是她敢往静夜堂送吃的，您会更加严惩姜娘子。奴才想，以她的忠心，定然就不敢送了！”

考虑得可真周到啊，沈在野看了他两眼，似笑非笑地道：“你是越来越懂我的心思了。”

“主子过奖！”湛卢一本正经地道，“只要是主子的吩咐，奴才一定会拼尽全力！”

该拼的时候不拼，不该拼的时候瞎拼！沈在野咬牙，挥手将门关上，坐回书桌后头继续看东西。不送就不送吧，反正也就最后一天了，让她饿着好了。

天刚蒙蒙亮的时候，静夜堂的院子外头好像有什么动静。

桃花起身，披了衣裳好奇地出去，就看见有白花花的东西从院墙上头飞过来，落在地上。竟然是个馒头！

眼睛一亮，桃花连忙跑过去捡起来。馒头上虽然沾了点灰，但还是热乎的，谁这么好心竟然给她送吃的？

“青苔？”她试探性地喊了一声。

外头没回答，人可能已经走了。拍拍馒头上的灰，桃花咽了咽口水，正准备吃，却顿住了。来历不明的东西，真的能吃？这院子里牛鬼蛇神那么多，谁知道会不会有人趁她饿得不行了来下毒啊？浑身的器官都戒备起来，桃花将它放在桌上仔细观察。

有毒，还是没毒？她拔下头上的银簪擦了擦，小心地戳进馒头里，银簪拔出来，没变黑。能吃！桃花眼睛都绿了，拿起来正要往嘴里塞，却沮丧地想起，师父说过，这世上很多的毒是连银针都试不出来的。

还是不能吃！

热腾腾的馒头在桌上慢慢变凉，桃花有气无力地趴在旁边，看得眼泪直流。她真的很饿，只是想吃点东西而已，谁当好人又不留名姓啊？好歹告诉她能不能吃，也不至于让她比没馒头吃还痛苦啊！

已是午时，整个院子里又开始飘散饭菜香。桃花委屈地盯着桌上那来历不明的馒头，心里默默数着还有几个时辰才能出去。

结果，院子外头又有动静了。

院墙上吊了个竹篮子下来，桃花接着一看，是两道小菜，并一碗饭。一看就口水直流。

然而，她的第一反应还是抓着那绳子问外头的人："是谁？"

绳子一松，人又跑了。

这年头都流行做好事不留名？愤怒地看着这两盘子菜，桃花低头就在泥地里刨了一个坑，边哭边把饭菜埋了。

一瞬间她突然明白那些个文人说的"相见不如怀念"是什么意思了，看见饭菜，比看不见更痛苦，反正她都不能吃，眼不见还心不烦呢。

晚上的时候，桃花的精神开始恍惚了，坐在井台上喝着水，呆呆地望着月亮。

又有黑影从她头顶闪过，落在了她旁边。桃花侧头，看了看那扮相十分像刺客的人，也不害怕，就问他："你是嫦娥吗？"

徐燕归："……"

这人一看就是饿傻了，谁见过一身黑的嫦娥？还是个男人，怎么说也该是吴刚啊。

他伸手递给她一个馒头，低声道："我有点看不下去了，给你吃。"

桃花微微一愣，眼睛里仿佛亮起两盏明灯，眼神灼灼地看着他："你昨天帮我打了水，今天肯定不是要毒死我的，对不对？"

"为什么要毒死你？"徐燕归被她这眼神看得心里一跳，忍不住轻笑，"没人舍得让你死的。"

她选择相信这个人！桃花咽了口唾沫，接过馒头来，张嘴就是一大口。她眼里流下了幸福的泪水："我真的快饿死了……"

就没见过比她更惨的，小模样长得可人，眼泪汪汪的更是惹人怜惜。要是换了别的身份，徐燕归肯定是要拥进怀里好好疼惜一番的。

可惜，沈在野已经下了不能碰的禁令。

“你是谁啊？”嘴里咬着馒头细细嚼着，桃花这才想起来问了面前这人一句。

徐燕归耸肩道：“路过这里而已，何必相识。”

“该不会是来刺杀沈在野的吧？”桃花眨眼，双手捏着馒头，跟小老鼠似的边啃边打量他，“看打扮也是个刺客，昨儿没得手？”

徐燕归微微挑眉，看着她问：“你希望我得手？”

“身为相府的侧室，我怎么会希望你杀了相爷呢？”桃花笑了笑。

徐燕归一愣，正想说她被这么对待，竟然还对沈在野一往情深，可真是难得。结果他话还没说出来，就听得她下一句道：“打个半死不活的就好了，我不介意守活寡。”徐燕归一个没忍住，笑出了声，声音在静谧的夜里显得格外清晰。

外头巡逻的护院恰好经过，当即就斥了一声：“什么人！”

徐燕归连忙敛了声息，深深地看了桃花一眼，立刻消失在夜色里。

护院打开门进来瞧，就只看见姜娘子一人坐在井台上，幽怨地看了他们一眼：“还不许我笑了？”

“……打扰了。”

姜娘子是被关傻了吧？怎么笑得跟个男人似的？护院疑惑道。

桃花翻着白眼看他们关上门，慢慢将馒头吃完，喝了两口井水回屋睡觉。一个馒头虽然不能吃饱，却能稍微垫垫肚子，让她终于不用在梦里都不停地找吃的了。

等到天亮，就是她能被放出去的时候。

沈在野没来，只让湛卢带着青苔去，将桃花送回争春阁。

“主子。”一看见她，青苔的眼泪就掉个不停，“饿坏了吧？奴婢给您准备了吃的。”

“嗯，好。”桃花笑了笑，拍着她的背安慰道，“有什么好哭的？两天没吃东西而已，正好我也不饿，腰还能瘦些呢。”

青苔哭得更凶了：“您本来就瘦，好不容易长了些肉，如今这么一饿，都快没了！”

“哪有那么夸张。”桃花轻笑，“你别把你家主子想得那么惨，我挺好的，回去先沐浴更衣，然后好好吃个饭就行了。”

青苔抿唇，狠狠地瞪了旁边的湛卢一眼，到了争春阁，一摔门就将他关在了外头，然后忙前忙后地伺候桃花沐浴吃饭。

湛卢摸摸鼻子，颇感无辜，直接回去复命了。

“这下她该知道这府里的规矩有多严了吧？”沈在野漫不经心地翻着手里的册子，“等休息好，让她过来请安。”

“是。”湛卢转头想走，似乎想起了什么事情，又回来道，“这府里不知是谁给静夜堂里送了馒头，今日奴才去看的时候还放在姜娘子的桌上。”

沈在野微微一顿，头也不抬地问：“既然送了，她怎么没吃？”

“奴才也不知道，一口都没动。”

眼眸里暗光流转，沈在野轻笑一声，揉了揉自己的眉心。他怎么忘了，那女人戒备心那么重，怎么可能随意吃来路不明的东西。罢了，出来都出来了，没饿死就成。

洗了澡，喝了细粥，桃花好生打扮了一番，就像什么也没发生过一样，去临武院给沈在野见礼。

“两日的思过，可悟出了什么？”沈在野问。

桃花垂着眸子，脸上挂着笑：“这相府里爷是老大，一切由爷说了算，任何人不得违逆。”

“还有呢？”

“妾身以后会更加小心，不会掉进别人的圈套，也会更守尊卑规矩。”

“还有呢？”

深吸一口气，桃花闭着眼睛道：“妾身愚钝，还有什么请爷指教。”

打量她两眼，沈在野抿唇。这人大概是真生他的气了，浑身都是紧绷着的，再也没了先前那股子活泼劲儿。

不过，是她做错事在先，还能怪他对她狠了不成？

“过来。”

“是。”桃花应着，走到他旁边的椅子上坐下。

沈在野皱眉：“你这是对我耍脾气？”

“爷何出此言？”桃花很茫然，终是抬头看了他一眼，“妾身又做错了什么？”

沈在野微微一愣，沉默不语。

先前他叫她过来，这人都会高高兴兴地扑进他怀里，跟只猫咪一样蹭来蹭去的。现在规矩他倒是让她明白了，自己怎么反倒不习惯了？

“既然懂规矩了，那就好好守着吧。”将手收回来，沈在野不悦地道，“你还该明白的是，既然已经在我相府里了，就莫要想着为别人出力做事搭关系。我眼睛里揉不得沙子。”

桃花古怪地看他一眼，问：“妾身给谁出力了？”

“自己做过的事情都不记得了？”沈在野皱眉，眼神凌厉地看着她，“那晚我从外头回来，就只撞见过你一个人，还千叮咛万嘱咐让你不要说出去，结果呢？”

“结果怎么了？”桃花一脸莫名其妙，“妾身也没同人说过啊，连青苔都不知道。”

没说过？沈在野冷笑：“所以那晚的消息是自己长了脚飞出去的？”

桃花皱眉，看了他半晌之后才道：“爷最近对妾身这么狠，该不会以为是妾身走漏了消息，所以在报复妾身吧？”

扫了她两眼，沈在野觉得有些不对劲。是她演技高超，还是中间有什么误会？为什么她看起来像是当真什么都不知道的样子？

桃花脸上的笑意不达眼底，她恭敬地看着他道：“虽然爷说什么就是什么，但这等黑锅，妾身还是不想背的。妾身在相府，完全仰着爷的鼻息过日子，是有多想不开才会跟爷对着干，把明显只有妾身一人知道的消息传出去？妾身还不想那么早死。”

“这也是我没想明白的地方，所以让人去查了，尚且不曾有消息。”

沈在野抿唇，靠在椅背上看着她，“我相信过你一次，但就是这一次的相信，付出的代价不小。”

“爷说笑了。”桃花眯了眯眼，“咱俩都是相互防备着的，都知道对方比贼还精。您所说的相信，也不过是您自己的判断，觉得妾身没有理由出卖您，并不是当真相信妾身。若当真相信妾身，您就不会一出事问也不问便怪在妾身头上了。”

这话是没说错的，沈在野垂眸不语。他们之间，的确是谁也不会毫无保留地相信谁，所以一旦出了什么事，他定然会拿她是问。有时候她的心思和谋算，他不一定能看清楚，故而怀疑的程度也更深。

但这次，真的是他冤枉她了吗？

“爷信妾身也好，不信也罢，反正罚也罚过了，以后您再多防着妾身一些便是。”桃花面带讥诮地一笑，屈膝行礼，“争春阁里比静夜堂里日子好过，爷既然一直担心妾身会做什么对您有害的事，不如直接将妾身关在里头，有吃有穿就行。”

“姜桃花。”沈在野不悦地道，“你何必跟我赌气？”

“妾身没有赌气。”桃花一脸无辜地道，“妾身的命都捏在您手里，哪来的胆子？只是给您出个主意罢了，您听也好，不听也罢，想必都有您自己的打算。妾身就先告退了。”说完，她看也不看他，转身就出了门。

沈在野脸上有些难看，闷头生了半天的气，看着空荡荡的屋子，问了湛卢一句:“心中有气的不该是我吗？她这是饿出脾气来了？刚才没吃饭？”

湛卢低头道：“听说吃了两碗粥，两碟菜，应该是饱了。”

“给肉了吗？”

“给了的。”

都吃了肉了还这么大火气？沈在野皱眉，十分不能理解。

“相爷。”外头有人进来禀告，“有人已经把芙蕖带回来了。”

沈在野心里一跳，连忙起身去前堂。

芙蕖很尽力地在逃了，从那日清晨传了消息去瑜王府之后就知道会出事，所以收拾了包袱便躲去了乡下，以为有自家主子护着，还躲得这么远，肯定不会被找到。结果她还是低估了相爷手下的实力，东躲西藏了几天之后，她还是被人逮住，揪回了相府。

芙蕖跪在前堂，浑身发抖，看见沈在野的靴子在自己面前出现，整个人直接趴在了地上："相爷饶命！"

沈在野眸色微动，坐下来看着她，微笑着问："你这是做了什么不得了的事了，竟然一上来就让我饶命？"

"奴婢该死！"芙蕖连连磕头，声音都颤抖着，"奴婢也是迫不得已，还请相爷宽恕。"

"你说吧。"沈在野道，"若是这个迫不得已能说服我，那我便不怪你了。"

真的？芙蕖一喜，连忙道："奴婢的一家老小都还在段府，有些事情奴婢一旦知道，必定是要跟段府的人说的，所以……那晚撞见爷出府，不知爷去了哪里，也就跟他们说了说。"

"撞见？"沈在野瞳孔微缩，眼神陡然凌厉起来，"你在哪里撞见的？"

"就……就在海棠阁门口。"芙蕖低头道，"奴婢本来是按照主子的吩咐去给爷送药的，奈何海棠阁的人不让进，奴婢就一直躲在角落里。没想到……"

沈在野眼神冰凉，侧头看了湛卢一眼，后者"嘭"的一声跪了下去："奴才该死！"当时谁也没想到那么晚了角落里会藏着人，他也没太注意，的确是大意了。

沈在野抿唇，深吸了一口气，瞪着芙蕖道："你既然是撞见的，为何段氏却说是有人告诉你的？"

"是奴婢的错……奴婢怕惹上什么麻烦，就跟主子说是别人说的。主子倒是什么也不知道，还让奴婢保守秘密……但，奴婢实在是身不由己。"

湛卢听得眉心直跳，忍不住抬头看了自家主子一眼。

完蛋了，当真冤枉姜娘子了。

沈在野的神色还算镇定，就是眼神有些恐怖。他盯了芙蕖好一会儿，对湛卢道：“把她带下去吧。”

“是。”湛卢应了，起身就将芙蕖抓了起来。

只听见“带下去”三个字，没听见别的处罚，芙蕖心里还一阵狂喜，以为丞相真的要放过她了，边走还边低头行礼：“多谢相爷！”

沈在野冷笑，看着她消失在门口。没一会儿湛卢就回来了，低头道：“处理妥当了。”

“嗯。”沈在野坐着没动，手里捏着腰上的玉佩摩挲着，像是在想什么事。

瞧了他两眼，湛卢小心翼翼地开口：“爷，既然咱们冤枉姜娘子了，您是不是也该过去看看？”

“我不算冤枉她。”沈在野闷声道，“她也的确做错了不少事，去花园见南王不算错吗？回来得那么晚不算错吗？我已经很仁慈了吧？”

湛卢看了他两眼，小声道：“奴才已经问过了，先前的确是有丫鬟去争春阁传话，所以姜娘子才去的花园。至于晚归……爷当真不去问问是什么原因吗？”

沈在野黑了半边脸，抬头看他：“你没事管那么多干什么？”

“奴才该死。”湛卢怂了，连忙闭嘴站在一边不说话了。

前堂里安静下来，沈在野垂着眸子想了许久，伸手摸了摸自己的额头。

第三章

道　歉

片刻之后，争春阁。

“什么？病了？”桃花挑眉看着来传信的湛卢，“病得厉害吗？”

湛卢一脸焦急地道：“很厉害。爷从前天起身子就不舒服，也没让大夫好生诊治，现在又发了高热。”

“太好了！”桃花激动地鼓掌。

什么叫报应，什么叫天意！她的诅咒还是有用的，病死他活该！

一屋子的人都错愕地看着她，满脸震惊。旁边的顾怀柔赶紧伸手拽了拽桃花的衣袖，笑着对湛卢道：“姜娘子这是高兴有机会去照顾爷了，瞧瞧，一时都忘记心疼爷病了呢。”

湛卢干笑两声，心想他又不瞎，姜娘子这是发自内心的高兴啊，眼睛都亮了！

桃花轻咳两声，端正了仪态，微笑着看着他道：“爷病得这么厉害，看见我肯定会病得更厉害，为了爷的性命着想，还是请顾娘子过去吧。”

顾怀柔一愣，瞪眼道：“你傻啊？爷一罚你，院子里的人可都在看笑话呢。这上好的翻身机会送上门，你还不抓紧？”

桃花无辜地眨眼，道：“我怕我控制不住表情，太高兴了，爷会生气的。到时候又挨一顿罚，那才划不来呢！”

顾怀柔觉得又好气又好笑：“爷是对不住你，可你也不能这样啊，到底是要在后院里过日子的。”

理是这个理，但她就是很生气，气得暂时不想看见他。

“姜娘子，您还是快些过去吧。”湛卢无奈地道，“爷说了让您伺候，旁人也替不了。”

桃花撇撇嘴，问：“不去有什么后果吗？”

“有的。”湛卢低头道，“爷说不去就尝药，所有苦药一样两份，您在这院子里先喝完，确定没问题了，那边再让爷喝。并且爷吃什么，您就吃什么。”

算他狠！病人只能吃清粥小菜，她好不容易有肉吃，凭什么要陪他受罪啊？桃花眯了眯眼，笑吟吟地道：“好的，我们还是过去照顾爷吧，免得病入膏肓了，还得让这一院子的人守寡。”

这是担心还是诅咒啊？湛卢听得头皮发麻，也不敢吭声，引着这位主子连忙回去临武院。

沈在野在床上躺着，脸色不太好看。桃花进去的时候，本来心情还有些不爽，一看到他干裂的嘴唇，立马感觉心理平衡了。

“爷，”她软绵绵地喊了一声，坐在床边，嘴巴都快咧到耳根了，“您没事吧？”

沈在野斜了她一眼，有气无力地道：“你觉得我这像是没事？”

“那妾身就放心了！”

“你说什么？”

“没，妾身是说，这样一来，妾身定然要好生照顾您了。”桃花微微一笑，伸手替他拉了拉被子，看了一眼刚端上来的药碗，“先喂您喝药吧？”

沈在野勉强起身靠在床头，瞥了她两眼：“你表情好歹收敛一点，露出哪怕一丝担心的神情。”

“妾身一直很担心爷啊。”桃花撇撇嘴，指了指自己水汪汪的眼睛，“您看，都要担心哭了。”

这是笑出来的眼泪吧？

沈在野抿唇，神色复杂地看着面前这张脸。要不是自己先做错了事，现在他绝对不会忍着，一定会把她扔出去的！不说有多心疼自个儿吧，好歹做做样子，也别这么高兴啊，他还没死呢！

“爷，来，张嘴。”舀了一勺药，桃花表情担忧地往他嘴里塞。

沈在野一脸嫌弃地看着她，张口去含药，冷不防被烫得打了一个激灵。

“姜桃花！”舌头又痛又麻，沈在野压着脾气咬牙切齿地道，“让你喂药，不是让你把药往我嘴里塞就可以了，要吹凉！吹凉你明白吗？”

桃花无辜地眨眨眼，耸肩：“大夫不是常说，药凉了药性就会减弱吗？爷还是趁热喝了吧。”

“你喝一口我看看？”沈在野眯眼，“趁热。”

桃花“嘿嘿”笑了两声，轻声哄道：“爷听话，药是病人喝的，正常人喝了对身子不好。您先把这碗喝完吧。”

敢叫他听话？真当他是几岁孩子不成？沈在野心中气不打一处来，盯着那碗黑乎乎的药，心里得不断安抚自己才能压下怒火。

一勺药递过来，沈在野皱眉，深吸一口气含进嘴里，手上用力一扯，将桃花整个人拉过来，低头就吻了上去。

药从他嘴里渡过来，又苦又烫，激得桃花下意识地就将碗丢了，伸手推他。

沈在野冷笑一声，抬起头舔了舔自己的嘴唇，睨着她道：“你喝得下去吗？”

桃花恼怒地道：“谁爱喝你口水啊，中毒了怎么办！”

屋子里安静了一会儿，沈在野眯了眯眼：“你说什么？”

桃花一顿，坐直了身子小声道：“妾身不是那个意思，妾身是觉得爷在病着呢，万一传染给妾身怎么办？”

“身为相府的娘子，你没有与我同甘共苦的觉悟？”沈在野挑眉。

“那你有本事先与我同甘共苦啊。”桃花翻了个白眼，小声嘀咕，“我受罪的时候，你哪儿去了？好吃好喝地过着，分明是有甘你尝，有苦我吃，当谁傻呢！”

沈在野一愣，扫了她一眼。

桃花生气的时候一张脸鼓鼓的，像个包子，让人忍不住就想伸手去戳。

想做就做，他真的伸手戳了戳，软绵绵的，很有弹性。这一碰着，他的眼神就柔软下来，朝她张了张手臂：“桃花，过来。”

桃花满含戒备地看他两眼，不仅没过去，反而往后坐了坐：“爷有话好好说！”

“趁着我还好好说话的时候，过来。”

“……哦。”桃花挪了挪身子，勉强朝他靠过去一些，眼神跟盯着坏人似的，看得沈在野又好气又好笑。

伸手将她整个人抱进怀里，他低头将下巴搁在她肩上，轻声说了一句：“别生我的气了。”

乍一听这话，不知怎么的，桃花觉得委屈极了，眼泪跟泉水一样汩汩地冒了出来，“吧嗒吧嗒”地落在他肩上，却咬着牙一声没吭，倔强地挺直着脖子。他想罚她就罚她，想让她不生气她就得不生气？凭什么啊？

“明天府里有贡品送过来，听说有西域的上等羊肉，还有很多好看的绸缎、首饰，都送去你院子里好不好？”

“不要！”

“那给你加月钱好不好？连着争春阁里的丫鬟一起加。”

“不要！”

“那……”沈在野有些没辙了，他本就不是什么会哄女人的人，更不愿意跟女人道歉。他都做到这个份上了，她还想怎么样啊？

桃花抽抽搭搭了一会儿，抹了泪珠儿就要推开他。可这人的手臂竟然跟铁似的，怎么推都推不动。

“妾身还要继续伺候爷用药呢。”桃花撇嘴，“您这样一直抱着妾身，耽误了喝药，万一病死了是算妾身的问题还是算您自个儿的？”

沈在野哭笑不得，只好松开她，没好气地道：“你巴不得我死？我死了对你有什么好处？”

“活着也没什么好处。”小声嘀咕了这么一句，桃花拔腿就跑，开门让外头的人重新熬药，然后坐在桌边，离沈在野远远的，生怕他冲过来揍自己。

沈在野揉了揉眉心，颇为头疼，低笑了一声道：“刚喝了药，嘴里苦，你拿点蜜饯过来。”

桃花神色古怪地看他一眼，道：“您上次不是还嫌妾身给您塞的蜜饯难吃吗？”

“那我现在觉得好吃了，行不行？”

“行！”桃花点头，从袖子里摸了两颗梅干塞他嘴里，“您是老大，您说什么都行！”

沈在野张嘴含了梅干，扫了一眼她的袖子：“你随身带吃的？”

后退一步，桃花道：“这府里没有规定妾身身上不能带吃的吧？”

“过来。”沈在野勾了勾手指。

桃花抿唇，挣扎了半天，还是坐回了床边，捂着袖口问：“爷有什么吩咐？”

懒得同她废话，沈在野伸手就将她的手扯了过来，拎着袖袋一阵翻腾。

一个个油纸包跟下雨似的掉了出来，打开一看，鸡腿、猪肉脯、花生、馒头、点心、梅干……什么都有。

桃花连忙扑上去把油纸包都拿了回来，盯着他道：“妾身就随意带了点儿，没别的！”

这还叫随意？都能吃上两三天了吧？沈在野失笑，心里又觉得堵得慌，伸手把她拎到面前来，十分认真地道：“以后不会关着你不给饭吃了。”

桃花点头，手上动作不停，将一个个油纸包塞回了袖袋。

“我是说真的，不会饿你了，你不用带这么多吃的。”沈在野抿唇，“以后你想吃什么就跟管厨房的说，山珍海味都有人给你做。”

桃花看他一眼，继续点头：“多谢爷。”

沈在野微恼，翻身就将她压在床上，狠狠地吻上她的唇。手掐着这人的腰，他明显感觉瘦了些。

才两天而已啊，她怎么跟饿了两个月似的，倒真让他觉得愧疚了。

桃花皱着眉，承受着他的蹂躏，眼神里满是担忧。

沈在野没管她，快一个月没亲近了，怎么也得先吻个够本。等喘不上气的时候，他才抬头睨着她问：“你想说什么？”

桃花微微喘气，面上泛起桃红色，眼里水光潋滟，当真是诱人极了。

然而她一开口说的却是："爷压着吃的了！妾身都能感觉到点心被压碎了！"

他能掐死她吗？怒气都快控制不住了！他就没见过这样会惹他生气的女人，气氛已经变好了，她就不能说点应景的话？

桃花心疼地扒拉开袖袋，想看看点心碎成什么样子了。沈在野却伸手就将她外袍扯了，嫌弃地道："有什么好在意的？几块点心而已。"

"那是妾身刚做的桃花饼！"桃花很愤怒，"爷从来不知道珍惜别人的辛苦成果！"

沈在野轻笑一声，低头道："你的桃花饼里全是蔷薇花，该叫蔷薇花饼吧？也不知道你这名字怎么取的。"

"那是妾身亲手做的饼，所以叫桃花饼，你管里头是什么花呢！"桃花忍不住顶嘴。

可是，刚一说完，她就好像意识到了什么，抬眼看向身上的人。

沈在野的眸子是深黑色的，很好看，里头像是有一汪暖暖的湖水，将她一点点地围住。两人靠得很近，呼吸都融在了一起，桃花还想生气，可一时间，竟然气不起来了。

沈在野一笑，温柔地睨着她道："你怎么知道我从来不珍惜别人的辛苦成果？"

要是没吃过，从外头看，哪里看得出桃花饼里是蔷薇花？桃花抿唇，小声哼哼两下，浑身的刺总算是顺了一些，闭嘴不作声了。

沈在野低头，含着她的唇瓣轻轻摩挲，像是安抚一样，一点点地将她奓起来的毛捋顺。等身下这人彻底放松了，他才扒了温柔的羊皮，跟狼一样地疯狂侵略起来。

也算是小别胜新婚，沈在野好像比以前更粗暴了，桃花这回没跟他客气，该抓就抓，该咬就咬，疼起来了跟只小狼崽子似的咬着他的肩膀不松口。

意外的是，沈在野这回总算没再威胁她了，任由她咬着抓着，也没吭声。

恍惚间，桃花觉得，沈在野好像从一条狠毒的蛇，变成了温顺的绵羊。

情浓之时，桃花忍不住出了声，脑子里不太清醒的时候，好像听人在自己耳边说了一句：“错怪你了。”

桃花心里一震，睁开眼，有些茫然地看着他。

沈在野抿唇，表情平静得像是根本没开过口一样，趁她走神，卷着她就又赴巫山。

桃花撇撇嘴，绷着脸很想继续端一下架子，可到底是在床上，不是她把沈在野弄得神魂颠倒，就是沈在野夺了她的理智。而这次沈在野使诈，一句话让她没回过神，这一场仗她就输了。

天还亮着，湛卢站在门外，听着里头的动静，轻咳两声，将其他人统统都带了出去。

他先前还担心主子搞不定娘子呢，现在看来，自家主子也是无师自通，掌握了让女人最快消气的办法。

厉害！

然而他不明白的是，桃花这么容易消气不是因为沈在野床上功夫好，而是因为他还没重要到要她生天大的气的地步。毕竟两人只是合作，她被冤枉了，吃了苦头，只要他认识到是他错了，给点补偿就行了，那日子自然还是要继续过下去的。

重要的是，桃花觉得沈在野的补偿应该很丰厚。

天快亮的时候，沈在野低头睨着自己胸前耷拉着的小脑袋，伸手拨弄了两下：“别睡，我还有话没问完。”

“什么？”桃花半睁着眼，一脸困意地看着他。

“你同南王到底是怎么回事？”沈在野微微皱眉，道，“还送他枕头？”

桃花打了个哈欠，掩着唇，嘟囔：“他跟我弟弟很像，照顾一下也只是寻常事。前些时候在府里闲着没事做，就给他绣了个枕头。”

没事做怎么不给他也绣一个？她就算是把南王当成弟弟，这也太过分了点吧？沈在野很生气。

瞧着面前这人微微阴沉的脸，桃花轻嗤了两声：“妾身还没喊委屈呢，那日与南王在街上被贫民围堵，没见爷有半句安慰话，反而直接把妾身丢去了静夜堂饿肚子。好歹您也敬重南王，不看僧面看佛面……”

“等等。”沈在野眯眼，“你说什么围堵？”

桃花微微一顿，挑眉：“您该不会忘记了吧？就是妾身晚归那次，南王的马车经过贫民窟，撞死了个小孩子，被贫民围住了。您不是还派了人来救我们吗？”

沈在野眼神里暗潮翻涌，摇了摇头：“我不知道这件事。”

他要是知道，也不至于生气关人。

桃花错愕，呆呆地看了他好一会儿，才道：“原来这相府之中，也有不归爷管的地方？”

南王派人回丞相府找人的时候，沈在野是在府里的，然而他竟然没得到消息，护院却是去了的。那又是谁在中间指挥？

“窝大了，难免有别的鸟叼来的草。”沈在野抚弄着桃花的头发，漫不经心地道，“我若是大事小事都管得滴水不漏，那大概便要像诸葛孔明一样劳累而死了。既然有人搞了鬼，那拎出来处置了也就是了。”

“爷要以什么借口处置下人啊？”桃花蹭了蹭他，好奇地道，“人家背后肯定也是有主子的，一般的借口弄不死，太严重的借口又没有。”

“这个就交给湛卢去操心了。”沈在野伸手，将她的脑袋放到自己的臂弯里，闭上眼睛道，“咱们休息一会儿吧。”

“哦。”桃花乖巧地点头，抱着他的腰身闭上眼。

然而，没一会儿她就反应了过来，撑起半个身子瞪着身边这人道：“这样说来，爷又冤枉了妾身！”

沈在野闭着眼睛装死：“过去的都过去了。”

“这话应该受害者来说，您没有立场！”桃花微怒，抬脚就跨到他身上，企图用体重压醒他，“您怎么就不动脑子想想呢？妾身这么聪明的人，能干这么多傻事吗！”

“谁知道呢。”沈在野伸手掐着她的腰，半睁开眼，“你再压着我，待会儿可别求饶。”

桃花脸上一红，感觉又好气又好笑："你理亏还耍流氓！"

已经理亏了，不耍流氓怎么办啊？沈在野抿唇，感受着手里这不盈一握的腰身，眸色微沉，翻身就又将她压在了下头。

桃花咬牙，一边推着他一边跟上战场似的喊口号："您能控制妾身的身子，控制不了妾身的心！这事儿没完，妾身不会轻易善罢甘休的！"

沈在野微微一笑，也不言语，张口就咬住了桃花的嘴唇，痛得她嗷嗷直叫。

徐燕归难得穿了常服出来，正打算来临武院找人呢，却见湛卢坐在院子门口捂着耳朵。

"怎么了这是？"

湛卢抬头，一见是他，连忙行礼："徐门主，主子现在有事，不便见客。"

"他还能有什么事是连我都不能见的？"徐燕归挑眉，刚笑了一声，就听见主屋里隐隐约约传来的销魂蚀骨的声音。

他自然知道里头发生了什么。想想这院子里沈在野会碰的人，徐燕归挑眉："姜娘子在里头？"

湛卢惊讶地看他一眼，点头："是。"

"他待她，不觉得太不一般了吗？"徐燕归抿唇，神色有些严肃，"先前他自己说的话，也都不记得了？"

沈在野自己说过，不会跟大魏的任何女人有肌肤之亲，因为人非草木，一旦有夫妻之实，难免会动些感情，影响判断。他的作用是至关重要的，只会将所有人当棋子，绝不会因为女人误事。

"话是那么说，"湛卢想了想，"可是姜娘子是赵国人。"

徐燕归："这有区别吗？都不是什么能放心动情的女人。"

"奴才也不知道该怎么说。"湛卢抿唇，很认真地抬头看着徐燕归，"但姜娘子一来，主子身上多了不少人味儿，也常常会笑了。奴才觉得没什么不好。"

"你们主仆这行为，早晚会惹大麻烦。"徐燕归摇了摇头，转身就走，

"我去查查姜娘子的情况吧，只是赵国有点远，可能要等一两个月了。"

湛卢恭敬地颔首，目送他远去。

相府里的各位主子还没高兴多久，一夕之间，姜桃花竟然又得宠了！而且这一次，爷像是要补偿她似的，什么好东西都往争春阁送，时不时就让人做一大桌子菜，然后陪姜氏一起吃。

"夫人，这是爷送给您的红珊瑚树。"小丫鬟恭敬地让人将一盆珊瑚树抬进凌寒院。

梅照雪头也没抬，淡淡地道："多谢爷赏赐。"

丫鬟应了，躬身退下。

旁边的秦解语颇感新奇地看着那红珊瑚，赞叹道："这可是个宝贝啊，一瞧就知道价值不菲。爷如此厚待，夫人怎么一点也不高兴？"

梅照雪轻笑了一声，道："别人院子里送来的东西，又不是当真是爷的心意，我有什么好高兴的，随意找个地方摆了也就是了。"

秦解语微愣，伸手指着丫鬟离开的方向："她不是说是爷送来的吗？什么叫别人院子里的？"

"你还看不明白吗？"梅照雪微微抬眼，"那丫鬟是争春阁的人，这珊瑚树多半是爷送给姜氏的，姜氏怕盛宠之下得罪我，所以拿这个来讨好我呢。"

秦解语心里一惊，瞪大眼看着红珊瑚说道："这种极品宝物，爷不给您，反而给姜氏？这是什么道理，难不成她才是夫人？咱们后院里的人还没死完呢！"

"男人啊，一旦宠起一个女人来，那就是万千宠爱于一身，哪里还会管别的呢？"梅照雪叹息，"咱们姜娘子也真的是很厉害，以后这夫人的位置，说不定当真要给她来坐呢。"

"那怎么行！"一拍扶手，秦氏怒了，"她凭什么？"

梅照雪微微一笑，看了她一眼："你别光生气，想点办法出来才是。"

秦解语一顿，低头想了想，眼眸微亮："是不是马上要到品茶会了？"

梅照雪点头，目光温和地道："这次不知又是谁会得兰贵妃喜爱，不过说起来，咱们院子里有资格进宫的，今年又多了一位。"

秦解语会意，妩媚地一笑，捏了帕子就往外走。

"品茶会？"桃花看着顾怀柔，疑惑地问。

"是兰贵妃办的，一年一次，各家贵妇进宫沏茶品茶的风雅聚会。"顾怀柔很严肃地道，"你最好提前花点心思准备一下，当今兰贵妃独得盛宠，能得她的喜爱，只有好处，没有坏处。"

"我们这种侧室也能去？"桃花挑眉。

顾怀柔点头："这盛会是不分正室侧室的，只要你是三公九卿家的女儿，都可以参加。娘子是赵国公主，自然也是有资格的。"

"这样啊。"桃花点头，"那你知道兰贵妃喜欢什么茶吗？"

"没人知道。"顾怀柔神色古怪地道，"每年选出来的茶都不一样，咱们夫人为了得她青睐，已经练了一年多的茶艺了，可心里多半也是没有底的。"

这么难搞？那她去凑个热闹就好了，根本不用企图得到兰贵妃的喜欢，因为上次见面，好像气氛就不太对劲，要她喜欢自己，有点难吧。

府里各方各院好像都开始为即将到来的品茶会做准备了，桃花去库房里选茶，迎面就遇见了段氏。

段芸心柔柔地朝她行了平礼，微笑着道："几日不见，娘子的气色好了不少。"

"过奖。"桃花颔首回礼，捏了一包茶问，"段娘子想选什么茶？"

"我不太会泡茶，也只是去凑个热闹罢了。"段芸心微笑着道，"不过听说兰贵妃喜欢苦茶，我自然要选苦一些的。"

桃花挑眉，点了点头，寒暄两句之后就带着青苔走了。

段芸心神色未动，慢悠悠地将茶选好，才看了她离去的方向一眼。

"顾娘子都说不知道兰贵妃的口味，她这又是什么意思？"桃花打了个寒战，一边搓着胳膊一边嘀咕，"为什么每次跟她靠太近，我都觉得浑身发凉呢？”

青苔点头，小声道：“奴婢也觉得段娘子古里古怪的，瞧着让人感觉不舒服。她的话，您还是别信为好。”

“我自然不会信。”桃花撇嘴，“要说关于兰贵妃的事，能信的人只有一个。”

“谁？”

“沈在野。”

青苔咋舌，颇感意外地看着她：“您打算去问相爷？”

“我脑子又没被门夹，都说了只是去凑个热闹，又怎么会专门为这个去惹毒蛇不高兴？”桃花翻了个白眼，捏着茶包道，“回去随意准备准备就行了。”

泡茶她不是很精通，但好歹也学过，应付一下不成问题。

她正想着呢，前头的小道上就起了些动静。

湛卢带着人，押了个门房模样的家奴正往临武院走。桃花一愣，转头就想回避，结果动作不够快，湛卢的声音已经在远处响起：“姜娘子，爷请您也过去一趟。”

桃花嘴角微抽，直觉告诉她，这去了可能没什么好事。被押着的人十有八九跟先前隐瞒消息不报有关，然而，她也没什么借口躲避。

回过身，桃花笑了笑，带着青苔就往他们那边走，温和地道：“正好我也想去给爷请安呢。”

湛卢点头，心想：您看起来明明是想跑的，这睁眼说瞎话的本事，倒是跟相爷一样高超。

沈在野正坐在主屋里等着，远远看见门外有抹熟悉的影子，他挑眉，忍不住就勾起了嘴角，颇有深意地一笑：“桃花，过来。”

桃花面带微笑，站在门槛外头，手悄悄地扒着门框问道：“妾身可以不过去吗？”

今天的沈在野笑得格外诡异啊，比段芸心更让她感觉浑身发冷！

沈在野没说话，一双眼睛就这么盯着她。他眼里清清楚楚地写着：你不过来，后果自负。

开玩笑！她是那种贪生怕死的人吗！

桃花有骨气地一扬下巴，然后飞快地朝沈在野跑了过去，坐进他怀里，一脸讨好地笑着：“爷有什么吩咐啊？”

“你来看看，就是这个人害得我冤枉了你。”沈在野伸手抱住她，将下巴放在她头顶，温柔地问，“你想怎么处置他？”

湛卢一脚就将旁边的门房踢倒在地，门房一惊，连忙跪下来，边磕头边道：“小人冤枉啊！”

桃花黑着脸回头看着沈在野，瞪大了一双杏眼：你不是说交给湛卢处置的吗！为什么又扯我下水！

沈在野微笑：他做出的判断就是交给你定罪最好啊，你是受害人。

老娘不依！你又没给我加工钱，凭什么又要我出工！

两人眉来眼去，外人看起来是浓情蜜意，也就只有他们自己知道其中夹带多少刀光剑影。

桃花嫣然一笑，伸手搂住沈在野的脖子，俏皮地盯着堂前跪着的人，嗲声嗲气地道：“这人瞒着消息不报给爷，反而报给了别人，让妾身吃了不少苦头。若是还留着命，妾身可不依啊！”

饶是有心理准备，沈在野还是被她这语调震得一个激灵，眼里的嫌弃掩饰都掩饰不住。

能不能入戏一点啊？桃花伸手暗暗掐了他一把。

沈在野轻咳一声，收敛了眼神，看向那门房。

门房被桃花这话吓坏了，哆嗦着身子，脸上全是惶恐：“相爷，您听奴才说啊。那日南王派人来传消息的时候，您正在书房忙公事。奴才想着不是什么大事，所以才传去夫人那里，让夫人做主的！怎么就要取奴才性命呢！”

“你这话说得倒是奇怪。”桃花眨了眨眼，跟没骨头似的窝在沈在野怀里，一副恃宠而骄的样子，“爷在忙的时候你没禀告也就算了，可事后怎么也该知会一声吧？毕竟这相府的主子是咱们相爷，不是夫人。”

门房一愣，心下颇为不爽，低头咬牙道：“后来事情有些多，奴才以为夫人告诉相爷了，所以才没禀告。”

“这么说来，还是夫人的错了？”沈在野皱眉。

门房不敢说是，可又的确是啊，只能闷头不作声。局面僵持，外头的下人这时进来通禀了一句：“夫人到了。”

桃花一听，立马想从沈在野怀里跳下去。可也不知道这位大爷是不是抱舒服了，压根没想松手，跟抱只猫咪似的，还顺了顺她的背。

“别怕，你占着理呢。”

占着理也不能当着夫人的面儿坐他怀里啊，这像什么话？桃花瞪他，后者一脸平静地直视前方，压根不看她。

梅照雪跨进屋子来就吓了一跳，呆愣地看着座上那跟黏在一起似的两个人，脸色不太好看。

桃花死命挣扎起来，理了理衣裳给她行礼：“夫人安好。”

梅照雪轻轻点头，什么也没说，先恭敬地给沈在野请安，再扫了旁边的门房一眼：“这又是出什么事了？”

“夫人救命！”门房跟看见救星似的，连忙朝梅照雪叩首，“奴才罪不至死，罪不至死啊！”

梅照雪微微一怔，想也明白是怎么回事，微笑着看向沈在野：“爷这是怎么了？怎么生这么大的火气？派护院救南王的事情，妾身觉得这门房没做错。”

“还没做错？”沈在野皱眉道，“他瞒而不报，让我误会了姜氏并且重罚于她，他没做错，难不成错的是我？”

梅照雪抿唇，低声道：“当时的情况，爷正在忙，妾身身为这相府的主母，自然能替爷做些决定，所以他才来凌寒院传话。妾身觉得不是什么大事，所以在南王平安之后，也就没有特意向爷邀功。”

瞧瞧她这话说得多漂亮，瞬间就把瞒而不报变成了低调不想邀功。梅夫人真的不是一般的厉害！

沈在野侧头看了桃花一眼，后者连忙从看热闹的态度里回神，委屈地道："夫人这一句不想邀功，却让爷误会妾身不守规矩，让妾身活生生饿了两天！您没错，这门房也没错，爷更是没错，那错的是妾身吗？妾身就活该被冤枉？"

梅照雪抬头，温和地笑了笑："你受了委屈，爷也安慰补偿过了，又何必抓着这忠心耿耿的下人不放呢？"

"忠心也得看是对谁忠心啊。"桃花撇撇嘴，小声嘀咕，"拿着爷给的工钱，忠的却是别人，这才可怕呢。"

"桃花！"沈在野佯装斥责，"你这话岂不是怪在夫人头上了？"

"妾身委屈啊，妾身冤枉！"桃花睁着一双水汪汪的大眼睛，伸手拉着沈在野的衣袖，轻轻摇晃，"您说过不会让害妾身的人好过的，现在人就在这里呢，归根结底就是他害的妾身。您说，他不该死吗？"

沈在野皱眉，状似为难地看了梅照雪一眼。

梅夫人脸色不太好看，皱眉盯着桃花："娘子最近得了宠，倒是跟以前不太一样了。"

以前还是知进退、守规矩的，今日怎么这般胡搅蛮缠？

当她乐意吗？桃花撇撇嘴，委屈地道："若是跟以前一样，就得吞下这无数冤屈，那妾身宁可变一变，也得求爷做个主。"

"爷，"桃花转头看向沈在野，可怜兮兮地道，"当初您对妾身说过的，这一生一世都要好好保护妾身。有人犯我一寸，您还人一丈，若有违背，天打雷劈，这都是您说的啊。"

他什么时候说过了？沈在野眯眼看她，这不要命的女人真能胡诌。他压下火气，点头道："我说到做到。"

"爷！"梅照雪皱眉，"门房再怎么错了，也罪不至死，您若当真为了姜氏如此残忍行事，恐怕不会有什么好名声。"

"我的名声什么时候好过？"沈在野失笑，"别人不知道，你还不知道吗？外头都说我是奸臣贼子，不是什么好人。既然不是好人，那做点坏事又怎么了？"

背后一凉，梅照雪脸都僵了，完全没想到姜氏在爷心里能有这么重的地位，竟然为了她完全失了以往的理性。她是一早就考虑过这件事的后果的，料想不会有多严重，才任由秦氏让门房不通禀临武院，结果怎么会……

“相爷，奴才只是听命行事啊！”见夫人要保不住自己了，门房连忙跪着上前两步，豁出去似的道，“奴才本来是打算通禀临武院的，结果……”

话不敢说完，他偷偷看了梅照雪一眼。

梅照雪垂眸，袖子里的手紧握，心想人果然都是靠不住的，在受到性命威胁的时候，心里哪还有“忠诚”二字可言？她还不如养条狗！

“妾身替秦氏向爷道歉。”梅氏低下头，轻声道，“秦氏任性也不是一日两日了，突然有这样的主意，妾身也没来得及拦住。”

“哦？”沈在野有些意外，“此事还跟秦氏有关？”

梅照雪叹息：“确切来说，这件事跟妾身本就没什么关系。门房来报信的时候，妾身正在休息，秦娘子在院子里，就直接吩咐了下去。至于她是怎么想的，妾身也不知道。后来知道的时候，也觉得不是什么大事，所以我就没告诉爷。”

桃花咋舌，看着这一脸平静的梅夫人，心里为秦氏捏了把汗。

“既然不是夫人的过错，那也怪不到夫人头上。”桃花收敛了心神，笑道，“夫人温和，一向会为人着想，秦娘子本性善良，想必也没什么坏心思。以妾身之见，也不要坏了这门房的性命，直接让他交接了手里的事情，出府去吧。”

梅照雪有些意外地看了她一眼：“姜娘子方才不是还说想要他的命吗？”

“救人一命胜造七级浮屠，妾身也愿意多积点德。”桃花靠在沈在野身边，低头朝他一笑，“况且咱们爷只是嘴硬，心却软，哪里会当真取人性命呢？”

一上来把惩罚说得严重，现在让一步，那门房反而觉得是受了恩了，连忙磕头行礼：“多谢姜娘子，多谢相爷！”

梅照雪轻飘飘地看了他一眼，抿唇对沈在野道：“既然姜娘子大度，那秦氏的事……”

沈在野淡淡地道："这次可以不追究，但如果有下次，再让我发现这府中有人动歪心思，那就是你这个当夫人的失职了。"

"妾身明白。"梅照雪颔首，起身道，"妾身这便先告退了，还要回去练习茶艺。"

"嗯。"沈在野点头，看着她退下去，挥手就让湛卢把跪着的门房也带出去。

屋子里安静下来，桃花站直身子，揉了揉自己的腰，皱眉嘀咕道："夫人会把这笔账算在我头上的。"

"你还怕她不成？"沈在野轻笑，抬眼看她，"论聪明，她可不及你。"

"可论玩阴的，毕竟姜还是老的辣。"桃花撇撇嘴，看着沈在野道，"要是以后出了什么事，爷可得护着妾身。"

沈在野勾唇，伸手将她拎过来抱着，慢悠悠地道："可不得护着你吗？要是不护着，就该天打雷劈了。"

桃花背后一寒，连忙伸手抱着他的脖子，朝着他的脸"吧唧"一口："爷最好了！"

"一点也不好。"沈在野皮笑肉不笑。

"是！妾身的意思是，妾身帮了爷这么多忙，爷就宽宏大量，别跟妾身计较那只字片语的！"桃花严肃地道，"成大事者不拘小节，少些计较，爷会长命百岁的！"

这意思就是，跟她计较他就要短命了？沈在野感觉又好气又好笑，抓着桃花的脸就是一阵揉捏："说点好听的给爷听听？"

"爷英俊潇洒，是妾身见过的全大魏最好看的男人！"

沈在野眼里带笑，挑眉："当真？"

"当真，因为妾身一共也没见过几个大魏男人。"

沈在野："……"

湛卢处理了门房回来，就听见临武院里一阵惨叫，接着就是鸡飞狗跳的声音。惊愕地趴在门边看了看，他下巴都要掉地上了。一向正经的自家主子，竟然放下身段在和姜娘子打闹！

桃花死死地抵着一把椅子，将沈在野隔远了一点："妾身只是开个玩笑，您手下留情！"

沈在野似笑非笑地撑着椅子的扶手："我也来跟你开个玩笑，你有本事别跑。"

"妾身没本事！"桃花撒丫子就跑，"妾身可惜命了！"

"你分明就是最不要命的！"

湛卢在门口看得清楚，自家主子这明显是在逗着她玩儿呢。湛卢摇摇头，也有些担忧了，这样下去，真的不会有问题吗？

一炷香的时间之后，两个人都累得躺在软榻上。桃花气喘吁吁地说道："妾身还准备回去泡茶呢，现在就只想沐浴就寝。"

泡茶？沈在野皱眉，恍然间想起，又是一年品茶会的时候了。

"你要准备什么茶？"他问。

桃花一愣，眨眨眼道："拿了龙井。"

"为什么？"

"反正也不知道她喜欢什么茶，爷往日最爱喝这个，所以妾身就拿了这个。"桃花狡黠地笑了笑。

沈在野侧头看她一眼，脸色有些严肃："换一种吧。"

"哎？"桃花翻身，眨巴着眼看着他，"贵妃不喜欢这种？"

"……嗯。"

没想到沈在野竟然会透露消息给她，桃花一喜，连忙爬起来整理好仪容，回争春阁去。

贵妃不喜欢龙井，那用什么茶呢？她跟顾怀柔商量了一番，顾怀柔道："段娘子说兰贵妃喜欢苦茶，这话倒是有些奇怪，虽然去年是她赢了，嫁进了相府，但未必说的就是真话。"

"你不用去考虑她的话，就当没听过好了。"桃花道，"现在排除龙井茶，有什么茶好喝又好泡吗？"

顾怀柔想了想，道：“我今儿上街去找找，带些不同种类的茶回来给你选。”

虽说先前有些不愉快，但真交上了朋友，顾怀柔还是相当耿直的，二话没说就去凌寒院拿牌子了。等回来的时候，她竟然带了二十多种茶，看起来颇费了一番心思。

桃花瞧着，虽然嘴上没说什么，却还是转头让青苔去找两件宝贝出来，待会儿送去温清阁。

“娘子瞧瞧这种茶。”顾怀柔兴奋地捧了一个茶包出来，道，“掌柜的说这是新的茶种，叫蜂蜜花茶，里头是蔷薇花和绿茶混合的，用蜂蜜水浸泡，不仅香甜四溢，而且不论茶艺好坏，都能泡得好喝。”

这种茶赵国也有，桃花倒不是很陌生，想想也就接下了，让青苔先送去李医女那里查查，看有没有什么不妥。

“除了茶，还有茶点，每人也要准备一样的。”顾怀柔问，“娘子有什么拿手的点心？”

“有啊。”桃花胸有成竹，“桃花饼刚好和这花茶相得益彰。”

“那就好，您这儿既然妥当了，我就回去准备自个儿的了。”顾怀柔起身道，“要进宫的时候，娘子可要等我同乘。”

桃花点头应了，目送她出去，然后试着泡了一包蜂蜜花茶来喝。

不知道兰贵妃喜欢不喜欢，反正她是挺喜欢的。这种茶应该也养颜，因为她师父就很爱喝。就算不讨喜，应该也不是什么大罪过。

第一次参加这种聚会桃花本来还有点紧张，但是顾怀柔这个热心肠，当天竟然主动过来帮她选衣裳挑首饰，一边弄一边告诉她宫里的规矩，她心里反而隐隐有些期待。

“只要别跟兰贵妃撞了衣裳颜色和首饰，那就没什么。”顾氏道，“宫里已经传来了消息，咱们避开金红色和孔雀样式的头饰就成。”

还真是讲究啊，桃花点头，按照她说的一一照做，然后跟着她一起出门。

看见别人的时候，桃花还下意识地观察了一下衣裳头饰，怕顾怀柔坑她。结果看了一圈她发现，顾怀柔是真心在帮她这个头一回进宫的人。原来敌人一旦变成朋友，还真的挺可靠的。

“姐姐今日不与妾身一起坐了吗？”看见她们，柳香君连忙迎了上来，颇为委屈地看着顾怀柔道，“往年不都是姐姐带着妹妹进宫的？”

“今年带不起了。”顾怀柔淡淡地道，“柳侍衣另有高枝，何必坐我的马车呢？借过。”

说完，她拉着桃花就越了过去，径直坐上外头的车。

桃花挑眉：“你们这是彻底翻脸了？”

“嗯，娘子也记得小心她一些。”顾怀柔垂眸，“从小一起长大，她是什么样的人，我最清楚。玩起阴的来也挺硌硬人的。”

桃花点点头，表示明白，捏好手里的食盒就等着出发。

沈在野今日也是要进宫的，不过应该是处理朝政之事，所以桃花也没问。不过相府的势力可真是让人心惊，别家院子去的顶多就两三个人，可相府光是马车就有五辆，更别说里头还不止坐着一个人。

一瞬间桃花也算是明白为什么后院里总是腥风血雨了，这架势比后宫也不差啊。

第四章
下毒

品茶会在兰贵妃的芷兰宫里举行，宫规复杂，经过好一阵子的盘查和行礼，这一群命妇才到了地方。

兰贵妃还没出来，院子里上下都是席位，错落有致，看样子是按照地位排序坐的。三公九卿各有官阶，同一家的女儿还分嫡女庶女，大家纷纷落座之后，桃花发现自个儿好像坐哪里都不对。

她是赵国公主，按理不比三公九卿家的女儿地位低。可是阶梯上头没有位置空出来，只有最下头空了一个席位。

情况有点尴尬，梅照雪忙着跟人寒暄，像是根本没注意到她一样，其余的人更是都装作没看见她，自顾自地谈天说地。顾怀柔倒是发现了情况不对，可自己身边的位置已经有人坐了，她一时也不知道该怎么办。

桃花抿唇，虽说她是抱了沈在野的大腿，甘愿当侧室没错，但她好歹还是代表着赵国，要是真的坐在最后面，自认赵国公主还比不得九卿最末之臣的庶女，那就是丢赵国的面子。

想了想，桃花施施然站在了院子中间，等着兰贵妃出来。

梅照雪的余光是一直在看着她的，想看她会有什么反应，结果她竟然站在那儿不动了。到底是相府的人，这样闹得她也有些尴尬，于是她开口就轻斥了一句："姜氏，去找位置坐好。"

"这儿没有妾身的位置。"桃花一笑，朝梅照雪屈膝道，"定是还没正式来拜见过贵妃娘娘，所以娘娘把妾身的位置忘记了，妾身先等着给娘娘请安吧。"

秦解语皱眉，指着下头的位置道："那儿不是有吗？"

桃花微笑："那可不是妾身该坐的位置。"

"怎么？你在府里蛮横骄纵也就算了，真当进了宫人家还会迁就你？"秦解语黑了脸，颇为不悦地道，"你这样不懂规矩，万一被娘娘怪罪，可别牵扯我们相府。"

"哪能不牵扯呢，怎么也是相府的人。"梅照雪叹息，"娘娘出来顶多怪我管教不严之罪，怪不到姜氏头上，所以她肆无忌惮也是应当。"

这话一说，其余在场的夫人看向桃花的目光都不太友善了。桃花仿若未闻，女人最擅长的就是嘴仗，自己有理的时候，就等能裁断的人出来再说话，免得争吵起来失了仪态，反而让人没了好印象。

值得庆幸的是，兰贵妃出来得很快。

"这是怎么了？"看着下头站着的桃花，兰贵妃眼神微动，"姜氏怎么不坐？"

梅照雪起身颔首："是妾身的错，以往常常坐娘娘左首，今年没考虑姜氏的身份问题，忘记让位了。"

兰贵妃看她一眼，淡淡地道："你是九卿之首梅奉常家的嫡女，自然是要坐在左首的，这没什么问题。"

梅照雪一笑，颔首屈膝。众人看向桃花，都抱着看好戏的心态。

桃花不慌不忙地上前行礼："妾身拜见贵妃娘娘。"

兰贵妃扫她一眼，扶着宫人的手坐下，也没让她平身，只问："娘子为何不坐？是嫌我这芷兰宫太小了？"

"娘娘过谦了，芷兰宫乃宫中仅次于正宫的宫殿，哪里会小？"桃花微笑，垂着眸子道，"妾身只是怕坏了娘娘在后宫的名声，所以才不敢入座。"

"哦？"兰贵妃笑了，盯着她道，"与本宫有什么相干？"

"自然是有的。"桃花抬手，指了指最末端的那个位置，"妾身来得不巧，只剩下那一个位置。若是坐了，外头的人难免就会说娘娘宫里尊卑不分，不及正宫规矩严明。若被有心之人听去，恐怕还会小事变大，说娘娘不懂规矩却又常常伴君左右，恐致大魏法度荒废，届时引得朝臣上奏，正宫责备，娘娘岂不是冤枉？"

顿了顿，赶在兰贵妃生气之前，她又道："上次马场与娘娘一见，妾身以为娘娘不仅雍容华贵，而且端庄大方，进退有度，是知书识礼之人，所以颇得圣宠。今日这座位虽是小事，却也代表了芷兰宫的态度。妾身不忍因小事让娘娘蒙辱，故而迟迟不肯入座，还请娘娘宽恕！"

舌灿莲花，这才叫真正的舌灿莲花啊！顾怀柔听得目瞪口呆，见兰贵妃的表情从阴郁变得愣怔，最后竟然想了想，点头道："你说得有道理。"

梅照雪一惊，连忙起身道："这样说来，妾身的罪过倒是大了，那妾身便下去坐，这位置让给姜氏吧。"

"夫人是正室，哪有将位置让给侧室的道理？"桃花嫣然一笑，"贵妃娘娘聪慧，自然有自己的安排，您又何必这么急着替娘娘做决定？"

梅照雪神色微顿，侧头深深地看了她一眼。桃花不躲不避地迎上她的视线，笑意不达眼底。

兰贵妃抿唇，挥手就让宫人把最后的那矮桌和坐垫搬到自己右手边来，道："姜氏身份特殊，今日就不论正室侧室了。赵国的公主来我大魏，自然当以客礼相待，就坐在这儿吧。"

众人都吓了一跳，看着姜氏当真走上前去，心里真是想什么的都有。

"好厉害啊。"顾怀柔旁边的古侍衣小声赞叹，"这样的气势，真不愧是赵国的公主。"

换了别人，定然是下不来台要大吵大闹得罪贵妃，抑或是被贵妃娘娘的神色吓得不敢吱声乖乖就座。没想到姜娘子竟然还敢说这么多话，而且句句在理。

梅照雪和段芸心的脸上都没什么表情，倒是秦氏气了个半死，差点把帕子揉烂，暗自嘀咕道："我就见不得她身上那股子妖媚得意的劲儿！"

在姜氏进府之前，爷都是最喜欢自己身上的傲气和媚意的，谁知道在她进来之后，府里再无人说她媚，竟然都只说她傲了。

自己走自己的路没关系，但是把别人挤得都没法儿走路了，这样的人就该死吧。

桃花刚坐下来，就觉得脸上跟有东西在刺一样，抬头就迎上了秦解语的视线，眼神颇为迷茫。这位主子怎么回事，又看她不顺眼了？

移开了目光，秦解语伸手开始摆弄自己面前的食盒。桃花见状，也就没多想了，等着这品茶会开始。

“今年的品茶会还是一样。”兰贵妃扫了下头一眼，笑着道，“先尝茶点，后饮好茶。各位夫人小姐想必都带了自己亲手做的点心和茶，本宫就托大，一一尝过之后，来评个高低。”

众人都应下。桃花也跟着低头，但她心里忍不住想，这贵妃娘娘吃饱了没事干啊？为什么会弄这样一个聚会出来？

但是之后她就看出来了，这聚会名为品茶，实际却是在品人。各家来的不只有出嫁了的夫人，更有待字闺中的女儿。所谓绿叶扶持红花，那一个个梳着未嫁发髻，穿着色彩鲜明长裙的姑娘，在她们一群已嫁之人里，显得格外水灵。

先前顾怀柔好像说过，段芸心就是赢了这品茶会嫁进丞相府的，那这些姑娘这么积极参与也就不奇怪了。可是，为什么她瞧着府上这一个个的也挺积极的？

“妾身做的是翡翠糕，用绿豆沙包着豆沙，很是开胃。”梅照雪将食盒打开。其他的人也就纷纷把盛着点心的碟子拿了出来。

秦氏做的是炸油酥，段氏做的是中规中矩的八宝蒸蛋，一个个挨次看下去，各有各的好。

兰贵妃满意地点头，看了桃花一眼：“你这是什么饼？”

“桃花饼。”桃花笑道，“只是里头用的是最近开得正好的蔷薇，香甜酥脆。”

“那为何不叫蔷薇花饼？”兰贵妃撇嘴，嘀咕了一句之后，就起身拿了一个来尝。

这桃花饼好吃是好吃，但姜氏明显不是经常下厨做点心的人，看起来手艺很生疏。兰贵妃没说话，继续去尝下一个做的。

旁边有宫人过来，引着众位夫人小姐去一旁的台子上沏茶。桃花终于暂时松了口气，找到顾氏，跟她一路前行。

“您小心些啊。”顾氏皱眉道，“夫人看起来好像要跟您过不去了。”

“才看出来？”桃花歪了歪脑袋，俏皮一笑，“夫人早就与我过不去了啊。”

只是今日尤其明显而已，大概是因为沈在野不在，也无法知道具体过程的缘故吧。

顾怀柔直摇头，领着她去远一些的地方拿热水泡茶，不停地碎碎念：“您现在是腹背受敌，无论是谁都要防备着点。”

“包括你吗？”桃花调笑了一句。

顾氏微微一愣，眼睛立马瞪圆了：“防备我干什么？我又不会害您！”姜氏这么厉害，就算抛开救了她的情义不说，她也绝不会傻到再与她为敌。

桃花轻笑出声，端着泡好的茶往回走：“逗你的，走吧。”

泡茶的时间有长有短，她们回去的时候，座位还有许多是空的，兰贵妃却已经吃完了右边三公家夫人小姐的点心，正在吃秦解语的炸油酥。

“你们回来得可真早。”兰贵妃皱着眉将炸油酥吞下去几个，捏着筷子嘀咕，“这东西好吃，却太油了，正好下茶。姜氏，你的茶先泡好，就先拿来吧。”

“是。”桃花颔首，恭敬地将蜂蜜花茶递了上去。

兰贵妃可能是吃噎着了，喝了茶好半天才品出味道，皱眉道：“怎么是甜的？”

“回娘娘，这是咱们国都刚有的新茶，叫蜂蜜花茶。”顾怀柔连忙解释，“有美容养颜之效。”

一听还有这功效，兰贵妃的眉头松了些，当喝水一样把蜂蜜花茶灌下肚去，然后道：“好是好，但本宫不喜欢甜的。”

桃花挑眉，心想段芸心难不成真的没骗她，这兰贵妃当真喜欢苦茶？那倒是她以小人之心度君子之腹了。

放下茶，兰贵妃正想继续尝其他的点心，却忽然觉得肚子一痛，害她差点没站稳。

“娘娘！”旁边的宫女连忙扶住她，低头就见贵妃脸色不太对劲，“这是怎么了？”

“没事，可能是吃太多了。”兰贵妃捂着肚子，站了一会儿想缓缓，结果越站脸色越差。

桃花惊得走了过来：“娘娘？还是让太医来看看吧。”众人连忙将兰贵妃扶进屋。

太医倒是来得很快，诊脉之后皱眉问道：“娘娘方才吃了什么？”

旁边的小宫女指着桃花就道：“最后喝的是这位夫人的茶，一喝下去就不对劲儿了。”

“把茶杯拿过来。”

“是。”

桃花心里一凉，觉得有种不太好的预感，跟着在门口看了看，就见那小宫女出去又回来，皱眉道：“茶杯不见了。”

外头泡茶的人三三两两陆续回来，根本不知道发生了什么事，还在四处找贵妃娘娘。顾怀柔急得站在门槛处看了半天，说道：“方才娘娘喝完就将茶杯放在你的案桌上了，谁也没注意，竟然就不见了。”

“那就是有人看我不顺眼了吧。”桃花抿唇，“不过奇怪的是，我的茶里不可能有问题，在咱们泡好茶的时候，宫人不是就已经检查过了吗？”

“是啊，但凡要入娘娘之口的东西，都要经过宫人检查的。”顾怀柔皱眉，看了看内殿，小声道，“宫人都没事，怎么她就有事了？”

芷兰宫的大姑姑芳蕊从内殿出来，脸色不太好看地盯着桃花道：“茶杯不见了，许是哪个宫人不小心收走了，奴婢会好生追查的。至于咱们娘娘是不是因为喝了您的茶才变成这样的，这个也好办，奴婢立马让人将其他人的茶和茶点统统尝一遍。若是没问题，就请夫人与奴婢去司宗府走一趟了。”

桃花抿唇：“妾身绝无害娘娘之心，姑姑要查，就请彻查，以免让真正想害娘娘的人逃之夭夭。”

“奴婢明白。”芳蕊轻轻颔首，带着人就向外头走去。

梅照雪一众人刚刚才回来，见着这阵仗，很是茫然地询问：“出什么事了？”

芳蕊姑姑睨着她道：“贵妃娘娘中毒了，太医正在解毒，请各位夫人将茶水、茶点都放在案上，由芷兰宫的人一一尝过，再下定论。”

“中毒了？！”一群女人纷纷捂唇。秦解语皱眉问了一句：“中毒之前吃了什么啊？直接查那东西不就好了？”

“娘娘最后饮的是姜氏的茶。”芳蕊垂了眼眸，声音低沉地道，“巧的是，一个转身，那茶杯就不见了，无处可查，只能查其他夫人的茶点、茶水，以逆推消失了的那杯茶有没有问题。”

梅照雪脸一白，连忙往大殿里走，到了外殿直接跪下：“妾身管教不严，但求娘娘凤体安康，否则万死难辞其咎！”

兰贵妃有气无力地躺着，根本没有精力理她。桃花站在外头看着她这动作，低声道：“妾身好歹也是相府的人，被人冤枉，夫人的第一反应不是替妾身辩解，而是替妾身认罪，也不管这事会不会牵连到丞相府？”

“你闭嘴！”梅照雪眼里满是担忧，颇为恼怒地道，“往年品茶会从来没出过问题，今年你一来就出了岔子。”

“若是妾身有那个胆子毒害贵妃娘娘，那您也不会好端端在这儿跪着说话了。”桃花深深地看着她，道，“妾身什么都没做，也会生祸患，那就不是妾身的问题，该问问暗处那些个不肯放过妾身的，到底是有多狠。”

梅照雪正要斥责，旁边太尉家的夫人却冷笑着开口：“你们后院争宠，倒敢拿到贵妃娘娘面前来闹，还害得娘娘凤体有恙。这要是传到皇上耳里，你们哪有机会争论谁对谁错啊？直接就得上下一起问罪了。”

“你……”

内殿的帘子忽然掀开，打断了她们的争吵。

太医出来道：“不知娘娘所食何物，但的确是中了毒，已经开了解毒的方子，要辛苦娘娘吃几天清淡的食物了。至于其他的事，也不归微臣管，微臣就先告退了。”

“太医慢走。”芳蕊姑姑在门口送他。送走太医之后，几个宫人也已经将点心、茶水尝遍了，没一个人有跟兰贵妃一样的中毒症状。

桃花捏紧了手，跪在梅照雪旁边，看着芳蕊姑姑阴沉的脸色，忍不住道：“妾身的茶水不可能有问题，这芷兰宫里不是有专门的人检查过吗？”

“这个奴婢不知。”芳蕊语气冰凉地道，“若有人成心要作恶，检查也是保证不了什么的。”

桃花皱眉，心想自个儿最近的危机意识是不是淡了点，莫名其妙被人坑了都没发现。而且直到现在，她也不知道问题出在哪里。

她没有下毒，贵妃娘娘却中毒了，是中间有什么玄机，还是……还是贵妃娘娘看不惯她，故意刁难她？

“来人。”芳蕊朝外头吩咐，“将姜氏请去司宗府，再派人去知会皇上和丞相。”

“是。”

这宫里的情况桃花是不怎么熟悉的，一时间也想不出什么脱身的法子，只能寄希望于沈在野。

然而，沈在野与兰贵妃之间的关系，她一直不是很清楚，毒蛇这次会救她吗？还是会雪上加霜地又骂她一顿？

御书房。

皇帝与沈在野下棋正下到关键之处，突然就听见宫人传来了芷兰宫的消息。

“什么？！”皇帝皱眉，立刻起身，“怎么会中毒了？”

宫人看了沈在野一眼，说了事情经过。沈在野抿唇，问了一句：“查实了是姜氏所为？”

“……这，虽还没有具体证据，但芳蕊姑姑让人尝了其他的东西，都没有问题。”

皇帝脸色不太好看，带着沈在野就往芷兰宫走，边走边道：“朕是信得过爱卿你的，只是你后院里的女人太多，又太乱，若是当真有人害了兰儿，那可别怪朕心狠。”

沈在野一笑，颔首道："若当真有人如此胆大包天，不用陛下处置，微臣都不会放过她。"

"哦？"皇帝侧头看他一眼，"不是说你对那姜氏宠爱得很吗？也舍得？"

"在微臣心里，女人不过是消遣之物。"沈在野道，"无事的时候，随意怎么疼宠都可以，但若惹了事，臣也不会姑息，没什么舍得不舍得的，谁作的孽，谁便必须承担后果。"

皇帝抿唇，深深地看他一眼："爱卿不愧为我大魏栋梁之材。"

沈在野颔首，跟着他跨进芷兰宫。

人都已经散了，只有相府的人还跪在外头。沈在野扫了一眼，姜桃花已经不在这里了，多半是被带去了司宗府。

"爱妃。"皇帝走进内殿，将兰贵妃扶到自己肩上靠着，皱眉问，"怎么样了？"

兰贵妃笑了笑："没什么大碍，就是有点难受，性命无忧。"

"若是伤及你性命，那还得了？"皇帝十分恼怒，看向芳蕊，"犯上的人呢？"

"已经送去司宗府了。"芳蕊看了丞相一眼，道，"奴婢已经查过，芷兰宫里其他的……"

"盘问过检查食物的宫人了吗？"沈在野严肃地道，"他们的职责就是替娘娘挡去这些意外，结果今日失职了，姑姑也不问问？"

芳蕊一愣，回答道："是奴婢疏忽，现在就去盘问。"

沈在野点头。床上的兰贵妃却睨着他，轻笑了一声："丞相还是护着姜氏的啊。"

"娘娘明鉴。"沈在野拱手道，"臣不是护着姜氏，只是相信她没有这么愚蠢，会做当面毒害娘娘的事。若是有人在背后作怪，妄图用伤害娘娘的方式争宠，那臣也不能姑息。"

皇帝点头："爱卿说得有道理，查是该查清楚的。"

“姑姑顺便再将今日所有人的点心、茶水单子送来看看吧。”沈在野道。

芳蕊犹豫地看了兰贵妃一眼，后者闭眼点头，她才下去拿了单子来。

与此同时，负责检查点心、茶水的宫人也被带到外头跪着了，大声喊着：“奴才们都是仔细检查过的，绝对没有问题才让她们呈到娘娘面前的，奴才们冤枉啊！”

皇帝听得皱眉。兰贵妃有气无力地道：“这可是奇了怪了，东西都没问题，本宫却中毒了，难不成怪我自己倒霉？”

“你别急。”皇帝轻声安抚她。他又抬头看了沈在野一眼，“丞相那么聪明，应该能看出什么端倪。”

沈在野将手里的单子扫了一遍，低头问兰贵妃：“在饮姜氏的茶之前，娘娘是不是吃了秦氏的炸油酥？”

兰贵妃挑眉：“丞相是怎么知道的？”

“臣对养身之道虽不十分精通，却也曾翻阅过两本相关的书。”沈在野道，“有书上写到，蜂蜜若与油炸之物混食，则易中毒，导致腹痛腹泻。”

兰贵妃微微一愣，不悦地看着他：“丞相如此该不会是为了给姜氏开脱罪名，瞎编出来的吧？”

“娘娘若是不信，可以询问太医。”沈在野垂着眼道，“臣若有半句虚言，甘愿与姜氏同罪。”

好个与姜氏同罪！兰贵妃冷笑出声，闭了眼道：“既然丞相一心要保姜氏，那本宫还有什么好说的！”

“兰儿，别闹脾气。”皇帝拍了拍她的肩膀，“丞相向来待你极好，怎么会有意为他人开脱？朕觉得按照丞相的话来想，一切便都能解释得通了。姜氏的茶宫人检查过没问题，其他人的东西也没问题，那便只能是混合在一起食用出的事。以后检查吃食，就不用那么多宫人分开做了，只让一人来查，以确保各宫饮食安全。”

“皇上说得是。”兰贵妃点头，低声问，“那姜氏该怎么处置？”

看了沈在野两眼，皇帝轻笑：“今日之事是个意外，姜氏与秦氏大概也不懂食物相克的道理，所以就算了吧。朕会好好补偿你的。”

兰贵妃捏了捏拳头，抿唇看向沈在野：“那就请丞相好生管教贵府后院之人吧。”

“臣遵旨。”沈在野低头行礼，他全程都没看兰贵妃一眼，事情解决了，便去司宗府接人。

桃花蹲在司宗府临时牢房的角落里发呆，沈在野进去的时候，就看她跟只小耗子似的，缩成一团。

“还没待够？”

乍一听到沈在野的声音，桃花立马蹦了起来，转头就飞扑过去，抱着他的腰抬头道：“爷！先给妾身一点解释的时间，兰贵妃中毒之事跟妾身没关系！”

他自然知道没关系，不过看她这紧张兮兮的表情，沈在野逗弄之心顿起，板着脸睨着她道：“要是跟你没关系，怎么就被关起来了？”

“妾身在这宫里人生地不熟的，又不得娘娘待见，被关起来也是没办法的啊！”桃花跺脚，“妾身都想明白了，娘娘要是执意问妾身的罪，那就连检查食物的宫人一起问罪，这样一来那些宫人为了保命，肯定会想法子证明妾身的茶是没问题的。”

“哦？”沈在野挑眉，“你的茶没有问题，别人的东西也没有问题，那兰贵妃是怎么中毒的？”

“这个妾身也想过。”桃花皱了皱鼻子，道，“两个可能，要么贵妃娘娘有意要教训妾身，假装中毒。要么就是有的食物、茶水分开没问题，但一起吃就会中毒。”

沈在野心神微动，眯眼看着她：“你既然都清楚，那方才怎么不直接跟贵妃娘娘说清楚？”

桃花撇撇嘴，委屈极了：“妾身怎么说？贵妃娘娘在内殿诊治，就派她身边的丫鬟出来问罪，妾身说什么她都不信。反正要找人承担罪责，放过了我，她们那些做奴才的就得遭殃，所以今儿是被关定了。”

说完，她又抬头看着他，抱着他的腰撒娇：“妾身没用，就等爷来搭救了，爷这回一定要相信妾身！”

沈在野意味深长地看了她一眼，道：“你竟然会把获救的希望放在我身上，那我要是不信你呢？”

“您没这么狠心吧？”一缩脖子，桃花眼神古怪地看着他，“先前妾身帮您的忙您都不记得了？说好的要护着妾身的！”

“那好，这次我花点心思捞你出去。”沈在野微微一笑，“你先前帮我的功劳，也就一笔勾销了，怎么样？”

“不要脸！”

“你说什么？”沈在野挑眉。

桃花转头“呸”了一声，笑嘻嘻地看着他道：“妾身说，好险！幸好爷肯相信妾身，妾身就功过相抵了吧。”

“好。”沈在野伸手搂着她，眼里满是愉悦，“那我们回府吧。”

“是……等等，就这么直接回去？”桃花愣了愣，“您不用去跟贵妃娘娘说清楚吗？”

“这个你别担心，之后我会说的。”沈在野一本正经地皱眉叹气，满眼惆怅，“看样子还要费不少工夫。”

也是啊，沈在野那么不喜欢提兰贵妃，现在却要为了她的事情去跟兰贵妃求情。这么一想，桃花瞬间觉得有点愧疚了，出宫上车，一路上都乖巧地给沈在野捏肩捶背。

沈在野默不作声地享受着，嘴角微勾，突然觉得骗着姜桃花玩儿真是世界上最有趣的事情。

不过，回到相府之后，气氛瞬间就严肃起来。

虽然沈在野在皇帝面前说这只是食物相克的意外，但他不信就有这么巧，刚好两样相克的食物都是相府里的人带去的。

梅照雪带着所有姬妾跪在临武院，桃花和秦氏跪在最前头，都低头不敢作声。

“先来说说吧，你们的炸油酥和蜂蜜茶，都是自己准备的？”

秦解语皱着眉小声道："虽说的确是妾身准备的，但妾身也不知道会出这种事啊！爷明鉴，妾身的炸油酥是几天前就定下要做的，早就知会过厨房，以免有人会跟妾身做一样的。而姜氏的茶，据妾身所知，是这两天才买回来的。"

桃花点头："蜂蜜茶的确是这两日才买回来的，但妾身也的确不知蜂蜜与油炸点心不能混吃。"

顾怀柔跪在后头，犹豫了半天才道："蜂蜜茶是妾身买回来给姜娘子的，妾身更是不知道有食物相克之事。"

"这倒是巧了，旁人不知道，夫人也不知道吗？"沈在野看向梅照雪，"夫人的养生之道应是学得极好。"

"妾身惶恐。"梅照雪皱眉，"妾身近日一直忙于茶道，不曾过问后院之事，自然也没注意她们做的什么点心，连单子都是秦氏过目的。"

"事事都让秦氏帮忙，你这夫人的位置不如也分她一半来坐？"沈在野微笑着道。

院子里的气氛顿时变得沉重起来，秦解语慌忙磕头："爷言重了，妾身只是偶尔帮夫人的忙……"

"那夫人的错漏，你是不是也该帮着担一担？"沈在野道，"凌寒院、海棠阁，这个月月钱用度都减半吧。"

"……多谢爷。"梅照雪叩头下去。

秦解语却有些不忿："这事怎能只让妾身与夫人承担？姜氏和顾氏也该同罪才是。"

"我没说她们无罪。"沈在野道，"只是那两个院子最近奖赏颇多，减用度也没什么作用，就各抄《家训》三十遍吧。"

"多谢爷。"桃花和顾怀柔也低头行礼。秦解语虽仍有不满，却也只能按下脾气。

沈在野看起来很不高兴，府里出了这样的事，难免会影响他和皇上的关系，最近还得花些心思去弥补，自然对她们不会有好脸色。他处置完了之后，让她们各自退下，自己便回了书房。

众人在出去的时候都没吭声，可一离开临武院，秦解语就没忍住，上前拦住了桃花：“姜娘子做这些事情连累大家，也不觉得惭愧？”

桃花上下看她一眼：“秦娘子怎么就觉得事情是因我而起了？今日被害得关进司宗府的人可是只有我。”

“你作的怪，不关你关谁？”秦氏嗤笑，“想借着这事拖我下水，心肠也是够毒辣的！”

顾怀柔皱眉：“秦娘子话别说得太过，谁想拖谁下水还不一定呢。姜娘子已经是盛宠在身，为何要自己害自己？只会是没得宠的人，才会想出这些馊主意来害人吧。”

“哟，咱们顾娘子如今是攀上高枝儿了，都会跟我犟嘴了？”秦解语打量她两眼，“怎么？爷原谅了你假传怀了身孕的事儿，你就真当没发生过了？还是夹起尾巴好好做人吧，小心又遭报应了。”

“你……”

“都别吵了！”梅照雪怒斥了一声，“你们都是高门大户出身，如此胡闹像什么话！还不快回去？”

众人噤声，各自散去。顾怀柔也想拉着桃花走，然而桃花步子放得很慢，看着其他人走了，自己却留在了梅照雪身边。

“夫人，妾身还有话想说。”

梅照雪看她一眼，淡淡地问：“什么话？”

“您不觉得今日这一场‘好戏’，有些蹊跷吗？”桃花歪了歪脑袋，笑道，“看样子不是您的主意，也不是妾身的主意，那是谁这么厉害，在背后引得咱们四个院子遭殃，相互怨怼？”

“你这张嘴，可真会颠倒黑白。”秦解语睨着她道，“这事分明就是你搞出来的，还想扣在谁头上？”

桃花望了望远处某个人的背影，摇头：“您信也好，不信也罢，妾身奉劝一句，别真把妾身当对手，真正的对手另有其人。当心鹬蚌相争，渔翁得利。”

梅照雪一愣，皱眉看了看前头。片刻之后，她又垂眸道：“这院子里就不该起争端，娘子的提醒有些多余了。”

她相信谁都不会相信姜桃花，这人太聪明，稍不注意就会被她绕进去，当了垫脚石。纵观整个后院，她要防着的也只有她，别人都不足为惧。

“既然夫人这么觉得，那妾身也没什么好说的了。”桃花叹息一声，抬眼看她，“若夫人以后改变主意想与妾身聊聊，妾身随时恭候。”

秦解语皱眉，看着她带着顾怀柔离开，忍不住嘀咕：“她想什么呢？您跟她有什么好聊的？”

梅照雪脸上无波无澜，目送她走得远了才道：“姜娘子的意思是，这院子里没有永远的朋友，也没有永远的敌人。我总有要与她同仇敌忾的时候。”

然而眼下，最大的敌人也只有她一人，她不会信姜氏说的任何一个字。

顾怀柔眉头一直没松开过，跟着桃花来到争春阁，坐在软榻上道：“我总觉得哪里不对劲。”

桃花点头：“很明显是不对劲，瞧爷那生气的样子，这事儿就没那么简单。不过后院争宠，事情竟然闹到了宫里，背后的人胆子也真是大。”

“背后的人还能是谁？”顾怀柔不解地看着她，“这院子里与您过不去的，不就是秦氏和夫人了吗？”

“那是表面。”桃花一笑，看着她道，“你还是想得太简单了，她们这次若是打定主意要害我，就不会把自己也扯下水了，咱们明显是被暗中之人一箭四雕，打了个措手不及。”

她是头一次去品茶会，有些束手束脚，对中间这些情况了解得也不透彻，所以给了人可乘之机都没察觉。但是秦氏和梅夫人已经参加过几次了，竟然也不小心中了招，要么是她们蠢，要么就是暗处那个人太聪明。

想到梅照雪方才那睿智的眼神，桃花觉得后一种可能性大一些。

“那会是谁这么厉害？”顾怀柔低头想了想，“院子里除了您与夫人，好像没人有这等智慧。”

桃花有点惊讶：“你为什么不怀疑段娘子？她瞧着也是个聪明人啊。”

“段芸心？”顾怀柔皱眉，“她一向不争不抢的，又经常不露面，我倒是没发现她有多聪明，娘子是怀疑她吗？”

“没有丝毫证据可以证明是她做的，所以我也只是瞎猜。”桃花捏着手里的杯子，道，“如今这后院一共就四位娘子，爷一竿子打下来，伤着三个，只有一个置身事外，你不觉得奇怪吗？”

顾怀柔想了一会儿，摇头道：“段氏与秦氏来往不多，她不可能有能力让秦氏准备炸油酥。而我们这边的蜂蜜茶是我亲自去买的，也没见她来说什么。所以应该跟她没关系。”

“你去买茶的时候，是怎么发现这蜂蜜茶的？”桃花突然问了一句。

顾怀柔老实地道：“这茶闻起来很香，就放在茶庄的中央，想不看见也难啊。而且掌柜的说是专门给女人喝的，一顿夸赞，我自然要买回来尝尝了。”

真是一点问题也找不到，完全是顺理成章的事情，想必秦氏那边也是一样，因为个什么契机，突然就想做炸油酥了，跟别人毫无关系。

桃花摇摇头，叹息：“这个亏咱们只能白吃了。不过，若任由那么一个心机深重的人继续在暗处害人，可不是什么美妙的事，得想个办法自保。”

顾怀柔点头，可是要动脑筋的事她是帮不上什么忙的，陪着桃花发了会儿愁，也就自己回去休息了。

书房里。

沈在野皱眉看着面前的人，问：“你最近要休假？”

“相爷府里能有几天清净，我该做的差事也都做完了，自然要休假。”徐燕归吊儿郎当地坐在椅子里，斜眼看着他道，“宫中一出事，你怕是有一段时间不会进后院了，还不许我在阳光下走走？”

“你随意。”沈在野抿唇，“但也得寻个由头，从正门进来。”

“就说我是你远房二大爷怎么样？”徐燕归笑眯眯地问。

横空一个砚台飞过来，直砸他脑门！

徐燕归翻身伸手，稳稳当当地把砚台接住，失笑道：“相爷最近脾气好生暴躁，在下开个玩笑罢了，就说是你远房表哥也行。”

“就当是我门客吧。”沈在野看着手里的册子，漫不经心地道，“反正你有点本事，别人也不会怀疑。”

徐燕归垮了脸，摸了摸鼻梁：“这样算来，我是不是得住在外堂？”

“不然你依旧可以睡房梁上。”

“……好的，外堂就外堂吧。”徐燕归耸肩，走过去将砚台放好，看着沈在野，突然正正经经地道，“如今形势正随着你的计划一步步发展，你可别出什么岔子。”

沈在野抬头看他一眼，眸子里波澜不兴：“能出什么岔子？”

“女人都是很危险的。”徐燕归认真地看着他，“越好看的越危险。”

拐弯抹角的，这人也不嫌累得慌。沈在野嗤笑道：“你直说姜桃花很危险不就好了？怎么？查出她有问题？”

“还没查到，赵国有点远。”徐燕归靠在桌边道，“不过早晚会查清楚的，只是就算她没什么问题，你也不该拿她特殊对待。”

“哪里特殊？”沈在野上下扫他一眼，打趣地道，“你总不能因为我没把她给你，就觉得我待她特殊吧。”

徐燕归点头：“这是问题之一，按照当初那位大人的吩咐，你我分工，你的女人都该归我。”

“我没碰过的女人，给你都无妨，各取所需。”沈在野垂了眸子，道，“但我碰过的女人，不管是什么原因，你都最好别碰。不是对桃花一人特殊，换了别人也一样。”

“这样啊。”徐燕归点头，“那这个问题抛开不谈，你待她是不是有些不一样？”

“你今日来找我，就是来说这些废话的？”沈在野不悦地道，“家养的兔子和外头的兔子，我的态度能一样？”

徐燕归听了，感觉好像是这么个道理，点头道：“那以后这女人要是跟计划冲突了怎么办？”

“杀了她。”沈在野一点没犹豫，嘴唇一动，冰冷地吐出三个字。

徐燕归听了点点头，放心地开门出去了。

可是，走到一半他才觉得有点不对。他跟沈在野说了这么多，结果什么也没解决啊，他肯定还是会一样宠着那女人，只要没面临生死决断，都不会舍弃她。

这怎么行？日久生情，以后会出大乱子的！转头想回去，可是，徐燕归意识到了一个问题——他是没有可能在嘴皮子功夫上战胜沈在野的，只有被他搞定的份儿。

徐燕归摸了摸下巴，做出了一个自认为很聪明的决定——既然从沈在野这里无法下手，那就去姜氏那边松松土好了。

女人嘛，总是比男人好对付的，况且这方面他尤其拿手。

夜幕降临，沈在野传了话今晚要看公文，就在临武院歇息。于是各房各院也就不等了，纷纷洗漱休息。

桃花穿着寝衣趴在窗边看月亮，等青苔收拾床铺。

她本来觉得离开赵国来大魏应该会轻松很多，毕竟她有控制男人的秘诀，要踩着这些人往上爬也不是没机会的。

结果没想到居然遇见了命中克星沈在野，现在她不但不能做其他的事情，反而还要被困在这里跟一群阴险难缠的女人做斗争。

命运啊，真是太无常了！

“主子，床铺好了。”青苔转身道，“您就寝吧。”

“嗯。”桃花应了，正打算关上窗户，却见月亮之上好像“唰”地飞过什么东西。

桃花揉揉眼睛，仔细看了看，又什么都没有了。可能是她眼花吧。撇撇嘴，她起身回到床上躺好，看着青苔拿着烛台出去，闭上眼睛就要睡觉。

然而，就在这个时候，突然有人捂住了她的嘴巴，双手将她的身子死死地压在床上，让她不能叫，也不能动。男人的气息扑面而来，桃花睁眼，很想看清他的脸，但遮光帘不知道什么时候拉上了，屋子里一片漆黑。

她不挣扎了，乖乖巧巧地躺着，等着这人松开她。

“害怕了？”沈在野的声音在黑暗里响起，他笑着道，“给你个惊喜而已，怎么吓成了这样？身子都在发抖。”

桃花一愣，随即感觉嘴上的手松开了，黑暗里这人压到她身上来，俯在她耳边轻声问：“想我不想？”

桃花伸手抱了抱他的腰，笑了笑：“想啊，自然很想，不过爷怎么这个时候过来了？”

“睡不着，还是想跟你一起睡。”

桃花轻笑一声，道：“这可是稀奇了，爷先前不是还很嫌弃妾身，不想与妾身同床共枕吗？”

还有这回事？沈在野的声音里满是意外：“你误会了吧，我并没有嫌弃过你。”

“这种话要看着妾身的眼睛说，妾身才信。”桃花撇着嘴撒娇，撑起身子道，“点个灯吧。”

“别折腾了，与其用说的，还不如用做的呢。”床上的人伸手就将她扯了回去，抱在怀里道，“春宵苦短，该好生珍惜才是。”

挑了挑眉头，桃花就势压在他身上，低头凑近他的脸：“既然爷这么急切，那就让妾身好生伺候您吧。”

适应了黑暗，虽然还看不清彼此的面容，但眼睛能看得见了。桃花一笑，眼里盈盈带光，柔情似水地望进身下这人的眼里。

徐燕归躺在床上，一时竟然有些愣怔。

他遇见过的女人太多了，但像面前这样妩媚的，还是头一回见。

女人的媚如肥肉，少香多腻，最忌过头。但姜桃花身上的媚是浑然天成的，不显刻意做作。眼里像有漂着花瓣的溪流，卷着你轻轻地就往里头掉，半晌也回不过神。

“你叫什么名字啊？”温柔的声音在他耳边响起。

他下意识地就答：“徐燕归。”

“咦，这会儿的声音倒是不像沈在野了。”桃花咯咯轻笑，拉了他起来往床下走，边走边问，“方才是怎么回事啊？”

徐燕归抿唇，变了沈在野的嗓音出来，道：“这是口技。足够了解一个人，就能学会他的嗓音和咬字，从而模仿。”

桃花眯了眯眼，将他按到椅子上坐下，然后转身拉开了窗帘。

月光洒进来，椅子上的男人愣怔地望着她，那一张脸倒是生得俊俏，凤眼长眉，鼻梁挺直，看起来不像什么坏人。

然而，做的事可不是什么好事啊。

桃花勾了勾唇，回到他身边，笑得娇俏：“你累不累啊？这么晚了，想不想睡觉？”

“想。”徐燕归当真打了个哈欠，他眨了眨眼，发现自己好像看不清面前这女子了，“好困。”

“那就睡一会儿吧。”

“好。”

桃花笑眯眯地找了麻绳出来，直接将这人五花大绑在椅子上，然后轻手轻脚地去叫醒青苔，让她去临武院传话。

徐燕归这一觉睡得好极了，还做了个很美的梦，梦里有凌波仙子踏月而来，一张脸倾国倾城，温温柔柔地压上了他的身子。

“仙子？”他竟然有些脸红，想看清身上这人的面容，眼前却跟起了雾一样，眼睛怎么眨都看不清。

面前的仙子轻笑，身子却跟蛇一样缠上了他，越缠越紧，紧得他快不能呼吸了。

牡丹花下死，做鬼也风流！徐燕归喃喃道：“死在你手上，也是不枉人间走一遭。”

“那你还是早点下黄泉去吧！”沈在野的声音伴随着一盆冷水，铺天盖地地朝他浇了下来。

仙子消失了，徐燕归猛地睁眼，却发现身上的束缚感仍在。他低头一看，自己竟然被绑在了椅子上，大拇指粗的绳子，绕了得有几十圈！

谁这么狠啊？

徐燕归皱眉抬头，看清对面坐着的就是沈在野，他怀里还窝着个小东西，正抱着水盆，满是戒备地看着他。

屋子里就他们三个人。

“清醒了吗？”沈在野脸上的神情似笑非笑，一只手搂着桃花，另一只手搁在扶手上撑着下巴，睨着他道，“先前我是不是就警告过你，你怎么不听呢？”

徐燕归眨眨眼，似乎是尚未反应过来：“发生什么事了？”

桃花抱着水盆不太友好地看着他：“你半夜闯我房间，装成相爷的声音欲行不轨，所以我把你绑起来了。”

“你怎么做到的？”徐燕归目瞪口呆地看着她，不敢置信，“我半点都没察觉。”

“那是因为你蠢。”沈在野没好气地讥刺他一声，道，“别把我的话当耳边风，不然这事情传出去，丢的是你燕归门的人。竟然被手无缚鸡之力的女人绑起来了。”

桃花不满地反驳：“爷，妾身还是有抓鸡的力气的！”

“你闭嘴。”沈在野把桃花拎起来，丢去床上盖好被子，道，“我与他是旧识，今晚他只是开个玩笑，你也不必往心里去。剩下的就交给我处置了。”

“好。”桃花捏着被子边儿，乖乖地点头，“既然是爷的熟人，那妾身也就不多说什么了。爷处置好了也早些休息。”

“嗯。”沈在野颔首，看着她闭上眼，才转身捏了匕首，将徐燕归身上的绳子割了，拎出争春阁。

“这实在不能怪我。”被拖着走，徐燕归直叹气，“我怎么知道她这么厉害，会摄魂。”

“所以我先前说了，她不是你能对付的，你没当回事，那就活该摔跟头。”一把将人扔进临武院，沈在野手一转，匕首直压他喉头，微笑着问，“刚才都做了什么？”

徐燕归咽了口唾沫，乖乖地回答道：“什么都没来得及做，就成你看见的样子了。”

“没碰着她？”

“……没。”

匕首逼近一分，疼得徐燕归立马举起双手：“行了行了，知道了，以后绝对不会再冒犯姜氏了！今日吃个亏，以后长记性了！”

“你知道，在我这儿光说是没用的。”沈在野皮笑肉不笑，“留下身体的一部分吧。”

徐燕归浑身寒毛都立起来了，瞪他：“你认真的？”

“自然，我动手和你自己动手，二选一。”

此时徐燕归的内心是崩溃的，他也知道这位是个说一不二的主。为了减轻痛苦，他还是自己接过匕首，将手臂割开一个小口，把血挤给他：“这也算身体的一部分吧？”

沈在野嫌弃地甩了甩手，退后两步道：“姜氏擅媚术，你以后见着她记得多点戒心便不会有事……不过最好还是别见了，她很记仇，你凑去她面前也不会有什么好果子吃。”

“知道了。”徐燕归倒吸着凉气把自个儿的伤口包扎好，脑子里闪过姜氏那张脸，忍不住嘀咕，“还真是越好看的女人越危险。”

沈在野轻哼了一声，把他丢去了临武院的侧堂，自己便也回去休息了。

桃花睡了个好觉，第二天一早起来，刚去凌寒院请安，就见沈在野正向众人引见一个人。

“这位是新来相府的门客，善武，姓徐。”沈在野看着梅照雪道，“打个照面，以后也免得冲撞了。”

梅照雪笑着点头，抬眼就看见门口的姜桃花，于是道：“姜娘子，快进来。”

桃花好奇地走进去，还是先规规矩矩地行礼，然后转头一看……

这就是新来的门客？！

看着那熟悉的凤眼长眉，桃花嘴角微抽，愣了一会儿才颔首：“先生，这厢有礼。”

徐燕归神色复杂地看着她："姜娘子客气了。"

旁边坐着的人瞬间都觉得气氛有些古怪，柳香君心直口快地问了一句："两位认识？"

"不认识。"徐燕归和桃花异口同声地答，然后一个继续站着，一个去找位子坐好。

沈在野揉了揉眉心，道："打过照面就行了，徐先生平时不会在府里，在的时候会帮着护院巡查四处，见着不必惊慌。"

"是。"众人都应下，沈在野便带着徐燕归出门了。

秦解语看了桃花好几眼，轻笑道："昨儿争春阁是怎么了？听闻爷半夜还过去了一趟。"

"没什么，妾身做噩梦了而已。"桃花颔首，"爷来过一趟就回去了。"

一听这话，屋子里坐着的人脸上都不太好看。柳香君皱眉道："一个噩梦就将爷叫过去，是不是太有些不识趣了？虽然咱们爷宠着娘子，可娘子也不能这样折腾啊。"

"是我做得不对。"桃花乖乖承认，"以后不会这般任性了。"

梅照雪轻声道："只希望别有人跟着学才好。爷的休息还是很重要的，毕竟每日都在忙，你们也该多心疼爷一些。"

"妾身明白。"一众莺莺燕燕纷纷点头。

经过一阵白眼的洗礼，桃花带着青苔就回争春阁了，路上顾氏与她同行一段，忍不住问："您当真不认识那徐先生吗？"

"我们看起来像认识？"桃花挑眉。

"兴许是妾身多想了吧。"顾怀柔抿唇，"您与那先生见着的时候，看起来有些惊讶。"

完了，怪她没个心理准备，掩饰得不是很好。连顾氏都察觉出来了，那其他主子定然也有怀疑。

不过也没什么关系，那人是门客，要在外堂住的，只要不出意外，他们应该不会再遇见了。

想到这里，桃花笑了笑，安抚了顾氏一阵，就自己回去了。

结果晚上的时候，意外发生了。

瞪眼看着窗外这人，桃花深吸一口气，咬牙问："你又来干什么？"

徐燕归轻笑："比起娘子，在下才应该紧张呢，一不小心就要被捆起来。"

"知道你还来？"桃花瞪眼，"我与你无冤无仇，做什么要这样害我？"

"的确是无冤无仇，在下对娘子却有恩。"徐燕归抱着胳膊小声道，"娘子恩将仇报，恐怕不太好吧？"

桃花一脸看神经病的表情："我们以前见过吗？"

"见过。"徐燕归伸手就将自己的半边脸遮起来，只留一双眼睛，说道，"上次在静夜堂，您忘记给您打水的侠客了？"

桃花微微一愣，恍然大悟："你竟然是那个嫦娥？！"

"……是侠客。"

不管是什么啦，桃花上下扫了他几眼，很是不能理解："你不是要去刺杀沈在野吗？怎么又变成他的门客了？"

"这个说来话长。"徐燕归神情复杂地道，"不过娘子要相信，在下并非坏人。"

一听这话，桃花就呵呵笑了两声，退后一步看着他。

"哎，娘子别这样，在下这次来，就是来解除误会的。"看着她的反应，徐燕归不好意思地摸了摸鼻梁，"上次只是跟娘子开个玩笑，还希望娘子多记点在下的好，忘记在下的过失。"

"徐先生三更半夜跑来说这些，一看就是不拘小节的人。"桃花眯了眯眼，"万一叫人看见，说我争春阁私通外姓男人，这罪名，是先生来背，还是我来背呢？"

徐燕归一愣，转头看了看四周，小声道："不会吧？这么晚了，又是在娘子的地盘上，谁会发现并且去告密？"

"世上没有不透风的墙。"桃花耸肩，伸手拉着窗户道，"先生该说的也都说了，我会记得先生打水之恩的，只不过恩怨相抵，现在我与先生两不相欠。先生还是快些请回吧。"

说完，她"嘭"的一声关上了窗户。

徐燕归有一瞬间没回过神来，等看清眼前的场景的时候，他飞快地施展轻功回了自己的屋子，抓过镜子来就照。

“还是这张脸啊，没错，可她怎么会是这种态度？”

徐燕归捏着自己的下巴，很是不能理解。自己少说也勾搭过上百个女人了，就没遇见过这么难下手的。难不成她是当真很喜欢沈在野，所以对别的男人都敬而远之？这个就稀奇了，谁会对沈在野那样阴郁沉闷的男人死心塌地啊？他又不会说情话，又无趣，哪有自己有意思？

第五章

谣　言

第二天，沈在野带了徐燕归出门办事，一路上就感觉旁边这人跟发了病一样地盯着他。

“你干什么？”沈在野微微皱眉，不悦地道，“看路，别看我。”

“我仔细看了看，你也没我好看啊。”徐燕归不住地嘀咕，“那肯定就是身份的问题了……”

沈在野斜他一眼，沉了声音：“我跟你说过了，别妄图在她身上动心思。”

“你这是吃醋？”徐燕归挑眉。

“不是。”沈在野很认真地道，“我还有很多事没办完，不想抽空给你上坟。”

徐燕归：“……”

哪有那么恐怖啊，他现在已经提高警惕了，绝对不会再中媚术！只要不被迷惑，区区一个女人，能拿他怎么样？

“先专心做事吧。”勒马停在一处钱庄外头，沈在野翻身下马，带着他和湛卢就往里走。徐燕归撇嘴，虽然有些不情不愿，但还是跟了上去。

三人穿的都是便衣，很快淹没在人群里，并不起眼。

大魏国都最大的两家钱庄就是融汇和贯通，融汇是储银量巨大，贯通则是机制巧妙，在三个大国都有分店，一处存钱，可在另一处取钱。

沈在野来的是贯通钱庄，他一进去就低头对掌柜的道：“瑜王府上，看银。”

掌柜的一愣，抬头就见这人出示了瑜王府的腰牌，于是恭敬地请他往里走。

贯通钱庄有一个很大的仓库，是用来寄存贵重物件的。女人的首饰，官家的金银，什么都有。瑜王因贪污一案被查，财产已经悉数上交，只余每月例银过活。然而很明显他还藏有家当，调查了大半个月，终于查到了这里。

瑜王让他不好过了一回，他总得礼尚往来还他一次，也好给景王吃颗定心丸，叫景王继续相信他。

柜子打开，里头有厚厚一沓银票，还有房屋地契。沈在野挑眉，拿出来数了数，二十处宅院，两百万两雪花银。

这瑜王殿下，真是富有啊。

沈在野不动声色地将东西放回去，抬头认真地嘱咐那掌柜的道："这是瑜王殿下的家底，切莫让别人动了，明白吗？"

掌柜的连连点头："大人放心，咱们这儿虽然看银只要腰牌，提银却要对瑜王殿下手里的玉玦，旁人拿不走。而且咱们做生意的就讲究诚信，绝对不会往外透露半个字。还请大人转告瑜王，这个月的利息也会很快送到府上。"

"好。"沈在野笑了笑，关上柜门就转身出去。

"你这是做什么？"出了钱庄，徐燕归才开口，"要把瑜王赶尽杀绝？"

"景王已经监国，可以赶尽杀绝的时候，我留他做什么？"沈在野轻笑，"只是饭要一口一口慢慢吃，做事也要一步一步慢慢来，急不得。"

徐燕归打了个寒战，皱眉道："你的心思我是不懂的，你自己看着办吧。接下来还有什么事吗？"

"有啊，你把瑜王的腰牌还回去吧。"沈在野顺手把东西扔进他怀里，道，"别让他发现了，不然会坏事。"

"瑜王府现在守卫很森严的！"徐燕归瞪眼，"你大白天的让我去还腰牌？"

"徐门主的功夫，沈某很放心。"沈在野朝他拱手，"保重。"

"……"要不是一条船上的人，他早该动手把这人掐死了！

两人分道而行，沈在野带着湛卢去了京都衙门，徐燕归跑了一趟瑜王府，还腰牌的时候不经意地看见了一对鸳鸯佩。

那对玉佩雕得可精致了，交颈缠绵的鸳鸯，眼睛分外传神。不过这样的极品玉佩，瑜王竟然也只是随意地丢在角落里，太可惜了！

想了想，徐燕归顺手就拿了这对玉佩揣进怀里，一路回了丞相府。

桃花坐在花园里饮茶，旁边的青苔小声问："主子，昨儿晚上咱们院子里是不是来了人？"

"你怎么知道的？"桃花挑眉。

"后院有脚印，是西楼发现的。"青苔抿唇，"那脚印看起来是男人的，奴婢告诫了她不要说出去，想问问主子是怎么回事。"

桃花耸肩："也没什么事，有人半夜来找我说了两句话。"

"主子。"青苔皱眉，"最近府里已经有人开始编排您了，您还跟人说什么话？"

"不是我要说，是他非来。"桃花很无奈地道，"说好人不像个好人，说坏人不像个坏人，但目前没能害着我，我也不想跟他计较。至于院子里编排我的人……就算什么事都没有，她们该编排还是会编排的。"

青苔有些着急："您没发现相爷最近都不来咱们院子了吗？"

"发现了啊。他也没去别的院子，可能在忙事情吧。"

"奴婢认为忙是假，对几个院子失望了才是真，到时候失了宠，您……"

"青苔。"桃花微微抬眼看着她打趣道，"我以前怎么没发现呢？你太适合在宫里娘娘身边当宫女了，瞧这操心的。"

"主子！"青苔跺脚，"奴婢还不是为您担心。"

皇帝不急急死太监啊。桃花眨眨眼，拉了她的手道："爷的恩宠只能等，不能强求。咱们现在要做的是保全自个儿，在这后院里安身立命，你别急错了地方。"

青苔皱眉："咱们不是好端端的吗？这院子里您的地位可是仅次于夫人呢，还担心什么？"

跟小笨蛋是没办法交流的，桃花直摇头，撑着下巴看着远处来来往往的家丁、丫鬟，默默发呆。

沈在野不宠人，后院的一群女人就是寂寞的。女人太寂寞了，就会搞些幺蛾子出来。比如有人编起了故事，说她与那徐先生是旧识，先前有一段凄美惨烈的感情，后来她选择了荣华富贵，抛弃了徐先生，所以徐先生看着她的目光才会那么复杂。

这故事听得桃花直打哈欠，心想编也编得像一点啊，她是赵国人，徐先生是魏国人，她一过来就嫁进了丞相府，到底是哪来的时间跟徐燕归有一段凄美惨烈的感情的？

不过，这院子里愚蠢的人太多了，竟然很多都选择了相信这个故事，看着她的眼神也就变得有些异样了。

下人蠢就算了，桃花也没打算跟他们计较，可去凌寒院请安时，竟然连秦解语都阴阳怪气地道："姜娘子最近好像精神不太好啊。"

桃花翻了个白眼，笑吟吟地道："爷不来后院，有几个姐妹精神能好啊？"

"也是，爷不来后院，到处都是空荡荡的。"秦解语掩唇，看着她道，"可是空也就空了，切莫做些越礼逾矩之事填补空虚才好。"

众人一阵唏嘘，桃花看了秦解语一眼："娘子何出此言？"

"有些话也不能说太明白了，丢的是咱们爷的面子。"秦解语道，"但既然进了相府，还望姜娘子多守着点规矩。以前发生的事情，就都忘了吧。"

流言不可怕，可怕的就是这种半真半假、语句暧昧的栽赃，还不好跟她争辩。

桃花耸肩，坦然地道："虽然不知道秦娘子说的是什么意思，不过我可一直没做过什么越礼之事，自然不怕伤了谁的面子。恕我直言，做人也该有点脑子，不要人云亦云，听风就是雨。"

"你说谁没脑子？"秦解语皱眉。

"大早上的就过来吵，你们不累，我听着都累。"梅照雪终于开口了，看了秦解语一眼，又看向桃花，"有话说话，别夹枪带棒的。"

“是。”桃花颔首，抬头的时候扫了这屋子里一眼，目光幽深。

她其实是很不喜欢被动的，若是刚来相府人生地不熟的时候也就罢了，被人耍吃了亏就当学规矩。可现在她基本将这院子里的人摸了个透，那就没道理要受这些暗刀暗枪的了。

目光落在一边安静如画的段芸心身上，桃花笑了笑：“咱们都该跟段娘子学学，静下心来好好过日子，总是吵也的确没意思。”能动手就尽量别动嘴。

段芸心一愣，抬眼看了看她：“姜娘子这样说，倒是让我惭愧了。”

“这话说得没错。”梅照雪叹息道，“你们要是都像芸心这样温柔娴静，我不知道要省多少心。”

秦氏轻哼，低着头扯弄手绢。桃花一笑，端了茶水轻抿。

早会没一会儿就散了，段芸心起身，刚走出凌寒院，就听得背后响起桃花的声音：“段娘子留步。”

段芸心回头看了看，微微一笑：“姜娘子有话说？”

“我想跟娘子道个歉。”桃花一脸诚恳地看着她，道，“上次娘子说贵妃娘娘喜欢苦茶，我心下怀疑，也就没信你，结果倒是辜负了娘子一片好意，贵妃娘娘的确是喜欢苦茶。”

“娘子有防人之心是好事。”段芸心眼神柔和下来，温和地笑道，“只是这院子里也是有真情实意，不会害人的人在的。”

“是，这回我算是明白了。”桃花点头，“以后不会再冤枉好人了。”

段芸心眼神微动，抬头看了看四周，伸手将她拉到一边道：“娘子若是信得过我，那我就再提醒您一句吧，小心秦娘子。”

“嗯？”桃花眼里尽是茫然，“秦娘子虽然爱与我吵嘴，但也没真做什么可怕的事，怎么人人都劝我要小心她？”

“娘子进府的时候，没遇见教规矩的徐嬷嬷吗？”段芸心掩唇，“在秦娘子之后进府的人，只要是跟她学规矩的，都知道要小心秦娘子。”

桃花微微一愣，仔细想了想，好像的确是有那么个嬷嬷，在教完她规矩之后说了句“小心秦娘子”。不过秦娘子也就是嘴巴不饶人罢了，在这院子里显得霸道了些，也不至于让人避如蛇蝎。

“她做过什么让人不得不小心她的事吗？”桃花问。

段芸心抿唇，犹豫了一会儿才道：“这事只有少数人知道，你听了也别四处声张……咱们相府里以前死过一个暖帐，那暖帐刚得宠，爷正想把她升做侍衣，结果就莫名其妙死在了海棠阁里头。秦娘子说她是旧疾复发，突然暴毙，但……这也只能糊弄糊弄外人。”

桃花咋舌，瞪眼看她：“爷也没追究吗？”

“当时秦娘子正得盛宠，死的人身份也不是多贵重，再加上秦家的人将所有后事都料理好了，爷也就没怎么追究了。”段芸心轻声叹息，“若是放在现在，秦娘子已经不得宠了，那说不定人命不会这样贱如草芥。”

言外之意，若是有人肯牵头翻旧账，那定能让秦氏栽个跟头。

桃花一脸恐惧，装作没听懂她言外之意，缩了缩肩膀道：“那倒是我莽撞了，原以为秦娘子只是嘴上功夫厉害，没想到当真是心狠手辣。多谢娘子提点，以后我定当多加小心。”

段芸心抿唇，看了她两眼：“私以为娘子善良，也许能为那冤死的暖帐平反一二呢，没想到娘子竟然这样害怕。”

“惭愧惭愧。”桃花含笑低头，“我向来是贪生怕死之人，鲜少有同情心泛滥的时候。段娘子家世不低，在这院子里可比我有底气多了。既然同情那无辜的暖帐，为何不亲自替她翻案呢？”

段芸心一顿，微笑着道：“娘子说笑了，我既不得爷盛宠，又不及秦氏家世高贵，哪来的底气做这事？”

“娘子无能为力，妾身亦然。既然如此，那就各人自扫门前雪，休管他人瓦上霜吧。”桃花颇为无奈地道，“时候不早了，我也该回去绣花了，就此别过。”

说完，她行了个平礼，带着青苔回了争春阁。

段芸心愣在原地看着她，眼神里有意外，也有探究。这院子里的人的深浅，她心里是都清楚的，只是独独这个姜娘子，怎么好似探不着底，有时候高深莫测，有时候又单纯简单。她先前虽然小赢了一场，但也没伤着她筋骨，真难对付。

晚上的时候，沈在野终于去了一趟争春阁。

“爷！”桃花开心地飞扑到他怀里，伸手将一块点心放进他嘴里，“快尝尝，好吃吗？”

沈在野挑眉，一把将她拎起来，抱到软榻上放着，然后嚼了嚼嘴里的东西，眉头直皱：“什么东西？烧焦了的馒头？”

眉毛一竖，桃花撇撇嘴：“有焦味儿？妾身折腾了很久呢，这烤馒头里夹了牛肉酱，本想着试试能不能做出个新奇好吃的点心。”

“你自己做了都没尝过？”沈在野皱着眉咽下去，嫌弃地问。

“对啊，我怕什么佐料没放对，万一吃了闹肚子。”桃花一脸理所当然地道。

怕闹肚子还给他尝？！

“哎哎哎，爷，有话好好说！”看见沈在野眯着眼睛举起了手，桃花连忙跳起来把他拳头整个儿抱住，然后挂在他手臂上笑嘻嘻地道，“妾身开个玩笑罢了，点心是没问题的，但看样子火候没掌握好，还得再练练。”

“你一天待在院子里就是做点心？”沈在野挑眉。

桃花撇嘴：“不然呢？又不能随便出府，闷着都快发霉了。”

“想出去了问夫人要个牌子不就好了？”沈在野睨她一眼，“不过你最近似乎又惹上事了，夫人已经跟我提过府里的流言蜚语，都对你颇为不利。”

桃花耸耸肩，道：“夫人对妾身有误会，所以出府拿牌子不是很方便，府里又乌烟瘴气的……要不爷偷偷给妾身个特权，让妾身溜出府去透透气？”

“想去哪儿透气？”扫了这屋子一眼，沈在野眉梢微挑，“你这屋子里怎么少了很多东西似的？遭贼了？”

“那倒没有。”桃花爬进他怀里坐着，伸过脸去就将他视线全挡住，然后笑眯眯地道，“只是有些东西摆着多余，所以收起来了。这个不重要。

言归正传，爷要是方便，就给妾身个信物，妾身想去这国都四处看看风景，散散心。”

看了她两眼，沈在野道：“要信物不是不可以。”

“爷有什么吩咐啊？”听出了潜台词，桃花立马一脸狗腿样地问。

沈在野抿唇，睨着她，扬了扬下巴。

啥意思？桃花很茫然，想了想，踮起脚就往他下巴上亲了一口。

沈在野轻哼一声，嫌弃地抹了抹，伸手就将东西扔给了她。

桃花就势在软榻上一滚，伸手接住沈在野扔过来的玉佩。她仔细看了看，上头有他的字和相府的标识，应该是能当腰牌用的。

“多谢爷！”心里欢喜，桃花麻利地找了绳子系在自己脖子上，眼珠子滴溜溜地转着，一看就是在想什么主意。

沈在野没理她，这后院就这么大，她也翻不出多大的浪来。自己该说的都说了，也是时候回去继续做事了。

“晚上记得锁好门。”临走的时候，沈在野还是忍不住回头看着桃花道，“若是有什么奇怪的人再过来，你不用理会。”

“是。”桃花笑眯眯地应了，目送他出去。

心满意足地拍了拍自己的胸口，桃花对外头的青苔道：“明日出门，你准备一下。”

青苔点头，却有些不解地问：“爷既然来了，怎么不过夜？”

“他忙事情呢。”

青苔微微皱眉，忍不住小声嘟囔：“既然那么忙，过来一趟又是干什么？”

“过来一趟也是忙事情。”桃花一语双关地道，“不为别的。”

青苔一愣，很是不懂，但自家主子已经关上了门，准备就寝了。

因着府里多了奇怪的人，争春阁主屋的门窗紧闭，青苔还守在门口，以保证桃花的安全。

然而，一更天的时候，桃花还是被人弄醒了。

“叫醒你可真不容易。”手里捏着根鸡毛，徐燕归笑眯眯地看着她，“怎么睡得这么沉？”

桃花惊愕地看了一眼门口的方向，皱眉：“你把我丫鬟怎么了？”

“大晚上的，女人家怎么能在外头站着？我让她回房去睡觉了。”徐燕归一笑，露出一排洁白的牙，说道，“怎么样，我是不是很怜香惜玉？”

以青苔的功夫，竟然能被他摆平，那定然是有一个很不怜香惜玉的过程的。

“你到底是什么人？”

见她终于问他这个问题了，徐燕归一笑，站起来扫了扫衣摆，负手道：“在下是燕归门门主，江湖上轻功排行第一的徐燕归，不知娘子可有耳闻？”

“哦！”桃花一脸恍然大悟，然后很茫然地道，“没听过。”

怎么可能没听过！燕归门在江湖上赫赫有名，他可是武功卓绝、威震四方的门主啊！

徐燕归一脸失落地看了桃花一眼，愤恨地道：“这都不知道，你还是不是大魏的人？”

“不是啊。”桃花摇头，眼神里充满了鄙夷，“你傻吗？我是赵国人！”

对哦，她是赵国来和亲的公主，那就怪不得不知道了。缓和了态度，徐燕归坐回她床边，低声道：“燕归门是擅长暗杀和打听消息的门派，有相爷给的方便，要查这些东西出来，对我们来说易如反掌，娘子只管按照相爷的吩咐好生利用它们便是。”

这么说来，她也就不奇怪这人为什么又出现了，原来当真是暗中帮助沈在野的人。

桃花深深地皱起眉，觉得这人在府里，自己实在是太不安全了。万一哪天他真动了不该动的心思，那自己岂不是要被他拖累？

她心里正想着呢，就见面前这人突然掏出一对鸳鸯玉佩。递给她其中一块，他笑着道：“看见这东西的时候我就在想，你戴着肯定好看。”

桃花嘴角微抽，接过来借着月光瞧了瞧。的确是精致非常的宝贝，这种东西一般人家可买不到，论雕工和玉种，都该是宫里才有的。

"送我？"她问。

"是啊。"徐燕归眨眨眼，"你不敢收？"

当然不敢了，这还是个对佩，被人发现了，不得直接给她定个出墙的罪名？桃花抬眼看他，不经意地就在这人眼里捕捉到一丝算计。

莫非是想整她？微微挑眉，桃花顺手就将玉佩揣怀里了："既然是先生的一片好意，我怎么能不收呢？礼尚往来，明日我正好可以出府，不如就请先生吃一顿大餐如何？"

徐燕归咧嘴一笑："好，几时，在哪里等？"

"未时一刻，贯通钱庄。"桃花微微一笑，"那附近有个飘香酒家，我带先生去，先生喜欢吃什么就尽情吃，管饱。"

"多谢娘子。"徐燕归颔首，满意地起身，开了窗户就消失在了外头。

打了个哈欠，桃花眼里泛着光，看了窗户一会儿，起身去将它合上。

徐燕归，说是府上新来的门客，但其实一早就是沈在野的心腹，只是在暗中替他做些什么见不得光的事情，所以一直不曾露面。这个人，嘴上说的都是甜言蜜语，眼里却没什么善意，而且看起来，好像很不想让她好过。

她可真是冤枉，什么坏事都没做，就被好些人当成了眼中钉。

桃花叹息一声，捏了捏那块鸳鸯佩，想了想就躺回去继续睡。

第二天一大早，青苔在梳妆台前给桃花梳头发，眼睛一瞥就看见了台子上的玉佩，好奇地拿起来看了看，问："这是什么时候有的？爷好像没赏过啊。"

屋子里还有清雨和西楼两个粗使丫鬟在收拾床铺，桃花惊慌地看了她们一眼，连忙将玉佩收起来，小声道："你就当没看见。"

青苔微微一愣，回头正好对上西楼的眼睛，反应过来有外人在，才低头道："奴婢明白了。"

主仆二人鬼鬼祟祟的，西楼都看在眼里。她是个聪明的丫鬟，不会甘心一辈子都在外院当粗使，知道手里的筹码要足够多，才能爬去别的地方。于是她有意无意地靠近姜桃花，就听见她小声对青苔道："未时一刻，我们去贯通钱庄放东西，这东西是个祸害，不能留在府里。”

虽然听不懂自家主子在说什么，但青苔还是下意识地点了点头，然后继续给她整理发髻。

西楼瞧着，不声不响地退出主屋，等到午时用膳的时候，便飞快地去了守云阁。

桃花瞥着，笑而不语，过了午时就偷偷摸摸地从侧门出了府。

“咱们不是有爷给的令牌吗？”青苔小声问，“您还这样紧张干什么？”

跟做贼似的四处打量，桃花披着斗篷溜出了侧门才道：“自然是紧张给别人看的。”

“给谁？”

“暗中不露面的人啊。”桃花轻笑，与她一起上了外头的马车，再睨着她道，“你傻不傻？真以为最近府里的闲言碎语都是凭空冒出来的？争春阁里明显有内鬼。”

青苔微微一愣，立马反应了过来：“西楼？奴婢一早觉得这丫头有些古怪，上次半夜还在您的房间外头发现她，像是在偷听似的。”

“什么时候？”桃花皱眉。

“就前天院子里发现脚印的时候。”青苔道，“奴婢问她在做什么，她说院子里好像有男人来过，奴婢太惊讶了，也就忘记追究她当时到底在做什么了。”

桃花点点头，道：“那就多半是她了，除了你与她，也没人知道我院子里来了人。”

青苔一拍大腿，愤怒地道：“她还答应了奴婢绝对不会说出去的，结果一转眼竟然就出卖了您！既然知道了，咱们还犹豫什么啊，回去把她抓出来处置了吧！”

“你急什么？”桃花失笑，“小鱼才碰了碰钩，哪能马上收线呢？”

青苔微微一愣，不解地问：“她背后还有人？不可能啊，相府里规矩严明，她以前是没在任何一个院子里待过的，怎么会帮着别人来害您？”

“人往高处走，水往低处流。”桃花道，“在争春阁里只有你一个主屋丫鬟，其他的人不管怎么混都只是粗使，生了异心也不奇怪。”

这样一说也有道理。青苔抿唇：“那要不等回去的时候，您提拔两个人进主屋？”

“我信不过她们。”桃花摇头，“放在外头，只要有不对劲，我都能清楚地看见是谁，像这次一样快速地抓出来。但是在主屋就不一定了，除非是跟你一样忠心，否则我不会为了留住她们而放下戒备。”

青苔一听，万分感动地道：“能得主子如此信任，奴婢真是死而无憾！”

桃花微笑，心想以青苔这脑子，想害她也是太困难了，所以她才这么放心。不过这个事情说出来对青苔太残忍，像她这样善良的人，定然会选择沉默的。

贯通钱庄很快就到了，桃花把位置选在这里也没别的，因为她有事要在这儿办，办完看看大鱼上钩没，若是上了，那就好满载而归。

“这位夫人，存银还是存物？”伙计笑着迎上来，躬身道，“里头请。”

“我存物。”桃花拎了鸳鸯佩出来，隔着面巾冲那伙计一笑，“这物有点特殊，还请听好我的吩咐。”

伙计一愣，不经意对上桃花的眼睛，下意识地惊叹出声：“天仙……下凡啦？”

桃花失笑，拎着裙摆就往存物间走。伙计连忙跟上去，拿了钥匙就开了一个柜门：“您要放什么，咱们钱庄写个借条，您签个字即可。”

“借条？”

“夫人别奇怪，这是咱们钱庄的规矩。”伙计小声解释，“您存东西在这儿，就等于咱们钱庄向您借了这个东西，所以要打借条。一旦东西丢失，钱庄照价赔偿。但相应的，您得按日子交钱，才能放这儿。”

“好。”桃花笑着点头，接过他递来的借条看了看，微微思忖之后，让青苔写了个名字上去。

“这东西也许很快会有人来取。”关上柜门，桃花直接将钥匙放在那伙计手里，轻声道，“若是个打扮贵气的夫人来问，你就直言我存的东西在这儿。她要拿，你就让她拿。若是不拿，你就继续放着吧。”

“是。”伙计呆呆地应下，认真地道，“一定会按照夫人的吩咐做的，您放心。”

收好借条，桃花转身就朝青苔使了眼色，后者不声不响地跑去了存钱的地方，将厚厚一沓银票通过贯通，寄到赵国。

其实这才是她问沈在野要牌子出来的真正原因，她在相府得的赏赐很多，又没什么用处，不如送回去给长玦，兴许还能帮上他一点忙。

这个事儿自然是不能让沈在野知道的，以免觉得她吃里爬外。所以，善意的谎言是少不了的。

出贯通钱庄的时候，青苔眼尖，瞧着门口有几个鬼鬼祟祟的人，当即想上前去抓住。谁料桃花跟知道她在想什么一样，动作比她还快，一把就将她扯了回来，不动声色地往外走。

时辰刚好是未时一刻，徐燕归已经到了，正摸着肚子皱眉等着。

“徐先生。”桃花远远地朝他颔首，指了指旁边的飘香楼。徐燕归一看见她，眉目立马舒展，跟着她一起上楼，选了个厢房坐着。

“还以为娘子不来了。”

“怎么会，答应要请客，定然要说话算话。”坐在窗边，往下看就能看见贯通钱庄的门面，桃花微笑，抿着茶看着面前的人，“昨儿那玉佩是哪儿来的啊？真是好精致，叫人爱不释手。”

“你喜欢？”徐燕归长眉一挑，颇为高兴地道，“另一半可是在我这里，娘子知道这是什么意思？”

桃花娇羞地点头，抿了抿唇：“可惜我已经是相爷的人了，要辜负先生一番好意。”

“我不在乎。”徐燕归轻笑，看着她道，“只要娘子愿意，在下愿与娘子天涯海角，白头到老。”

瞧瞧，一般骗子的嘴上功夫都厉害得很，但有点脑子的人都能一眼看穿，他们也就能骗骗那些个以为世上只有“爱情”两个字的傻姑娘了。

她不动声色地朝窗外看了一眼，就看见方才门口那几个古怪的人已经从钱庄里出来了，一人往相府的方向跑，一人往飘香楼的方向来。

这些人动作还真是快呢。

桃花垂眸，突然捂了捂自己的肚子，表情略微尴尬地道："这倒是不巧了……我可能要暂且离开片刻，先生可能等等？"

看她这表情，徐燕归也能明白，人有三急嘛。不过在她起身离开之前，他还是眼含深情地道："在下的话，还请娘子好生考虑，回来给我一个答复。"

"一定。"桃花颔首，举起茶杯道，"与先生碰这一杯，就当立下誓约。即便以后不能相守，我也念先生这拳拳深情。"

"好。"对上她勾人的眼睛，徐燕归微微一顿，连忙低头将茶水一饮而尽，收敛住心神。真是了不得的厉害女人，媚骨天生的吗？

放下茶杯，桃花一笑，转身就带着青苔下楼，来到这酒家的后院，悄悄地溜了出去。

她前脚离开，后脚就有人来飘香楼问掌柜的："可有一男一女在此用餐？"

掌柜的点头，指了指楼上："正在天字一号房里呢，客官要找他们吗？"

那人想了想，摆了摆手，就在楼梯口守着，等人来。

未时两刻时间，就有马车在贯通钱庄的门口停下。钱庄的伙计正在招呼客人呢，抬眼就看见当真有衣着华贵的妇人进来了。

"相府的人可来过这里？"那妇人蒙着面纱问。

伙计一愣，呆呆地摇头："小的不认识相府的人……"

妇人微微皱眉，重新问："那有没有跟我差不多打扮的女子来这儿放东西？"

"有的，有的。"想起桃花的吩咐，这伙计连忙把人引进存物库，打开柜门就将一块鸳鸯佩取出来给她，"就是这个。"

眼里光芒暗闪，那妇人拿了东西就走。伙计"哎"了两声，却也没拦着，就看着这些人簇拥着那妇人离开了。

应该是认识的人吧，存的人都说取走没关系了，那他也不用管那么多。

不过一看见这位夫人的眼睛，他好像突然不记得来存东西的那位长什么样子了。

皱着眉摇了摇头，伙计回去继续忙碌。

桃花飞快地回到相府，刚从侧门溜进去，就看见沈在野带着梅照雪和顾怀柔等人，正往正门的方向走。

梅照雪看起来在说什么，但距离太远了，只能隐隐听见她的声音，却听不清内容。

“这是要去哪儿啊？”被桃花拉到旁边躲着，青苔伸着脑袋打量，忍不住问了一句。

桃花直拍胸口，没看外头也没回答她的问题，嘴里喃喃道：“幸好，真是幸好。”

“幸好什么？”青苔不解，低头看着她。

她朝天翻了个白眼，道：“你忘记咱们在钓鱼了？”

的确是忘记了，或者说她从来就没懂过。揉了揉脑袋，青苔整张脸上都是迷茫：“钓着谁了这是？”

“谁想害你家主子，谁就会咬钩。”理了理衣裳，桃花站直身子，微微一笑，“现在可以回去歇着了，等他们回来，才有一场好戏看呢。”

青苔叹气：“看样子奴婢也不用花心思想了，等着结果就是。”

什么是饵，什么是钩，谁又是会被钓上来的鱼，她没那个能力去细细分析，还是好好跟着自家主子吧。

桃花说的幸好，是幸好自己多留了个心眼，也幸好有徐燕归这倒霉玩意儿送上门，两边都不想让她好过，那就活该被她耍这一场，反正这一局她稳赚不赔，别人的生死，可不关她什么事。

秦解语拿了鸳鸯佩就信心十足地往飘香楼上去了，有这把柄在手里，她就能定姜桃花的罪。到时候她就是自己砧板上的鱼肉，想怎么处置就怎么处置了。

然而，飘香楼的掌柜竟然敢拦着她。

“上头有什么见不得人的东西吗？”秦解语冷笑，“上门的都是生意，我要上去用餐，你拦着干什么？”

消息已经传回府了，她得先进去把人抓住，免得溜了。

掌柜的一脸为难，磨磨叽叽的，直到门口的伙计打了手势，才让开身，放秦解语上去。

瞪了这掌柜的两眼，秦解语提着裙子就推开了天字一号房的门。

徐燕归正趴在桌上，好像是睡着了。秦解语一愣，连忙四处看了看，又去内室里找了一番。

姜桃花呢？

她瞪眼看着身后的人，那人小声道：“奴才一直在楼梯口守着，没见人下来。”

“肯定还在这里，你去隔壁找！”

“是。”

下人都退出去了，秦解语皱眉看着趴在桌上的徐燕归，忍不住走过去，想探探他的鼻息。

然而就在这个时候，梅照雪引着沈在野等人上了楼，边走还边小声道：“消息属实，妾身也不知道是哪个院子里的人会这么大胆，为了避免误会，还是爷亲眼看看为好。”

话音落下，众人踏上最后一级台阶，转头就能看见天字一号房里头的场景。

秦解语还没反应过来，手指依旧放在徐燕归的鼻息间。沈在野挑眉，从他这个角落看过去，秦氏与徐燕归靠得很近，而且，那屋子里就他们两个人。

梅照雪愣住了，张了张嘴，却把惊愕都咽了回去，只装作什么都不知道的样子，皱眉道：“竟然会是秦氏！”

沈在野脸色一沉，跨进那屋子里，皱眉看着秦解语，半晌才问：“我平日对你不好吗？”

秦解语一脸茫然，半晌才反应过来相爷是误会了，连忙解释：“不是您看到的这样，妾身是过来抓人的。”

“抓谁？”

她刚想吐出姜桃花的名字，却看见了旁边梅氏紧皱的眉。秦解语抿唇，改口道：“自然是抓奸了，听人说相府有人红杏出墙，妾身便带人来看看。”

“这倒是有意思。”沈在野冷笑，“你抓奸，这屋子里却只有你与一个男人。”

“爷！妾身来的时候就只有他，这与妾身没有关系啊！”秦解语慌了，连忙过去拉着沈在野的手道，“这人昏迷在这儿了，另一个人不见了，妾身方才只是想看看他是死是活，所以……”

顾怀柔扫了趴在桌上的人一眼，抿唇道：“秦娘子这话显然没什么说服力，咱们也别在外头丢人了，都带回去问吧。你们不要脸，爷还要呢。”

要是放在平时，听了这话秦解语肯定是要跟她吵起来的，但眼下情况对自己相当不利，她也不知道怎么就让爷误会了，自然是一心先想着怎么解释清楚，根本顾不上其他的。

她看看夫人的眼色，心知姜桃花的名字是不能提的，毕竟没有抓她个正着，手里证据也不足，空口白舌的叫污蔑，指不定还会被那小蹄子反咬一口呢。但是，若是不提她，爷当真误会要出墙的人是自己该怎么办啊？

众人纷纷打道回府，掌柜的也没认出来他们是谁，送走之后，抱着桃花给的银子就是一阵乐呵。

路上的时候，秦解语很想找机会问问梅照雪这情况该怎么办，但是爷不知道怎么了，竟然要与梅照雪同乘，她无奈之下，只能一直跟顾怀柔在一起。

回到相府，临武院的门大开，院子里的娘子、侍衣都来了，下人们倒是统统被关在了外头。

秦解语跪在沈在野面前，旁边还躺着个昏迷不醒的徐燕归。

沈在野是完全不知道发生了什么事，本来隐隐觉得有可能是桃花出了问题，过去一看，竟是秦解语。

“我亲眼看到的事，你还有什么好说？”他怒道。

秦氏皱眉，抬头道：“妾身有好多话想说，今日之事，妾身是被人陷害的！”

“哦？”沈在野目光深沉，“谁陷害你，怎么陷害你的，你倒是说来听听。”

秦解语深吸一口气，捏着手道：“妾身……无意中得知府上某位娘子与门客暗中来往不少，更是有半夜幽会、互赠定情信物之举，不想令爷蒙羞，又苦于没有证据，所以一直未曾吭声。直到今天，听闻有娘子出府与门客私会，收到这消息，妾身立马就去抓奸了，想着要是让别人去，以那人的狡猾程度，肯定会金蝉脱壳。于是我便亲身前往，不想却中了陷阱……”

“秦娘子这话不如说得清楚明白些。”顾怀柔笑道，“哪位娘子与门客有染，又是半夜幽会，又是收定情信物，还出门私会的啊？”

秦解语抬头看了桃花一眼，冷着声音道：“说的是谁，谁心里清楚。”

“秦娘子，您说这句话的时候别瞪我，我可以当作什么都没发生。”桃花笑了笑，眼神里明显有不悦，“可瞧着我说这话是什么意思？捕风捉影的事情闹得全府上下沸沸扬扬。念着您先进府，资历比我老，所以我不计较，但不代表我好欺负，能一直忍这一盆又一盆的脏水！”

该硬气就得硬气，这话说得又是理直气壮的，秦解语听了反而有点心虚了：“谁……谁泼你脏水了？”

“这还用说？”桃花起身跪在她旁边，楚楚可怜地看向沈在野，“妾身今儿也要求爷做主，妾身实在是委屈啊！”

沈在野看了她两眼，眼眸微闭：“你有什么委屈？”

“凡事讲个证据，秦娘子却一上来就污蔑妾身私通门客，这不委屈吗！”

眉毛一耷拉，眼睛低垂，姜桃花这表情敢认天下第二委屈，没人敢认第一。

沈在野看得心中暗笑，脸上却依旧严肃：“既然秦娘子指你有不轨之举，你又说秦娘子污蔑，那你们谁能拿出证据，我便信谁。”

这话听起来是万分公正的，没有要偏袒谁的意思，所以秦解语一时也无法反驳。但桃花反应极快，抬头就道："方才妾身就想说了，爷难道没注意到，秦娘子手里捏着个东西吗？"

众人一愣，都看向秦解语的手，秦氏自己都忘记这回事了，被桃花一提醒，才想起手里还捏着块鸳鸯佩。

"对啊，爷！这就是姜氏出墙的证据！"看了看那鸳鸯佩，秦解语连忙道，"这是姜氏的东西！另一半定然在徐先生身上，爷让人一搜便知！"

桃花挑眉，看了沈在野一眼，微笑着道："先不论这玉佩到底是谁的，爷还是让人把另一半找出来吧。"

"好。"沈在野侧头看了一眼湛卢，湛卢立马就上去搜徐燕归的身。沈在野一脸嫌弃地看着地上那人，微微抿唇。

看来吃一次亏，他根本就不长记性啊。这次的亏，怕是要比上次大得多了。

湛卢很快将另一块鸳鸯佩找了出来，秦氏瞧着，脸上不禁浮现出得意之色，扬起下巴看了桃花一眼，转头对沈在野道："妾身今日出门，第一件事就是去找这玉佩，因为有人说姜氏怕奸情败露，所以将玉佩存在了贯通钱庄。"

听见最后四个字，沈在野眉心一跳，看了桃花一眼。

"人都有一张嘴，爱怎么说就可以怎么说。"桃花没注意他的眼神，只是笑吟吟地道，"玉佩在秦娘子手里，娘子却说是我的，这话听着不可笑吗？"

"你……"秦解语错愕，低头看着自己手里的东西，一时竟也找不到什么话来反驳。

对啊，她怎么会犯傻把这玉佩拿在手里？早知道就放在钱庄，等爷一起去看了！

众人都看向她，见她一脸慌张，心下也就难免更加相信桃花的话。旁边的梅照雪终于看不下去，轻声道："这玉佩既然是从钱庄里取出来的，那总有个凭证。钱庄里的伙计也该认得是谁去存的东西，把人叫过来问问不就好了？”

桃花点头，十分赞同地道：“对，妾身问心无愧，随意怎么查问都可以。”

秦解语本来也该是问心无愧的，但一看桃花竟然半点不慌张，就感觉自己可能是掉进什么坑里了，忍不住就有些迟疑。

这迟疑看在众人眼里就变成了心虚。顾怀柔轻笑道：“姜娘子什么都不怕，秦娘子又怕什么呢？要是您当真无辜，还有谁能害您不成？”

“那谁知道呢？”秦解语皱眉侧头，看着桃花道，“有些人心思深沉着呢，真要害人，我也躲不过。”

“有证据不让查，非说人心思深沉要害你。”桃花叹息，“在秦娘子看来，爷就该平白无故定了我的罪，才算是公正？”

秦解语抿唇：“本就该如此。”

这话听得梅照雪都捂了捂额头。沈在野更是冷哼一声，侧头对湛卢道：“去贯通钱庄问问，把知道事情原委的伙计带过来。”

“是。”湛卢应声而去。

秦解语不悦地道：“瞧姜氏这胸有成竹的样子，定然是一早就做好手脚了，爷查也没用。”

“秦娘子今儿倒是教会我不少脱罪的法子。”桃花微微一笑，看着她道，“以后但凡犯了错，我只用说是被人陷害，不管什么证据摆在面前，都说是别人栽赃。这样一来，我杀人都没有罪啦，真好。”

“你！”秦解语被她这话气得脸都绿了，忍不住伸手拉了桃花的手腕，颇为恼恨地道，“你别太嚣张了，爷不会一直纵容你的！”

“这话该我来说。”桃花勾了勾嘴角，反手也抓着她的袖子，眯着眼睛道，“背后害人害多了，可是要遭报应的。爷不瞎，不是看不见，只是念在往昔情分上没追究，娘子可别当真觉得自己无债一身轻。”

秦解语神情错愕，对上桃花的眸子，突然就明白了她说的是什么事情。姜氏进府这么晚，怎么会知道以前的事的？那事连顾怀柔都不是很清楚啊。

这吵闹声有些大，地上躺着的徐燕归都被吵醒了，他茫然地睁开眼看着四周：“这是哪儿啊？”

沈在野看够了戏，斜他一眼，二话不说就喊了人上来："把他关去柴房，等候处置。"

"是！"护院上来，一左一右就将徐燕归架了起来。

出了临武院，徐燕归才反应过来，看着身边的人问："发生什么事了？"

护院不语，麻利地将他锁进了柴房。

"爷！"秦解语皱眉，"您怎么不问问徐先生他今日要去见的到底是谁？怎么就直接把他关起来了？"

"这有什么好问的。"沈在野垂眸喝茶，声音冰冷，"他既然是你们其中一人的姘头，自然是要护着人不说真话的，听来也没意思。"

桃花眼眸微亮，笑眯眯地看着他道："爷实在睿智。"

"用不着夸我。"沈在野抬眼，扫了扫面前这两人，"今日这事，事关相府声誉和我的颜面，不管最后查出来是谁，我都不会轻饶。"

"爷打算怎么处置？"梅照雪皱眉问了一句。

"府里最近让我动笔想休掉的人可是有点多。"沈在野抿唇，"这回就不休了，直接贬为暖帐，在院子里继续待着吧。"

暖帐！众人心里都是一惊，各自低头不语。暖帐在相府的地位跟丫鬟没什么两样，甚至还更被人瞧不起，因为虽是爷的人了却没个正经主子的名分，一般都是家世极低的人才会被给个暖帐的名头。

跪着的这两人可都是娘子啊，府里仅次于夫人的人，出身尊贵，家世显赫。要是被降为暖帐，那还不如被休了来得痛快！

秦解语有点慌张，桃花却依旧面不改色："真金不怕火炼，没做亏心事也不怕鬼敲门。只要爷查出真相，那被贬的人一定不是妾身。"

如果说一开始众人对桃花是有八分怀疑的，那这话一出，怀疑便只剩了两分。反观秦解语，刚开始还是理直气壮的样子，现在却已经是冷汗直流了。

所以说人啊，输什么先别输气势，气势输了，那这局面就已经输了一半了。

沈在野点头，落在秦解语身上的目光也更加冷冽了。秦解语是百口莫辩，焦急地看了梅照雪好几眼。

然而，梅照雪没看她了，也不再给任何的指示，反而与旁边的段娘子聊了起来。

这是什么意思？秦解语很不明白，茫然失措地跪着，感觉时间一点点过去，腿都要没了知觉。

“爷。”两刻钟之后，湛卢带着伙计回来了。

沈在野抬头，就见钱庄伙计哆哆嗦嗦地跪在一边，直朝他磕头：“拜见相爷，拜见相爷！”

“你知道这是什么地方吗？”他轻声问了一句。

伙计吓得腿都在抖：“小的知道。”

“那就莫要张口胡言，我问什么，你就老实答什么。”

“是！”

沈在野抬手，指了指姜桃花和秦解语：“这两位夫人你可见过？”

伙计飞快地扫了一眼，也不敢细看，有些迟疑地道：“钱庄每日来的夫人不少，相爷真想让小的查看，不如就让两位夫人戴上面纱。”

“好。”沈在野颔首。桃花很自然地取了面纱出来，秦解语停顿片刻，也跟着戴上。

伙计这才敢抬眼打量，看了一会儿指着秦解语道：“这位夫人我是见过的，可旁边这位……应该没见过。”

他就算不记得脸，也该记得衣裳。

桃花轻笑一声，扯了扯自己的裙子，看向秦解语：“娘子现在还有什么话说？”

秦解语气急，捏了鸳鸯佩出来道：“他当然见过我，我去拿这玉佩的时候也去了贯通钱庄！”

只是，这伙计为什么会不记得桃花呢？难不成被她收买了？

“啊，这个玉佩小的记得的。”一看鸳鸯佩，伙计连忙从身上找了借条出来，说道，“这东西是一位夫人放在我们钱庄的，打了借条，一式两份，另一份应该在那位夫人身上。”

听到这里，秦解语可算松了口气：“好，那就搜身，借条找出来，她就不能抵赖了！”

沈在野接过湛卢传上来的借条，打开仔细看了看，微微抿唇：“解语，你确定还要搜身？”

“要啊，当然要！”秦解语皱眉，“搜出借条她就不能再抵赖了！”

“好。”沈在野点点头，起身，走到她们面前道，“那就由我亲自来搜吧。”

桃花微笑，很是自然地朝他张开双臂。沈在野睨她一眼，伸手将她的衣裳袋子找了个遍。除了碎银子，别的什么也没有。

轮到秦解语的时候，他一伸手，就在她的袖袋里扯出张纸来。

屋子里一阵安静，秦解语瞪大眼，不敢置信地拿过来展开一看——真的是借条！

“这怎么可能！”她低喊了一声，仔细看了看上头的名字：秦解语。

秦解语倒吸了一口凉气，瞪眼看向桃花：“你动了什么手脚？！”

桃花耸肩：“事已至此，娘子还要含血喷人？伙计都说未曾见过我了，借条在你身上，也是你的名字。玉也在你手上，你人还被抓着和徐先生共处一室。这么多证据加起来，你还想往我身上推？”

秦解语咬牙，慌忙转头看着沈在野道：“这中间一定有问题，说不定那伙计被姜娘子收买了！”

沈在野脸色阴沉，目光扫向那伙计，吓得伙计连连磕头：“小的怎么敢收钱乱说话？小的以身家性命担保，方才所说完全是实话。”

言辞恳切，表情真诚，一看就知道这伙计没撒谎。

梅照雪闭了闭眼，轻声道：“把人送出去吧，话都说到这个份儿上了，爷自有论断。留外人在这儿也不像话。”

“是。”湛卢领命，伸手就将伙计拎了出去。

院子里安静下来，沈在野目光森冷地看着秦解语，后者满头是汗，百口莫辩，最后竟然直接哭了出来：“妾身当真是冤枉的！”

“证据确凿，你再诡辩也是无用。”他冷声道，“现在好好交代，你与那门客，到底都做了些什么勾当？”

“我……”秦解语气得眼泪直掉，打着哆嗦看着桃花，“与他有什么见不得人的勾当的，分明另有其人，爷让我怎么说？”

桃花已经站起身来了，听着这话，微微一笑，低头看着她道：“方才就有个问题想问了，现在既然真相大白，我也想听娘子具体说说——你总提从某处得到消息，说我做了越礼之事。那敢问娘子，这个某处是哪儿？”

被她这一提点，众人也好像纷纷明白了过来。顾怀柔拍了拍手道：“对啊，什么半夜私通，互换定情信物，这些秦娘子是从哪儿得知的？恐怕只有争春阁的人才知道吧？”

秦解语皱眉，也没细想，张口就道：“自然是听人说的，若是说出来了，姜娘子岂不要打击报复？那就寒了这些敢说真话之人的心了。”

桃花失笑：“也就是说，娘子并非亲眼所见，却要强行给我安罪名？”

“这本来就是事实！”

桃花轻轻一笑，看了她手里的玉佩一眼：“这才是事实。”

“……”秦解语眼睛都瞪圆了，气得抽噎不止，却毫无办法。

好个姜桃花啊，这一步步的都是提前算计好的，就要在今日钉死她！真是心机深沉，心肠歹毒！

心里如此骂着，秦解语也就忘了是自己一开始想捕风捉影陷害桃花的了。她的计划可不比姜桃花这个温柔多少，只是她失败了，桃花成功了，所以恶毒的女人变成了姜桃花。

桃花不再看她，转头看向一直在看好戏的沈在野，笑着问：“爷是不是该贬人了？证据既然都一目了然，那秦娘子认与不认应该都没什么关系。不过府里规矩严明，想必他们也没能做什么特别离谱的事情，尚还能继续留在府中。”

沈在野抿了抿唇，斜她一眼，然后道：“事已至此，就贬秦氏为暖帐，搬出海棠阁，去下人房里住吧。月钱随减，平时就帮夫人做事即可。”

即使秦解语心里一千个不甘愿一万个不甘心，但眼下已成定局，她也实在是没什么办法了。秦解语咬牙不语，忽然双眼一闭倒在了地上。

四周顿时又乱成一团，丫鬟婆子连忙来扶，梅照雪头疼不已，连忙让人带她离开。

“家丑不可外扬。”沈在野叹了口气，道，“门客我会处理的，他毕竟还有用，要继续留在这里。至于秦氏，就交给夫人好生看管，多加教训。”

“……是。”

众人唏嘘，本想来看姜桃花的好戏，没想到最后罪名竟然是秦解语来担，而且合情合理，证据确凿，连梅照雪都没能帮着说上什么话。

第六章
申　冤

出临武院的时候，顾怀柔低声在桃花身边道：“我真是没想到，娘子居然这么厉害。秦氏在府上嚣张已久，从来没人能治得了她的。”

“不是我厉害。”桃花抿唇，脸上不见多少喜色，反而是跟其他人一样担忧又感慨，“我也没想到这次出来的会是秦娘子。”

“什么？！”顾怀柔瞪眼，步子都停了下来，拉着她小声道，“您怎么会不知道？”

“这你就要问问院子里的某位娘子了。”桃花抬眼，看着前头围在夫人身边的段芸心。

她正侧着头小声同梅照雪说话，脸色看起来很平静，眼神依旧很温柔。像是察觉到后头的目光，段娘子顿了顿，还回头朝她一笑。

顾怀柔愣愣地看着，呢喃着：“不会吧，你当真怀疑段娘子？”

“不是怀疑，十有八九就是她了。”桃花嘴里小声说着，还回了前头的人一笑，“我是想钓她的，毕竟秦氏那种不用脑子的人，没可能对我造成多大的威胁，上次一箭四雕的人也没可能是她。所以这次的坑，我是为段氏准备的。只是不知道背后发生了什么，出来的依旧是秦氏这个傻子。”

顾怀柔一头雾水，越听越糊涂。这事怎么会是姜娘子挖的坑？她还以为她只是反败为胜而已，结果这一听，反而什么都不明白了。

“你回去歇着吧，最近府里有大风大浪，站得远才不会湿了鞋。”到了岔路口，桃花与顾怀柔作别，认真地对她道，“在这个时候，过得宁静才是福气。”

“……我明白了，多谢娘子。”

桃花颔首，转头就带着青苔回了争春阁。

“主子，那套衣裳奴婢已经拿去扔了。”青苔小声道，“幸好您回来换了身衣裳，那伙计才没认出您来。”

这是一个原因，还有一个原因是她略施摄魂之术，让他不记得自己的眉眼，只能靠衣裳辨人。

桃花微笑，今儿她是福星高照，一切都进行得很顺利，连把借条塞进秦解语袖子的机会都是秦解语自己送上门来的。

怎么说呢？她料到了开头和结局，却没料到秦解语真的这么蠢。她这些年想必也是紧依梅照雪而活的，不然凭她这个脑子，一早就该玩儿完了。

不知道西楼去报信的地方是不是海棠阁，但后续她算是都猜对了的。知道她与徐燕归有约，又是不经夫人同意，私自出府，背后那人会按捺不住找她麻烦。她给人这个机会，定情信物放好，酒楼厢房订好，只要有人想动手，那就必定掉坑无疑。

不过秦解语掉得实在是毫不犹豫，竟然完全按照她想的去做，连玉佩都拿在了手里，她不遭殃谁遭殃？

叹息摇头，桃花跨进了争春阁，没一会儿就听说沈在野带着徐燕归出门了。就算是心腹，惹出这种事情来，多半也不会有什么好果子吃。桃花笑眯眯地拍手，死色狼，活该！

被沈在野丢到马车里，徐燕归还是一脸茫然：“到底是怎么回事啊？”

“这话应该是我问你。”沈在野冷笑，“上次割那一刀是不是不够疼？”

徐燕归嘴角一抽，坐直了身子看着他，一脸无辜地道：“我只是想跟姜氏一起用个膳，也没做逾矩的事，你就不能大度一点？”

原来他当真是跟姜桃花一起的，沈在野摇头：“你想算计她吧？想让人给她扣个出墙的罪名，赶出相府是吗？”

徐燕归眼睛一瞪，皱眉：“你是怎么知道的？”

“就你这不够用的脑子，想害别人都行，在姜氏那儿只有吃亏的份儿。”沈在野翻了个白眼，没好气地道，“我再警告你一次，不要做这些没用的事，她的去留只有我能决定，你是无法左右的。”

“哦？”徐燕归不服气地抱着胳膊道，“那她要是爱上我了，愿意跟我私奔呢？”

一看就是不知道方才发生了什么事。沈在野又气又笑，斜眼看着他道：“她若是会爱上你，你今儿也不至于被关柴房。”

这是什么意思？徐燕归很不明白。沈在野鄙夷地看了他好一会儿，才将方才发生的事跟他说了。

“秦氏一向有害姜氏之心，偏巧遇上你也想对姜氏不利，姜氏那么聪明的人，往后一退就让你们两个撞了个眼冒金星。怎么样，徐门主，又被女人教训了，开不开心？”

徐燕归瞠目结舌，想了半天才搞清楚其中的关节，忍不住低喝：“她心思怎么这么复杂啊？就是给了她一块玉佩，一起吃个饭而已……”

“你傻，就当别人也傻？”沈在野轻笑一声，道，“这些举动可都犯了七出之条，你想被浸猪笼，她可不会奉陪。”

也是他们两人熟识，他也知道徐燕归的德行，不然今日真的会捆了这两个人一起沉到河里去。

徐燕归靠在车壁上，气得直叹气：“什么叫龙游浅滩被虾戏，我好歹也在江湖上混了快十年了，竟然会玩不过一个女人！”

这话要是放在以前，沈在野是要赞同的，毕竟徐燕归的本事当真不小。但是如今见识了姜桃花的手段，他只能摇着头道：“人外有人，也别总是小瞧女人。”

“嗯？”徐燕归一惊，诧异地看着他，“这话竟然能从你沈相爷的嘴里说出来？！”

最看不起女人的不就是他了吗？他一向是没把女人当人，就跟棋子似的摆来摆去，半点人情味儿都没的人，是受了哪位菩萨的感化，竟然能说出这样的话来了？

沈在野没理他，看着外头倒退的路，过了一会儿才道：“总之你别再去招惹她了，若还有下一回，我就公事公办。你犯什么错，就担什么罪。”

“那要是再犯像今天这样的错呢？”徐燕归好奇地问了一句。

“送去宫里阉割，或者送去河里沉了，你二选一。”

徐燕归：“……”好狠的心啊！不过姜桃花也当真是厉害，这一盘棋下得妙极，难道当真一点破绽也没被人找到吗？

凌寒院。

秦解语是一路哭着过来的，身上的华服已除，发髻也散了，狼狈不堪地闯进主屋，看着梅照雪就问：“夫人为何不救我？”

梅照雪眉头还没松开，一看见她，脸色就更加难看：“你要我怎么救？砸下来的石头全是你自己搬的，我拦都拦不住。”

“可是！”秦解语皱眉，“那些本就是姜氏的罪状，妾身不明白为什么全扣在妾身头上了！分明是她一早准备好的陷阱，却没人看明白！”

“你这是在怪我？”梅照雪眼神微沉，“当初接到消息，是你冲动之下就跑出去的，我什么都来不及说，只能算着时辰带爷过去配合你，谁承想……”

话一顿，梅照雪也捏紧了手里的帕子，看起来颇为恼恨。

“这事怪不得咱们没想到，是姜娘子的戏演得太好。”旁边突然有人开口道，“她都私自出府了，谁能想到竟然只是要引秦氏上钩呢？”

秦解语一愣，这才发现旁边还坐了个人。

段芸心一如既往温柔，目光平静地看着她道：“你吃这一次亏，就当是个教训吧。”

被她这话一提醒，梅照雪像是突然想起什么，道：“说的也是，就算其他罪名不论，姜氏还私自出府了。要不是她鬼鬼祟祟的，秦氏也不至于那么冲动。”

“对！”没心思问段氏怎么会在这里，秦解语连忙表示赞同，“就算别的罪都推到了我头上，那她也是没问您要腰牌就偷溜出府，坏了规矩。您都不用禀明相爷，直接就能将她处置了！”

梅照雪点头，想了一会儿，看着段芸心笑道：“有段娘子相助，倒是让我安心不少。”

段芸心微微颔首，脸上波澜不起。下头跪着的秦解语却愣了愣：“相助？”难不成段娘子投诚夫人了？她们先前不是还各自为营吗？

“姜娘子有多厉害，今日咱们都见识过了。”段芸心一笑，看着满脸疑惑的秦解语道，“我与夫人要是不互帮互助，这院子里哪还有我们的立足之地？”

这话好像挺有道理的，但是秦解语听着心里难免不太舒服。以前都是自己陪在夫人身边的，现在她刚被贬低身份，夫人就找好替代她的人了。

梅照雪自然明白她的心思，起身亲手将她拉起来：“现在姜氏与顾氏沆瀣一气，你又被贬，若不依靠段娘子，咱们的日子都不好过。你放心，就算是当暖帐，只要有我们在，这府里也不会有人敢欺负你。”

“多谢夫人。”秦解语闷闷不乐地应了，她也没别的办法，只能顺从。

桃花正在吃点心，就听得门外有人叫唤：“姜娘子，夫人请您去一趟凌寒院。”

这反应够快的啊，桃花挑眉，抹了把嘴带了东西就赶过去。

段氏、秦氏都在，旁边还有个多嘴多舌的柳香君。桃花发现梅照雪的脸色不太好看，进去就行礼：“妾身给夫人请安。”

“你若当真把我这个夫人放在眼里，不请安我也是高兴的。”梅照雪眉头微皱，“姜氏，你可知错？”

桃花无辜地眨眨眼，抬头看她：“妾身何错之有？”

“你今日是出府了吧？”梅照雪道，“而且没向我要腰牌。”

桃花一顿，犹豫了一会儿才问：“夫人有什么证据证明妾身出府了？”

“……”梅照雪沉默，她总不能说是有人跟踪她看见的吧？毕竟她们回来的时候，姜氏可是在府里的。

“连这个也要证据，姜娘子可真是不见棺材不掉泪。”柳香君冷笑道，“你这么显眼的人，有人看见是很正常的事。”

“那谁看见了，总得跟妾身讲个明白吧？”桃花撇嘴道，“各位姐姐好歹比我先进府，没道理这样欺负新来的人，话不说清楚，也不找人对质，就要定妾身的罪？”

众人都沉默，段芸心却轻声开口了：“娘子既然对证据这样执着，那就传个人证上来吧。”

说罢，旁边的丫鬟就退下去，带了个人进来。

“主子！”西楼一进来就在桃花身后跪下了，头埋得低低的，一点也不敢抬，“奴婢对不起主子，看见的一些东西，实在不能不说。”

果然是她啊，桃花点头：“你是我院子里的丫鬟，你说看见了什么，自然是有些可信的。今日大家都在，你不如就一次说个明白。”

西楼抿唇，眼珠子直转。她可是想往上爬的丫鬟，心眼儿不少，要这样当面说自家主子多少罪名，她是肯定不会做的。以后低头不见抬头见的，她至少也要给自己留条活路。

于是她便只道：“奴婢今日看见主子出门了，还戴了斗篷，从侧门走的。”

“这下你还有什么话说？”秦解语忍不住道，“你要的证据确凿，这也是证据确凿！”

桃花点头：“既然人证都有，那妾身就坦言吧，今日的确出了府，去看了看这国都风光。”

“你大胆！”梅照雪呵斥道，“不经主母允许出府，便是不守家规，你不知道吗？”

“自然知道。”桃花抬头冲她一笑，道，“所以妾身在出府之前，求了爷的恩典。爷允许了，自然也等于夫人允许了吧？”

屋子里一阵安静，桃花伸手掏出了沈在野给的玉佩，递到梅照雪面前，道：“本是想偷偷出去散心，又不想打扰夫人，所以才向爷求的恩。说出来众位姐妹难免觉得我是在炫耀，所以本不打算提的，结果没想到……”

她回头看了西楼一眼，勾唇：“没想到我院子里有这么一个忠心耿耿的丫鬟。”

相府用人，最忌有二心，所以被一个院子赶出去的奴婢，其他院子都不会收。今日闹了这么一出，西楼在这相府都不可能再待得下去。

“娘子！”西楼慌了，“奴婢不知道啊，奴婢不知道您有……”

“不知道，所以以为我犯了家规，所以迫不及待地去找人告状？”桃花摇头，“你这丫头瞧着机灵，怎么就不明白呢？别的院子里哪位主子会为了要你一个丫鬟而得罪我？哪怕今日你真的帮着人定了我的罪，下场也只会是被出卖，遣送出府。”

西楼瞳孔微缩，愣怔地看了她许久，又看了看段芸心。

段氏垂着眼，正在看自己手帕上的绣花，压根没看她。

她心里一凉，深吸一口气，朝桃花拜了下去：“奴婢对不起娘子！”

梅照雪已经将玉佩看过了，表情有些僵硬，闷头不吭声。桃花也没再理西楼了，微笑着问：“夫人，爷的玉佩能用吗？”

“自然是能的。”梅照雪伸手把玉佩还给她，淡淡地道，“看来姜娘子深得爷心，那咱们也没什么好说的了。私自出府的事是误会，我跟你赔个不是。”

“夫人说哪里的话，您是当家主母，觉得妾身有做得不对的地方，说出来也是应当。”桃花颔首，再抬眼的时候，眼里的神色意味不明，“只是夫人以前不是这么急躁的人，还是按照自己的想法做事，比被人当枪使要好得多。”

梅照雪一愣，微微抿唇：“你这说的是什么话！”

“妾身失言了。”桃花笑眯眯地道，“您就当妾身是胡说吧，既然这里没别的事，那妾身就将争春阁的丫鬟带回去好生管教了。”

梅照雪点头，段氏也没拦着，就看着青苔跟拎鸡崽子似的把西楼拎走了。

凌寒院里一时没人说话，陷入了死一样的沉默之中，气氛十分尴尬。梅照雪看了段氏好几眼，段氏自顾自轻笑，看向桃花离去的方向。

争春阁的大门关上，桃花往舒服的软榻上一躺，斜眼看着下头跪着的小丫鬟，道：“你知道今日为什么会有这样的下场吗？”

“奴婢知错，奴婢不该背叛主子。”

“你知错能改就好。”桃花满意地点头，朱唇轻启，“青苔，送她出府吧。”

西楼咬牙，也只能朝桃花磕头后离去。

守云阁。

段芸心手里拿着钱庄的借条，左想右想也不知道姜桃花这套到底是怎么下的，为什么就能把她自己撇得那么干净？

“鹤儿。”叫了身边的丫鬟来，段氏低声道，“你去查查，看这个贯通钱庄是不是跟姜氏有什么关系。记得做得干脆点，别让人发现。”

“是。”鹤儿颔首应了，飞快地出去。

折了芙蕖，鹤儿就是守云阁的内房丫鬟了。把事交给她办，段芸心很放心，因为她擅长与人打交道，能不动声色地套出别人的话，心又细，定然能发现别人发现不了的事情。

梅照雪已经折了个秦解语了，近期想必不会有什么动作。为了鼓励她，自己也得花点心思才行。

屋子里灯火明灭，段芸心微微一笑，本该是温柔娴静，面庞却被烛光衬得阴冷可怖。

沈在野跨进争春阁，抬眼就瞧见了软榻上熟睡的姜桃花。

今日发生那么多事，这女人不知道动了多少脑筋，如此疲惫也是正常。微微抿唇，沈在野伸手将她抱起来，往内室走去。

睡着的姜桃花退去醒时的虚假和尖锐，小嘴嘟着，脸颊红红的，看起来就是个小女孩儿。

他也就觉得她这种时候最省心了。

将桃花塞进被子里，自己也跟着躺上去，沈在野垂眸看着她的眉眼，忍不住伸手轻轻逗弄。

“瘪泡……”眉头一皱，桃花嘟囔出声。

说梦话？沈在野一愣，接着就附耳过去仔细听。

“瘪泡，看四泥哥兔崽子！”

什么玩意儿？沈在野嘴角一抽，眯着眼睛想了好半天，嘴里喃喃着：“该不会是说‘别跑，砍死你个兔崽子’吧？”

跟谁这么深仇大恨啊，在梦里都要砍人家？

吧唧了一下嘴，桃花一个翻身就又滚到了他的怀里，抱着他的腰蹭了蹭，好似把口水都擦干净了。

沈在野嫌弃地抽了抽自己的寝衣，皱着眉，心里却觉得挺舒坦的。

他忙了这么长一段日子，终于能来争春阁里歇一晚上了。不过这种事，他是不会让抱着他的这个人知道的。

一觉睡到天明，桃花睁眼的时候，沈在野已经不见了，她也就不知道有人来过，只觉得昨儿睡得还是挺踏实的。

“主子，府里好热闹啊。”青苔从外头端着早膳进来，咋舌道，“徐嬷嬷一大早就跟秦氏吵起来啦。”

啥？桃花挑眉：“徐嬷嬷？”

听段芸心说，这个徐嬷嬷先前就好像对秦氏不满，还跟死去的那个暖帐有关系。不过具体是怎么回事，她是不清楚的。

秦解语已经失势，这落井下石的好戏她没打算看，谁知道刚用了早膳，顾怀柔竟然也过来了。

“娘子知道吗？”顾怀柔满脸兴奋地道，“有不得了的消息传出来了，咱们院子里原来死过人。”

桃花错愕：“敢情你不知道这事儿？”

顾怀柔眨眨眼，撇嘴道：“我进府也晚，从哪里去知道这种事？看您这样子……难不成您知道内情？”

“我也只是听人说了两句。”桃花问，“现在外头都怎么说的？”

顾怀柔伸手给自己倒了杯茶，笑吟吟地道：“死去的那个暖帐，是徐管事的女儿，先前因为秦氏势力颇大，也就含冤忍辱了。如今秦氏被贬，徐管事可能是觉得时候到了，便写了状纸呈到了爷那里，带着证据告秦氏因妒杀人。这可是一场痛打落水狗的好戏啊，哈哈！”

这么精彩？桃花咋舌，想了想却摇头道：“有夫人在，秦氏背后的势力又不小，这一场戏徐管事未必能赢。”

“管他们谁输谁赢呢，只要不关咱们的事儿，我就高兴。”顾怀柔掩唇一笑，眼里亮晶晶的。

桃花直摇头，道："你小心些吧，秦氏的下场在这儿摆着，以后想什么都得收敛些，别全写在脸上。"

"我这只是写给你看而已。"顾怀柔一脸放心地道，"你又不会害我。"

还真是全心全意相信她了？桃花轻叹，幸好自己当真不想对她做什么，不然顾怀柔也不知道倒了多少次霉了。

用过午膳，她正要休息的时候，青苔却神色古怪地过来道："主子，外头有人求见。"

桃花心神一动，抬眼问："徐管事？"

"……您是算命的吗？"青苔忍不住道，"这都能猜到？"

"唉。"桃花无奈地摇头，"人既然都来了，你就去请进来吧。"

"是。"

当下后院只剩了三位娘子，段氏明显已经站在了夫人那边，而梅照雪定然是要护着秦解语的，所以徐管事能来求助的，也只有她一个。

桃花看着面前跪下的徐管事，开口问的第一句话就是："您进我这门，可带够了让我甘愿帮忙的筹码了吗？"

徐管事一愣，也没想到姜桃花会猜到她的意图，缓了缓神，恭恭敬敬地朝她磕了头："老身地位不高，只是个管事嬷嬷。然而在这府里也有两年了，曾经救过爷的性命，爷也颇为器重老身，娘子若愿意相帮，老身定当结草衔环以报。"

桃花听着，来了点兴趣："嬷嬷可愿意把当年秦娘子做的事，仔仔细细给我说一遍？"

"这个不难。"徐管事抬头，严肃地道，"只要娘子点头，娘子想知道什么，老身就说什么。"

桃花想了会儿，笑着点头："只要嬷嬷是占着理的，那我便愿意相帮。"

她自然是占着理的，缺的只是个有身份的人撑腰。听桃花这么一说，徐管事心里微松，捏着手道："事情要从一年半之前说起了。"

一年半之前，相府后院之人还没这么多，秦解语一人独大。相爷宠溺，任她在后院为所欲为，秦氏便为难折腾其他被沈在野宠幸过的女人。当时有个暖帐连续伺候了相爷两日，颇得相爷喜爱，秦解语知道之后，便将她叫去海棠阁，动了面儿上看不见的私刑。

这暖帐就是徐管事的女儿，名逐月。她出身不高，所以只是暖帐的名分，但为人温和体贴，沈在野是有意升她为侍衣的。不过自秦氏动刑之后，沈在野就没再宠幸过逐月，改宠了其他的人。

也不知是谁去秦氏耳边碎嘴，说逐月告状，所以相爷连海棠阁也一起不去了。秦氏听后大怒，再次对逐月动刑。只是这回可能是没把握好分寸，逐月就死在了海棠阁。

出了人命自然是大事，然而秦家家大业大，迅速派人来料理了逐月的后事，顺便将消息封锁，不允许人再提。徐管事心里是无比愤恨的，恨不得马上冲进海棠阁杀了秦解语给逐月抵命！然而她没用，根本靠近不了秦氏，相爷也似乎想大事化小，安慰了她一番之后，就将这事翻过了。

一年多的时间过去了，没人再记得死去的逐月，只有徐管事这个亲娘每日活在不能替女儿报仇的煎熬里。如今，机会终于来了。

“娘子若是能护住老身，替老身说动相爷，老身愿意余生皆为娘子所差遣！”一头磕到地上，徐管事声音微微哽咽，“老身之所以还活着，就是想看杀人凶手的下场！”

桃花听得唏嘘，起身下去扶起她，低声道：“既然嬷嬷肯信我，那这个忙我定然会帮。只是相爷的心思难测，秦家又毕竟是九卿高门，就算秦氏如今只是暖帐，瘦死的骆驼也比马大。所以你要耐心等，不能太着急，明白吗？”

徐管事一怔，点了点头，苦笑道：“老身何尝不知相爷心思难测呢？可逐月被人害死了，他竟也能不闻不问，任由凶手逍遥法外。”

这不是沈在野的一贯作风吗？桃花抿唇，恩爱的时候有多深情，出事的时候就有多绝情。看看顾怀柔和秦解语，包括她自己，说好听点是娘子，说不好听的就是棋子罢了。

要不是偶尔趴在他胸口听见了心跳，她都要以为沈在野是没心的人。

“嬷嬷最近就来我争春阁伺候吧。”桃花道，“外头又吵又乱的，不如在我这儿剪花。”

“多谢娘子！”徐管事感激地行了礼，跟着青苔就去收拾了东西过来，躲进了桃花的羽翼之下。

临武院。

沈在野正捏着徐管事写的秦氏罪状发呆，外头的湛卢突然进来，恭敬地道：“爷，姜娘子来了。”

“她什么时候来还会老老实实通禀？”沈在野回过神，失笑道，“让她进来吧。”

话刚落音，湛卢背后就蹦跶进来一只“姜兔子”，几步跳到他跟前，两只眼睛笑得跟弯月似的，一脸狗腿样：“爷，吃蔷薇饼吗？”

沈在野扫了一眼她捧着的东西，道：“不是桃花饼吗？”

“爷说它该是蔷薇饼，那就得是蔷薇饼！”桃花笑嘻嘻地道，“妾身决定给它改名字了！”

“得了。”沈在野伸手遮住她的脸，看不下去了，“有什么事要求我？直接说。”

桃花撇撇嘴，拉下他的手委委屈屈地道：“妾身是那种有事相求才会来找您的人吗！”

沈在野沉默地看着她，眼里就写了一个大字——是。

“嘿嘿，真是瞒不过爷啊。”桃花笑着蹲下来给他捶腿，“妾身过来只是想问问，府里最近这闹得沸沸扬扬的事儿，您打算怎么处置啊？”

斜她一眼，沈在野道：“这又关你什么事？”

“就是不关妾身的事，妾身才问着玩玩。”桃花捏着他的大腿道，“毕竟听说是死了人的大事。”

沈在野抿唇，想了一会儿，伸手将她拎起来放在自己怀里，然后把手里的东西给她看。

“徐管事这东西若是交到衙门，秦家也得吃官司。只是徐管事依旧不会得到她想要的结果。”沈在野淡淡道。

桃花瞧了瞧，笑道：“徐管事只是相府的奴婢，对方却是当朝廷尉的女儿，官府自然不会有什么公正的决断。所以徐管事把状纸给您了，您打算怎么做？”

沈在野揉了揉眉心，疲惫地将下巴搁在她的肩上，从背后抱着她，淡淡地道：“交给我，恐怕也没什么两样。秦氏就算被贬，也是秦廷尉的女儿。”

“爷怕得罪廷尉大人？”桃花挑眉。

“不是怕。”沈在野道，“是没必要为了这种事与廷尉府闹僵。”

桃花身子一顿，眼神微暗：“那若是死的是妾身，爷会不会也说这句话？”

“你想太多。”沈在野摇头。

桃花嘟嘴，看着状纸上逐月的名字，还是忍不住道：“爷没把她的性命当回事吗？毕竟也是您的女人。”

女人吗？沈在野轻哂，淡淡地道：“逐月死得也不冤枉了，她这一命，换来秦廷尉一年多的效力，救了更多的人命。至于徐管事，我也好生补偿过了。”

死得不冤枉？桃花一愣，仔细咀嚼他这句话的意思，突然觉得浑身发冷。她想起了顾怀柔出事的时候，那半夜出入临武院的肥胖身影，也想起了孟氏被休之后，传来孟家举家入狱的事，甚至还想起了自己坐上马车的时候，景王在北门亭里等着的样子。

沈在野这个人，他的恩与宠，全部是要你用东西去换的。活命的机会要拿东西去换，一旦失去了利用价值，那等着的就可能是被抛弃和死亡。

“怎么？”察觉到她的异样，沈在野微微皱眉，“你的手怎么这么冷？”

“没什么。”桃花咧了咧嘴，小声问，“所以这一次，爷也打算不管，将此事压下去了是吗？”

深深地看她一眼，沈在野点头。

“嗯，妾身明白了。”桃花起身，离开他的怀抱，笑眯眯地行礼，“那妾身就先告退了。”

还真是用完就扔呢，沈在野撇嘴，看着她走得毫不犹豫的背影，伸手捏了桌上的桃花饼来尝。吃了一会儿，他眼睛微眯，突然觉得姜桃花方才的表情真的是不太对劲。

“湛卢。”

“奴才在。”

“去看看争春阁那边怎么回事，徐管事是不是过去了？”

“是。”

沈在野微微垂眸，看着自己面前的册子，良久之后，长长地叹了口气。

回去争春阁，桃花也没给徐管事说什么坏消息，只说爷今日心情不好，没能多说。

“老身不急。”徐管事低头道，“娘子能给老身一个容身之处，老身已经是万分感激。只要命在，总能等到的。”

看着她脸上倔强执着的表情，桃花觉得胸口闷得慌，勉强笑了笑就躺上了软榻。

她也不知道自己为什么心情这么糟糕，沈在野是个什么样的人，她早就知道的。

真是奇了，她难不成还对他抱着什么期待不成？都是相互利用的人，她只需要在乎他手里的权力就行了，在乎其他的干什么？别说他是个冷心冷情的人了，就算是头冷心冷情的猪，她也得跟他在一起。

想通了这一点，桃花就觉得好受多了，收拾收拾东西，准备吃点心。

夜幕降临，桃花躺在床上，总觉得有点不好的预感，所以一直没入睡。果然，一更的时候，外头响起一声极轻的痛呼，接着就有人从窗户翻了进来。

“娘子好狠的心啊。”徐燕归小声道，“在下好歹又赠娘子宝物，又帮娘子除掉了劲敌，娘子为何还要在墙上扎那么多铁钉？”

姜桃花起身看着他，没笑也没怒，淡淡地道：“徐先生，我最后说一次，您若是再这样半夜来争春阁，坏我名声，可能会倒大霉的。”

徐燕归干笑：“娘子何必戾气这么重呢？在下是当真喜欢娘子，所以……”

“您不过是想赶我出府，就别玷污这‘喜欢’二字了。”桃花皮笑肉不笑，伸手点了盏灯，举到他面前看着他道，“我与先生无冤无仇，先生何必要与我过不去？”

还真是被看穿了啊，怪不得骗不了她。徐燕归收敛了神色，皱眉看着她道：“娘子没发现自己可能会坏了别人的大事吗？”

“沈在野的大事，我坏不了，反而会帮他。到某个时候，可能我才是被舍弃的那一个。”姜桃花认真地道，“您的担心真的很多余，而且，真的是小看了相爷。”

“娘子才是小看了自己。”徐燕归摇头，“相爷很喜欢你，待你与别人不同。”

“那先生不如与我打个赌吧。”

桃花伸手扯了纸笔过来，低头就写下：“若是遇与我有冲突的大事，相爷选择保我，那我自愿将命交给先生。若是相爷舍弃我，选择成就大事，那先生就欠我一命！”

徐燕归心中一震，没想到姜桃花会写这样的赌约。看着面前递来的纸，他竟然有些犹豫。

“怎么？您担心的不就是这个吗？我都替您解决了。”桃花睨着他道，“若相爷像您担心的那样，因为我坏了事，那您可以直接来杀了我，我不会挣扎。反之，您就是冤枉我，冤枉相爷了，把命给我，算是公平公正。”

“你想杀了我？”徐燕归问。

“杀了您对我没好处。”桃花道，“不用担心，就算是我赢了，也不会当真要您的命。”

那这还是划算的！徐燕归点头，拿起笔签了名，又盖了自己的印鉴。桃花颔首，将东西收起来道：“您可以走了。”

好像想做的事是做成了，但是徐燕归总觉得哪里怪怪的，踏上窗台的时候忍不住回头问她：“我是不是得罪你了？”

“你猜？”桃花扯了扯嘴角，“我很讨厌人打扰我睡觉的。”

扰人清梦之仇，简直是不共戴天！

徐燕归缩了缩脖子，道："那咱们既然达成协议了，你不会再整我吧？"

"不会。"桃花道，"除非是你罪有应得。"

他还能有什么罪有应得的事儿呢？反正也有沈在野顶着，不怕！这样想着，徐燕归还是潇洒地甩了衣袍就消失在夜色里。

"主子。"人刚走，青苔就推门进来了，"奴婢察觉到一些不对劲，院子里好像有人来过了。"

桃花打了个哈欠，道："是啊，刚走。"

"不是那位。"青苔皱眉，"是后院里，水井附近像是有人来过。"

桃花微微一愣，扯了被子就将自己裹成了毛毛虫，露出两只杏眼愤怒地道："野火烧不尽，春风吹又生啊！青苔，这次咱们弄死他们吧！"

青苔失笑："您下得去手？"

"又不用我动手，该死的迟早得死。"桃花撇撇嘴，伸出只爪子，抓了枕边放着的纸交给她，"这东西你尽管往外散，最好让那些高门大院的人都知道。"

"是。"

秦解语坐在屋子里等着，这地方又脏又臭，她已经几天没睡好了，脾气也就格外暴躁。一见人回来，她就伸手扯过来问："怎么样？"

下人惊慌地道："办成了，那口井半个月都干净不了，谁喝水谁遭殃。"

"好！"秦解语伸手塞了银子给他，威胁道，"别告诉任何人！"

"奴才明白……"

投毒简直是最简单直接的杀人办法了，姜桃花就算再聪明，也不能不喝水吧？就算她不喝，那徐管事也是一定会喝的，两个人只要有一个中招，她都能继续睡好觉！

兴奋地等着天亮，耳朵一直听着外头的动静，秦解语满怀期待。然而第二天，没有谁死了的消息传来，相府却像是出了别的大事。

今日沈在野休假，正悠闲地喝茶呢，谁知道一大早的，瑜王府的侍卫竟然上门来了。

“相爷！”为首的人道，“瑜王府上有鸳鸯佩失窃，根据线报，盗贼藏匿在了相府，还请相爷行个方便。”

那鸳鸯佩竟然是瑜王的？沈在野心里一惊，面上却和颜悦色地道：“这是自然，盗贼长什么样子？我愿帮瑜王捉拿。”

侍卫拱手，递给他一张纸。沈在野打开一看，上头竟然是徐燕归的画像！

“本人今得宝物鸳鸯佩一对，低价转手，有意者可至相府外院，寻门客徐燕归。”

这行字之后，还画了鸳鸯佩的图。

沈在野嘴角抽了抽，捏着纸道：“这人的确是我府上的，不过若当真偷盗，我也绝不会再留他，你们随我来。”

“多谢相爷！”一众护卫跟着他，纷纷往外院而去。

到了房门口，沈在野深吸一口气，一脚把门踹开，让人进去把还在睡觉的徐燕归架了出来。

“这就是那小贼，大人带走便是。”沈在野皮笑肉不笑地道，“此后他与我相府再无任何瓜葛。”

侍卫拱手应下，立马让人将徐燕归五花大绑！

“哎？”徐燕归瞪眼，“怎么了这是？”

“鸳鸯佩呢？”沈在野眯眼问。

“在屋里……”意识到出了什么事，徐燕归咋舌，挤眉弄眼地看着沈在野，做着口型道，“不会吧？这都被抓？你救我啊！”

沈在野抱着胳膊冷笑，道：“我上次就说过了，你再犯错，该什么罪名就是什么罪名，自个儿担着去吧！”

一看这缺心眼就是没听话，又去招惹了姜桃花，那被教训也是活该。他最近忙着官员的调度，压根没空理他，让人把他关牢里吃点苦头也好。

“哎！相爷！”看着他转身就要走，徐燕归连忙道，“另一半还在别人那儿呢，您也不管吗？您要是不管，那我就说与她是共犯了啊！”

沈在野微微一顿，这才想起，鸳鸯佩的另一半好像还在秦解语那儿，当时定罪，谁都不记得这一茬了，自然也没将玉佩收回来。

秦氏出墙这事虽然是已有定论了，但总不能扯出来被瑜王知道了去，不然多半又是一场麻烦。可是眼下徐燕归已经被抓着了，能有什么办法救他？

“爷。”正想着呢，姜桃花就过来了，笑眯眯地看着他问，“出什么事了？府里好生吵闹。”

沈在野眸子微亮，伸手将她拉到了一边，指着手里的纸问：“这事儿你干的？”

桃花眨眨眼，一脸无辜地道：“妾身不知，爷在说什么？”

“好了，我换个方式问你。”沈在野抿唇，“现在徐燕归被抓，要牵扯上秦氏，该怎么做才能保全相府不受牵连？”

“爷连这个都想不到法子吗？”桃花惊愕地看着他，“不应该吧？”

沈在野黑了半张脸，咬牙道：“你有主意就快说！”

“这不明摆着吗？秦氏出墙既然是事实，您瞒是瞒不住的。赶紧找找她犯的大罪过，直接将她休出府吧。”桃花道，“至于徐先生这边，直接给他灌药，让他几天不能说话！等您处置好这边的事情，任由他怎么牵扯秦氏，也跟相府没有任何关系了。”

这法子又简单又直接，十分适合当下的形势。

然而，沈在野眯了眯眼，道：“你还是想除掉秦氏？”

“爷给她休书，她说不定还得感谢爷。”桃花耸肩，“不过这算不得妾身容不下她，爷要是有空，不如去争春阁看看。”

争春阁又出什么事了？沈在野皱眉，不过眼下情况也容不得他多想，侍卫已经要把徐燕归带走了。

“怎么才能让他几天说不了话？”

“这个更简单了。”桃花从袖子里掏出一瓶药递到沈在野面前，笑得露出一排洁白的牙，“灌他！”

旁边的湛卢惊愕地看了她一眼，下意识地打了个寒战。

沈在野失笑，接过瓶子闻了闻：“你这是早有准备？”

“有备无患。”桃花“嘿嘿”笑了两声，“您放心，就是一般的哑药，几天后就恢复了，不会伤身子。”

“好。”沈在野点头，捏着瓶子就走到徐燕归身边，二话没说就给他灌了下去。

旁边的侍卫惊愕不已，有些慌张：“相爷？”

“你们放心。”沈在野道，“这人该怎么定罪就怎么定罪，只是嘴巴太能乱说了，所以让他休息几日。”

徐燕归瞪大了眼，差点一脚踹过去了：“沈在野！”

“瞧瞧，都敢直呼我的名姓了。”沈在野叹息，看着他把药咽下去，顺手将瓶子扔了，“到底主仆一场，你也别太恨我了。”

谁跟你是主仆啊！徐燕归眼神都像带着刀子，再张嘴想骂，却已经骂不出来了。

沈在野微笑，伸着手朝徐燕归挥了挥。旁边的侍卫架起了他，麻溜地就离开了相府。

“能睡几天安稳觉了。”桃花拍手，高兴地道，“今天天气可真不错。”

沈在野回头看她一眼，敛了神色：“你的争春阁又出什么事了？”

“也没什么大事。”桃花笑道，“就是有人往井里投毒而已。”

沈在野愣了愣，反应过来她说的是什么之后，脸都黑了：“投毒？！”

“是。”桃花点头，“没能抓着投毒之人，但爷可以拷问一下其他院子里的人，兴许能有收获。”

这群女人是疯了吗？再闹也不该闹出人命！沈在野带着桃花就往争春阁走。

青苔已经打了几桶水上来，每一桶都拿银针试过，全部针体发黑。

李医女也过来了，查看了一番之后，进屋对沈在野道：“是大量的砒霜，这口井里的水半个月之内都不宜饮用。”

徐管事站在一边，打量了一番沈在野的神色之后，终于跪下来道：“相爷，娘子无辜，先前一直没出这种事，是老身将祸患带了过来。那人想杀的，多半只是老身。”

沈在野皱眉，看了她两眼，沉默不语。

桃花道：“爷这么睿智，想必不用人说都能明白是怎么回事，现在就看要如何处置了。若是杀人未遂就可以逃脱罪责，那你们没事就往别的院子里投毒玩儿吧。”

“桃花！”沈在野低喝，“别乱说话。”

“这叫乱说吗？”姜桃花挑眉，很是不能理解，“妾身想问问爷，杀人之人要是不用偿命，那死的人是不是很冤枉？想杀人没得逞就是无罪的话，那这府里的人能不能平安活下去是不是都得看运气了？”

气氛瞬间凝重了起来，徐管事也被桃花这话吓了一跳，忍不住多看了她两眼。

本来她是觉得姜娘子唯利是图，只有肯给筹码，她才会帮忙。结果没想到为了帮她，她竟敢这么当面顶撞相爷，稍微不注意，可就是会失宠的！

自己能给这么多筹码吗？

沈在野明显是有些恼了，斜眼看着她道：“你什么时候也任性起来了？还是小孩子不成，只论对错，不思利弊？”

“是妾身不思利弊，还是相爷不思利弊？”桃花一脸严肃地道，“您是当朝丞相，百官之首，竟然会迎合区区廷尉，任由他的女儿杀了您府上的人，却忍气吞声不闻不问。妾身的确不知道当时秦家在背后付出过什么，但如今的秦解语屡次犯错，又已经不是不可替代的人了，爷还在迟疑什么？”

沈在野皱眉：“陈年旧案，再翻也翻不出什么来。而如今这投毒之事，也没人因此丧命，要拿去定秦氏的罪，恐怕……”

话还没落音，一直站着的徐管事突然转身就往外跑。

众人都是一愣，沈在野最先反应过来，低喝道：“湛卢，拦住她！”

“是！”

一听这动静，徐管事跑得更快，不要命地冲到后院的井边，低头就埋进水桶里去，狂灌了几大口！

“徐嬷嬷！”湛卢大惊，伸手就把她拉住，然而看她脸上的水渍，就知道已经喝了不少下去。

桃花也提着裙子跑了过来。她被眼前这场景震得目瞪口呆，张了张嘴，竟然不知道该说什么好。这是不要命了吗？！

徐管事转头看向慢慢走过来的沈在野，挣开湛卢的束缚，跪着爬过来看着他道："相爷想要一条人命才能定罪，那这命老身给您，只求您公公正正，还逐月一个公道！老身这辈子能为她做的事情很少，以后也再没机会了，就这一次，求相爷成全！"

说完，她"砰砰砰"地磕了几个响头，抬起头的时候，脸色惨白，泪流满面。

没人看见这样的脸会不动容，这是一张充满绝望的母亲的脸，桃花自认为自己是绝对不会同情心泛滥的，然而眼下瞧着，眼眶竟也有些发红。

沈在野深深地看着她，道："你救过我的命，我答应过会让你安享余生。逐月的事情是我对不起你，但今日这事，就算你中毒死了，也不能全怪在秦氏头上。"

桃花倒吸一口凉气，忍不住骂道："你还有没有人性啊？！"

沈在野扫了她一眼，继续道："秦氏会受她该受的罪，至于你，快些把东西吐出来，让医女看看吧。"

徐管事呆愣地跪在原地，眼泪流进脸上的褶皱里，整个人都在微微发抖。桃花有点看不下去，连忙让李医女带她去催吐，然后再服些解毒药。

"爷真是我这一辈子见过的人当中，最冷血无情的一个！"看着徐管事离开，桃花咬牙道，"若是别人也就算了，徐管事是您的救命恩人，您非得逼她到这个地步？让妾身猜猜吧，当初逐月一死，您得到的好处是不是不少？所以现在想翻案，也是拿人家的手短了！"

"姜桃花。"沈在野道，"你是不是又忘记这府里的规矩了？谁给你的胆子在这里乱说话？"

"我乱说话？！"桃花眼眶都红了，瞪着他道，"你有本事咬我啊！"

说咬就咬，沈在野一把拎了她过来，冲着她的脖颈就是一口。

"啊！"桃花疼得眼泪汪汪，一脚踩在他脚背上，愤怒地转身就跑！

沈在野冷眼瞧着，好半天才哼了一声，带着湛卢离开。

晚上府里还有事，他想必也是没心思处理这些的。将自己关在屋子里，桃花皱着眉在软榻上打滚。

午时到了，桃花气得饭也没吃下去，就叫了青苔来问徐管事如何了。

“李医女说没有大碍。”青苔道，“及时吐出来了，又喂了药，现在在休息呢。”

那就好，桃花点头，正想再咒沈在野两句，却听青苔又道：“她说等休息好了，就过来谢主子大恩。”

还谢恩？桃花都觉得没脸，说道：“我都没能帮上什么忙，她谢什么？”

青苔一愣，拍了拍自己的脑袋：“奴婢方才没来跟主子禀告？”

“禀告什么？”桃花摇头，“你方才不是一直在院子里狂奔来着？”

青苔跺了跺脚，连忙道：“怪奴婢忙着给徐嬷嬷报信去了，忘记了您还不知道。爷方才已经将一封休书，并着秦氏的罪状，一起交到京都衙门去了。现在秦氏正哭天抢地要见夫人呢，可凌寒院大门紧闭，夫人也不愿意见她。”

啥？！桃花一个翻身就坐了起来：“怎么会这样？”

沈在野不是说不会给逐月翻案吗？他方才还说徐管事死了都没用，结果这一转眼，怎么就已经把秦氏处置了？这人变得还真快啊！

“奴婢也不知道发生了什么，消息是刚刚传过来的。”青苔笑眯眯地道，“您也算帮徐管事完成了心愿。”

呆愣了一会儿，桃花穿上鞋就出去看了看徐管事。

“您怎么过来了？”徐管事还躺在床上，一张脸舒展开了，看着倒是高兴了不少，“老身还说等会儿缓过神，就去给您见礼呢。”

桃花摆摆手，干笑道：“这好像不关我什么事，爷走的时候还跟我闹僵了，没道理转头就想通改主意啊。”

“娘子进府的时间不长，相爷某些脾性，您还不是很了解。”徐管事轻笑，“他向来是嘴上说得毫不留情，但若当真是有道理的事，也还是会听了并且去做的。”

是这样吗？桃花眨眼，一时间倒有些不好意思：“那我骂错他了？”

“娘子没错，您不那么说，爷也未必会想通。”徐管事扶着床起身，在床上给她磕了个头，“老身多谢娘子！”

“哎，快请起。”桃花不好意思地道，“这事儿我也有些稀里糊涂的，不过既然成了就好。秦氏被休，不再是相府的人，而您好歹是相爷的恩人，府上的管事，想求个公道，怎么也比以前轻松。”

“是。”徐管事终于笑了，“若逐月之仇当真能报，老身以后定会护娘子周全。”

“这个都不重要了。”桃花抿唇，看着她道，“我是头一次见像嬷嬷这样不要命的人。”

以前师父总说，命才是最重要的东西，所以不管怎么样她都会先保命，然后谋其他。而今日徐管事的行为，当真是超出了她的认知。

“母亲对女儿都会这样。”徐管事微笑，“娘子的母亲难道不是吗？”

桃花微微一愣，歪着脑袋想了好半天，才道：“我母后很早就去世了，也不知道到底是什么样。新后……不提也罢。”

“老身该死。”徐管事连忙低头，“是老身说错了话，娘子莫往心里去。”

“无妨。”桃花笑了笑，“你好生休息吧，晚上的宴会看样子是去不了了，我会让青苔给你带些好吃的回来。”

“多谢娘子。”

既然事情解决了，桃花的心情自然也好了起来。她回去收拾打扮了一番，瞧着时辰差不多了，就带着青苔往前堂走。

“姜桃花！”刚走到半路，桃花就遇见了被家奴押着的秦解语，她怒目圆瞪地吼了一声，几乎要挣脱家奴的束缚朝她扑过来！

桃花一愣，惊叹道：“她这嗓门可真大！”

青苔皱眉，下意识地护在自家主子身前，满身戒备地看着秦氏。

秦解语虽换了一身新衣裳，但发髻凌乱，状似癫狂。她一双眼恶狠狠地瞪着桃花道：“你这蛇蝎心肠的女人，不会有好下场的！”

桃花眉梢微动，抬脚走过去，看着她被家奴押在地上跪下，于是跟着蹲下来看她：“你这话好生奇怪，杀人的是你，屡次想害我的是你，往我院子里投毒的也是你。现在怎么反而成了我是蛇蝎心肠了？”

桃花
折江山
初绽卷

赠品

“你故意的！”秦解语愤恨地道，“你这么聪明，很多事从一开始就是知道的，却还故意等着我来害你，等着抓我的把柄，等着把我害成这个样子！”

桃花越听越觉好笑，问她：“你要是不害我，会变成现在这个样子吗？”

秦解语一愣，继而大骂：“你这个心思深沉的女人！”

“如果要老老实实站着被你害了才叫单纯善良的话，”桃花笑了笑，“那我觉得心思深沉挺好的。”

“你！”秦解语气得没话好骂了，含了唾沫就朝她吐过来。

青苔眼疾手快，拉着自家主子一躲，那唾沫带着恶臭，飞得老远。

“种什么因，得什么果。”站起身拍了拍裙角，桃花淡淡地道，“你与其恨我，不如恨那些把你当枪使的人吧。毕竟事儿全是你一个人做了，罪全是你一个人顶了，她们可都还过得好好的呢。”

说完，她带着青苔径自走开了。

秦解语一怔，好半天也没能想明白她这句话是什么意思。

第七章
碰瓷

次日，三人刚进凌寒院，想要去请安，却听得丫鬟道："夫人生病了，今日不见客。"

病了？桃花一愣，看着那丫鬟递到自己眼前的东西，吓了一跳。

那托盘上放着的是后院的账本和库房的钥匙！

"夫人吩咐，养病的一个月里，所有事务交由姜娘子打理，府里大小事，也都归姜娘子管。"

啥？姜桃花有点看不懂了，这些东西可是正室最大的底气啊，梅照雪竟然这么轻易地就全部给她了？梅照雪在想什么？不怕她"篡位夺权"？

转身带着人往回走，桃花想了很多种可能，但是最后得出的结论都是这对她并没有什么坏处。

秦解语刚被休，梅照雪有可能是意识到情况不对，所以才躲起来。可毕竟不管怎么说她都是夫人，关起门来也是夫人的待遇。

之后，桃花用了半个下午的时间跟府里各处交接好。

收拾了秦解语，夫人也暂时闭门养病，桃花心情大好，吸着鼻子就四处找酒喝。恰巧徐嬷嬷那儿有陈年佳酿，趁着空闲，连忙灌上两杯，嘻嘻哈哈地拉着青苔道："咱们做了好事儿啦！"

青苔一脸担忧地看着她："主子，您这酒量……晚上相爷过来怎么办？"

"管他呢！"桃花笑眯眯地伸手掐了一把青苔的脸蛋，"我好久没醉过了，你且让我放肆一回又如何？"

青苔仔细想想，主子最近一直挺累的，的确是许久没放纵过了。青苔有点心疼，也就不再劝，只在旁边守着她。

半个时辰之后，桃花不老实地躺在软榻上，绣花鞋已经踢飞，衣裳乱七八糟，脸蛋红扑扑的。

“主子。”青苔端了醒酒茶来，小声道，“您起来喝点东西然后再就寝吧？”

桃花嘟囔两句，翻了个身，没打算理青苔。她衣襟松开，露出细嫩白皙的肩头。

青苔叹了口气，放下醒酒茶，正准备伸手去拉，冷不防就被人从身后抱住，直接拽出了主屋。

主屋大门随即关上。青苔一愣，正要反抗，却听见湛卢抱歉的声音:“青苔姑娘，咱们回避一下吧。”

哈？青苔回头，瞪眼看了他半晌：“你来干什么？”

湛卢将她拖到偏僻的角落，忍不住皱眉：“姜娘子那么聪明，你为何这么笨？我来了，自然就是相爷来了，要不然把你弄出来干什么？”

“相爷？”青苔反应过来，倒吸一口凉气，“不行，主子喝醉了，你快让相爷走！”

“怎么？”湛卢被吓了一跳，连忙问，“姜娘子喝醉了会怎么样？”

“会胡言乱语。”青苔含含糊糊地道，“有可能说些与心里话相反的话，总之最好是让相爷快走。”

湛卢皱眉，看了看主屋那边，说道:“那你去请爷走吧，我没那个胆子。”

她更没那个胆子啊！好吧，既然请相爷走是不可能的了，青苔干脆就拉着湛卢，认认真真地给他强调：“爷要是生气了，你一定记得替我家主子说好话，主子说的都不是真心话。”

“好。”湛卢点头。

屋子里只点了一盏灯，灯光昏暗，软榻上那人却像是会发光似的，裸露出来的肌肤上都笼罩着一层珍珠般的莹白亮色。

沈在野抿唇，坐在软榻边，伸手就替她拉了衣襟，声音温柔地问：“醉了？”

桃花抬眼看他，眼里波光潋滟，笑得跟个妖精似的：“我怎么会醉？”

“那可认得我是谁？”

“认得啊。”桃花咧嘴，“沈毒蛇啊，看你这说话就吐蛇芯子的德行，全天下也只此一家，别无分店。”

“姜桃花。”沈在野黑了半边脸，一把将她拎起来，眯着眼睛道，“你是真醉还是假醉？我说过的话又当成耳边风了？”

桃花伸手就将他抱住，蹭了蹭他的脖子，口齿不清地道：“爷说过的话妾身都记着呢，清楚得很——要懂规矩，不能以下犯上，不能坏爷的事，这府里爷最大，要听爷的话。”

她的声音软绵绵的，又带着股媚劲儿。沈在野轻吸一口气，微微后仰，伸手撑在软榻上，就感觉怀里这人像个蛇精，浑身软若无骨，慢慢地缠在他身上，还大胆地将手伸进他衣裳里。

“你不好奇我现在为什么在这里？”沈在野沙哑着声音问了一句，睨着她，“敢勾引我，不怕明天出事？”

为什么要企图找回一个喝醉了的人的理智呢？桃花压根没听懂他在说什么，嘴里自顾自地喃喃道：“师父说过的，对付男人就这一招最管用。”

“你师父骗你的。”沈在野眯了眯眼，道，“这法子只对我一个人管用，别人不会上你的当。”

桃花动作一顿，茫然地抬头看他：“真的吗？”

“真的。”沈在野一脸严肃地点头，“我什么时候骗过你？”

桃花小脸一垮，嘟起了嘴：“我才不信呢，现在就去换个人试试……”

“你敢！”沈在野伸手将人拉回来，沉了脸，“你已经嫁人了，出墙要被浸猪笼的！”

脖子一缩，桃花抬眼看他，小心翼翼地问：“那您出墙也会被浸猪笼吗？”

开什么玩笑，“出墙”这两个字是为女人而设的，男人何来出墙一说？酒香混着桃花身上的香气，实在是有些诱人，沈在野也没空跟她长篇大论了，直接好好享受这醉了的桃花精。

然而，姜桃花今儿晚上的话实在是太多了。

“爷，您一个月要同那么多女人圆房，真的不累吗？这儿疼不疼？”

“爷，我可以在院子里养兔子吗？”

“爷，您没发现我这屋子里少了很多东西吗？”

烦不胜烦，沈在野低头咬了她的唇一口。不过，说起来，他也有些好奇，问道：“你屋子里的东西都去哪儿了？”

“卖了。”桃花咧嘴一笑，伸手指着自己的额头道，“您看看，妾身这儿写着‘吃里爬外’四个大字呢。”

沈在野微微皱眉，拉下她的手压在一边，柔声问：“卖了的银子拿去做什么了？”

“赵国有长玦军，爷知不知道？”桃花笑道，“拿去养军队了。”

沈在野心里一沉，黑了脸看着她：“姜桃花，你知不知道这种行为一定会让我生气？”

她偷偷摸摸把他给她的东西全变卖了，送回赵国养军队？赵国难道缺她这点钱不成？

“知道啊，所以我没打算真的告诉你。”桃花狡黠一笑，伸手戳了戳沈在野僵硬的脸，低声道，“咱们这不是在梦里吗？您就别这么较真了，来，笑一个。”

沈在野：“……”

敢情两人都肌肤相亲了，她竟然还觉得在做梦？

“啊！”

主屋里响起一声惨叫，外头的青苔吓得一个激灵，起身就想进去看。湛卢连忙拉住她，让她双手捂着耳朵。

主子的事情下人也敢掺和，不要命啦？

青苔有些急，生怕自家主子犯下什么大罪过。然而湛卢在这儿拦着，她能做的也只是等了。

清晨，四周都明亮起来的时候，桃花才终于看清眼前这人是谁。

“爷。”姜桃花沙哑着嗓子，有点崩溃，“您怎么在这里？！”

沈在野勾着唇，笑得分外邪气：“你可终于醒了。”

短短六个字，他一字一顿，说得桃花浑身的寒毛都倒立起来，连滚带爬地就想退去床里面。

然而，她脚踝被人握住了，身子一顿，冷不防整个人就被沈在野压在了下头。

好……重……桃花喘了口气，闭上眼，视死如归地道：“爷，您想怎么算账都可以，但是不能一上来就把妾身压死了事啊，至少给妾身一个辩解的机会！”

天杀的，这人昨晚不是应该在忙吗，为什么会跑到争春阁来？她酒喝多了的时候是会乱说话的，这人不会都听去了吧？！

沈在野微微一笑，凉凉地道：“你辩解吧，我听着呢。”

桃花眨眨眼，翻了个身，一脸谄媚地看着他：“在辩解之前，爷能不能说一说妾身都说了什么让您生气的话啊？”

她酒醒了就什么都不记得了！

眼神微动，沈在野道：“你说你最讨厌的人就是我，要不是阴差阳错，一定不会愿意伺候我。”

桃花嘴角一抽，委屈地看着他：“爷，妾身虽说是不记得自己说过什么，但这么离谱的话肯定不会是妾身说出来的，喝醉了也不可能，您何必撒谎？”

“哦？”沈在野挑眉，笑得很欣慰，“难不成你是打心底愿意留在我身边的？”

“那是当然。”桃花认真地点头，“丞相可是三公九卿之首，一人之下万人之上，我是得有多傻才会不想留在您身边？”

话说的是实话，但是听着怎么感觉这么不舒服呢？沈在野伸手掐了她的脸一把，微恼：“你这趋炎附势的小人！”

桃花一听，立马伸手紧紧地抱住他！

“干什么？”

“妾身‘附势’呢。”嘿嘿一笑，她道，“爷这势力很大，妾身得附紧一点儿。”

沈在野又气又笑，伸手将她扒拉开，瞪她一眼，道：“说正经的，你竟然将我给你的东西都变卖了，送给赵国养军队？”

桃花心里一跳，当即恨不得撕烂自己的嘴，怎么什么都说啊！喝醉了就老老实实睡觉不成吗！

“这个你有什么要辩解的？”沈在野眼神冰凉地看着她，“若是让人知道，这罪名可等同叛国。”

“爷说的哪儿的话啊。”桃花眨眼，扭着身子撒娇，“妾身是赵国过来的人，这行为顶多算是拿夫家给的礼物送回娘家，哪里叫卖国？爷赏给妾身的东西，那就是妾身的了，您不是说过任由妾身自己处置吗？”

沈在野冷笑：“照你这么说，我要是给你一把刀，你拿去杀了人，那我也管不着了？”

桃花连忙摇头，眼珠子滴溜溜一转，笑道：“拿刀杀人是坏事，妾身做的可是对大魏和赵国都有利的好事啊！”

“好事？”沈在野眯眼看着她，“你继续编，这话要是能圆回来，我就不同你计较了。”

那敢情好！桃花立马坐起来，扶着沈在野也在床上坐好，然后一本正经地道：“爷身为丞相，难道没发觉吗？因着近十年赵国国力衰退，大魏在魏赵边境的守卫也开始松懈下来，以为日暮之国不足为惧。这样下去，万一哪天赵国奇兵突发，魏国边境岂不是不堪一击？”

沈在野挑眉：“你连这个都知道？”

这可算是朝堂之事了，他也曾给皇帝提过边境不可松懈。然而皇帝未曾听他谏言，将魏赵边境之兵调了大半去吴魏边境，致使魏赵边境守卫形同虚设。不过，依照赵国的国情，十年之内怕是没有任何能力对大魏发起进攻的。

“妾身也是道听途说。”桃花道，“人得居安思危，妾身觉得赵国的军队太弱对大魏来说未必是什么好事，一旦有人借赵国的道攻打大魏，那咱们大魏该以何抵挡？妾身之所以把银钱送回赵国，养护军队，就是为了让赵国的军队强大起来，给大魏一个警示，也让皇上注意到魏赵边境守卫的重要性。”

沈在野嘴角一抽，神情古怪地看着她：“你不觉得这解释很牵强吗？”

她那一点银子，难不成还能壮大整个赵国的军队？

“不牵强，一点也不牵强！”桃花捋了捋袖口，脸不红心不跳地瞎掰，“事总是要一步一步做的，妾身现在能做的有限，也只能到这个地步。爷要是觉得妾身的想法有道理，不如与妾身一起来？”

“我是大魏的丞相。”沈在野看着她道，“帮赵国养军队，你觉得我有几个脑袋？”

桃花干笑两声，缩了下脖子，小声道：“那爷就放过妾身这一回呗？反正也不会有人发现。”

“只此一次，下不为例。”沈在野起身，一边穿衣裳一边道，“往后再让我知道你做这种事，那争春阁的月钱就全别要了。”

“爷放心！”桃花连忙道，“下次绝对不会让您知道的！”

“嗯？”沈在野回头瞪她一眼，冷笑，“还敢有下次？”

打了打自己的嘴，桃花连连摇头：“没有下次！”

这不怕死的女人！沈在野心里直叹气，拂袖便走。

天渐渐亮了，段芸心也已经起身，正梳妆的时候，就见鹤儿回来了。

“主子，奴婢听见了不得了的消息。”关上门，鹤儿跪在她面前道，“那贯通钱庄，爷好像也去过，就在秦氏出事的前一天。”

段芸心微微一愣，惊讶地问道：“爷去做什么？你确定他们没看错？”

“奴婢确定。钱庄的伙计都不认识相爷，但他们惯常会记得客人身上的佩饰，有个伙计说有位客官的腰上挂着羊脂白玉雕两朵兰花的玉佩，价值连城。”

羊脂白玉本就难得，再加上雕的又是两朵兰花的话……段芸心抿唇：“你可问了他们客人的长相？”

“奴婢打听了。”鹤儿道，“说是丰神俊朗，颇有贵气。这些东西结合起来一想，奴婢觉得定然是相爷无误。”

沈在野怎么会去钱庄？段芸心起身，在屋子里慢慢踱步。

秦氏这一遭是上了姜桃花的当，按理来说应该与爷没有任何关系。但若是平时，相爷怎么可能亲自去那种地方？

“你起来，把这消息先传回段府。”段芸心抿唇，“咱们不知道爷做了什么，他们也许会猜出什么来。”

“是。”鹤儿领命而去。

后院的人没闲着，沈在野自然更是忙碌，刚用了膳，就跟着去了御书房。

御书房内龙涎香缭绕，景王将瑜王贪污案的后续证据全部放在了书桌上。皇帝扫了两眼，微微皱眉：“这事儿还没完？”

“自然是没完。”景王叹息道，“父皇有所不知，查封瑜王府的韩将军本就是瑜王麾下的人，故而搜查出的银两宝物不多。儿臣让人彻查，发现瑜王弟还有大量房屋地契和银票，都放在了别处。还请父皇明鉴。”

皇帝看了他一眼：“藏在哪儿了？你让人去找出来不就好了？”

“儿臣有心无力。”景王拱手，“父皇可知贯通钱庄？那地方供人存物，须有信物才能取，纵然是官府，也无法强闯呢。”

“哦？”皇帝挑眉，“还有这种事，朕怎么不知道？”

“陛下。”沈在野出来拱手道，“此事微臣去年就在奏折中提过，应治粟内史的要求，朝廷给予支持与商人合作建立钱庄，以求与邻国贸易往来，便利畅通。”

“朕想起来了。”皇帝点头，“是有这么回事，不过最近也有言官上奏，说出了什么假银票贪污之事，你可有查过？”

沈在野低头道：“已经彻查，背后主谋被景王殿下正法，郎中令段大人引咎自贬为内史，折子也放在您桌上了。”

看了看旁边堆积如山的折子，皇帝轻笑了一声：“是朕最近忙着陪兰贵妃，许久不理朝政之事了，有无垠帮着，倒是轻松。”

“儿臣职责所在。”景王笑道，“父皇若是想休息，儿臣会替您将其他事情都做好。若是您休息好了，儿臣便从旁辅佐，为父分忧。”

这话说得很漂亮，皇帝脸色也更慈祥了：“既然如此，那瑜王的事你就继续查吧，让他把剩下的东西都交出来，若是不交，再多幽禁一月。”

“是！”景王心里大喜，一出御书房，脸上的笑是藏也藏不住，朝着沈在野就躬身下去，“多谢丞相！”

“事情都是王爷在做，有什么好谢沈某的？”沈在野微笑，“东西都在贯通钱庄，现在带人去瑜王府拿瑜王的腰牌过去，强行收缴也没什么问题。之后沈某自会让朝臣上奏，言明瑜王贪污的严重，让他再难翻身。”

“好！”景王笑得开怀，看着沈在野道，“有丞相在，本王很放心，未免夜长梦多，现在就赶紧过去吧。”

沈在野轻轻点头，跟着景王一起出宫，带了人去了一趟瑜王府，之后便往贯通钱庄而去。

然而，钱庄里的东西已经不见了。

打开柜门，沈在野第一次尝到这种被人摆了一道的感觉。景王还在身后等着，东西却没了。事情已经禀告到皇帝跟前，现在找不到证据，瑜王必定会反咬一口。

为什么会这样？

景王也傻了，愣愣地看着沈在野。沈在野沉默良久，低头道：“是沈某办事不力。”

“……无妨。”出了钱庄，景王坐上马车，眼神复杂地看着他，“但问题是现在要怎么办？”

“没别的办法了。”沈在野抿唇，“趁瑜王尚且不能随意出府，我会将他写进宫的折子全部拦下来，王爷只要争取在这之前入主东宫即可。”

一旦坐上太子之位，瑜王的一切挣扎就都没有用了。

“道理是这样没错。”景王皱眉，“可父皇一向不急于立太子。”

“皇上正值盛年，身子无恙，自然不会考虑立储。”沈在野目光幽深地看了他一眼，“王爷要做的，就是让皇上主动去考虑这件事。”

对上他的眼神，景王瞬间就懂了沈在野的意思，轻轻点了点头。

两人在路口分开，沈在野浑身戾气地回去相府，差点撞上准备出门的段芸心。

“爷。”段芸心好奇地看着他，“您这是怎么了？生这么大的气？”

沈在野眯眼看了看她，一句话也没说，拂袖就往里面走。

这回的消息他也不知道是谁走漏的，只是隐隐觉得与段芸心应该有关，但半点证据也没有，根本不能拿她怎么样。

贯通钱庄这两日出的事还挺多，源头是从姜桃花那里开始的吧？先前听她说这个钱庄的名字他就有种不好的预感，没想到现在真的出了问题。

又是瑜王，又是姜桃花，这一切到底是巧合，还是谁的阴谋？

鉴于上次的误会，自己付出的代价实在不小，沈在野这回也没多猜，直接去问姜桃花了。

争春阁里，桃花目瞪口呆地听沈在野讲完事情经过，一个没忍住，抱着椅子就笑了出来：“哈哈哈！您是说，您天衣无缝的计划，不知道被谁泄露了？”

沈在野黑着一张脸，居高临下地睨着她，目光冰冷地问：“你为什么笑？”

“没什么，没什么。”桃花连忙收起幸灾乐祸的表情，清了清嗓子，十分正经地道，“这事儿跟妾身没一点关系，昨天就跟爷说过了，妾身去贯通钱庄只是因为要寄银子去赵国。妾身压根儿不知道那里有什么重要的东西。”

“那也太巧了。”沈在野道，“我问过，东西就是今日清晨取走的。”

直觉告诉他，应该是谁走漏了消息，让瑜王察觉了，不然今日瑜王给腰牌的时候，也不会那么痛快。

桃花想了想，问：“您去取东西的时候，都有谁知道？”

“只有我、湛卢、徐燕归。”沈在野道，“没有别人了。”

“你傻啊？”桃花忍不住翻了个白眼，道，“钱庄的伙计不是人？”

沈在野微微勾唇，伸手就将她拎了起来，轻声问：“你说谁傻？”

桃花连忙伸手抱着他的胳膊和腰，笑嘻嘻地道：“妾身傻，爷最聪明了！但是爷有没有想过，您这样的身份亲自去钱庄，万一被人认出来，传了出去，瑜王得知，能猜不到您去做什么吗？”

“这我怎么可能想不到。”沈在野皱眉，“那钱庄上下就没有我认识的人，况且进去和出来的时候，我们都很小心。”

“那妾身就不知道是怎么回事了。”桃花歪头，突然问了一句，“您这院子里关系复杂，各家大人的女儿侄女都有，可有谁家是效忠瑜王的？”

沈在野看她一眼，抱着她坐在软榻上，眯着眼睛道：“段始南官任治粟内史，掌管朝廷钱粮，一直力挺瑜王。”

段始南？桃花问道：“段娘子的爹？”

“是。”

“那您为什么还将她留在府里啊？”桃花有些想不明白，问道，“您要相助的难道不是景王？”

沈在野斜她一眼，满眼轻蔑，没回答这个问题。

在朝堂上做人，谁都不会把路堵死了。就算他当真扶了景王登上东宫之位，跟瑜王敌对，但与段始南的这条线也不会彻底断了。每一段关系都是一种可能，这种可能也许会在将来有大作用。即便他弄死了瑜王，那段始南也好歹还是治粟内史。

桃花撇嘴，瞧着他这眼神就知道他肯定在心里骂自己笨了，不过没关系，她度量大，可以不跟他计较。

“爷要是对段娘子不是特别放心，又不能把她休了，那不如把她关起来，切断她与府外的联系。这样一来，府里的消息就很难再传到瑜王那边去了。”

听她终于说到了重点，沈在野说道：“府里是有规矩的，无错便不会被罚。段氏一向很守规矩，我总不能强行给她扣上罪名。”

言外之意，就是老子想关段芸心，你给老子找个由头出来，必须有理有据，成功地把她关好了！

桃花垮了脸，苦哈哈地道：“爷，妾身其实一直有点怕段娘子，这事儿不如您自己……”

“咱们要算算总账吗？”沈在野微微眯眼，看着她道，“你偷挪了多少银子回赵国？”

姜桃花：“……”

“或者再算算，你在我面前以下犯上了多少次？”沈在野伸手数了数，“光今日就不少，还敢骂我傻？”

“嘿嘿。”桃花狗腿地蹭到沈在野的旁边，伸手就给他捏大腿，“爷，咱们有话好好说，别翻旧账。有些事儿您做很简单的，为什么要妾身来？”

“做饭也很简单，府里为什么要请厨子？”沈在野微笑，“因为各司其职，我有我的事情要做，顾不上后院。你既然是最懂我的心的人，自然得帮忙。”

谁懂你那乌黑阴暗的心了？桃花撇了撇嘴，挣扎了一会儿，最终还是点了头：“妾身知道了。”

“听说夫人病了，把账本和库房钥匙都给了你？”沈在野道，“那你就管好这后院吧，就算不能为我做什么事，也绝对不要再添乱。”

“是。”桃花恭敬地送这位大爷出门，无力地把青苔拎过来嘀咕了一阵，然后放了出去。

唉，日子实在是太艰难了。好不容易梅夫人歇了，段芸心也安静了，还以为能有阵好日子过，没想到更惨的还在沈在野这儿！

如果梅照雪是千年的狐狸，那段芸心就是万年的妖，一看道行就很深，怎么抓她错处啊？

沈在野进了宫，让人通禀了一声就站在朝龙门等着。

“相爷。”太监总管出来朝他拱手，“皇上与兰贵妃正聊得开心，您要不直接去芷兰宫请个安？”

“好。”沈在野颔首，跟着公公进去，规规矩矩地行礼，“微臣拜见陛下、贵妃娘娘。”

“爱卿来得正好。”皇帝笑眯眯地道，“你来评理，兰儿非说这一局是她赢了，看看棋面，明明是朕赢了才对。”

沈在野低头一看，两个人竟然在下围棋。

“丞相自然是要说陛下的好话的。”兰贵妃笑吟吟地道，“他哪里评得了理？”

“丞相到底也是你哥哥，帮谁还不一定呢。”皇帝大笑，“爱妃可是心虚了？”

“哼。”兰贵妃扭身，眼神幽深地看了看沈在野，“那哥哥就说说，谁赢了？”

“哥哥”二字咬了重音，听着让人颇为不舒服，但沈在野恍若未闻，看了看棋面便道：“是皇上赢了。”

皇帝大笑，兰贵妃却嘟起嘴不高兴了：“哥哥太久没跟我好好说话了，怕是都不认我这个妹妹了，瞧瞧，睁眼都说瞎话了。”

沈在野笑了笑，没说话。

明德帝笑够了，倒是看出这兄妹俩好像有些嫌隙，想了想，道：“朕突然想起有东西落在了御书房，先离开一炷香的时间，你们二人好好说说话吧。”

有这样疼爱她的皇帝，兰贵妃其实应该很知足了。然而她眼里依旧没什么喜意，只象征性地起身行礼，看着明德帝离开。

宫殿的门没关，所有的宫人却都退了出去。两人进了内室，还是兰贵妃先开口：“丞相的心可真狠啊。”

“东西收到了？”沈在野垂眸问道。

“收到了，一看就是阴毒的玩意儿。”兰贵妃冷笑一声，靠近他两步，低声道，“你不怕我行为败露，牵扯到你吗？”

沈在野面无表情地道：“他不会怀疑你，就算怀疑，也不会怪罪你。”

“所以你就这般肆无忌惮？”兰贵妃捏了个翡翠瓶子出来，凤眼微眯，盯着他道，“你怎么就笃定我会帮你？”

“很简单。”沈在野垂眸，“你家人都还在我手里。”

兰贵妃脸色一僵，眼神瞬间充满恨意：“沈在野，如果我现在手里有刀子，一定会毫不犹豫地捅进你心里，看看流出来的血到底是什么颜色的！”

怎么有人会这么狠呢？将别人所有的情意都踩在脚下狠狠践踏，冰冷得就剩下利益和利用。这样的人，到底是为了什么而活着？

沈在野微微一笑，颔首道：“进宫不得带凶器，不然臣也愿意递一把在娘娘手里。”

“你！”兰贵妃气得身子发抖，抬手就扇了他一个耳光。

清脆的声音在宫殿里响起，沈在野侧过了头，表情平静得像是什么都没发生过一样。他慢悠悠地拿出手帕，动作优雅地擦了擦脸。

“皇上要回来了，娘娘还是消气吧。”低沉的声音里半点感情都没有，沈在野淡淡地道，“请娘娘务必记得，人是要往前看的，总惦记过去的错误，不是什么好事。”

听听，这话说得多么云淡风轻啊。

兰贵妃失笑，眼里突然就没了神采，愣怔地看着他道：“付出过的人不是你，被伤害了的人也不是你。我曾经有多喜欢你，现在就有多恨你！你觉得可以忘记的东西，我不会忘，我自己犯的错，会记一辈子，并且永远不会放过你！”

他感觉嘴角有些发烫，估计是被她手上的护甲划着了。沈在野微微皱眉，终于抬眼看着她，轻轻地吐出三个字：“何必呢？”

要是当真恨他入骨，那就忘记一切，把他当个陌生人对待就好了，何必带着比爱还浓烈的恨，与他不死不休？这样对她来说，并不见得有什么好处。

宫漏响了一声，兰贵妃一顿，飞快拿手绢按了按眼睛，脸上重新挂上妩媚的笑容，低声道：“日子还长呢，沈丞相。”

说罢，她提着裙子就回到了外室，让宫女重新泡茶。

他要她做的事，她会做。但她总有一天，会向他讨回所有的东西！

沈在野垂眸，情绪看起来不是很好，慢慢走到外头，看着宫女送上新茶，又看着兰贵妃将东西不声不响地加进茶里。

“聊完了？”明德帝回来了，脸上依旧带着笑，坐下来顺手就端起茶喝了一口。

兰贵妃笑着看着他，低声道：“虽得陛下体贴，但臣妾与丞相也实在没什么好聊的。陛下若是还有话与丞相说，那妾身就先回避一下好了。”

“好。”明德帝点头，看着兰贵妃起身行礼进了内殿，才转头看向沈在野，“外头有些飘雨了，咱们不如就在这儿谈吧，反正也没外人。”

“是。”

哪怕是堪称睿智的贤明君主，一旦对人过度信任，那可真是半点防备也没有。沈在野坐下来，看着他慢慢将茶盏里的茶喝完，眼里的颜色深得如同外头无月的夜。

争春阁。

看着夜空沉思的桃花忍不住再次感叹，沈在野能这么快当上丞相，真的不是毫无道理。

既然如此，那自个儿也得好好办他交代的事情了。

于是第二天，桃花一起身就往自己屁股和膝盖上捆东西。

“主子这是做什么？”青苔好奇地问。

拍了拍捆好的东西，桃花朝她抛了个媚眼：“准备碰瓷。”

啥？青苔瞪眼：“咱们过得好好的，为什么要去碰瓷啊？”

桃花苦笑一声，摇头叹息：“你以为我想吗？这被人握在手里的剑呀，就是得砍人，不然没用了，被人扔得更远。”

青苔听不明白，不过还是替她拢好外袍，将那些个东西都遮得严严实实的。

今儿个日头不错，花园里晒太阳的人挺多，就连一向不大出门的段芸心也扶着柳侍衣的手在后院露台上走动。

柳香君对段芸心钦佩有加，看着那院子里的花，也忍不住赞了她一句：“还是娘子聪慧。”

“嗯？”段芸心仔细瞧着脚下的路，只淡淡应了一声，似是让她继续说下去。

柳香君笑道："昔日秦娘子是何等的风光啊，在这院子里可没少欺辱人，不但曾与娘子争过宠，还曾侮辱过娘子。可现在您瞧瞧，她人在哪儿？倒是娘子您，一步步走得稳健。"

"多行不义必自毙。"段芸心捏着帕子沾了沾嘴角，"她自取灭亡，与我可没什么关系。"

"娘子说的是。"柳香君眼珠子转了转，乖巧地道，"妾身可比那顾娘子眼光好，选对了人跟着，少吃不少苦头。"

段芸心看她一眼，道："姜氏如今在这后院不比当初的秦娘子差，顾娘子跟着她，好处也是不少，你就不羡慕？"

说不羡慕是假的，毕竟这么久了，相爷的眼睛也没往她这儿瞥过一眼。柳香君捏了捏手，却又笑道："这种东西是羡慕不来的，娘子肯给，那就是妾身的福气。娘子不肯给，那妾身也不能有怨言啊。"

"哦？"段芸心轻笑，"你以为我是什么人，还能左右爷的恩宠？"

"娘子谦虚。"柳香君别有深意地道，"您能左右这后院人的去留，爷的恩宠，娘子自然也是有办法的。"

这是不甘寂寞，问她要恩宠来了？段芸心淡淡一笑，心下却不悦得很。这个柳香君忙没帮多少，倒是想要甜头，天下哪有那么便宜的事情？

收回自己的手，她道："我要是有法子，自然不会亏待你的，你且安心。"

柳香君连忙笑着将她的手拿回来扶好："前头是五十八阶，不好走，还是妾身扶着您吧。"

相府后院修得别致，为了赏月喝酒，沈在野让人修了个五丈高的露台，露台很宽，是个晒太阳的好地方，从前庭左侧的斜坡一路走上去，可以绕过大半个相府直接上露台，但从右边下去，是个五十八级的阶梯。

那阶梯修得宽，走起来也算稳当。于是段芸心笑了笑，道："你扶着我反而不好走呢。"

柳香君有点尴尬，她意识到自己方才的话可能是得罪段娘子了，于是就想补救。

然而，还不等她开口，就听得旁边有人道：“呀，这么巧，两位也在这里晒太阳？”

段芸心抬眼，就瞧见了一身藕色束腰流仙裙的姜桃花。

“姜娘子也在？”段芸心扫了一眼四周的亭台，颔首，“倒是我眼神不好，方才过来没瞧见。”

“娘子客气。”桃花笑眯眯地走近，“段娘子最近喜事多，没注意别的也是正常。”

段芸心微微一怔，捏着帕子道：“姜娘子此话从何而来？最近我可没见什么喜事。”

桃花狡黠地眨了眨眼，凑近她，低声道：“终于有机会把秦娘子推出来让她倒了霉，娘子怎么能说不是喜事呢？”

段芸心心里一凛，神色严肃起来，后退半步：“娘子如今颇得爷的宠爱，说话难免没分寸，我不与娘子计较，但有些事情，空口无凭，还是别乱嚼舌根为好。”

“是吗？”桃花叹息，“我还以为聪明人可以打开天窗说亮话呢。”

看了旁边的柳香君一眼，段芸心道：“我听不懂娘子在说什么，就先走一步了。”

“段娘子别着急啊。”桃花连忙伸手拉住她。开玩笑，戏还没开场，猎物哪里能走？

段芸心察觉到有什么不对，微微沉了脸色，拂开桃花的手看着她道：“秦娘子刚获罪，娘子就急急地要朝我下手了？”

这么敏锐？桃花咋舌，心想这女人可比梅照雪更能洞察人心啊，要是沈在野没有要除掉她的心思，那这女人在后院里必定前途无量，可惜了，可惜了。

桃花朝她露了个天真无邪的笑容，道：“娘子一向聪慧，这回且来猜猜，你我谁会赢？”

段芸心心里一沉，微恼：“娘子与我，本该都是运筹帷幄之人，这样动起手来，是不是太难看了？”

运筹帷幄？桃花低笑，眼里波光潋滟：“娘子这话说得就不对了，我只是个混饭吃的，娘子也不过是仰人鼻息过活的。能用得上‘运筹帷幄’这四个字的，只有咱们相爷。”

两双眼睛对上，四周的气氛瞬间紧张起来。柳香君看得莫名其妙，这姜娘子可不是个冲动的人啊，这会儿怎么突然跑来，还是一副要找碴的样子？

还没等她反应过来，姜娘子竟然伸手就抓着段娘子，去了那台阶边儿上。

“姜娘子！”段芸心扫一眼那台阶，吓得脸都白了，说道，“这地方摔下去可是直接要出人命的，你荣宠当头，何必要与我拼命？我死了，你不是也脱不了干系？”

桃花挑眉：“这地方摔下去，顶多断几根骨头，何至于死？”

就算不至于死，那也去了半条命！都是深闺里长大的姑娘，谁受得了这个苦？段芸心连连摇头：“娘子若推我下去，我定然不会善罢甘休，就算爷偏袒你，我也会要个公道！”

“那要是……”桃花抬眼，冲她妩媚一笑，“摔下去的人是我呢？”

段芸心心口一跳，瞳孔微缩，还没来得及细想这话是什么意思，就见眼前藕色一晃。

作势被推，姜桃花以迅雷不及掩耳之势，直直地往下头滚去。

“姜娘子！”段芸心倒吸一口凉气。

“啊——”这皮肉之苦受得不轻，桃花也没客气，一边滚下台阶一边惨叫，叫得要多大声有多大声，凄厉得像是浑身骨头都折了。

花园里还在晒太阳的众人齐齐回头看，就见段芸心站在那五十八级台阶之上，双手微抬，而台阶上一个藕色的人影，一路摔下来，摔了整整五十八级台阶，“砰”的一声砸在地上。

顾怀柔倒吸一口凉气，立马朝身边的人喊：“快去看看！”

身边的小丫头吓得有些腿软，跌了两跤才跪到那人身边，伸着手探了探鼻息。

“姜……”她带着哭腔看向花园那边的众位主子，“是姜娘子……好像还活着。”

众人大惊，连忙都围了上去。

沈在野正在书房里写字，徐燕归坐在旁边，看着他问了一句：“你就当真放心把事情都给姜桃花做？”

“你是在质疑我的眼光？”沈在野头也不抬地说道。

“倒不是质疑。”徐燕归耸肩，“只是觉得，堂堂一个赵国公主，被你骗在相府里也就算了，还要百般利用，也挺可怜的。”

沈在野冷笑了一声：“你要是当真觉得她可怜，做什么还为难她？”

“那不一样。”徐燕归道，“我是怕你对她用心过度。”

“你何时见我对哪个女人当真用心？”沈在野抿唇，欣赏了一下自己的书法，淡淡地道，“都是逢场作戏罢了。”

只是……姜桃花的戏，有那么一点儿意思。

“主子！”湛卢径直推开书房的门闯了进来。

沈在野很是不悦，抬头看着他道：“你怎么也学得这般没规矩？”

“不是属下没规矩，而是……”湛卢急得直挠头，“姜娘子出事了！”

姜桃花去给他找关段芸心的理由了，自然是要弄出点事情来。沈在野不慌不忙地继续下笔写“治国齐家”，头也不抬地道：“镇定点，慢慢说。”

“今日众人都在后院晒太阳，段娘子不知为何与姜娘子起了冲突，把姜娘子从五十八级台阶上推下来了！”

“齐”字的最后一笔突然就偏离了该有的轨迹，画出了一条长长的墨痕，毁了整幅书法。沈在野抬头，眼里骤然刮起风雪：“你说什么？”

湛卢抓耳挠腮地道：“您快去看看吧，大夫说不一定能救得回来。”

身子僵硬了一瞬，等反应过来这些话是什么意思之后，沈在野扔了笔就大步往外走。

徐燕归看了一眼桌上那春蚓秋蛇的书法，又看了一眼明显急了的沈在野，打趣道：“不是不用心吗？走慢点也无妨啊。”

沈在野大步走着，脑子飞快地转了起来，压根听不见他的声音。

姜桃花不傻，绝对不是那种为了完成他的命令而奋不顾身的人，她可疼惜自己的小命了，所以顶多是看起来凶险，但一定不会有事。

可再怎么说那也是五十八级台阶啊！这人选什么地方不好？落个水摔两级台阶都可以，做什么要赌命？万一有个什么差池，谁救得了她？！

他心里有气，到争春阁的时候自然也没什么好脸色，跨进门就低喝了一声：“怎么回事？！”

屋子里的众人齐齐跪了下去，段芸心跪在最前头，一向镇定的脸迎上这怒火，也顿时露出些惊慌来：“爷，您听我解释！”

沈在野走到床边掀开帘子，就看见了姜桃花一张白得像纸一样的脸。

她这样的神态，他见的次数不少了，但不知道为什么，越见得多，反而越不习惯。姜桃花真是够倒霉的，从来他府上开始，身上的大伤小伤就没断过，也亏得这女人坚强，小命还在。换个人，不知道死多少回了。

他伸手碰了碰她的脸颊，触手冰凉。

沈在野忍不住转头喝问了一声：“怎么会变成这样的？”

段芸心被吼得身子一抖，竟然有些说不出话。

旁边的顾怀柔便行礼道：“王爷要给姜娘子做主啊，后院里那么多人都看着，当时是柳侍衣和段娘子站在露台上的，姜娘子摔下来，定然跟她们有关！”

冷冽的眼神瞬间落在了她的头顶，段芸心察觉到了，连忙以额触地：“爷明鉴，妾身当真没有推姜娘子下去，是她自己……”

那些个话说来荒谬，段芸心也觉得不可思议，姜氏一个正得宠的娘子，怎么可能想不开，拿命来陷害自己？但这又的的确确发生了。

“她自己怎么了？”沈在野眼神幽深，“说完啊。”

咬咬牙，段芸心道：“当时柳侍衣也在场，她知道姜娘子干了什么。”

柳香君一顿，硬着头皮跪出来道：“妾身当时站得远，也没听见两位娘子说了什么。听见叫声回头看的时候，姜娘子已经摔下去了。”

“你……”段芸心错愕地回头看她。

柳香君当时明明就在自己身边，将姜桃花说的话听得一清二楚，怎么就说站得远？怎么就说没听见？

柳香君将头埋得更低，身子微微颤抖，并未看段芸心。

要是姜桃花还醒着，定然是要笑的，想不到段芸心也会有在别人身上栽跟头的一天。这柳香君趋炎附势，极为自私，依附段芸心也只是想在她身上讨点好。她好没讨到，竟然还要被拖下水，那自然是不干的。

然而桃花现在醒不了，饶是已经做了万全的准备，也尽量不让自己的脑袋磕着，但那五十八级台阶也不是闹着玩的，滚到后头她自己都分不清东南西北，头也就撞了好几下，想看后头的好戏也没机会了。

这场大戏，只能交给沈在野来唱。

沈在野面沉如水，眼里卷着凌厉的风，刮得段芸心头也不敢抬。平日里众姨娘都猜不到这位爷的心思，但眼下，就算是最外院的丫鬟，也感觉到了他在生气。

段芸心咬牙，相爷生气，那她再怎么辩驳都无用。思忖片刻，她以头磕地道：“是姜娘子没有站稳，她来拉扯妾身，妾身甩开她，她便失足跌了下去。爷，妾身是无心的，妾身也实在没有理由要害姜娘子，请爷明察！”

她是这后院里最不争的一个，连夫人都夸赞她省心，沈在野又怎么会不知道？只要她认个错让半步，说是意外，那么……

“你们后院随便怎么闹腾，我都不曾插过手。”沈在野冷声开口，打断了她的话，“但如今险些出了人命，我是断然不会护着你的。姜氏是赵国的公主，此事自然当禀明圣上，再做处置。”

禀明圣上？众人都吓了一跳，这相府后院之事，闹到御前，合适吗？

梅照雪生病不在场，她们这一众娘子侍衣，也没有跟相爷顶嘴的勇气。你看看我，我看看你，尽皆沉默不语。

“芸心暂且回守云阁。”冷静了片刻，沈在野压着火气道，“没有我的允许，就别出来了，等姜娘子醒了，再行论罪。”

柳香君微微松了口气，又有些担忧地看了前头跪着的段芸心一眼。

段芸心背脊挺得很直，起身再拜，语气平静，尾音却微颤：“妾身遵命。”

没有想到，她当真是没有想到，自己已经不争不抢，温柔安静地躲在最后头了，却还是被人拽了出来。姜桃花好手段，若是今日受的伤轻些，那她还有说话的余地，可她重伤昏迷、生死未卜，这就算说到皇帝面前去，自己也讨不了好。

这女人能对自己狠到这个地步，她只能表示佩服。但她想不明白，姜桃花为什么会突然来针对她？还是用这种命都不要了也要她遭殃的玉石俱焚的法子，她真是完全没有料到……

“都退下吧。”沈在野揉了揉眉心，在床边坐下，看着床上昏迷不醒的人，低声道，“我陪她一会儿。”

顾怀柔是高兴的，爷这回总算没有亏着姜娘子，当即就行礼退了出去。其余的人虽然不情不愿的，但还是三三两两地离开了。

屋子里就剩下沈在野和湛卢、青苔三人。沈在野脸色却更难看，盯着青苔问：“这是谁的主意？”

青苔立马跪了下来，咬牙道：“主子自己的主意，她说不这样的话，压根不足以撼动段娘子的地位。”

好个姜桃花！沈在野气极反笑：“她就没有想过，这样做很可能丢命？”

“回相爷，想了。”青苔指了指自家主子的身上，“能绑护垫的地方都绑了，脑袋绑不了，所以今日主子没戴什么发钗首饰，梳的也是能护着后脑的发髻。”

那还不是照样昏迷不醒？沈在野冷笑，这女人什么时候能不这么自作聪明？她只要用点小手段，他便可以把事情闹大，用得着这么拼死拼活的？

湛卢看了自家主子两眼，又看了看青苔，低声道：“主子陪姜娘子一会儿吧，奴才们先下去。”

说完，见沈在野没吭声，他便连忙将青苔拽起来拉着退下。

外头的空气比屋子里可轻松多了，青苔长舒一口气，还是有点郁闷地道：“主子是帮着相爷做事，他怎么还反过来生气了？”

“你不懂。”湛卢笑眯眯地道，“主子这哪里是生气，分明是心疼。”

“哈？”青苔一脸见了鬼的表情，“相爷会心疼我家主子？”

这有什么不会的，沈在野也是人啊。湛卢笑着摇头，只是自家主子和姜娘子好像都不是什么喜欢风花雪月的人，这些个细微的情绪，怕是察觉不到的。

屋子里，沈在野沉默地盯着这张颜色尽失的脸，心里不舒坦得很。这人定然是耍了小心机了，为他办事这么拼命，自个儿也就不好再随意打她性命的主意，置之死地而后生，是个高招。但是，她这么怕疼的人，到底是哪里来的勇气去做这样的事情？

沈在野伸手轻轻抚摸了一下桃花微微皱着的眉心，眼里情绪复杂。

别家的家事，是绝对不可能闹到皇帝面前去的，但丞相府很特殊，沈在野在皇帝心里地位重不说，院子里还有个赵国公主，以至于这后院之事，也就是两国之间的事情，所以当沈在野在御书房里痛心疾首斥责人心险恶的时候，皇帝很果断地就道：“别的都还能容，但闹出人命实在过分！赵国公主如今生死未卜，那这段家的女儿按律是要关进大牢的，不然消息传出去，赵国那边不好交代。”

好歹是赵国的公主，给大魏的丞相做妾已经是委屈她、折了赵国的颜面了。如今她还在相府里被害得差点丢了性命，若不严惩凶手，那就说不过去了。

于是皇帝大手一挥，让秦廷尉立案，亲自带兵去抓人。

原以为闹到御前，段芸心还能有个说话辩驳的余地，毕竟沈在野偏心姜桃花，皇帝可不偏心她啊。但是官差进相府抓人的时候，段芸心才明白，原来闹到御前，她更没了任何回旋余地。

皇帝可不会闲到来判相府后院的对错，沈在野说谁是凶手，那谁就是凶手，皇帝不偏心姜桃花，但他偏心沈在野啊！

“爷！”段芸心失了常有的仪态，推开官差走到沈在野面前去，满腹委屈地道，“怎么会这样？妾身摆明是被人冤枉的！”

“你有证据能证明自己的清白吗？”沈在野平静地看着她，“现在所有目击者都说是你蓄意推的姜娘子。”

“我……”

“你还有什么要说的吗？”沈在野看着她的眼神已经是冰冷至极，“芸心，做错了事没关系，但抵死不认就难免让人厌恶了。”

段芸心心里一抖，抬头看着面前这个自己一直伺候的男人，突然明白了秦氏、顾氏甚至是孟氏的心情。

原来冷眼旁观看她们被处置的时候，她还在心里笑话过这些愚蠢的女人，男人在对女人没兴趣了之后，哪里来的什么信任？既然已经败了，歇斯底里、痛哭流涕，不都只会更添狼狈吗？

结果现在真正轮到她自己的时候，她明白了，心里真是有千万个不甘心，恨不得抓着这男人的衣角大声问他，到底是为什么？为什么不肯相信自己？为什么那么长时间的恩情，也不能让他多相信她一点？

“爷。”门口忽然响起了梅照雪的声音。

众人都是一惊，纷纷抬眼看去，就见梅照雪脸色苍白，扶着丫鬟的手跨了进来：“妾身该死，下人一直瞒而不报，妾身还不知府里出了这么大的事。”

“爷！”看着梅照雪都来看热闹了，段芸心更加绝望，满眼是泪地看着他，“妾身从来没争抢过什么，您觉得妾身会为了争宠杀人？”

沈在野目光中满含怜悯地看着她，没有说话。

庭院里气氛有些凝重，梅照雪轻咳了两声道：“段娘子看起来有挺多的话想对爷说，咱们不如就先散了吧。等她把话说完，咱们再去门口送上一程。”

“是。”众人齐声应下，纷纷朝沈在野行礼，然后往外走。

顾怀柔走在最后，跨出门的时候忍不住回头看了段芸心一眼。

这个女人一度让她觉得是后院里最聪明的，原来一旦落马，跟别的人也没什么两样。说到底，也都不过是被男人摆弄的可怜女子罢了。她们为了家族荣耀，为了面儿上的恩宠，一生之中到底是有多长的时间是为自己而活的？

“顾娘子。”梅照雪站在月门外头，看见她便道，“姜娘子可醒了？”

顾怀柔过去，老实地行礼：“还不曾醒转，夫人既然已经出来了，那不如妾身过去把钥匙和账本……”

“不急。”梅照雪叹息道，“我这病还没好呢，今日只是勉强出来看看，没想到几日不见，段氏就闯了这么大的祸。”

看她一眼，顾怀柔忍不住问了一句：“夫人真的没想到吗？”

梅照雪掩唇一笑，抬眼看着前头的路，淡淡地道：“有很多事是我们想不到的，就像秦氏不知道为何便被关进了大牢，就像姜氏不知道为何就突然摔下高阶。还像段氏，聪明一世的人，能斗得过后院所有的女人，却终还是玩不过咱们伟大的爷。”

顾怀柔愣怔了一下，眼中满是不能理解地看着她。玩不过爷是什么意思？这件事情，与爷有什么关系？

然而梅照雪没再多说什么，扶着丫鬟的手就继续往前走了。

庭院里。

段芸心依旧跪着，沈在野却坐在水池边，抓了鱼食投喂。

“爷当真要眼睁睁地看着妾身被抓走？”段芸心抿抿唇，道，“何必这样绝情呢？妾身这一走，段家与丞相府的情分，怕是也尽了。”

“段家与丞相府的情分，我自会想法子留住。”沈在野淡淡地道，“但你，不能继续留在这里了。”

段芸心心中微微一震，抬头看他，眼神有些复杂：“爷……是因为姜氏的事情，还是别的事情？”

“你说呢？”沈在野眼神幽深，静静地看着她，像是要将她的心思洞穿，“芸心，你知道‘本分’是什么意思吗？”

段芸心的心猛地往下沉，她脸一白，愣怔地跌坐下去。

要是因为姜氏的事，她可能还有挽回的机会。但听他这样说，她一瞬间就明白了，什么谋杀，只不过是个幌子罢了，原来她暗中做的事情，沈在野都是知道的。

风吹过庭院，刮得她身子微颤，脸色苍白。

“妾身……愧对爷！”重重地磕头下去，额头抵在地上，段芸心嗓音沙哑地道，“但请爷相信，妾身是真心仰慕您的。”

“仰慕？”沈在野轻笑，“这个词从你嘴里说出来可真不值钱，仰慕一个人，会在背后做那些事？”

“妾身也是逼不得已。”闭了闭眼，段芸心咬牙，“妾身多希望您能偏向瑜王一些，这样妾身就不必做那么多违心的事，但……您偏偏选择了景王。”

竟然肯自己开口直说了？沈在野挑眉，半合了眼看着她：“我选择谁，是我的决定。但你不同，你只是我后院里的侧室，不该管这些事情，更不该出卖我。”

段芸心叹息一声，慢慢地抬起头看着他道：“爷觉得妾身有选择的余地吗？家父独断专行，生母在娘家毫无地位，妾身若是不多争取些东西，又该怎么活下去？”

“这些与我无关。”沈在野道，“你出相府，便要进京都衙门的大牢。之后的事情，便是秦廷尉该管的了。”

段芸心无奈地一笑，点头道：“妾身知道，妾身就知道您不会动半点恻隐之心。这次是我，下次又会是谁呢？会不会有一天，也轮到姜娘子头上？”

沈在野心里一沉，皱眉：“姜氏只要不犯错，就不会沦落到你这样的下场。”

“爷想得也太简单了。”段芸心轻笑，“爷对她的恩宠，就是她最大的错。自她来后，这院子里的娘子接连出事，您当真觉得外头有眼睛的人看不出来吗？在您要成大事的时候，姜娘子必定会成为血祭。这样一想，妾身觉得她倒是更可怜。”

血祭吗？沈在野不由得冷笑，懒得听她多说，挥手就让湛卢把她拖出去了。

“妾身还有最后一个问题。”临出门，段芸心挣扎着回头，看着他问，

“到底要什么样的女人，才能得爷全心全意维护？”

沈在野勾唇一笑，道：“这样的女人不会存在于世上，你且放心吧。”

眸色彻底暗下去，段芸心笑得落泪，一边摇头一边被人带了出去。没有人能得沈在野真正的垂怜，这样也好啊，这样也好。这满院子的女人早晚都会跟她一个下场，谁也不会笑到最后！

如此算来，她也不是彻底输了。自己不好没关系，有人陪着她一起，就不算孤独。

第八章
情断

争春阁里刚醒来的姜桃花忽然打了个寒战。她端着茶看了看外头，疑惑地道："怎么感觉被人诅咒了似的？"

青苔笑道："您想多了，段娘子这事儿一解决，您在这府里就可高枕无忧，还担心什么呢？"

说的也是，她这回这么拼命，沈在野不念她的功劳也会念她的苦劳，接下来的日子肯定会好过许多，趁着这个机会，她得好好和沈在野培养一下感情，以便自己不会被这么突然地卖掉。

她正如此想着呢，沈在野就过来了。他见她醒了，神色微松，坐下来就道："算你命大。"

"嘿嘿嘿。"桃花讨好地朝他笑，"妾身可机灵了，算准了不会有事，至多多睡会儿。"

看了看她唇上的颜色，沈在野算是放了心："段芸心解决了，我记你一功。"

"多谢爷！"桃花笑成了一朵花，蹭在他身边抱着他胳膊道，"那妾身可以好吃懒做几日吗？"

"不行。"沈在野抿唇，"还有事。"

还有？！桃花垮了脸，将被子扯过来往自己脑袋上一搭，凄凄凉凉地道："人家做苦力的尚且有空休息呢，妾身这还带着伤呢，又有什么事儿了？"

沈在野白她一眼，道："皇上和兰贵妃都生病了，皇上重病，兰贵妃则是旧疾复发。我在寻药，但有些麻烦，宫里的御医都束手无策。"

桃花一愣，皇上生病沈在野担心什么呢？只要皇帝不驾崩，他生一场大病，反而能及时考虑立太子，不是正合沈在野的心意吗？既然不是担心皇帝……那他多半是在为兰贵妃的病情发愁吧。

她问：“兰贵妃是什么旧疾？”

“心头痛。”沈在野道，“不常发病，一发起来也能要命，往年都是硬扛，但今年她身子弱了，皇上担心她扛不住，让我找药。”

“爷尽力而为也就是了。”桃花笑了笑，“真的没办法的话，皇上也不会怪在您头上啊。”

沈在野凉凉地看她一眼，不耐烦地道：“她不能有事。”

虽然嘴上总是不配合，但兰贵妃做的都是对他有利的事，而且有些事只有她能办到，说她是他手里的王牌也不过分。

桃花撇嘴，下意识地离他远了些。

“你干什么？”沈在野睨着她的动作，微微眯眼，伸手朝她勾了勾，“过来。”

“爷不是心情不好吗？”嘿嘿笑了两声，桃花道，“妾身就不用过去了吧？”

沈在野笑了笑：“你确定？”

片刻之后，桃花老老实实地坐在了沈在野怀里，任由他生气地掐着自己白嫩嫩的小脸蛋。

“爷，疼！”

“我不疼。”眯眼看着她，沈在野问，“还敢不敢躲了？”

“不躲了。”识时务者为俊杰，桃花连连摇头，乖巧地道，“妾身这不是怕凑太近了更惹您不高兴吗？”

她每次都凑得很近，哪次看他不高兴了？沈在野轻哼一声，道：“你向来会揣度人心，那就尽量别惹我生气。”

桃花嘴角抽了抽，嘀咕道：“就你这阴晴不定的性子，谁知道你什么时候就生气了。”

“你说什么？”沈在野眯眼看着她，“姜桃花，好几日没教训你，是不是又忘了家规了？”

“没忘，抄了三十遍呢。”桃花连忙指了指那边架子上放着的一厚沓宣纸，“爷要不要看看？字迹工工整整的。”

被呛了一声，沈在野不太高兴了：“我又没骂你的意思，你火气那么大干什么？”

“也不是火气大，只是觉得爷有时候不讲道理。”桃花歪着脑袋道，“这样是没办法天长地久的。”

天长地久？听见这四个字，沈在野好像听见了什么笑话一样，眼里满是不可置信，鼻子都皱了皱：“你想跟我天长地久？”

“想啊，还想跟爷白头到老，一生一世呢。”桃花双眸泛光地道，“爷难道不是这么想的？”

沈在野微微一愣，呆呆地看着她，眼里神色顿时复杂起来。难不成他真有这样吸引人，引得这一个个女人都为他要死要活的，连最有脑子的姜桃花都想跟他一生一世、天荒地老？

看着他的神色，桃花神情一顿，突然严肃起来：“妾身开个玩笑，爷别当真。”

这玩笑也太吓人了，沈在野白了她一眼：“我还以为你出了问题，再这样吓唬人，就继续抄《家训》吧。”

“妾身不敢了。”桃花连忙摆手，笑眯眯地道，“以后绝对不再乱说话。”

嗯，字面上听起来是没什么不对劲儿的，但是不知道为什么，他突然觉得心口有点发紧。看看面前姜桃花含笑的脸，他忍不住就想伸手揉捏。

“爷。”湛卢匆匆忙忙从外头进来，低声道，“皇上急召您入宫！”

瞳孔微缩，沈在野连忙站了起来。看了一眼外头明亮的天色，他深吸一口气道：“去知会景王一声。”

“是。”

桃花笑着目送他离开，看着那黛色的官服在风中翻飞，心想这一去，沈在野一定会带着他自己满意的结果回来吧。

关上门坐在屋子里发呆，姜桃花不知道是不是被传染得阴晴不定了，心情也莫名其妙地低落下来。她躺在软榻上呆呆地看着房顶，也不知道自己在想什么。

青苔进来看了看她，下去准备点心了。姜桃花刚准备闭眼，却见房梁上突然伸出个脑袋来。

“你真不愧是燕子啊。”桃花轻笑一声，喃喃道，“是在我屋子的房梁上筑了巢吗？”

徐燕归轻笑一声，道：“我爱在哪儿就在哪儿，沈在野都管不着，你这儿有好戏，我自然就过来看看了。”

能有什么好戏？桃花躺着没动弹，眼神古怪地看他一眼：“你该不会是喜欢看人亲热吧？变态！”

徐燕归嘴角一抽，翻身下来，落在她身边，轻蔑地道：“你俩这点程度算什么？还不如春宫图刺激呢。”

姜桃花：“……”

“哎！有话好好说！”看着桃花举起痰盂要砸过来，徐燕归连忙道，“我不是那个意思，我的意思是说，要是想看人亲热，我才不来这儿呢。我这个人最爱看人口是心非，先前是兰贵妃最好看，现在是你了。”

桃花微微一愣，没听清楚他说什么，倒是注意到了一个问题，于是问道：“你认识兰贵妃？”

“认识啊，她没进宫之前，一直跟在沈在野身边。”徐燕归伸腿在软榻上坐下，顺手就拿了个苹果来啃，“说起来也是段孽缘。”

桃花心里一跳，眨了眨眼，睨着他道：“听你这口气，难不成你跟在沈在野身边很久了？”

“自然。”徐燕归轻哼，“我跟他在一起的时间，可能比你活的时间还长。”

“我十八岁了。”桃花皱眉，“你们在一起能有十八年了？”

“有什么不能的？”徐燕归轻笑，“只是先前关系没这么好，也是最近几年共事才熟悉起来。”

桃花倒吸一口凉气，张嘴就想问，徐燕归反应却比她快多了，直接抬手道：“关于沈在野过去的秘密，你就算打死我我也不会说的，别问了。”

桃花嘟了嘟嘴，道：“那关于兰贵妃的事呢？你能说说吗？”

“不能。”

“你这个骗子！”桃花眯眼，“就知道你是在吹牛，兰贵妃的身份据说只有皇上知道，你一介江湖人士，怎么可能也知道？”

徐燕归皱眉：“你别看不起人行不行？真的非要听，可以，拿一百两银子来，我就说给你听。要是被沈在野知道，可是要杀了我的。”

狮子大开口啊！桃花沉默片刻，想了想，当即起身去拿了一百两的银票出来给他：“你说吧。”

看样子沈在野是真的很疼这女人啊，一百两也能随便拿出来。徐燕归咋舌，咬完最后一口苹果，伸手将核丢了，然后开口道：“既然你这么诚心，那我就告诉你吧。兰贵妃原名陆芷兰，与沈在野也算是青梅竹马，只是一厢情愿地喜欢了沈在野很多年，沈在野没搭理她。后来，她就进宫当贵妃了。”

桃花恍然大悟，拍了拍手道：“那我猜得没错，这两人之间真的是有感情纠葛的，所以兰贵妃是沈在野亲手送进宫去的？他这也太狠心了，怨不得兰贵妃恨他。”

徐燕归微微一愣，皱眉：“沈在野虽然是个混账没错，但是这种事他还是做不出来的。陆芷兰是自愿进宫的，只是进宫之后就后悔了，所以全怪在沈在野身上。”

“啥？”桃花瞠目结舌，“她是自愿的，那为什么还要怪相爷？”

“其中的纠葛说了你也不懂。”耸耸肩，徐燕归道，“你只需要知道，因为某些原因，沈在野对她的愧疚之意很深，只是没表现出来罢了。他对兰贵妃好，是要补偿，你压根不用吃醋。”

是愧疚？桃花轻笑，喃喃自语：“他果然对谁都不会有最纯粹的感情。”

要么是利用，要么是愧疚，这后院里的人其实根本不用相互嫉妒，沈在野当真是对谁都一样。

“哎，我是想安慰你的，你怎么更难过了？”看着她的表情，徐燕归吓了一跳，有些慌张地道，“别哭啊！你说你这么聪明的女人，怎么也会对沈在野动心呢？”

啥？桃花嘴角一抽，一脸莫名其妙地看着他：“你哪只眼睛看到我哭了？”又是哪只眼睛看到她对沈在野动心了？她又不傻，毒蛇张嘴等着，还当她真会往里跳啊？

徐燕归微微一愣，凑过来，仔细看了看她的眼睛，眼神复杂地道：“人的情绪都写在眼睛里呢，清清楚楚的，你难过还是不难过，一眼就能让人看明白。这儿只有你我两个人，你又何必不承认？”

“人的眼睛也是会骗人的。”桃花嫣然一笑，抬眼看着他，“不信你看仔细了……”

“别别别！”徐燕归吓得飞回了房梁上，抱着房梁一脸惊恐地看着桃花道，“我分明给你说了不少你不知道的事，好歹也算个人情，你就算不谢我，也不能再拿摄魂之术对付我！”

摄魂之术？桃花挑眉一笑，手撑在软榻上，腿慵懒地交叠起来，低声道：“他们都管这个叫媚术，不是摄魂之术。”

“他们说得也有道理。”徐燕归点头，“摄魂之术落在美人手里，那的确就是媚术。不过咱们能商量商量吗？交我这个朋友，对你有利无害，你能不能别想着法儿对付我了？”

“朋友？”桃花坐直了身子，认真地看着他道，“我们赵国人交朋友是有规矩的，你要是遵守，那今日你我可以交个朋友。”

“当真？”徐燕归飞身落回软榻上，欣喜地道，“你说吧，什么规矩？”

“为了表达诚意，双方要将身上最值钱的东西交给对方。”桃花捋了捋袖口，一本正经地拔下了头上最小的白玉簪子，“这是我身上最贵重的，你呢？”

摸了摸身上，徐燕归只摸出刚刚桃花给他的银票。

“做我们这行的人，身上是不会有什么佩饰的。”他想了想，只好将银票递给姜桃花，“那我就拿这个吧。”

真是诚心交朋友啊！桃花咧嘴一笑，把那不值钱的簪子给他，将自己的一百两银子原封不动地收了回来："好，那今日起，咱们就是朋友了，要互帮互助。"

徐燕归开心地点头："从今天起我们就是朋友了，你不可能再用媚术对付我了。时候不早，我就先走了，晚上还有事要做。"

"好！"桃花起身，看着他从窗台上飞出去，心里忍不住感叹，这个世上要是多点这样的傻子该多好啊！

徐燕归直到离开争春阁也没发现哪里不对，甚至心情还挺好的。

他一向是只跟女人上床，哪有闲工夫跟女人交朋友？不过姜桃花不一样，跟她交朋友，竟然会让他从心底里觉得高兴，大概是因为她太厉害了，肯与自己为友，以后在相府里他就不用提心吊胆了吧。总之，他觉得那一百两给得挺值的。

湛卢在琳琅阁外等着他，终于等来的时候，发现徐燕归跟平时不太一样，他笑得有点傻。

"徐门主这是捡了钱了？"湛卢好奇地问。

"没有，没事。"徐燕归看了看那院落的牌匾，说道，"柳家的女儿啊，啧，其实我最近没什么胃口。"

湛卢惊奇了："您还分有没有胃口？"

徐燕归的功夫高深莫测，却用的是采阴补阳的方式修炼，所以这满院子的女人对他来说，不过就是练功的工具。

"你把我当什么了？"翻了个白眼，徐燕归道，"我也是要看心情的。"

懒得跟这位主子多话，湛卢恭恭敬敬地行了礼，主子的吩咐他反正是带到了，这位做不做就不关他的事儿了。

段芸心一进大牢，段家就很尴尬了，朝堂上立马有景王的人落井下石，扯了不少事来同段奉常说道，甚至在朝堂上也吵个不休。

皇帝本就重病，听着更是烦躁，拍了扶手就在大殿上道："这些事，都去找太子吵，太子监国，朕要安心养病！"

太子？！

这两个字一出，满朝哗然，只有沈在野不慌不忙地掀了衣摆，带着身后自己一派的人，朝龙椅右边靠后的位置跪了下去，喊道：“臣等给太子殿下请安，殿下千岁千岁千千岁。”

众人一愣，纷纷抬眼看过去，就见景王穿着一身黄色四爪龙袍，头戴金冠，笑着走了出来。

“蒙父皇圣恩，封本宫为太子，本宫今后定当为父分忧，念天下百姓疾苦，明世间黑白是非，还望各位大人倾力相辅。”

说完，他便朝着文武百官行了一个礼。

一点预兆也没有，圣旨也没有提前颁布，皇帝竟然就在这朝堂之上，直接宣布景王穆无垠为太子？！不少人是惊愕、甚至不理解的，但眼下丞相都已经跪了下去，他们也不得不跟着跪下行礼：“殿下千岁千岁千千岁！”

景王一笑，起身让众人平身之后，便站在御前，躬身道：“父皇之烦忧，儿臣来解。段家嫡女意欲杀人之事，儿臣一定会给父皇一个满意的结果。”

“嗯。”明德帝垂眸，心里虽然略微有些不悦，但龙体有恙，他也实在不想再操劳。既然已经立了太子，那事情就交给太子去做吧。

景王满脸都是喜色，朝上众人却心思各异，不少人冷汗直流。

瑜王尚且被幽禁在府中，没想到景王竟然能在这么短的时间之内让皇帝立他为太子！如此一来，就算瑜王被放出来，那也已经没什么用了，东宫有主，太子监国，瑜王能有什么好下场？

在朝堂上站着的人，虽然很多表面上看起来没有依附什么党派，但私下与瑜王府和景王府也是有来往的。与景王有来往的，现在自然在暗喜，可是与瑜王来往的那些人，不免就动了叛变之心。

于是下朝之后，沈在野被众位大臣围了起来，表面在问为什么会是景王当太子，实际就是想套近乎。

“丞相。”穆无垠远远就看见了这边的情形，脸上笑得更灿烂，喊了他一声便走了过去。

众大臣纷纷朝他行礼，退到一边四散。穆无垠抬着下巴看着，语气里都是满满的得意：“本宫终于等到这一天了。”

“恭喜殿下。”沈在野颔首道，“夙愿得偿，但切莫放松大意，瑜王府里毕竟还住着个王爷。”

“本宫明白，但辛苦了这么久，这几日怎么也该放松放松了。”穆无垠笑道，“无垢的事本宫之后会想法子处理，现在倒是想问问丞相，府上可有空？”

沈在野微微一愣，看了看他：“太子想做什么？”

“本宫想带上太子妃和侧妃，去你府上一起享宴。”穆无垠道，“以后你我见面也未必会很方便，女人家结个手帕交什么的，倒是很不错。正好你府上新添了不少人，本宫都还没正式见过，趁着这次家宴，也该好好打个招呼。”

沈在野心里猛地一沉，垂眸：“这……最近敝府刚出了事，府上恐怕……”

“哎，正好。”穆无垠道，“本宫登了东宫之位，有龙气护体，去你府上说不定还能压压邪，哈哈哈！”

沈在野笑不出来，慢慢走了几步，才低声应道：“既然两府需要往来，那微臣就去安排，后日太子再携太子妃等人过来不迟。”

“好，你办事，本宫一向放心。”拱了拱手，穆无垠道，“那就静候丞相佳音了。”

“太子慢走。”

沈在野浑身有些冰凉，在原地站了许久，看着穆无垠的身影消失在宫墙外头，才回过神来继续往前走。

他要扶持穆无垠，府上的人早晚都会与他见面，更何况姜桃花是赵国和亲的公主，以后说不定还有什么大作用，所以穆无垠肯定会格外注意的。

好不容易说服皇帝让他登了东宫之位，若是这个时候让他发现姜桃花的秘密，那他的计划就会毁于一旦，并且将招致十分严重的后果。他其实一早就该知道这个结果，只是不愿意去想。

姜桃花怎么可能与他天长地久呢？到了这种必须舍弃的时候，她也只能成为他成大事路上的血祭。哪怕她刚刚为了他差点没命，也一样。

“爷。”

心里一片冰冷的时候，他脑海里却仿佛响起了那女人的声音，她笑着朝他扑过来，抱着他的腰撒娇：“爷以后可不能对妾身这么狠了！”

那双眼睛清澈见底，里头有对他的埋怨，有些微的恐惧，更多的却是小心翼翼的试探。姜桃花的眼睛是他见过的人当中最好看的，分明是个心思深沉的女人，眼里却一点污浊都没有，干干净净，透透亮亮。

沈在野闭眼，忍不住揉了揉眉心，想将她的声音和影子揉掉，却不知怎的，越揉，她的声音反而越清晰。

“爷，看在妾身还有用的分上，您就大人不计小人过吧？”

“爷，您简直是全天下最英俊的男人！”

“爷……”

各种声音都涌上来，仿佛要将他卷进旋涡似的。沈在野大怒，手猛地一挥……

“丞相？”宫人被他吓了一大跳，小心翼翼地站在远处看着他问，“您还好吗？可是哪儿不舒服？您脸色不太好，要不要请太医？”

沈在野怔了怔，突然回神，面前的一切都清晰起来，脑子里乱七八糟的东西也都瞬间消失了个干净。

“……没事。”沈在野垂着眼，抬脚继续往外走。

他一度跟自己保证，姜桃花绝对不会是他前进道路上的阻碍，可是就在刚才，他发现了，自己一直以来都在自欺欺人，在面临成事和她之间的选择上，他竟然犹豫了。

换了以前，他应该会二话不说回去喂姜桃花一包毒药，但现在，他想的竟然是有没有别的办法能躲过这一劫。

不可能的，只要姜桃花还活着，太子与她就会有见面的机会。她活着，是对他及千万人性命的威胁，他竟然……竟然还有点舍不得了……

他是疯了吧？一定是的。早在最开始徐燕归看出端倪的时候他就该随他去，还护着姜桃花干什么？她是很聪明没错，能帮他不少忙没错，但是少了她，他也未必不能成事。她不是他不可或缺的帮手，但……为什么一想到从今以后这世上可能没了姜桃花这个人，他心里会这么沉重呢？

“爷！”

不知不觉就已经回到了相府，沈在野抬眼，看着姜桃花跟往常一样朝自己扑过来，脸上带着明媚的笑意，衣袂飘飘，伸手就将他的腰身抱得死紧。

“您可算回来啦。”桃花笑眯眯地抱着他就往争春阁里头走，也没注意他的神色，只神秘兮兮地道，“快来帮妾身一个忙！”

收敛了神色，沈在野跟着她走，低声问：“怎么了？”

“这个！”桃花进内室去抱了个枕头出来捧在他面前，道，“爷帮妾身试试，看舒不舒服？”

新做的一个枕头，看起来比她先前送南王的那个还要精致，闻着也有药香。

“给我的？”沈在野抬高眉梢问。

“不是。”桃花摇头，“妾身做给自己的，塞的药材换了新的，不知道碾磨得好不好，怕睡下去扎着自个儿。”

所以就让他来试试？沈在野嘴角微撇，眯眼看着她：“我新买了一把剑，也怕太锋利划伤自个儿，你要不帮我去试试？”

桃花干笑两声，将枕头放在软榻上，伸手就将他按上去：“爷别那么凶嘛，先躺躺看。”

软硬适中的枕头，散发着淡淡的安神的药香，一瞬间，沈在野就觉得脑袋里放松下来，这才发现原来自己一直在头疼。

“看爷的神色，可能又是遇见了什么难事了吧？”爬到软榻上，桃花伸手给他按头，轻笑道，“别的事妾身帮不了您，这个枕头就送您，希望您晚上睡得好些。”

沈在野心中微微一震，睁大眼看着她。

桃花脸上带着狡黠的笑，却有些不好意思，垂了眸子道：“本来的确是打算自己用的，不过看爷睡得舒服，妾身再做一个就是了。”

这别扭的性子也不知道跟谁一样，明明就是做给他的，她嘴上还非不承认。

心里不知为何突然一紧，沈在野皱眉，伸手按了按胸口。

“怎么了？”桃花疑惑地看着他，“您心口疼？”

“没有。”沈在野捏了捏腰间的玉佩，眉间慢慢舒缓，终于恢复了平常的神色，“景王已经入主东宫，今日我有些高兴过头了，身子都不是很舒服。”

穆无垠当太子了？桃花歪着脑袋道：“那段氏岂不是完蛋了？先前还听人说段大人花了不少银子要保她呢。”

“那样的女子，没了也就没了。”沈在野淡淡地道，“女人太有用，也不是什么好事。”

屋子里安静了一会儿，他感觉放在自己太阳穴上的手僵硬了。沈在野明显能从桃花的指尖感觉到她的恐惧和疑虑，然而他没睁眼，想听听她要怎么说。

桃花是吓了一跳的，今天的沈在野明显很不对劲，也不知道具体是遇见了什么事，这话听起来，怎么也像是在说她一样？

不过很快她就放松了下来，手也拿开了，低笑道：“爷不喜欢有用的女人，那妾身就不帮您按摩了，免得显得太有用了些。”

沈在野抿唇，半睁开眼睨着她：“你除了给我按摩，还有不少别的用处。”

“怎么？难不成爷喜欢妾身什么都不做，就坐吃等死吗？”眼睛一亮，桃花扑进他怀里，小鸡啄米似的点头，“妾身也喜欢啊，爷不如就当养只兔子似的把妾身养起来吧，给肉吃就行！”

沈在野低笑：“我就没见过哪只兔子还吃肉。”

“妾身这样的，怎么着也得是天上下凡的玉兔！”桃花扬了扬下巴，道，“玉兔要吃肉的，不信您去问嫦娥！”

“少贫嘴。”沈在野伸手将她拨开，慢慢坐了起来，顿了片刻之后，轻笑道，“我等会儿还有事，晚上的时候再过来。你要是想吃肉，我让厨房给你准备。”

桃花一笑，点头道：“多谢爷，那妾身等着您。”

“嗯。”应了一声之后，沈在野起身出门。

今天的天气一点也不好，阴沉沉的，叫人心里跟着难受。湛卢抱着枕头跟在自家主子后面，不知道为什么，突然觉得自家主子的背影看起来孤单极了，就算身后还跟着他，可……他也不可能跟主子并肩往前走。

立太子的消息传开，府里也是一阵沸腾，梅照雪的病突然间就好了，精神抖擞地来争春阁问姜桃花要钥匙和账本。

“都在这里。”桃花一点没犹豫，老实地递交给她，“夫人身子好了，妾身也就放心了。”

梅照雪一笑，将东西递给丫鬟，竟然没急着走，而是挨着她坐了下来，道：“你这段日子也很辛苦，我都看在眼里。瞧瞧，一旦主事，爷是不是许久没宠幸你了？”

“倒也还好。”桃花抿唇，“府里这么多姐妹，爷来我这儿的次数少些也不稀奇。”

“你倒是大度。”梅照雪轻笑，“可是恕我直言，男人的心是很难测的，不趁着他还宠你的时候多抓紧机会，等恩情淡了，那就后悔也没用了。”

“多谢夫人教诲。”桃花听着也当没听见，只守规矩地行礼。

梅照雪起身，看了她一眼道：“瞧瞧你，也不肯与人交心，那我也没过多的话好说了。你只用记住，在这后院里过日子，靠得最多的不会是男人，男人是靠不住的。还是只有女人之间相互扶持，路才能走得顺。若是考虑好了，你不妨来凌寒院找我谈谈。”

“妾身明白。”桃花起身送她，脸上的笑依旧不达眼底，“夫人慢走。”

段氏和秦解语都没了，梅照雪这回倒是真心想拉拢桃花的。然而姜桃花没那么傻，这院子里的女人才是靠不住的，男人虽然薄情，却永远是这府里地位最高的人。男人的心都没得到，还想着女人之间搭伙过日子，那怎么可能呢？

梅照雪走了，下午的时候，徐燕归又悄无声息地来了，他看着她的神色很是复杂，欲言又止的，像是有什么大事。

“你直接说啊，憋着不难受？”桃花睨着他道，“一看你这表情就知道不是什么好事，而且跟我有关。”

徐燕归恨不得把自己的脸挡起来，这女人怎么就这么聪明呢？

“穆无垠后天会来相府，带着太子妃等人，以求两府女眷以后能继续往来。”他低声道，“听沈在野说，你是不能在太子面前露脸的。”

“是啊。”桃花点头，“我在穆无垠的印象里，应该已经是一个死人，要是突然活了，还变成赵国和亲的公主、如今相爷的娘子，那就是犯了欺骗太子的大罪，咱们丞相更会被发现图谋不轨。”

“那你要怎么办？”徐燕归抿唇，“我是说万一，万一沈在野打算杀了你灭口……”

“不会的。”桃花轻笑着摆了摆手，“他现在应该不会做这样的选择，充其量让我找借口离开丞相府一段日子，躲开太子便是，怎么可能打算灭我的口？”

要是放在以前，那还是有可能的，可是现在……都已经一起经历了这么多事，沈在野就算是块石头，也得被她焐热了，应该不会那么轻易选择放弃她吧。

看着她这表情，徐燕归眉头皱得更紧，却什么都没再说。

竟然会有人选择相信沈在野不会杀她！这个人是别人的话徐燕归还好理解，可竟然会是姜桃花，这让他说什么好？他都能一眼看穿的事情，聪明如姜桃花，难道心里不明白吗？

“上次的赌约，娘子这是要认输的意思吗？”突然想起来这茬，徐燕归连忙问姜桃花，“你上次说，遇到大事的时候，沈在野一定会选择舍弃你的，不然你就把命给我。”

“我为什么要认输？”桃花颇觉奇怪地看他一眼，道，“他的确会舍弃我啊，我只觉得他不会杀我，舍弃的方式有很多种不是吗？”

好像也是这个道理。徐燕归围着桌子绕了几圈，最后无奈地道：“你自己小心些吧，我先走了。”

桃花点点头，看着他消失在窗口，眼神跟着便暗了下来。

沈在野想杀了她？这可真是……突如其来，已经过了这么久了，她以为他早就打消了这个念头，好歹她刚刚才立了功，她以为在他心里自己的地位能上去那么一点儿。谁知道他的选择，竟然从开始到现在，一直没改变过。

也就是说，这一场戏里，只有她当真了，他完全没往心里去。她真是失败。

桃花伸手捂了捂自己的眼睛，躺在软榻上，鼻息间隐隐还能闻见枕头遗留下的药香。

“主子？”青苔有些担忧地看着她，“您还好吗？”

“没事。”桃花捂着眼睛笑道，“就是给师父丢人啦，她要是知道自己的关门弟子这么没用，不但没得到别人的心，反而把自己搭进去了，不知道会不会一巴掌扇死我。”

青苔微微一怔，惊愕地看着自家主子。她嘴角上扬，笑得很开心，但是捂着眼的指缝间，怎么像是有泪流了出来，开始只是一滴，后来却越来越多，一串串地流出来，捂也捂不住。

“主子……”青苔傻了，呆呆地跪坐在软榻边看着上头的人，根本不知道发生了什么，不过看她这样伤心，倒是头一回。

桃花这次真真切切是伤了心了，除了演给人看，其余的时候桃花很少哭，然而她现在觉得鼻子很酸，大概是想家了。

离开赵国已经好几个月了，千里之外，音信全断，她不知道长玦是不是还那么倔，总是闯祸；也不知道师父是不是还穿那一身大红的牡丹裙，走在街上被人围着看；更不知道她养的那株小花，现在有没有人照顾。

赵国的民谣可好听了，总是从宫墙外头飞进来，女子的声音温婉柔软，听着让人觉得有娘亲的感觉。她每次被长玦气得不行，就会靠在那高高的宫墙下听，听着睡一觉，醒来就什么事都没了。

“青苔。”桃花哑着嗓子笑道，“你给我哼首曲子听吧。”

青苔一愣，连忙点头，坐在软榻边轻轻拍着自家主子的肩膀，哼了一首赵国的民谣。桃花睡着了，跟只小猫一样蜷缩在青苔的怀里，眉头渐渐松开，手也放了下来。

青苔微微松了口气，红着眼睛想，这么一觉睡醒，主子应该就能将不好的事情全忘记了吧？就当它们都没发生过也好。

然而，傍晚桃花醒来的时候，眼里的沉重半分也没少。

“主子。”花灯从外头进来道，“相爷赐了晚膳，说等会儿就过来。”

“好。”桃花笑了笑，走到妆台前将自己的脸收拾得什么也看不出来，然后规规矩矩地坐着等沈在野过来。

沈在野还在书房里没动身。

徐燕归在他面前走来走去，走得他心里烦闷。沈在野忍不住皱眉问道：“你怎么了？”

“没事。”嘴上是这么说，徐燕归还是眼神复杂地看着那后头的人道，“你真的打算在这儿弃了她？”

“你不是一早就想让我处置她吗？”沈在野垂眸，手放在袖子里，低声道，“现在如你所愿，还有什么意见？”

“我没意见，只是觉得意外。”徐燕归抿了抿唇，道，“你当真舍得？”

沈在野轻笑一声，淡淡地道：“我若是舍不得，你们不是也会强行让我舍吗？倒不如免了中间的挣扎，该怎么做就怎么做吧。”

徐燕归长叹一口气，点点头：“好，既然你都这样决定了，我也不可能阻止。你先把解药吃了吧。”

桌上翠绿的瓶子里只有一颗解药，沈在野静静地看了它一会儿，拿着收进袖子里，说道：“等会儿再吃也不迟，万一她有什么花样，药效过了，那我还得陪她一起死。太不划算。”

“她其实当真是很喜欢你。”徐燕归撇嘴，“我都看出来了，她每天晚上都在给你绣枕头。”

手微微收紧，沈在野目光冰凉地看了他一眼：“你再敢趁我不在往她那儿跑，我会打断你的腿。”

“别别别。”徐燕归连忙摆手，“我可什么都没做，你这么激动干什么？人家一小姑娘千里迢迢嫁过来也不容易，我就跟她说会儿话而已，碰都没碰一下。”

说会儿话？沈在野起身，一步步逼近他：“几次？”

“……大概两三次吧？”

一柄软剑从沈在野的腰间飞出来，轻飘飘地停在徐燕归的脖颈边。

“几次？”

徐燕归感觉到脖子冰凉发麻，深吸一口气，立马老实了：“天天都有去，一共几次算不清了。”

话刚落音，软剑便跟蛇一样朝他卷了过来。徐燕归大惊，上蹿下跳地躲着，连声道：“你息怒啊，我又没做什么，再说就算想做什么，我也不敢啊！那女人那么厉害，不欺负我都不错了，你还怕我欺负她？”

沈在野面色含霜，下手极狠，一拳打在徐燕归心口，软剑瞧着就要卷上他的脸！

“你不是都要杀了她了吗！”徐燕归连忙大喊，“现在算怎么回事啊？为个死人跟我算账？你还敢说你心里没她？！”

沈在野手一僵，停了动作，愣愣地看着他。

徐燕归本来还想揶揄两句的，可对上沈在野这眼神，他竟然觉得心里一震，跟着难受起来。

堂堂沈在野，叱咤风云的丞相，从小到大都是站在人群顶尖上，再难的事放在他手上都能顺利地解决，从来没有尝过失败的滋味儿。这么一个人，现在眼里竟然透出了绝望的神色。

他没看错，就是绝望，一片黑色之中，一点亮光都没有。

“你……”徐燕归收敛了平时嬉皮笑脸的神色，真的很想问他一句，你还好吗？

然而沈在野没给他这个机会，收了软剑便大步往外走了。

日落西山，相府里的灯一盏盏亮了起来，沈在野穿过回廊，穿过花园，最后停在了争春阁门口。他觉得自己走得算是很快的，但是不知道为什么，站在这里的时候，天已经黑透了。

“爷，您终于来啦？”门打开，有人跟往常一样朝他扑了过来，低垂着脑袋略带委屈地道，“饿死妾身了，菜都凉了，您做什么去了？”

“有点事耽误了。”沈在野没敢看她，带着她一起进去，坐在那一桌子山珍海味旁边。

桃花脸上带着笑，却也没抬眼，只殷勤地给他摆好碗筷，然后道：“多谢爷赐菜，这些菜就算冷了应该也很好吃，看样子厨房下了不少工夫。”

“你喜欢吗？”沈在野问。

“嗯，喜欢。”桃花捏着筷子，低笑着问，“爷想先吃哪一盘？”

“你先吃吧。”沈在野抿唇，“我还不是很饿。”

屋子里安静了一会儿，桃花深吸一口气，夹了肘子肉，慢慢放进嘴里，像吃普通的菜那样吃着，咽下之后还笑道：“真好吃。”

沈在野没看她，脸上一片平静，只盯着桌上的菜，看姜桃花一样尝了一点，最后喝下去一大碗汤。

“多谢爷的款待。”吃饱喝足，桃花起身，朝着沈在野行了个大礼，“也多谢爷一直以来的照顾。”

身子一僵，沈在野闭了闭眼：“我就知道瞒不过你。”

既然知道有毒，她还吃？

桃花没说话，头低垂着，身子跪在地上蜷缩着，看起来只有小小的一团。

她才十八岁而已，若在普通人家，应该还是个不谙世事的小姑娘，满怀期待地等着夫君来娶她，给她幸福美满的下半辈子。

可惜她生成了姜桃花，生成了赵国的公主，他的娘子。头上戴着金簪玉钗，身上穿着华服锦绣，命比别人富贵，却也比别人短了许多。

“起来吧。”沈在野低声道，“你既然看得透，又选择按照我给的路去走，那我也没什么好说的了。等你去了之后，我会将你厚葬。”

“多谢。”桃花抬头，脸上依旧带着笑，只是眼眶红得厉害，缓缓说道，“妾身连死，都得谢谢爷，谢谢爷选了最没痛苦的毒，谢谢爷决定将妾身厚葬。大恩大德，妾身永世难忘。”

喉咙微紧，沈在野起身，抬脚就往外走。

“这最后一程，爷也不打算送妾身了吗？”桃花看着他的背影，轻声道，“放心，妾身不会记恨爷的，您还是留下来吧。”

沈在野脚僵硬在原地，背对她站着，袖子里的手紧握成拳，像是在犹豫。

桃花没催他，就跪在地上等着。良久之后，他终于转过身来，垂头看向了她：“你的毒，要一个时辰之后才会发作。这么长的时间，我陪不了你。”

姜桃花失笑，险些控制不住：“我的爷啊，您还记得有个傻子说要跟您天长地久吗？那傻子可真傻，您连一个时辰都觉得久，她却想着有没有可能跟您一辈子。”

沈在野心头一痛，深吸了一口气才道：“那不是你说的玩笑话吗？”

“爷还是不太懂女人。”桃花抬眼看着他，笑得眼里波光潋滟，“没有女人会把这种话拿来开玩笑，之所以说是玩笑，是因为说出来才发现只有自己是认真的，别人都没当回事。一厢情愿的事情，就只能是个玩笑，人毕竟都是要脸的。”

“妾身是真的想过，也许利益相同，妾身可以帮您一辈子，取得自己想要的东西之后，也继续留在您身边，给您做桃花饼，给您绣枕头。等你我都老了，还能拌拌嘴，也算不寂寞。”

师父说过，动情是很愚蠢的行为，因为这世上能爱你一辈子的，除了父母就只有你自己，别人的感情捏在别人手里，都是说变就变的。

姜桃花认真地听了这话，却没当真。毕竟很多戏本子上都写，才子佳人，幸福一生。她嘴上说不信，心里到底还是信的。然而事实证明，姜还是老的辣，师父给她算好了结局，是她自己不管不顾要往坑里跳，根本怪不得谁。

她轻叹了一口气，低笑道：“谢谢爷再次教了妾身规矩，妾身以后，断然不会再胡思乱想。”

沈在野沉默，一张脸安静得像是石像，半丝波澜也不起。然而没人看见他的眼睛里面有惊涛骇浪，风暴漫天。手里的东西差一点就想直接递给她，他想告诉她他没那么狠，也没那么……绝情。

已经有很多女人说过他绝情了，每一个见他最后一面的女人，都会问他为什么，然后骂他绝情绝义，不念旧恩。他对那些女人的确没有什么旧恩好念，怎么说他他也不在意。

但姜桃花……他实在不想听她说这样的话，一个字也不想听，一个音也不想听。

“你要恨我也随你，怨我也随你。”微微抿唇，他道，“来世若有机会，我会站在原地不动，等着你来复仇。”

桃花微微一愣，笑了：“爷怎么这么傻？”

“这是我欠你的。”沈在野看着她道，“任凭你用什么法子杀我，我都不会动。”

“别误会。”桃花歪了歪脑袋，笑道，“妾身说您傻不是褒，是贬。您是为什么会觉得，妾身对您的恨足以让妾身下辈子都记得您，还要担上一条人命来报仇？”

身子一僵，沈在野愣愣地看进她的眼里。睚眦必报的姜桃花，会不向他报仇？

“与爱相对的不是恨，是忘记。”桃花认真地看着他道，“恨一个人是连着自己一起惩罚，忘记一个人就轻松多啦，爷带着对妾身的愧疚活下去就好，等妾身再生之时，必定不会再记得您。”

说完，她又朝他磕了个头，额头抵在冰冷的地上，一字一句地道：“妾身与爷之间，自今日起，恩断义绝！”

沈在野眯了眯眼，微恼：“你死了，墓碑上刻的也是沈姜氏，哪里来的恩断义绝？”

桃花不再说话，磕头起身之后，便扶着桌子走到床边，安安静静地躺了上去。

沈在野僵在原地，看了她许久，才恼怒地挥袖往外走。

争春阁里一片死寂，没人发现青苔不见了，也没人去主屋里看看姜桃花。桃花安静地躺着，像将亡的老人，等着黑白无常的到来。

沈在野没去别的地方，直接去了药房。与姜桃花有过来往的李医女正在熬药，冷不防就被人抓了出去。

“相爷？”李医女吓了一大跳，不解地看着他，“您这是怎么了？”

“姜氏病重，命在旦夕。”沈在野声音低沉地道，“你将这个送去争春阁给她吃了，别说是我给的。之后再来书房找我。”

接过一个翠绿色的小瓶子，李医女一头雾水，压根没反应过来。但是沈在野根本没打算给她想明白的时间，一把就将她推出了药房。

姜娘子病了吗？为什么没人来传她，倒是相爷亲自来了？李医女边走边想。相爷的表情看起来可真奇怪，分明是他亲手给她的药，让她去争春阁，那脸上的表情怎么看起来却像是万分不情愿，被谁逼着似的。

她没看错，沈在野就是被逼的，心里的两个小人大开战火，你来我往，闹个不停。

一个小人说：“这一次放过姜桃花，就是继续给你自己留个后患，而且她一定会记恨你，百害无一利！”

另一个小人说：“我听见你心里的声音了，你想放过她。既然心里是这么想的，那这样做了，也不必后悔。”

沈在野闭了闭眼，发出一声低笑。罢了，他又不是神，一辈子总要有个犯错的时候，他大不了只是把犯错的机会都放在了姜桃花身上，未来会有什么样的后果，那也是他该受的。

说起来姜桃花已经很久没对他使用媚术了，可能是不敢，也可能是知道没用。但是他突然很好奇，赵国的媚术是不是有一种媚人于无形的？恰好姜桃花就会？不然那么一个虚伪狡诈的女人，他怎么就……怎么就这么放不下呢？

“你把解药给她了？”徐燕归还在书房里，看着他回来，挑眉问道，“刚才我就想到了，你没道理不吃那瓶药，说些瞎话骗鬼呢？”

沈在野没理他，跨进房门找了椅子坐下，颇为疲惫地揉了揉眉心。

“哎，但是你有没有想过……”徐燕归撇嘴道，“这样以后该怎么办？就没有什么一劳永逸能保住姜氏的法子吗？”

若是有，他至于走到这一步吗？沈在野苦笑，低头看了看自己的手：“你与其想法子怎么保住她，不如想想看怎么才能让她消气吧，她定然是恨死我了。”

“她又不傻。”徐燕归皱眉，“吃了解药保住性命，你又不对她第二次下手，那她就该知道你是放过她了，还恨什么？”

是吗？沈在野眼睛微微亮了亮，抬头看他：“你确定？”

“你不懂女人我懂。”徐燕归轻哼一声，道，“等她养几天身子，顺便把太子的晚宴躲过去，之后你好生哄一哄就没事了，关键是哄的时候诚心些。”

像上次那样吗？沈在野抿唇，这个他倒是会的，要是真这样简单……

“主子！”

还没等他想完，门外的湛卢突然冲了进来，满脸惊慌地道：“主子，争春阁里没人了！”

沈在野微微一顿，抬眼看他：“没人了是什么意思？”

湛卢急得不会说话了，干脆将李医女一把拉了进来。李医女跪在地上，依旧一副莫名其妙的表情，声音尚算平静地道：“奴婢按照相爷的吩咐过去的时候，姜娘子已经不在争春阁里了。”

瞳孔一缩，沈在野看着她手里捧着的解药，脸色霎时变得惨白，起身就往外冲。

“府里找过了吗？”他想很平静地问，然而声音却在微微发抖。

湛卢皱眉：“正在让人找，还没找到，但是问过夫人那边了，姜娘子没有拿腰牌，应该出不去府门……”

“你傻吗！”一听这话，沈在野暴怒，当即转身就改道往侧门走，“她哪里需要夫人出府的腰牌？凭我上次给她的玉佩就可以出府，你还不派人去追！”

湛卢大惊，连忙应声而去。

反应过来的徐燕归戴着斗笠跟了出来，一路上不停地问：“怎么会这样？她中毒了还能跑啊？那毒可是老人家亲手配的，世间解药就这么一颗，她还以为别处能解毒不成？”

“你给我闭嘴！”沈在野扯了缰绳就翻身上马，他捏了捏自己发抖的指尖，咬着牙策马往南王府的方向追。

那毒唯一的解药她错过了，不到一个时辰，她必死无疑！一向聪明的人，怎么会这么冲动？她为什么不肯相信他一回，多等一等？！

她在这里无亲无故，唯一能投靠的只有南王，沈在野努力让自己冷静下来，一个时辰够他赶到南王府，还来得及，一切应该都还来得及……

然而，当对上穆无暇一脸茫然表情的时候，沈在野才体会到什么叫真的绝望。

“她没来过这里。”穆无暇疑惑地看着他，随即皱眉，“你是不是又欺负姜姐姐了？”

沈在野没回答他，只觉得自己的身体从脚开始一点点结冰，快将他整个人都冻住了。无边无际的寒冷感涌上来，让他无法呼吸。

“丞相？”穆无暇吓了一跳，连忙让人将他扶进王府，倒了热茶，“你这是病了吗？脸色也太难看了。”

徐燕归站在暗处，无声地叹了口气，心里也跟着难受起来。

屋子里的灯漏响了一声，一个时辰已经过去了。

所有人都坐在了南王府的主堂里，沈在野没说话，只愣愣地看着空荡荡的门口，穆无暇几次想问他到底怎么回事，可一看他这表情，又问不出口了。

“你家主子怎么了？”无奈之下，小王爷只能将湛卢拉到一边，低声问。

湛卢沉默，他哪里敢跟小王爷说，自家主子要杀了姜桃花啊？那他不闹翻天才怪。

“你不说我也猜得到，他多半是对姜姐姐做了很过分的事情。”穆无暇负手回头，又看了沈在野一眼，“你不用担心我会责备你家主子，他现在的后悔，就是对他最好的惩罚了。”

从他认识沈在野开始，就没见这人露出过这样的表情，看着也是新鲜。只可惜了姜姐姐，不知道受不受得了沈在野的手段。

湛卢叹了口气，看着小王爷，低声道：“您要是知道姜氏的行踪，就快些告诉主子吧，看他这样……奴才也难受。”

“我是真不知道。”穆无暇摇头，“看他这么着急，我也不可能瞒着他。相府守卫那么森严，姜氏是怎么跑出来的？”

还能怎么啊？湛卢苦笑，自家主子以前对姜氏的恩宠，到底是太过了，这一下子又来得太狠。给了她逃的机会，又逼着她逃，现在人不见了，真的也只能怪自家主子。

“别折腾了！”徐燕归有些看不下去，虽然他也不好受，但沈在野这样子，更让他觉得天都要塌了似的，于是直接开口道，“一个时辰已经过去了，姜氏必死无疑，你在这国都里找具尸体还不简单？呆坐在这里干什么？厚葬去啊！”

沈在野身子一震，抬头看他，目光锐利得像软剑。

“你瞪我也没用。”徐燕归道，“人是你决定杀的，毒是你下的，菜是你赐的，现在成了这样的结局，你怪得了谁？一开始老老实实说舍不得她，把她送出府不就好了？非要等到现在这样的场面，才肯明明白白显露心疼？你心疼给谁看？姜桃花反正不会原谅你了，死活都一样！”

“徐公子！”湛卢忍不住挡在他面前，眉头紧皱，“您别这样跟主子说话。”

“他做得出来，我还说不得了？”徐燕归伸手指着沈在野道，“从小到大都是这样，我说过多少次别玩口是心非那一套，早晚会出事，他不信。现在怎么样，摔了跟头，还要人哄啊？他多大了？”

穆无暇听得震惊，走到沈在野身边，看了看他的表情：“丞相是因为姜姐姐死了，所以才这样的？”

沈在野垂眸，终于沙哑着声音开了口：“殿下恕罪，微臣今日情绪不佳，难以控制，失态了。”

穆无暇歪了歪脑袋，道：“我没想到姜姐姐在你心里会这么重要，竟至于让你如此失态，既然如此，你为何就不能对她好一点？”

“鱼与熊掌不能兼得。”沈在野勉强笑了笑，看着他道，“微臣虽然痛苦，但未必做错了。殿下也该记得，在成大事面前，女人是微不足道的。”

“微不足道？”慢慢咀嚼着这四个字，穆无暇摇头，“丞相做什么都是对的，想法也都很周到，唯独在女人方面，注定得吃大亏。”

人与人之间所有的感情都是相互的，自己对别人好，别人才会愿意对自己好。他把女人看得太低，那自然不会有女人将他放在心上。

但，沈在野的心上，分明已经有了姜桃花。也是可怜，在明白这件事的同时，他也永远失去了她。即使他嘴硬不承认，也只会增添自己的痛苦罢了。

“微臣先告辞了。”沈在野缓过神来，别开头没看穆无暇，起身道，“已经快到宵禁时间，微臣会尽快派人找到姜氏，王爷安歇吧。”

“好。”穆无暇点头，看着他匆匆离开，心里不免也有些难过。

姜氏真的就这么死了吗？

第九章

祸水

国都城隍庙。

青苔将自家主子放在稻草堆上，扶着她的肩膀，一边掉眼泪一边替她顺气："您先把毒血吐出来，奴婢带了水，先吃药。"

桃花惨白着一张脸，依言侧头。她按着自己的心口，吐出一大摊的毒血来。艰难地呼吸了一阵子，桃花便接过青苔递来的药，拼命咽了下去。

"把地上盖起来。"姜桃花沙哑着声音道，"在这儿休息半个时辰，咱们就得走。"

青苔急得哽咽："走哪儿去？已经宵禁，外头肯定有不少人在找咱们。"

"就是因为他们在找，这地方才待不得。"桃花闭眼，靠在她怀里缓了好一会儿，才继续道，"寻个百姓人家，给点碎银子，让人帮咱们掩护一晚上即可。沈在野就算有通天的本事，也不可能挨家挨户地找。"

"是。"一提起沈在野这个名字，青苔手都紧了，眼里的恨意汹涌。

也亏得自家主子一早中了媚蛊，有毒进肚子里，也只会被蛊吞噬，所以相爷没得逞。但她真的没有想到相爷会对自家主子下这么狠的手。平常的毒吃进肚子里，主子顶多睡一觉便好，但他给的这毒，让主子吐了不少毒血，脸色也越来越差。

她很担心这毒连媚蛊都没办法压，那才是真的完了。

"走吧。"休息了半个时辰，桃花扶着青苔起身，脑子里却还是一阵天旋地转，差点跌倒。

"主子！"青苔咬牙，"您到底怎么样了？跟奴婢说一声可好？"

"没事。"咧嘴笑了笑，桃花道，"只是赵国的蛊可能还不太认识大魏的毒，在打招呼寒暄呢，没急着动手，所以我有些难受。等它们熟悉了，彼此放下戒备了，咱们赵国的蛊肯定能一口吞了大魏的毒。”

都什么时候了，主子还有心情开玩笑？青苔急得直想哭，背起她就往外跑。

“我重不重？”桃花闭着眼睛问。

“奴婢背得起。”青苔声音里满是沉重，“您再坚持一会儿。”

轻笑了一声，桃花道：“你这小丫头真不会说话，什么叫背得起，你要说主子真的很轻，轻轻松松就能背着跑遍国都，这样我才放心啊。”

青苔感觉喉咙里一阵阵地疼，背着她站在路上，差点忍不住号啕大哭。

“你别太难过了。”桃花的声音越来越小，“想想看你家主子今晚上肯定是能睡个好觉，而相府那位一定睡不着，咱们赢了啊……”

青苔咬牙道：“您要是有事，奴婢说什么也会冲去相府取那狗贼首级！”

背后的人没了声音，手垂在她的肩膀上，无力地晃动着。

“您不阻止，奴婢就当您同意了。”深吸一口气，青苔红着眼睛就去敲一户人家的门，没去想自家主子为什么不说话，等给了人银子，找了房间安顿，将背后的人放在床上的时候，青苔才敢颤颤巍巍地探了探桃花的鼻息。

一息尚存。

青苔颤抖着嘴唇哭了出来，像刚经一场大难，差点没了家的孩子一样，靠在桃花旁边，哭得撕心裂肺。

丞相府。

湛卢看了沈在野好几眼，终于忍不住小声问：“明日要如何同府里的人交代姜娘子之事？”

沈在野好像已经恢复了正常，神色平静，只是脸上还没什么血色，闻言便开口道：“同众人说，姜娘子旧疾复发，被送去山上的寺庙里养病了。”

湛卢微微一怔，皱眉：“可……”可姜娘子永远不会回来了啊。

“现在可不能引起与赵国的争端。”沈在野道，“你按照我说的去做便是。”

“是。”湛卢应声退下。

坐着发了会儿呆，沈在野起身，跟平常一样更衣准备就寝。

他想明白了，只是个女人而已，本也是要杀掉的，他有过放过她的念头，是她自己没能抓住机会，实在怪不得他。

没了就没了，他再沉浸于此事之中也都改变不了什么，不如好好休息，准备迎接与太子的晚宴。世上的女人那么多，他就不信以后遇不见更好的。

心里慢慢地平静下来，沈在野躺上了床。

然而，当一股子熟悉的药香透出枕头钻进他鼻孔里的时候，沈在野就知道，今天晚上自己无论如何也不可能睡得着了。

真是冤孽。

第二天天亮，湛卢进来给他更衣的时候，皱眉道：“主子，全城都搜遍了，没找到姜娘子的尸体。”

沈在野微微一愣，眼眸突然就亮了：“没找到尸体？”

“可能是已经入土。”湛卢低着头就将自家主子心里刚升起的希望戳破了，“城郊外新坟很多，不宜翻找。青苔一个人带着尸体是定然会被百姓禀告衙门的，然而现在还没动静，那她多半是已经把姜氏埋了。”

眼里的光慢慢熄灭，沈在野轻笑了一声：“这丫鬟可真狠，棺材都不给一副？”

湛卢抬头看了他一眼。

“罢了，你让人准备明日的晚宴吧，其他的事情不用操心，找不到就算了。”沈在野拂了拂衣袖，整理好衣襟，从容地跨出门槛，“我们还有很多事要做。”

“是。”

太子新立，正是立威的时候，恰好有段氏的案子送上门，穆无垠二话没说，直接判了她杀人未遂，终身囚于大牢。

瑜王一派士气低迷，段始南求助无门，最后还是悄悄来找了沈在野。

"求丞相救救小女，她罪不至此！"段始南言辞恳切地道，"只要丞相相助这一回，下官日后愿为丞相鞍前马后效力，再不会有半点违逆之心。"

沈在野优雅地摆弄着茶杯，看也没看他，说道："段大人这算盘打得不错，沈某帮你救人，以后还得护着你不被太子记恨？"

段始南是瑜王的人，穆无垠心里是清楚的，所以这一回判得这么果断残酷，完全没给人求情的余地。段老狐狸明显是瞧着形势不对劲儿了，打着为女儿求情的旗号来投靠他，生怕太子之后找他麻烦。

"这……"段始南神情尴尬，"小女好歹也伺候了相爷这么长的时间，相爷不至于半点情分都没有吧？"

"自然是有的。"沈在野轻笑，终于抬眼看他，"沈某也愿意为这点情分，帮大人一把。但是礼尚往来，大人若愿意帮沈某提拔两个人上来，沈某便保你段府上下的性命。"

"这个好说！"一听条件这么简单，段始南立马一口答应，"只要是下官能给的官职，丞相说给谁，下官便给谁。"

"好。"沈在野伸手递了张纸给他，上头写了两个人的名字，他看着段始南道，"大人若是真有诚意，那沈某先为段氏求情也未尝不可。之后你我关系如何，就看大人到底有没有觉悟了。"

段始南是个精于谋算的人，也很是识时务，当即就跪下给沈在野行了礼，接了纸便退了出去。

看了他一会儿，沈在野打开桌上放着的一本册子。

太仆之位给了秦升，郎中令的位置也安插了自己的人，段始南一投诚，太尉那位置，可能就得想个办法换人了。

这朝中九卿，一开始是景王和瑜王的人占多数，而如今景王为太子，手下的势力却渐渐都归附了他。那穿着四爪黄袍高兴不已的人，可能还根本没发现吧。

穆无垠的确没发现，不仅没发现，还在太子妃等人面前大肆夸奖沈在野。

"要不是有沈丞相在，本宫哪里能这么快入主东宫？"看着忙忙碌碌搬摆件家具的宫人，穆无垠心情好极了，“瑜王弟暗中的动作一直不少，定然是筹划了什么准备翻身。然而已经没机会了，太子的金冠已经是本宫的了！”

太子妃厉氏笑着颔首：“恭喜殿下，妾身已经备了厚礼，选的都是丞相和女眷会喜欢的东西。”

“你想得周到。”拍了拍她的手，穆无垠抬头看着天，突然有点感慨，“要是她还在就好了。”

厉氏一愣，看着穆无垠这神色，就知道他又想那个女人了。有人跟她说过，先前殿下在宫外结识了个妖媚万分的平民女子，还因此豪赌，被皇上责备。后来那女子被沈丞相亲手所杀，殿下虽感激丞相，却再也没能忘记那女子，每过一段时间，都会提起来一次。

“丞相说，成大事之后，才能喜爱美色。”穆无垠双眸里满是惋惜，“可是如今本宫大事已成，却再也难遇见那样的女子了。”

厉氏低头不语，倒也不是很在意。反正都是死人了，她总不至于跟死人争风吃醋。

国都的某户人家家里。

姜桃花换上青苔刚买回来的普通衣裳，对着镜子看了看。淡黄的上衣，朱红的短褂，蓝色的长裙，这装束走在路上很快会淹没在人群里，不用担心被人盯上。

“主子。”青苔担忧地捏着手里的药瓶，“奴婢已经找人回赵国去知会了，您如今病发要吃两颗药，他们要是不提前送药来，您可就……”

“还早呢。”桃花摆手，“这一觉能醒过来我已经觉得是赚了，更何况还能多活好几个月。”

昨天昏睡了一天，她都要觉得自己定然是没活路了。谁知道夜里媚蛊毒发，吃了药之后，整个人竟然就没事了。不过体内的毒混合在一起，每月一次的痛苦就重了一倍。新后给的一年的药，也就只够吃半年了。她算了算剩下的药，还能坚持三四个月。

够了，老天至少还留给了她做事的机会。

“您当真没事了吗？”青苔还是不放心，“再多休息一会儿吧，现在急着出去做什么？”

“今晚不出去，以后就难有机会了。”桃花整理好了妆容，起身道，“我身子没问题，你要是实在不放心，继续在暗处跟着我便是。只是，今日无论出什么状况，你都别出来救我。”

青苔皱眉：“您要做什么？”

桃花一笑，打开门道：“沈在野那条路咱们是走不通了，难不成大魏这一趟白来？自然是要寻其他的路走的。”

一如既往听不明白，看着主子出门，青苔只能隐了身形跟在后面。

姜桃花一路上跟没长眼睛一样，一会儿撞着人家的牛车，沾一身泥草，一会儿撞着端菜的伙计，洒一身汤汁油腻。新买的衣裳，瞬间变得脏兮兮又破破烂烂的。她不抬头的话，整个人就跟叫花子没什么两样。

天色已晚，各家各户都已经亮了灯，桃花一人在丞相府附近的官道上徘徊，安静地等待着。

太子回宫的车队很快从远处过来了，她听着声音，就在路中间选了个极好的位置，然后跟尸体一样躺了下去。

“吁——”开道的护卫看见前头有东西，立即勒马让后头的人都停了下来，然后上前查看。

“怎么回事？”穆无垠喝得半醉，兴致正高。见车停了，他忍不住掀开车帘往外看了看。

“回殿下，有个女子昏倒在了路中间，马车不好过去。”护卫连忙回禀，“您看？”

穆无垠哈哈一笑，挑着眉张口就是醉话：“看她长得好看不好看？不好看的话，咱们直接碾过去！”

众人都是一愣，桃花听着，心想幸好父母将自己生得好，照他这说法，长得不好看的还不能活命了！

虽然知道是玩笑话，然而护卫还是老老实实禀告：“此女子甚为美艳。”

"美艳？"穆无暇来了兴致，"端过来我看看！"

厉氏无奈地叹息："殿下，那是个人，又不是菜。您喝醉了，还是早些回去歇息吧。这人昏倒在这儿，让护卫送去民间的药堂也就是了……"

在她说话的时候，护卫已经把姜桃花抱了过来。穆无垠瞧着，这女子浑身脏兮兮的，可那一张脸格外干净，瞧着还有些眼熟……

"殿下。"厉氏还要再劝，穆无垠直接抬手示意她闭嘴，然后揉了揉眼睛，仔细看了看那女子。

"来人，拿盏灯来。"

护卫一愣，抬头看了看太子严肃的表情，连忙举了灯过来。

昏黄的柔光之中，姜桃花睡得格外安详。穆无垠愣怔地看着她，感觉就像又做了一场梦，又梦到了这个女子一样。只是这次不同，她的五官终于清晰起来。他伸过手去碰了碰，也不会消失了。

"是你。"喃喃了一声，穆无垠瞬间醒了酒意，伸手掐了掐自己，确定不是梦之后，立刻伸手将桃花抱上了车。

"殿下？！"厉氏吓了一跳，看着那女子身上脏兮兮的，下意识地就惊呼了一声。

怀里的人皱了皱眉，像是要被吵醒了。

穆无垠倒吸一口气，皱眉瞪向厉氏："你叫唤什么？下去，坐后面的马车。"

厉氏目瞪口呆，根本不知道发生了什么，见他生气，也只能提着裙子下车，到后头与别的姬妾同乘。

穆无垠小心翼翼地将桃花放进马车里，低声吩咐外头的人："快些回去，请个御医来。"

"是。"

车驾重新启动，飞快地往皇宫驰去。

桃花算准了穆无垠会救自己，就算不为别的，也该好奇她怎么死而复生的，所以她肯定能被他带回去。

但是她没想到穆无垠对自己的执念竟然这么深，一路上不顾她身上的腌臜泥污，竟一直死死将她抱着，嘴里不停地道：“我喝醉了，但是也肯定不会认错，就是你，一定是你。”

他语气小心翼翼的，还带着点颤抖，听得她又意外又莫名觉得愧疚。

原来在她不用媚术的时候，穆无垠也这么喜欢她啊？这就让她有点不好意思了。要是没什么感情的陌生人，她骗起来一点压力都没有。但这种傻子……她有点不忍心。

马车已经驶进了皇宫，穆无垠一点逃走的机会都没给她，请了御医给她看诊，又让宫女伺候她沐浴更衣、梳妆打扮，最后让她穿戴整齐地躺在他的床上。

“这位姑娘好像身中奇毒。”御医给桃花把着脉，脸上的表情严肃极了，“微臣行医多年，这种脉象还是头一次看见。毒性不浅，但好像被什么东西压着，一旦那东西没了，必死无疑！”

穆无垠被吓得脸色苍白，连忙问：“有什么法子能解吗？”

御医迟疑片刻，拱手道：“微臣没什么把握，只能取这位姑娘的血回去仔细研究，太子切莫着急。”

还要取血？穆无垠坐在床边，皱眉道：“她看起来如此憔悴消瘦，你取血也取少些。”

御医愕然抬头看了他一眼，连忙应下，在桃花手指上戳了一针，取了一小滴血。

穆无垠嘱咐了御医一番，又让宫女去熬补药，他完全没当自己是太子，忙里忙外好一阵子之后，才回到桃花身边，心疼地道：“每次见你，你怎么都命在旦夕？”

桃花忍不下去了，皱眉睁开了眼，看了看他，道：“多谢太子。”

“你醒了？”穆无垠一喜，继而一愣，“你早醒了？别害怕，这是东宫，没人敢欺负你的。”

撑着身子坐起来，桃花道：“民女不该待在这种地方，多谢太子救命之恩，等天一亮，请送民女离开。”

这话是真心的，自己还算有点良知，人家对她这么好，那就不能留在这儿坑他了。

“别。”穆无垠连忙道，“你身上有奇毒，我在让人帮你解毒呢，你走了会死的。”

“民女一早就是该死的人。”桃花笑了笑，“得蒙太子多次相救，无以为报，总不能还留在这里，让太子受人非议。”

穆无垠皱眉：“现在没有人敢非议我，我也不怕人非议。上天好不容易给了我这次与你重逢的机会，我说什么都不会再放开你！”

姜桃花嘴角微抽，忍不住问了一句：“您看上民女什么了？”

“不知道。”穆无垠理直气壮地道，“若是知道，我就未必有这样喜欢你了。”

桃花一愣，看着他那炙热的眼神，一时间也不知道该说什么好。

这人竟然是个性情中人，动起感情来这么不管不顾的，也怪不得沈在野只拿他当踏脚石了。

“既然如此，”桃花抿唇，“那民女就给太子当个宫女可好？民女也懂规矩，定然会小心伺候，以报太子救命之恩。”

穆无垠惊讶地看了她一眼，又低头看了看自己：“你知道我是谁吗？”

桃花点头：“您是太子。”

“知道我是太子，也知道我一直对你念念不忘，你却只问我要个宫女的名头？”穆无垠很不能理解，“难道你就没想过飞上枝头当我的侧妃吗？”

桃花歪着脑袋思考了一会儿，突然咧嘴笑了笑：“太子若是当真如此看得起民女，民女自然也愿意。”

“当真？”穆无垠一喜，伸手就抓着她的手，“你若允了，我即刻封你为……哎，对了，你叫什么名字？”

桃花抿唇，垂了眸子道：“民女家境贫寒，父母都不识字，无名无姓，旁人都只叫我丫头。”

不能怪她污蔑父母，实在是一时情急也想不出什么好名字。

穆无垠听着，心下更加怜悯，低声道：“那我以后唤你梦儿好不好？”

桃花神色复杂地看着穆无垠，真的很想拒绝。这什么鬼名字，还不如她随口取一个，也不至于被喊得浑身鸡皮疙瘩直冒。

然而现在人家是救命恩人，她也不能不给人家面子，只能抖着身子应下：“多谢太子赐名。”

“你也不用这么激动。”捏着她发抖的肩膀，穆无垠一脸心疼地道，“以后你就是我东宫的梦侧妃，有我护着你，谁也休想再动你半根毫毛。”

“……好。”

封妃之令一下，东宫里一片哗然，厉氏求见，然而穆无垠已经猜到她要说什么，直接关了门没见。

“怎么这样荒唐！”厉氏气得直哭，“从外头随意捡个人回来就封妃，像什么话！”

“娘娘。”宫女小声道，“太子的命令，没人敢违背，您不如去找丞相说说吧，能劝得住殿下的也只有沈丞相了。”

说得也是！厉氏点头，第二天等他们下朝，就带着人去将沈丞相拦住了。

“相爷。”

沈在野好像是病了，宽大的官服更衬得他十分消瘦，他捂着嘴咳了两声才看着她问：“太子妃有何吩咐？”

厉氏象征性地客套两句：“相爷这是怎么了？看起来病得有些厉害。”

“无妨。”沈在野轻笑，“大概是风邪侵体。”

姜桃花是真的很厉害，人没了，光留下一个枕头，就足以让他夜夜难眠，心力交瘁。这场病多半是她的报复吧，也不知道是不是她跟只兔子似的在黄泉路上跳，一边跳一边骂他。

一想起她那气鼓鼓的模样，他心口便又是一阵钝痛，许久才缓过来。

厉氏被他的样子吓着了，生怕他突然倒下去，连忙将话一口气说完：“昨日太子从宫外带回个女子，竟然就直接封了妃。此事要是传到圣上耳朵里，定然会让圣上对太子草率的行为不满。我劝不了太子什么，恳请丞相出马，让太子回归正途。”

从宫外带回个女子？沈在野一愣，低声道：“他怕是对以前那个人还放不下，瞧见面貌相似的人，就立刻宠了吧。”

你说姜桃花一个死人，怎么就还能影响这么多的人呢？

厉氏没听清他说的是什么，只试探着喊了一声：“丞相？”

“太子妃放心。”沈在野道，“我这便去找太子聊聊。”

“那就请丞相直接去东宫吧。”厉氏说道，“也请丞相为我保密，切莫告知太子是我传的话。”

“沈某明白。”

太子妃走了，沈在野在原地站了一会儿，才转身往东宫走。

不知道是什么原因，他觉得现在的天地都特别空旷，哪怕是在这宫里，走着也觉得寂寥。夏天已经到了，天气慢慢变得炎热，可他哪怕穿着厚厚的官服，额上也出不了一丝半点的汗。

那股子凉意就像是从心底里透出来的一样，身子怎么样也暖不过来。

跨进东宫的大门，他恍惚间像是听见了姜桃花的笑声。沈在野抬头一看，桃花跟往常一样，穿着粉色绣花的裙子，开心地朝他扑了过来。

又出现幻觉了吧？沈在野垂眸失笑，却还是下意识地朝她伸手，想让她再抱抱自己。

然而，面前的人动作突然顿住了，水灵灵的眼睛滴溜溜地打量了他半晌，歪着脑袋娇俏地问：“您是谁？”

幻觉里的人，什么时候还会说话了？沈在野愣怔住了，心里有片刻的茫然。

然而下一刻，穆无垠竟然从后头跑了过来，飞快地把面前的女子抱进怀里，满怀戒备地看着他道：“丞相怎么这个时候过来了？”

衣裙翻飞，姜桃花跟往常被他抱着的时候一样，乖巧地依偎在穆无垠的怀里，一双眼睛茫然又无辜地看着他。

心里一震，沈在野上前两步，总算是明白这不是梦，心口瞬间紧缩。

“你怎么还活着！”

桃花被他吼得瑟缩了一下，抓着穆无垠的衣襟小声道："殿下，这不是上次给我喂毒药让我死的那个人吗？他是不是又想杀我了？"

"别怕。"穆无垠将桃花护在身后，皱眉看着沈在野道，"丞相何必总是针对一个弱女子？大事已成，她已经是本宫的侧妃。"

侧妃？沈在野脸色一白，愣愣地看向姜桃花，待看清她眼里冰凉的神色之后，骤然清醒。

好个姜桃花，好个聪明绝顶的姜桃花！她定然是动了手脚，根本就没中毒！她逃出相府之后，急不可耐地勾搭上了太子，想用太子的庇佑来逃过他的诛杀。好样的，真是好样的……

亏他还跟个傻子一样当真以为她死了，每天都在痛苦里煎熬！

先前有多痛，这会儿就有多生气。沈在野怒不可遏，伸手就朝姜桃花抓了过去。

"丞相！"穆无垠大惊，他根本不是沈在野的对手，旁边的护卫也没一个敢上来的。哪怕他极力想护，身后的人也还是落到了丞相的手里。

沈在野的眼里有惊涛骇浪，翻滚咆哮，带着无边的杀气。姜桃花的眼里却一片平静，带着无辜和不解，抬头看着他问："您这又是在气什么呢？我不过是一个女人，就算得了太子的宠爱，也不至于让丞相这样动怒。"

"你这恶毒的女人！"沈在野伸手掐着她的脖子，一把将她抵在后头的宫墙上，声音里满是恨意，"为什么要这样做？"

桃花丝毫没有怕他的意思，看了一眼身后惊呆的太子和护卫，低声道："说起'恶毒'二字，我不及相爷万分之一。我此举，也并非为了报复，只是太子待我不薄，温柔又体贴，跟着他，我很安心。"

"姜桃花。"沈在野的手慢慢收紧，"你是要逼我亲手杀了你？"

呼吸渐渐困难，桃花抬眼睨着他，娇俏一笑："又不是第一次了，您爱怎么杀就怎么杀吧。"

心口大痛，沈在野手上猛地用力，很想就这样直接掐死她算了！世间怎么会有这么狡猾的女人，怎么会有这么狠毒的女人，怎么会有……这么厉害的女人。

她不该活着，不管从哪个方面来看都不该活着。然而，一看她脸色发青，他还是下意识地松了手。

“您还记得您说过的话吗？”桃花喘了两口气，勾着唇道，“站着不动，等着我来复仇。这话还算不算数？”

嘴里问着，桃花手上的动作却没犹豫，扯了尖锐的发簪下来，用力就朝沈在野的心口刺去！

沈在野一震，微微侧身，那簪子穿透朝服，狠狠地扎进了他的肩头。

后头的穆无垠倒吸一口凉气，下意识地转头先去遣散身后的人，让他们守住四周，不要让人靠近，然后才朝他们两人走过去。

“你说话不算数。”疼痛跟蜘蛛网一样爬遍了他的全身，沈在野白着脸，目光阴冷地看着面前的人，“你分明说过，会忘记我，不会找我报仇。”

“您说话不也没算数吗？”拔出簪子，桃花妩媚一笑，“咱们谁也怪不得谁，只是两个心都这么狠的人在一起没什么好下场。相爷不如就高抬贵手吧。”

这一下她其实是不必刺的，有害无益，然而等她脑子反应过来的时候，簪子上已经带着血了。

原来自己不是不恨他的，这恨意还挺深。

“丞相！”穆无垠过来了，一把将沈在野扶过去，责备地看了桃花一眼，道，“好好说话，怎么能动手伤人？”

桃花垂头，低声道：“是他先想掐死我。”

沈在野冷眼瞧着她，开口道：“你这样凶狠的女子不适合留在东宫，太子若是执意要留，那沈某只能禀告皇上，说她行刺当朝重臣。”

这罪名怎么也够将她推上断头台。

穆无垠摇头：“您何必跟个女子计较？先让御医处理伤口吧，无垠难得真心喜欢上一个人，还望丞相成全。”

真心喜欢？沈在野笑了，指着姜桃花看着他道：“殿下可以问问她是不是真心喜欢您。”

桃花一顿，垂了眼眸正有些犹豫，却听得穆无垠道：“她是嫁过人的，也未必有多喜欢我，但我真的很喜欢她，也愿意等她慢慢朝我敞开心扉。”

沈在野脸色黑得难看，看着太子道：“殿下可是疯了？二嫁的女人当宝贝也就算了，连她未必真心对您，您也不介意？”

“日子还长，怎么能急在这一时？”穆无垠笑了笑，“我与她才相处多久？在她没感觉到我真心待她之前，哪里会那么轻易地真心待我？”

桃花有些诧异地看了穆无垠一眼，一瞬间竟然觉得有些感动。这世上竟然还有人会这么傻？

沈在野脸色更加阴沉，气极反笑：“那沈某倒要看看，殿下这说辞在陛下面前可能站得住脚！”

“丞相。”见他转身要走，穆无垠连忙拦住他，“您平时不是这么急躁的人，话还没说完，为何会急急地就想去向父皇告状了？”

沈在野步子一顿，心里愕然，被穆无垠这一说才发现自己满身戾气，情绪一点也不掩饰地暴露了出来。

真是疯了！

“……沈某最近身体抱恙，情绪是有些难控。”沈在野收敛了神色，终于恢复正常，“太子立民女为侧妃很不妥，更何况这女子还绝非善类。您若能听沈某一言，沈某自然就不会去与陛下说起此事。”

穆无垠微微松了口气，扶着他就往主殿里走，以眼神示意桃花跟上。

“您还是先看看伤吧。”

御医来了，桃花在旁边面壁思过，听他们说伤势有些严重，她也就放心了。戳不死他，能让他尝一尝痛的滋味儿也是好的！

包扎了一番，沈在野的脑子也终于重新运转起来，扫了一眼角落里那女人，凉凉地道：“太子若实在不愿休了她，那沈某也无能为力。太子已达所愿，想必是不用沈某继续帮扶了。往后……”

“丞相何出此言？”穆无垠连忙道，“本宫能有今日，都是相爷的功劳，若功成便背弃帮助过本宫的人，那日后还有谁愿意追随本宫？这女子当真只是个普通的民间女子，本宫不会做什么出格的事，只会将她养在东宫里而已。本宫向丞相保证，绝不会沉迷女色！”

沉迷女色？一想到姜桃花媚人的功夫，沈在野眼睛就眯了眯：“太子……已经宠幸过此女了？”

“没有。”穆无垠看了桃花一眼，低声道，“她身子不太好，还要养上一段时间。”

沈在野心口微松，抿唇道：“既然还没宠幸，那又何必封她做侧妃？让她当个宫女就足够了。”

“可是……”穆无垠皱眉，“梦儿这样的女子，只当宫女，不是很委屈吗？”

“殿下觉得不够吗？”沈在野道，“等她被宠幸之后，您再封妃不迟。如今名不正言不顺，您也该多考虑下其他人的感受。”

好像也有道理，穆无垠点头，随即起身将桃花带了过来。

“不是我要负你。”他低声道，“丞相说得对，等你身子好了，与我圆房之后，我再封你为妃如何？”

“好。”桃花笑吟吟地应下，看着穆无垠道，“只要殿下心里有我，名分什么的，我也不在意。”

沈在野皮笑肉不笑地看着面前这一对恩爱的人，突然开口道：“既然殿下肯让步，那沈某便不会再有杀此女之心，不过有些规矩她还是该学的，殿下要是不介意，可否让沈某带走她半天，好生调教一番？”

一听这话，桃花浑身发凉，立马摇头：“我不去！”

穆无垠也有些为难，看了沈在野两眼，道：“虽然丞相说话算话，但她现在到底是东宫的人，您随意带走，也甚为不妥。要教规矩的话，不如送她去司教坊？”

“也好。”沈在野点头，起身便道，“沈某要出宫，正好顺路送她过去。等晚些时候，沈某会带着夫人进宫向太子和太子妃回礼。”

“……好。”话都说到这个份儿上了，穆无垠也不好再阻拦，只能安抚桃花道，“在宫里呢，丞相不敢再动手的，你先过去，之后我就去接你。”

挣扎也没用，桃花只能顺从地点了点头，不情不愿地跟着沈在野往外走。

一离开东宫，沈在野浑身的冷气便又跑了出来，冻得桃花打了个喷嚏：“阿嚏！”

沈在野回头冷冷地看了她一眼，一句话也没说，径直往前走。

姜桃花知道他有多生气，肯定恨不得立马把自己剁成碎块丢去喂狗。然而她就喜欢看他被气得没办法，却又不能杀了她的样子，真是让人神清气爽！

路越走越偏，好像是绕进了御花园的某条小道上。

姜桃花警惕地停了步子，看着前头的人道：“你不要欺负我不认识路，这是去司教坊的方向？”

沈在野没理她，周身戾气不散，一把就将她扯了过去。

大魏皇宫的御花园很大，假山错落，水池环绕，树丛草地都格外茂密。桃花没来得及看方向，就被沈在野直接动手扛了起来，扔进了一处假山洞。

“你要干什么？”桃花吓得冷汗直冒，浑身寒毛都立起来了，一脸戒备地看着他道，“穆无垠知道是你带走了我，我若是死了，账肯定会算在你头上，你别乱来！”

漆黑不见底的眸子静静地睨着她，沈在野嘴角带着嘲讽的笑意，伸手就将她抵在石壁上，头一低便将她的唇狠狠咬住。

“啊！”桃花疼得低呼一声，下意识地想挣扎，身上的绫罗绸缎却很快就被这禽兽扒开，雪白的肌肤露出来，在昏暗的山洞之中隐隐发光。

“你住手！”

“怎么？”温热的气息在她耳边萦绕，沈在野的声音里不带半点感情，“我的休书可还没给你，你可还是我的女人，哪里来的胆子让我住手？”

身子忍不住颤抖起来，桃花瞪大眼看着他，完全没想到他会这么禽兽！不是恨得想掐死她了吗？怎么做到一转脸就又想要她的？

“这衣裳是他给你的吧？”沈在野一点点将她的宫裙扯开，眼神幽深，张口又咬住她的耳环，“这个也是他给你的吧？”

桃花浑身的鸡皮疙瘩都起来了，皱眉，正想说什么，却感觉他扯着了自己脖子上的红绳。

“这个，也是他给你的吧？”沈在野伸手想扯绳上的吊坠，桃花却慌忙压住了他的手：“就算我这全身上下都是太子给的东西，那又如何？”

那又如何？沈在野冷笑一声，怒不可遏，低头就狠狠地吻住了桃花，像一头领地被侵犯的野兽，浑身都是暴躁的气息。纠缠之间衣衫尽落，他竟就在这光天化日之下，皇宫的御花园中，强要了她。

桃花被他蹂躏得浑身生疼，倒吸一口凉气，忍不住低骂：“你真是个畜生！”

“畜生也比出墙放荡之人来得好。”沈在野低笑，“你这女人可真是狼心狗肺，这么快就能转投别人的怀抱，还敢拒绝我了？说我不曾把你当回事，在你心里，怕也是从未当真对我动过真情吧。”

姜桃花咬牙，伸手死死地掐着他，一字一句地道：“对，咱们谁也没对谁用过真心，所以现在也跟禽兽交配没什么两样！”

听听这说的都是什么话？沈在野冷笑，半分也不想再疼惜她，一口咬上她的脖子，恶狠狠地将她抵在了墙上。

背后是冰冷粗糙的石壁，桃花被硌得生疼。她用力想挣扎，沈在野却不管不顾地压着她的手，头一低，咬住了她肚兜上的绳子。

“啪！”绳子被扯断的时候，有东西掉在了地上，听这清脆的一响，应该是摔碎了。

沈在野没注意，反正不过是个吊坠，他现在无暇顾及那些，仿佛只有在面前这女人的脸上看见些痛苦的表情，才能让他心里舒坦些。

桃花神色微动，往地上看了一眼之后，轻轻舒了口气，算是彻底放弃了挣扎，冷眼瞧着他，就像看一个陌生人。

“怎么？先前伺候我不是挺高兴的？”沈在野嗤笑，“现在有了高枝，便这样看我？”

“是啊。”桃花点头，“现在我怎么看你怎么不顺眼。”

“真绝情。”沈在野眼眸深邃地看着她，“还说要天长地久，你这分明是转眼就忘。”

桃花轻笑一声，睨着他道：“爷才是健忘呢，我说过的天长地久，早就中止在那‘恩断义绝’四个字里头了，您现在对我来说，就是个有权有势的陌生人罢了，还不如太子温柔体贴。”

“姜桃花。”沈在野脸色微沉，伸手掐着桃花的脖子，“你最好不要一直激怒我。”

“哦。”桃花点头，眼里半点感情也没有，“那您快些完事吧，等会儿太子还要去找我。”

捏着她手腕的手一紧，沈在野冷笑，张口就在她脖颈上头狠狠吮吸啮咬。

真是个幼稚的人，姜桃花安静地看着他，头一次发现沈在野竟然会这么幼稚。弄这些东西对他有害无益，他在赌什么气？

午时将至，沈在野终于放开了她。整理了一下自己的衣裳，他看着桃花道：“你这样的女人，浸猪笼也是早晚的事，做什么最好别太出格。”

桃花优雅地将宫装一件件穿上，慢慢整理着仪容，轻笑道：“您既然都说了浸猪笼是早晚的事，那我还顾忌什么呢？”

沈在野皱眉，看着她不带留恋地走了出去，心情更加烦躁。他抬脚想走，脚下却踩着个什么东西。

他低头看了看，断了的红绳，碎了的玉，好像是姜桃花刚刚戴的吊坠。她方才还不让他看，现在丢了，倒是一点也不在意了。

不过……这东西看起来怎么有点眼熟？

沈在野低下身去看了看，瞳孔微缩——这分明就是他给姜桃花的出府玉佩，上头还刻着“沈”字，现在被摔成了两半，狼狈地躺在泥里。

她竟然戴的是这个？沈在野心口微紧，收起碎玉，想了想追了出去。

空空荡荡的宫道上，他不知道姜桃花往哪条路上走了。他追了一会儿，捏着玉佩心中有些茫然。

他刚才，是不是亲手把这最后一点的好，摔碎了？

厉氏一直在宫里等着沈在野的消息，然而东宫大闹了一次之后，那女子竟然没走，只是降为了宫女，依旧跟在穆无垠左右。

“委屈你了。”穆无垠愧疚地道，“本想让你过好日子的。”

桃花一笑，垂眸道：“不委屈，这样已经挺好的了，殿下破例留民女在宫里，怕是会让皇上不满。”

皇帝不是最讨厌不能自持的皇子吗？穆无垠在她身上栽的跟头也不少了，这次又是因为女人违反宫规，皇帝怕是得给他头上打个小叉了。

“无妨。”穆无垠看着她道，“你能陪在我身边，我才觉得有劲头做接下来的事。其他人的想法，你不必在意。”

“多谢太子。”桃花点头，随意在他的书房里行走，找了地方坐下来休息。

穆无垠完全没阻止她，目光里满是宠溺，任由她翻看一旁放着的册子也没吭声。姜桃花感觉得到他对自己是完全没戒心的，看了看书房里的东西，也当真没客气，装作不识字的样子，扯着一本账本就问他是什么字。问着问着，他就把一本账都看完了。

沈在野回了府，第一时间将湛卢叫了过来，认真地问他：“你确定那日的菜里每一道都有毒？”

湛卢点头：“奴才亲手放的，菜在争春阁里，一直有人在旁边看着，没有任何人动……爷这是怎么了？”

没有出岔子，姜桃花又吃下了菜，那她为什么还会活着？沈在野想不明白，把徐燕归拎过来问了问。

“她还活着？！”徐燕归目瞪口呆地道，“果然是个妖怪吧？”

沈在野瞥他一眼，不耐烦地道：“你能不能说点实际的？”

“……这个也没别的解释了啊。”徐燕归道，“那毒的解药只有你有，她没拿到。没有解药必死无疑，你说她为什么还活着？肯定是死得不甘心，化为妖怪回来报仇了！”

沈在野看了看自己的手，道：“她是温热的，不是妖怪，是活生生的人。”

徐燕归看他这表情，就知道两人肯定又发生了什么事。不过不知道为什么，一听姜桃花还活着，他的心情竟然也好了起来。

“人现在在太子身边？”悠闲地坐在旁边，徐燕归道，“那她就是想正面阻碍你的计划，摆明了跟你过不去。”

沈在野最终是要扶持南王上位的，现在的太子不过是踏脚石。但姜桃花要是去帮这踏脚石，那情况可就未必如沈在野想的那么顺利了。

“不用你说我也知道。”沈在野垂了眸子，道，“你觉得该怎么处置她？”

“我觉得……”徐燕归轻咳两声，道，“还是你自己决定吧，反正已经杀过人家一次了，后果你也感受到了。现在相当于上天重新给你一次机会，你会怎么做？”

沈在野低笑，抬眼看着他道：“我还是觉得杀了她最省事。”

“那你就去做吧。”徐燕归耸肩，“不过先等我去见她最后一面，之后再动手。”

沈在野没说话了，别开头看着房间的某处发呆。徐燕归蹑手蹑脚地出去，找了马就往皇宫的方向跑。

然而，有人在他之前到了东宫。

“无暇也是许久没来皇兄这里了。”穆无垠心情甚好地看着穆无暇道，“最近在学什么？”

穆无暇扫了屋子一眼，低声道：“在跟夫子学儒家大道，听闻皇兄收了个民女进宫，我好奇，便过来看看。”

穆无垠神色一紧，皱眉：“消息怎么传得这么快？”

这才多久的时间，不仅丞相知道了，而且连南王也知道了？

“我也是听宫人随口一提。”穆无暇道，“皇兄如今是太子了，一举一动自然都被人盯着。”

穆无垠低头想了想，起身看着穆无暇道：“你先在这儿坐一会儿，本宫去去就来。”

虽说天下没有不透风的墙，但他这东宫里怕是养了会吹风的墙了。他再不警告，下一个找上门来的说不定就会是父皇。

“好。”穆无暇点头，看着他急匆匆地离开，就坐在主殿里安静地喝茶。

旁边有个宫女上来给他添水，穆无暇本没在意，但靠得近了，闻见那宫女身上的香气，小王爷立马抬头看向她的脸。

“王爷好机敏。”姜桃花微微一笑，声音极轻地道，“别来无恙。”

穆无暇轻吸一口气，扫了一眼，瞧着主殿里其他宫人都站得甚远，才低声道：“姜姐姐，丞相很担心你。”

担心她？桃花笑着摇头：“王爷别的都不用管，替我将沈在野放在您那儿的一万两黄金寄去赵国吧。”

穆无暇微微一愣，倒是记起来有这么回事。沈在野说过自己与姜氏有赌约，自己一旦动了杀心，那黄金就归姜氏了。

姜姐姐也真是想得通，好歹同床共枕那么久的人，她竟也不生气，看样子还提早料到了他会来，直接将一张折好的纸塞进他手里。

“贯通钱庄，名字和户头都在上面，有劳王爷了。”桃花一笑，朝他行了个礼。

南王点头，将那纸收好，看着她小声地道：“你真的不打算回相府吗？恕我直言，皇兄他……不是良人。”

穆无垠虽不像穆无垢那般贪婪，但心狠手辣，草菅人命，心里从来是没有百姓的。这样的人将来为帝，必定施暴政，导致民不聊生。他上不去皇位，那姜姐姐跟着他，岂不是走了死路？

“我心里都明白。”桃花朝他笑了笑，伸手给了他第二张纸，“这上头的东西王爷回去好生看看，若是能允许，便派人来知会我一声。”

什么东西？南王很好奇，刚接过来准备打开，却见穆无垠已经回来了。

“太子。”桃花装作刚倒完水的样子，穆无暇也飞快将东西收了起来。

“你来了？”穆无垠眉间有愁绪，但在看见桃花的时候他还是笑了笑，“这是南王爷，可见了礼？”

桃花一笑，规规矩矩地重新行礼：“奴婢拜见南王爷。”

“免礼。”南王抿唇道，“皇兄这般喜欢的人，定然也不是普通女子。不过我还有夫子给的功课没有做完，就不多耽误了。”

“如此，你就快去用功吧。”穆无垠摆手，“有空再来皇兄这儿坐坐。”

穆无暇点头，飞快地跑了出去。穆无垠看着他，眼神颇为慈爱：“宫里也就只有他让我瞧着舒心了。”

姜桃花一愣，好奇地问：“殿下为何会说这样的话？”

“我跟你说的自然都是心里话。”穆无垠拉着桃花在旁边坐下，道，“如今所有的皇子当中，只有南王看起来最懂事知礼，也不玩弄权术，我自然最喜欢他。”

换句话来说，就是因为南王最没威胁，所以他才能这么好声好气地跟他说话。

顿了顿，桃花小心翼翼地问：“那若是有一天，南王也参与到了夺嫡之中呢？”

穆无垠脸色微变：“那他自然跟其他皇子没什么两样了。”

姜桃花点点头，算是听明白了。太子对南王好，完全不是因为血缘关系，说到底还是因为利益没冲突，所以能和平相处罢了。穆无垠对她也许是真心，对其他的人……却充满算计和防备。

穆无暇一路走出了东宫，才打开桃花给他的纸。

“妾身知王爷不愿走邪僻之途、踩他人之尸骨上位。但登顶之争，向来腥风血雨。妾身如今叛相爷而投太子，自有所谋，并非愿与相爷及王爷作对。若王爷能将妾身视为己方之人，劝相爷释谋杀之心，妾身当全力拥护王爷，但有驱策，莫不鞠躬尽瘁。”

穆无暇微微一愣，皱眉。姜氏说到底只是个女子，竟然主动卷入这夺嫡之争，不是找死吗？

不过看这上头写的意思，她就算不找死，沈在野似乎也不会放过她。已嫁女子另投他人怀抱，沈在野是定然不愿忍这口气的，所以动手也是情理之中。姜氏是料到了这种结果，所以投诚于他，表明立场，让他去劝住沈在野。

真是冤孽！穆无暇叹了口气，将纸重新收好，看着天上道：“我突然觉得长不大也好，不用面对这些感情烦扰之事。”

旁边的侍卫吓了一跳："王爷，您再过两年也该立正妃了。"

穆无暇眼神古怪地看了护卫一眼，一本正经地道："你看看你们沈丞相，那么聪明的人都被感情的事弄得没了半条命，你们竟然还忍心让本王立妃？"

"话不是这么说的王爷，立妃才能……"

"你闭嘴吧！"穆无暇十分严肃地道，"有这两人做前车之鉴，本王宁死不立妃！"

侍卫沉默了，心想这得回去跟丞相好好谈谈了啊，王爷要是不立妃，那以后的子嗣怎么办？！

沈在野很快就收到了南王传来的东西，看着上头的字，他冷笑连连："好个姜桃花，真是够厉害的。"

她这么快就知道他下一步会做什么了，竟然还捏着了南王这张王牌！不得了，真是不得了！

"您想怎么做啊？"徐燕归扫了眼信上的内容，"我倒是觉得她说得有道理，也的确能帮南王爷不少忙。"

"你还没看出这女人的心思？"沈在野"嗤"了一声，"她只是在南王的树下乘凉，帮南王成事之后，自然会开出别的条件让无暇满足她。说到底，她就是有自己的事想做，必须借助南王这条路罢了。"

徐燕归一愣，仔细想了想，道："那又如何呢？反正咱们目的是一样的，至于目的达成之后各自想要什么，那就到时候再论了。"

太子已经立了，接下来的一系列计划，若是有了在太子身边的姜桃花，那他们会省不少事。这笔买卖完全不亏啊。

沈在野有些烦躁，捏着那张纸道："你的意思是，当真让她去对太子用美人计？"

"这个得看她自己要怎么做了。"徐燕归耸肩，"你就当她是个死人好了，反正也是想杀了她的。"

那怎么一样？沈在野眯眼，伸手指了指自己的头顶："你看见这儿的绿光了吗？"

“看见了，挺好看的。”徐燕归一本正经地点头。

见着自家主子表情不对，湛卢机灵地往门外一闪，留下徐燕归在屋子里被追得上蹿下跳，连声求饶：“我开玩笑的！你让姜桃花为你守节不就好了？这事儿好商量嘛！”

让那女人守节？沈在野冷笑，他还不如让兔子改吃肉呢！

一剑横在徐燕归的脖颈边儿上，沈在野突然想起了什么，收了剑，挑眉道：“这事也未必不可行，反正如今的情况，也无法更糟糕了。那女人恨我入骨，定然不肯回府。既然如此，就让她在太子身边待着吧。”

“你不吃醋了？”徐燕归有点意外。

“谁吃醋了？”沈在野皱眉，黑了脸道，“这是男人的尊严问题，跟吃不吃醋没有半点关系。”

徐燕归“啧啧”两声，摇头叹息道：“在死鸭子嘴硬这方面，相爷与姜娘子可真是天造地设的一对。”

沈在野别开头，冷哼一声，开了门就往外走。

桃花在宫里被灌了不少的补药，身子倒是好了一些了。穆无垠欣慰地看着她，低声道：“再养两日，你就能侍寝了。”

桃花身子微僵，干笑了两声。虽然她很恼沈在野，但身子是自己的，她不能糟蹋着来气他，也没有一身侍二主的想法，这个只能到时候见招拆招了。

书房里正在议事，穆无垠完全没让她回避，就由着她在自己身边站着。谋臣们对此颇有微词，穆无垠却道：“无妨，她不识字，也不会出去乱说。”

桃花努力装成不识字的样子，一双眼睛却将穆无垠面前放着的东西看得清清楚楚——瑜王府地图。

一个谋臣低声道：“殿下，事关重大，知道的人自然是越少越好，这位宫女……”

穆无垠无奈地道：“你们当她不存在即可。”

桃花一笑，识趣地行礼：“奴婢就不打扰了，先去准备午膳，殿下和各位大人先忙吧。”

“你不必走的，”穆无垠一笑，颇为认真地道，“我相信你。”

这人真是一如既往地识人不清啊，桃花摇头，笑着行礼退了下去。穆无垠瞧着，颇为失落，停了好半天才继续跟众人议事。

穆无垠已经是太子了，却还想除去瑜王，这种馊主意一定是沈在野出的。瑜王其实已经对他构不成多大的威胁，但一旦穆无垠动手，那他就得背上个残害手足的罪名。这罪名虽不至于让他被废，但皇帝心里肯定会有想法。

正想着呢，有宫人从她身边经过，低声说了一句：“丞相允了，姑娘尽管等着。”

桃花轻轻一笑，不动声色地继续往前走。抛开感情的事情不谈，她和沈在野可真是最好的搭档了，彼此了解，又同样心狠手辣。两人合作起来也是挺厉害的。

晚上的时候，穆无垠照旧坐在房间里陪桃花说话。桃花看了他半晌，低声道：“殿下看起来脸色不太好，可是有什么为难的事？”

穆无垠皱眉道：“我……想去一个地方，但那地方守卫实在森严，又有诸多武林高手，这该怎么办？”

桃花笑了笑：“请个更厉害的武林高手不就好了？”

“话是这么说，但我不曾认识厉害的武林高手。”穆无垠很为难地道，“若是一击不中，那便后患无穷。”

桃花认真地看了他一会儿，问：“您必须去那个地方？”

“是。”穆无垠毫不犹豫地点头，“若是不去，后患无穷。”

真是有帝王一般的狠心啊，怎么说也是亲生的兄弟，自己都坐稳太子之位了，依旧不愿给别人一条活路。这样的人适合当帝王，却不会是个好帝王。桃花轻笑，装作什么也不明白的样子，低声道：“奴婢只是个女人家，也不知道该怎么做才好，殿下若是实在为难，不还有丞相在吗？”

对啊，还有个沈在野！穆无垠眼眸一亮，起身替她掖好被子，说道：“你先睡，我回主殿去了。”

“好。”桃花点头，看着他急匆匆地出去，打了个哈欠就闭眼睡去。

这件事的结果她都不用猜，沈在野身边有个来无影去无踪的徐燕归，事情交到他手上，瑜王是必死无疑的。

的确是必死无疑，第二天午时还没到，宫外就传来了噩耗——瑜王薨了。

病中的皇帝震怒，立马派了人去封锁瑜王府，追查凶手。穆无垠一大早就赶出宫去慰问瑜王府的人了，倒是沈在野，趁着这机会进了宫，将些零碎的证据放在了皇帝的桌上。

“微臣不敢妄言，但这东西是在瑜王府里找到的，具体是何人所为，还有待查证。”

一张羊皮地图，明显是宫里的东西，上头还有司宗府的印鉴。王爷出宫开府，府里的地图都在司宗府存着，不会轻易拿出来。而凶手明显是得到了这地图，所以才能轻易地去瑜王府杀人。

皇帝猛地咳嗽了两声，看向沈在野：“爱卿觉得，宫里谁有可能把这地图拿出来？”

沈在野低头不语。

皇帝这话只是随意问问而已，答案他心里十分清楚。太子监国，住在东宫，只有他有能力和机会去拿这东西出来。

皇帝低笑了两声，眼里满是失落和伤感：“朕那么拼命想保住无垢，没想到他还是不肯放手。有这样的皇子，到底是我大魏的幸，还是不幸？”

他为帝王，最重亲情，因为他坚信血缘关系是最可靠的，是不会背叛的。但穆无垠来这一招，叫他心凉了半截。自己的亲弟弟都忍心下手，那以后要是自己挡了他的路，他又会怎么做？

沈在野这样聪明的人是不会在这个关头给他说什么话的，皇帝也就自己冷静下来仔细想了想，最后开口道：“无垢没了，后事都交给无垠去办吧，他与瑜王府的人一起斋戒一月，停声乐歌舞，远女色，静心抄经文。”

“臣遵旨。”沈在野低头应下，一句话也没多说，便退了出去。

他不会在这个时候跟太子翻脸，要的只是皇帝对太子心生嫌恶，以及最重要的——让太子守丧。

穆无垠正沉浸在心头大患终于除掉的快感里，冷不防接到圣旨，让他斋戒守丧，不得看歌舞，还要远女色。

“为什么？”眉头皱得死紧，他问沈在野，“父皇是怀疑我了？”

“没有。”沈在野摇头，“皇上听到消息之后，什么也没说，就做了这样的决定。想必是一时伤心太过，故而让太子帮着尽点心。”

穆无垠脸色难看得很，想了半晌，低声道：“他就是没将我看得最重，所以连被幽禁的皇子死了，也要连带着责备我。”

“太子何以这样想？”沈在野摇头道，“若是不看重您，皇上怎么会立您为太子？”

“那不都是丞相的功劳吗？”穆无垠眯了眯眼，“若不是父皇生病，这太子之位将来会落在谁的身上，可还不一定呢。”

沈在野沉默。

穆无垠越想越气，嘴里嘀咕道：“他是不是知道我宫里最近收了人？竟让我不近女色。”他本来已经准备让梦儿侍寝了，这一个月的丧期下来，梦儿岂不是还要再当一个月的宫女？

“殿下消消气。”桃花端着茶水过来，低声道，“瑜王薨逝，按理您也该斋戒哀悼。”

沈在野斜了她一眼，看她将茶倒进杯子，突然想起很久之前她给自己泡的茶。那茶水他是很嫌弃的，一点也不好喝，应付普通人还行，但要入贵人的口，实在差些火候。

可是穆无垠端起茶抿了一口，眉目竟然都舒展开了，微笑着道：“你茶艺倒是不错。”

“殿下过奖。”桃花颔首，站在他旁边垂眸浅笑，怎么看怎么令人舒心。

穆无垠想想也就不气了，只看着她道：“多等本宫一个月，一个月之后再封你为侧妃。”

“好。”桃花乖巧地点头应下，低声道，“只要殿下心里有奴婢，等多久都没关系。”

那就等一辈子去吧！沈在野冷笑，睨着她道：“现在的狐狸精都这般会说话了？”

桃花一愣，没想到沈在野会当着穆无垠的面给她难堪，当即就一脸无辜地看向他：“奴婢又是哪里惹丞相不高兴了？”

“当宫女就要知道宫女的本分。”沈在野道，“当着外臣的面都在勾引太子，岂不是有些越礼？”

桃花嘴角微抽，低头看了看自己，又看了看他：“丞相哪里看出奴婢在勾引太子？”

这还不算勾引？听听这话说的，巴不得今晚上就去侍寝似的！还“只要殿下心里有奴婢”，也不知道哪里有脸说出这句话的！

沈在野眯眼，正要开口，却见穆无垠站起来挡在了两人中间，笑着道：“丞相，无垠都已经按照您说的，让梦儿屈居宫女之位了，您也就别再为难她了吧？无垠知道您是为大局着想，但……梦儿是无辜的。”

无辜的梦儿在他背后朝沈在野做了个鬼脸，翻着白眼无声地做口型：你！咬！我！啊！

沈在野咬牙看着她，黑了半边脸，恨不得把她扯过来撕碎！然而太子还在，他只能起身道：“圣意已经传达，沈某先行告辞。”

“丞相慢走。”穆无垠连忙送他出去。

穆无垠回来的时候忍不住轻声责备桃花：“你怎么总是跟丞相过不去？”

“是他每次都想着如何弄死奴婢。”桃花垂眸，“若不是有殿下在，这不共戴天之仇，奴婢怎么也是要报的。”

“别胡来。”穆无垠皱眉，“他对本宫来说是很重要的人，以后很多事都得仰仗于他，你切莫再与他起什么冲突。”

她也不想啊，桃花撇嘴，最好别再见面了，各自做各自的事吧，也免得相看两相厌。

第十章
翻案

沈在野一路生着气出宫回府，跨进相府大门的时候，抬头看了看四周。

少了那祸害，整个相府安静了不少，没人敢再往他怀里扑，也没人敢来跟他顶嘴，更没人敢算计到他头上，让他坐立不安。

真好，这才是正常的相府，是他所支配的院子。

抿了抿唇，他抬脚往里走，没走两步却发现方向不太对。

“主子。”湛卢小心翼翼地道，“那是争春阁的方向，咱们该回临武院。”

“……我知道。”沈在野皱了皱眉，低声道，“我只是想去前头的温清阁看看，不是要去争春阁。”

湛卢低头，心想您就当别人都是傻子吧，得了，您开心就好。

沈在野硬着头皮去了温清阁，一推开门，就看见顾怀柔在院子里老老实实地行礼：“爷。”

沈在野应了一声，走进去坐下，扫了顾怀柔一眼道：“你最近怎么死气沉沉的？可是有什么不开心的事？”

顾怀柔愁眉不展道：“姜娘子说养病就养病去了，昨日妾身找人送了信过去，也不知道能不能得点消息回来。这院子里少了她，妾身总觉得空荡荡的。”

几个院子里的人也不争不抢了，相爷也不往后院来了。本来很多人都以为姜桃花要是没了，恩宠定然就是她们的了。结果她们现在才发现，就算没了姜桃花，恩宠也落不到她们身上。

明明还是夏天，这相府里倒是寂寥得像秋天到了一样。

沈在野皱眉，淡淡地道：“后院里来来往往的人那么多，你怎么就单单把姜桃花挂在心上了？”

顾怀柔一愣，看了沈在野一眼：“这话，爷是在问您自己吗？”

自姜氏走后，他大病一场到现在还在咳嗽，每日都没什么好脸色，晚上也总睡不着。这要不是把姜氏放心上了，那是为什么呢？

沈在野不悦地道：“我是在问你。”

顾怀柔好奇地看他两眼，小声道：“姜娘子人很好，妾身挂念她也是正常。她管事的那段日子虽然出了不少事，但府里不惹事的人好过了许多，没人克扣月钱，也没人敢肆意欺压别人。妾身听见不少下人都夸……”

“够了。”沈在野皱眉，看了她一眼道，“你何必说她这么多好话？”

“妾身这不是在说好话，只是实话而已。”顾怀柔眼神古怪地看着沈在野道，“再说姜娘子又没犯什么错，用得着妾身来说好话吗？”

沈在野垂眸，这才想起来在后院之人的眼里，姜桃花只是去山上养病了，未曾回来而已。

“……你自己好生休息吧。”站起身，他面无表情地便往外走，“往后莫要在我面前提她了。”

顾怀柔愣然，捏着帕子行礼，根本不知道发生了什么。这好端端的，姜娘子怎么就又失宠了？

沈在野回到临武院，静下心来继续看公文。他还有很多事要做，不可能被姜桃花分去太多的心神，她也不过是个女人罢了，能用就用，不能用的时候再说吧。

“主子。”湛卢推门进来，“厨房刚做的点心，您用些吧？用完之后，将药喝了。”

沈在野抬头看了托盘上的点心一眼，微微皱眉：“这是什么？”

湛卢低头仔细看了看托盘里的桃花饼，硬着头皮道：“普通的花饼。”

他拿来的时候也没注意啊！厨房是按照相爷的口味来做的点心，平时他爱吃什么，厨房就做什么，谁知道这些人精竟然做了这个？

沈在野冷哼了一声，认真地看着湛卢道：“话我只说一遍，你立刻动手，将这府里所有跟姜氏有关的东西统统扔出去，再有人在我面前提她，或者拿跟她有关的东西来，我拿你是问！”

“是！”湛卢浑身冷汗直冒，飞快地应了，立马找人锁了争春阁，禁了跟姜氏有关的食谱，里里外外忙活了许久。

沈在野心里一片沉静，再次出门的时候，瞧着这相府更空旷了。

也好，他觉得姜桃花这样的毒瘤就应该挖了去，免得蔓延开来，酿成更大的祸患。湛卢干得很好，应该有奖赏！

然而，当晚上他准备就寝的时候，这种想法就完全消失了。

“枕头呢？”看着床上那崭新的绣花枕，沈在野眼神冰冷地看着湛卢，“哪儿去了？”

湛卢两腿发软，战战兢兢地道：“不是您让把跟那位有关的东西都扔出去吗？那枕头自然……”

那自然也是有关的啊，还是姜娘子亲手绣的呢，还让他总是睡不着呢，这就不记得了？

沈在野伸手将人扯到面前，低声道：“我让你扔其他的东西，没让你扔那枕头。给我找回来。”

湛卢傻了，心想自己可真冤枉，这位主子一开始说的是所有东西，可没将那枕头排除在外啊！

不过主子的命令，再无理取闹也得听，湛卢只能顶着沈在野冰冷的目光，飞快地跑出去找人。

“大人，那枕头您让丢，咱们就没敢留啊！”下头的人一脸无辜地道，“送给府外路过的乞丐了，现在哪里找得回来？”

给乞丐了？！湛卢正想骂他们，却觉得背后陡然一冷。

沈在野穿着一身黑色长袍，站在他身后冷冷地道：“随我出去找，找不到的话，你今天晚上也别睡了。”

“……是。”

人啊，有时候就是这么奇怪，明明是自己做的决定，却总是会后悔。一般的人后悔也就算了，自个儿担着就是。可像沈在野这类人，一后悔起来，身边的人就难免跟着遭殃。

天色已晚，街上都没什么人了，沈在野骑着马，走街串巷地四处看着。湛卢跟着，真的很想说他不必亲自出来的，可想想最近自家主子反正也睡不着，干脆就由着他去吧。

没走两条街，他就看见个小乞丐小心翼翼地抱着那药枕，正打算放在路边睡觉。沈在野眼疾手快，飞身过去就将那枕头抢了回来。

“你干什么！”小乞丐急了，一把扯着他的衣裳道，“那是我的枕头，你还给我！”

湛卢连忙上去想将他扯开，奈何这小乞丐甚为倔强，死抱着沈在野的腿不撒手，甚至张口就咬：“还给我！”

“这是我的东西。”沈在野皱眉。

“你……你不要了，已经给我了，就是我的东西！”小乞丐不依，“乞丐的东西你都抢！”

沈在野感觉头有些疼，伸手拿了碎银子给他：“给你这个，行了吧？枕头还我。”

“我不！”小乞丐倔强地道，“我就喜欢这个枕头，你既然都丢了，又抢什么？”

湛卢吓得浑身是汗，看着自家主子那眼神，生怕他抽出剑来把这小乞丐砍了，连忙要将他拖走。

谁知，沉默了一会儿之后，沈在野竟然道：“我也很喜欢这个枕头，是别人丢的，不是我丢的。”

小乞丐一愣，呆呆地抬头看了看他，一脸为难地问：“你很喜欢？”

“是。”

“那……”抿抿唇，他终于把手松开了，“那就还给你吧。”

看了脚下这脏兮兮的小家伙两眼，沈在野柔和了神色，低声道：“湛卢，把他带回丞相府吧。”

“主子？”湛卢惊讶不已，“带这个乞丐？”

“庞将军最近不是说缺徒弟吗？给他送一个去。”

湛卢目瞪口呆，看着自家主子抱着枕头上马，连忙一把将那乞丐抱起来，丢上马带回去。

找个枕头还多捡个人，这事儿恐怕只有自家主子干得出来了。庞将军手下的兵都是精挑细选的，送这么个乞丐过去，不知道他会不会生气。湛卢心里无语地想。

枕头找回来了，沈在野更衣躺上去之后，意外地睡了个好觉。他已经太久没睡好过了，以至于湛卢根本不忍心叫他起来，等他自己睁开眼睛的时候，已经是第三天早上。

“我睡了多久？”活动了一下筋骨，沈在野问。

湛卢小声答：“一天两夜。”

“嗯，怪不得精力这么充沛。”沈在野心情倒是不错，没责备他，拿过一摞公文翻了翻，微微挑眉，“皇上让恒王去巡查城郊另修的行宫了？”

“是。”湛卢道，“在您休假的时候，皇上突然就下了旨，太子那边也是昨日才知道，有些生气。”

他能不生气吗？瑜王好不容易死了，谁知道后头还有个恒王？沈在野轻笑，合了公文，淡淡地道：“府里娘子的位置不是空了不少出来吗？把古清影和南宫琴提作娘子吧。”

“奴才明白。”

恒王穆无痕一贯低调沉稳，明德帝被穆无垠杀瑜王的事一刺激，难免就想多个选择。说起来，他现在看穆无痕，倒是觉得比穆无垠更顺眼呢。

东宫。

穆无垠与众位谋臣已经商议了一番，正头疼地躺在软榻上沉思。桃花走过来轻声问：“殿下这是怎么了？”

“本宫突然觉得，子嗣多了可真不是什么好事。”穆无垠淡淡地道，“没了一个还有另一个，这东宫之位旁边全是虎视眈眈的人，真是让人不舒服极了。”

“圣上子嗣甚多，有妄图争权之人也是情理之中的事。”跪坐在软榻边，桃花笑道，“奴婢不懂什么事，但是也常听读书人说，除掉敌人最好的法子是把敌人变成朋友。”

穆无垠微微一愣，睁开眼看着她：“这话倒是有意思，怎么说的？”

“奴婢也记不太清了。”桃花仔细想了想，道，“不过应该是说，与其担心某个人将来会与自己为敌，不如就先将他变成朋友，这样一来，双方就不会敌对了。”

变成朋友吗？穆无垠叹息：“皇子之间，哪个能真的当朋友？”

“您先前不是还夸南王吗？”桃花不解地道，“他也不可靠？”

南王？穆无垠沉默了一会儿，仔细想了想，才低声道：“南王因为先前去吴国当了质子，所以父皇一直不太喜欢他。不过那孩子倒是一身正气，可靠是可靠的，但跟他交友，对本宫似乎没什么好处。”

桃花一笑，伸手点了旁边安神的香，说道：“奴婢不懂你们这些大人物的心思，但若换了奴婢，奴婢是愿意提前帮南王一把，以求他日后拥护我的，毕竟听起来他也当真不是合适的太子人选，对您的东宫之位没有任何威胁。与其送给其他人，不如自己留着。”

她一语点醒梦中人，穆无垠翻身而起，轻轻拍了拍自己的腿：“对啊，这么简单的道理，本宫怎么没想明白呢？”

说罢，他又惊喜地看着桃花道：“你虽然什么都不懂，但这回倒是点醒了本宫，等会儿本宫就让人给你送赏赐过去！”

桃花一脸惊呆，目送他出去之后，才伸手捂住了脸。

跟沈在野那样的人过招久了，此时她才发现别人怎么都跟傻子一样好骗？她都不好意思了！

南王本身是没有半点过错的，无奈皇帝身边的人没人帮他说过好话，所以导致皇帝一直心有芥蒂。如今的形势，沈在野不可能明目张胆地帮扶南王，最好的法子，就是先让太子拉他一把。

皇帝有意栽培恒王，虽然不知是为什么，但这明显给了太子不小的压力，慌乱之下，他直接就听了桃花的话去帝王那儿请安。

明德帝还在养病，见他来，脸色也不是太好：“怎么有空过来了？”

穆无垠上前行礼，恭恭敬敬地道："父皇龙体还未康复，儿臣自然要时时过来探望。"

皇帝轻哼了一声，眼神深邃地看着他："以你的性子，无事不登三宝殿，直说了吧。"

穆无垠低笑，拱手道："秦奉常已经在提前准备清明之礼，后宫女眷有逝不过十年者，皆要入礼。儿臣查阅卷宗的时候……发现了个名字，不知道该不该写进礼单里。"

"哦？"明德帝抬了抬眼皮，"什么名字？"

"淑妃楚氏。"

明德帝微微一愣，脸色变了变，略微不悦地看着穆无垠道："这种人的名字你竟然来问朕，到底会不会办事？"

楚淑妃就是南王的生母，原来被送去吴国当了很多年的人质，两年前才回到大魏，谁知就忽然病死了。有传言说她是爱上了吴国的皇帝，所以不想再侍奉他，故而一心寻死。

对于这种不忠不贞的女人，明德帝是厌恶至极，碍于没有证据，只能当她不存在，但灵位都未曾安奉，连带着也不太待见南王。清明之礼，自然轮不到她头上。

"儿臣就是办事太仔细，所以才想来问父皇的。"抿了抿唇，穆无垠道，"当初楚淑妃含冤而死，冤情不达圣听。如今尸骨已寒，也不曾有人敢为她翻案。儿臣斗胆，求父皇彻查楚淑妃薨逝真相。"

"荒谬！"皇帝大怒，"你堂堂太子，不用心于朝政之事，反而管起朕后宫的事情来了？楚淑妃已经死了两年了，还有什么好查的？查了又有什么用？"

"父皇息怒。"穆无垠神色恳切地道，"楚淑妃虽然已死，但南王弟还活着，您忘记了吗？南王弟年已十六，回大魏两年，见父皇的次数还不过二十次。儿臣觉得他踏实肯学，又天真不弄权术，实在是个好孩子，故而想起楚淑妃的冤情，想替她母子申冤。"

微微一愣，明德帝皱眉不语。

他一直是刻意忽略穆无暇那孩子的，总觉得他不像自己，更让他觉得楚淑妃临走怀孕之言是虚妄不实的。但听无垠这么一说，他才想起来，不常夸人的黔夫子在他面前已经夸了无暇很多次，言辞恳切，希望他正视这个优秀的皇子。

是他错了吗？

大殿里沉默了良久，半晌之后，皇帝终于开口道："行了，你先下去吧，入礼的事，再容朕想想。"

"是。"穆无垠松了口气，恭敬地退下，连忙让人将南王请到了东宫去。

"皇兄已经帮你在父皇面前说了好话，他似乎在考虑重新看待你和楚淑妃了。"邀功似的看着穆无暇，穆无垠拍了拍他的肩膀道，"你的好日子要来了。"

穆无暇感觉有些意外，没想到太子会突然这么做，下意识地看了旁边站着的桃花一眼。

桃花微笑，眼里满是镇定的神色，显然是一早就知道的。

他还以为她如今处境艰难，就算投诚了他，也应该做不了什么事。没想到……竟然这么厉害？穆无暇心里万分佩服，却也只能对着穆无垠拱手道："多谢皇兄。"

"哎，你我兄弟，说什么谢字？"穆无垠低声道，"自从我登上这太子之位，就觉得孤独得很。皇子当中，只有你能交心，往后要是没什么事，你就来我东宫多走动走动，皇兄自然也会帮你在父皇面前多说好话。"

"好。"穆无暇点头，不过想了想又道，"皇兄也别总是在父皇面前提我，他会不高兴的，若牵连了皇兄，就让弟心不安了。"

说得也是，这个度得把握好。

"恕奴婢直言。"桃花笑眯眯地开口，"若无缘无故一直夸一个人，放哪儿都是不妥的。殿下若有意帮扶南王爷一把，不如将他擅长的东西有意无意展示给皇上，如此一来，皇上既能看见南王爷的好，也能看见殿下能发掘人好处的优点。为人君者，不就是要知人善用吗？"

"有道理！"穆无垠颇觉意外地看着她，欣喜地将她拉到身边道，"你怎么这么聪明？”

穆无暇心里一跳，颇为紧张地看着姜桃花，生怕她在太子面前暴露了。

然而桃花是谁啊？赵国皇宫的夹缝里长大的、最会猜度人心思和演戏的人。听着穆无垠的夸奖，桃花红着脸笑了笑，撒娇道：“殿下莫要取笑奴婢，奴婢都是跟着书房里来来往往的大人们现学现卖，真是献丑了。”

“你若是出身高门，自小学这些东西，现在肯定比那一群大人加起来都厉害！”穆无垠道，“这大概是天赋吧？”

“若是能帮到殿下，那奴婢可以再努力跟人学一学。”

一听这话，穆无垠简直是身心舒畅，要不是碍着南王在场，真想把这人拥进怀里好好呵护一番。

“这个宫女瞧着倒是真让人喜欢。”穆无暇突然开口道，“皇兄不如把人给我吧？”

“怎么？你也想抢？”穆无垠哭笑不得，立马将桃花护在了身后，“少来，个个都觊觎本宫的宝贝。这宫女本宫要好好留在身边的，谁也不能给。”

穆无暇道：“原来这么重要啊？那这宫女是不是什么粗活都不用做？”

“自然。”穆无垠看了看他，笑道，“不过送客这种事还是可以的，等会儿你出去，本宫让她送你一程。”

“多谢皇兄。”穆无暇拱手。

穆无垠眼神深邃地看着他，叹气道：“无暇，你还小，梦儿比你都大呢，等她以后成了本宫的侧妃，你还得喊一声嫂嫂。姐弟相称是可以的，别的就不要多想了。”

桃花一听，连忙摆手：“殿下说笑了，奴婢只是一介草民，怎么敢跟王爷称姐弟？宫里的公主会生气的吧？”

看她一眼，穆无垠笑道：“怕什么？咱们大魏又没有公主，无暇也没有姐姐，私下称姐弟，没人会怪你们。”

大魏没有公主？！桃花傻眼了，呆呆地看了看穆无垠，不敢置信地又问了一遍：“大魏从来没有公主吗？包括已经薨逝的？”

“没有。”穆无垠笑道，“父皇的四个子嗣都是皇子，从来没有公主，弄得公主反而珍贵起来，可惜没人给父皇生，若是生了，定然是父皇的掌上明珠。”

身子僵硬，桃花慢慢地转头看向穆无暇。

“不知道为什么，你给我的感觉总像是我姐姐。”

“我姐姐已经死了。”

她记性很好，清楚地记得南王说过自己有个姐姐。然而现在，太子说大魏从来没有过公主。

这是为什么？

她面前好像有一扇尘封许久的秘密大门，从这儿开始，突然打开了一条缝，有无数卷着尘埃的东西飞出来，呛得她一阵咳嗽。

“怎么了？”穆无垠好奇地看着她，“有这么惊讶吗？”

“……是，是啊，奴婢一直觉得皇帝应该是有不少公主皇子的，结果竟然没有公主。”垂了眼眸，桃花笑道，“那奴婢倒是捡了便宜了。”

“哈哈。”穆无垠拍了拍她的背，“去送南王弟出宫吧，顺便聊聊，你们两人若是合得来，本宫就更高兴了。”

穆无暇点头，起身告辞。桃花也朝太子行礼，转身便为南王引路，带他出宫。

一路上两个人都没说话，直到身边的人少了，姜桃花才轻声开口：“王爷还是很喜欢吴国的礼仪吗？”

穆无暇一愣，没想到她第一句问的是这个，迟疑地点头道：“是啊，毕竟在吴国长大，吴国的一切我都已经习惯了。”

“也习惯将吴国的公主当成您自己的亲姐姐吗？”桃花问。

穆无暇有些紧张，捏了手道：“这没什么不妥吧？毕竟在吴国的时候，那位公主挺照顾本王，认个姐姐也是应当的。”

“如果奴婢没记错，”看了看他，桃花笑了笑，“质子是不会住在皇宫里的，要单独关押在别府。而公主，一般来说是绝对不会出宫的，见外臣的机会都寥寥可数，又是怎么照顾您的呢？”

穆无暇垂了眼眸道：“其中渊源，自然是不必细说，你问这个干什么？”

“奴婢只是突然很好奇，”歪了歪脑袋，桃花道，“或者说一早就很好奇了。沈在野那样的人，为什么会不管不顾地选择推您上位，您与他之间的关系，为什么又那么奇怪，他好似很忌惮您，但您好似也有些怕他……方才，奴婢突然想到了一种可能。”

穆无暇步子一顿，飞快地伸手捂住了她的嘴，皱眉道：“太聪明的女人活不长，你想好好过日子，这话就还是别说出来了。”

桃花眼珠子动了动，愣愣地看着面前的少年，神情恍惚了片刻之后，更加坚定起来。她拿开他的手便道：“好，奴婢什么都不说。只要是王爷想去的地方，奴婢必定全力为您引路。”

穆无暇眼里神色甚为复杂，看了她许久，突然问：“你愿意为我引路，是因为沈在野，还是就因为我？”

桃花抬脚继续往前走，轻笑：“王爷要听实话？”

“自然。”

“奴婢从来不会做亏本的生意。”桃花低声道，“之所以会选择您，是因为奴婢相信您是会在最后成事的人，这跟沈在野有一定的关系。”

眼神微暗，穆无暇垂眸道：“果真是这样。”

他还只是个十六岁的孩子，果然不会有人当真看重他本身的实力，他还是沾了沈在野的光。

“这世上成大事的人都不会讲什么感情。”桃花回头看了他一眼，道，“王爷不必觉得难过，合作互利，大家各取所需，这本就是大人的生存之道。”

“本王没有觉得难过。”穆无暇跟上她，淡淡地道，“只是觉得这世间之人，若都只能靠利益结合结交，那做人也挺失败的。”

桃花微微一顿，心里叹息道，这孩子情深义重，实在不适合卷进这肮脏的名利之争中。可惜了，他这样的身份……

“姜姐姐送给本王的枕头，也是因为沈在野吗？”前头就是宫门，穆无暇突然开口问了一句。

桃花挑眉，摇头道：“自然不是，那枕头是奴婢真心想让您睡得安稳，所以才送的。”

紧绷着的脸突然缓和下来，南王一笑，眼里满是亮光地道：“那就够了。”

姜桃花怔了怔，还没来得及仔细琢磨这四个字的意思，南王已经头也不回地踏出了宫门，潇洒的背影带着一股子倔强劲儿，衣袍随风飘动，很快就不见了。

真是个奇怪的小孩子。

桃花转头正打算回东宫，经过御花园的时候，却冷不防撞见了两个人。

兰贵妃一脸寒霜地端着手走着，沈在野就在她旁边，也是面无表情。这两人远远看起来还挺般配，就是气氛有些奇怪。

反应过来不对劲，桃花连忙低身跪去路边行礼，头埋得低低的，希望别被贵妃娘娘撞见。

然而，天不遂人愿，陆芷兰几乎是一眼就认出了她。兰贵妃惊愕不已地停了步子，看向旁边的沈在野。

沈在野这一张脸上什么情绪都看不出来，淡淡地睨着那小宫女，什么也没说。

兰贵妃愣怔片刻，挥手就让身后的人都退下，然后几步走过去，将桃花扶了起来。

“你为什么会在这里？”

桃花嘴角抽了抽，低头小声道：“说来话长。”

“简而言之，不过就是她攀上了太子的高枝，如今在东宫做宫女。”沈在野淡淡地道，“看样子做得还不错，太子对她言听计从。”

陆芷兰震惊地看了姜桃花一眼，又看了看沈在野，低声呵斥：“你们疯了？宫里也是能乱来的地方？她可是……”

“宫中除了娘娘，没人认识她。”沈在野淡淡地打断她，“您不说就是了。”

“简直荒唐！”像是想起了什么，陆芷兰气得浑身发抖，皱眉看着沈在野，道，“你让我进宫还不算，现在连她也不要了？她好歹还是赵国的公主！”

沈在野皱眉，看了姜桃花一眼，低声道："这是她自己的决定，微臣拦也拦不住，娘娘与其怪在微臣头上，不如问问这位赵国的公主是怎么想的吧？"

听着这对话，桃花也就知道徐燕归没骗她，这两人之间看起来误会重重，兰贵妃似乎也还记恨着沈在野。

"是你自己的决定？"陆芷兰转头看向桃花，神色古怪极了，"你们赵国不学三从四德？"

"回娘娘，自然是要学的。"桃花一笑，看了看沈在野，"可惜不管奴婢学得怎么好，相爷也没打算让奴婢活命。既然如此，奴婢便只能以保命为先了。"

兰贵妃脸上一片惊愕，好半天才缓过神来，看着沈在野道："我原以为他的好不会是独一份的，那狠也该是独一份的了。没想到对谁都是一样，也活该身边一个知心的女人都没有。"

沈在野轻笑："娘娘今日召臣过来，若是只为教训臣，那臣就先告退了。"

"好，你走。"兰贵妃冷笑，"不想给楚淑妃翻案，你就赶紧走！"

沈在野身子一僵，抬眼看她："娘娘有办法？"

后宫的案子外臣是不能插手的，两年过去了，沈在野也没找到什么妥当的法子来给楚淑妃翻案，她当真是无辜的，是明德帝负了她。

兰贵妃扫了他两眼，冷声道："本宫要是没办法，哪里留得住日理万机的丞相大人？皇上已经跟本宫提起了楚淑妃，只要寻着合适的机会，就可以翻案。"

太子的话是有作用的，这么久了，皇帝头一次对楚淑妃的死有疑问，若是能解开这心结，又何愁他不会善待南王几分？

"二位要商议大事，奴婢就不用留在这里了吧？"桃花笑眯眯地道，"太子还在东宫等奴婢回去呢。"

沈在野轻笑："看来你还真的很会伺候人。"

抬眼看了看他，桃花没吭声。

陆芷兰听得都是一怔，皱眉道："丞相什么时候学会出口伤人了？您不是向来最善辞令的吗？"

"辞令是对人用的。"沈在野低笑，"对其余的东西，没必要花那么多心思。"

瞧瞧，这嘴巴真是损呢。姜桃花冷笑，依旧低头没吭声。

看了看这两人，兰贵妃皱眉："你们要吵要闹都没什么关系，但现在的情况，只有咱们三方合作才能成事，别怪我没提醒你，桃花现在至关重要，你得罪了她，万一坏事，可别再怪到别人头上。"

"娘娘要她做什么？"沈在野淡淡地道，"勾引太子，让太子帮扶南王？"

"这个不用相爷提醒。"终于找着了机会，桃花笑着开口道，"奴婢已经这样做了，不然太子也不会在圣上面前说南王的好话。"

沈在野眸色一深，上前一步，逼得她后退了半步，瞪着她说道："你挺熟门熟路的啊？"

"毕竟是学着媚术长大的。"桃花抬眼看着他冷笑，"爷也知道赵国的女子都脏，又有什么好奇怪的？"

"姜桃花！"沈在野眯眼，"这种话说多了，对你没什么好处。"

"说得好像奴婢不说这些，相爷就肯对奴婢高抬贵手了一样。"桃花咧嘴笑了笑，眼里满是嘲讽，"您还是冷静点听听贵妃娘娘的安排吧，别误了大事！"

眼前好似一阵刀光剑影，看得兰贵妃目瞪口呆。

她头一次看见有女人敢跟沈在野这么争吵的，更奇怪的是，沈在野竟然还未必吵得赢！真是见鬼了，他以前不是最不喜欢跟女人争论的吗？

"你们先等等。"上前拦住这两个人，陆芷兰皱眉道，"有什么好吵的？"

他们几个的目的既然一致，姜桃花做的也是好事，沈在野到底在气什么？

两人都慢慢平静下来，沈在野垂了眸子道："没什么好吵的，继续商量之后的安排吧。"

姜桃花笑了笑："二位尽管吩咐，奴婢照做就是。"

兰贵妃眼神古怪地看了这两人几眼，将他们带到御花园的凉亭里，细细交代了一番。沈在野板着脸听完，淡淡地道："除了东宫方面有些问题，其余的都有十足的把握。"

桃花翻了个白眼："丞相既然如此不相信奴婢，那不如换个人来做？"

"你这是在威胁我？"沈在野冷笑，"当真觉得进了东宫就很了不起了？没尝过宫里头的手段，就敢夸海口，别到时候死了都不知道。"

"多谢相爷关心。"桃花道，"奴婢自然是会死在您前头的。"

沈在野微微一愣，正要皱眉，却听得她下一句道："毕竟奴婢又不是王八，活不了那么久。"

沈在野："……"

她的意思是，他是个王八？

"哎，你们干什么！"陆芷兰当真是哭笑不得了，劝道，"有话好好说，怎么说不了两句就剑拔弩张的，上辈子有仇啊？"

"多半是有仇的。"桃花微微红了眼，看着沈在野道，"上辈子我肯定从他家的祖坟上踩过去了，不然这辈子哪来这么大的孽债？"

沈在野张了张嘴，目光落在她脸上，微微一顿，竟然没再反驳了。

兰贵妃叹息道："行了，你们两人都觉得这安排没问题的话，那就这样了。咱们几个也不能待在一起太久，该做什么就做什么去吧。为了这次的事，大家都暂时把偏见放一放，相互照应一下。"

这世道真是奇了，她分明才是脾气最古怪，最需要人劝的那个。可一遇上这两个冤家，竟然不自觉地当起劝人的角色了，可见这两人有多古怪，简直跟一团火和一块冰一样，怎么都不能相容。

姜桃花起身，笑吟吟地行礼："那奴婢就先告退了。"

沈在野也起身道："微臣告退。"

兰贵妃点头，看着两人同时转身，一个往左，一个往右，走得头也不回。

她还是头一次看见沈在野这么直接地表现出讨厌某个人，也是头一次看到有人敢跟他正面争吵。这两人背后到底发生过什么事啊？

姜桃花一路回去东宫，刚跨进门准备去给太子回禀，结果不承想就撞上了太子妃。

“这是打哪儿回来啊？”厉氏上下扫了她一眼，笑道，“出去的时候和太子说过了吗？”

桃花微微一愣，连忙行礼：“奴婢受太子吩咐，去送南王出宫。”

“这样啊。”厉氏点头，“那你跟我来。”

平时太子与她都是寸步不离，厉氏连跟姜桃花说话的机会都没有，现在难得逮着了，厉氏自然是准备好生开导开导她的。

屋子里檀香缭绕，厉氏在软榻上坐下，十分温和地拉了桃花的手道：“你进东宫也有一段时间了，可学会了什么东西？”

眼皮一跳，桃花低眉顺眼地道：“学会了不少宫里的规矩。”

“是吗？”厉氏眼神幽深地看着她，“那你可明白，什么样的人才能长伴太子左右？”

“自然是像太子妃这样的人。”桃花乖巧地答道。

厉氏满意地点头，松开她端起了旁边的茶杯：“那你可知道，什么样的人，是不适合待在太子身边的？”

桃花低头看了看自个儿，瞬间就明白了这位太子妃的意思。她看自己不顺眼应该不是一天两天了吧，只是，她也不可能现在离开。

“奴婢愚钝。”桃花笑道，“什么人该留，什么人不该留，应该也是殿下做主吧？”

厉氏脸色骤然一变，重重地将茶盏搁在桌上，冷声道：“你这是要不识趣？”

“奴婢不懂太子妃的意思。”桃花跪下道，“若是想让奴婢离开，您去回禀了太子，送走奴婢便是。”

要是走太子的路走得通，她还至于跟个贱婢说这么多？厉氏沉下脸，阴冷的目光上下扫了桃花好几遍，低声道：“敬酒不吃吃罚酒。”

身后的宫人蠢蠢欲动，桃花心里也是一紧，然而外头突然就响起了穆无垠的声音："梦儿被带过来了？"

门口的人没敢拦，穆无垠直接跨了进来，一见里头的场景，脸色顿时不太好看："你们在做什么？"

厉氏微微一愣，连忙起身道："妾身在跟梦儿姑娘聊天呢。"

"本宫从没见过聊天是一个坐着一个跪着的。"穆无垠皱了皱眉，过来就拉起桃花，看着厉氏道，"她是本宫的人，你别乱动，其余的事都随你意。"

厉氏面上一僵，愣怔地看着太子将那女人带着离开，等反应过来的时候，红着眼便问身边的人："她是他的人，我就不是了吗？"

旁边的宫女连忙劝道："太子妃别生气，那不过是个宫女而已。"

"也不过是因为还在瑜王的丧期，所以她还是个宫女。"厉氏眼里满是怨恨，"照这情形看起来，我这太子妃的位置以后都得是她的！"

"娘娘别急。"宫女小声道，"说到底现在的太子妃是您，您想让她生就让她生，想让她死就让她死，有什么好急的呢？"

微微一愣，厉氏低头仔细想了想，好像的确是这个道理。

桃花跟着太子回主殿，心里不免有些担心。在东宫里得罪了太子妃可不是什么好事，在成事之前，她怎么都不能丢了性命。

"殿下。"柔媚地看着穆无垠，桃花道，"奴婢有个不情之请。"

"怎么了？"穆无垠道，"你但说无妨。"

"殿下能将奴婢一直带在身边吗？"桃花道，"哪怕您晚上休息，奴婢也愿意为您守夜。"

整个东宫里最安全的地方就是太子身边，既然注定要得罪太子妃，那肯定是要待在离太子越近的地方越好。

听着这话，穆无垠也知道她在担心什么，信誓旦旦地道："好，我去哪儿都会带着你的。"

桃花微微松了口气，感激地点头。

傍晚的时候，沈在野将太子监国立下的一系列功劳都在御前禀明了，皇帝听着，总算是有了点高兴的神色：“他倒是能干。”

“还不是皇上栽培得好？”兰贵妃笑吟吟地道，“您啊，快些将身子养好吧，也省得几位皇子天天坐立不安的。这不，南王又送了人参进宫来了。”

明德帝一顿，皱眉道：“宫里没人参吗？要他送？”

“宫里好像是不缺这个。”兰贵妃点头，“南王也是傻，银子就能买来的东西，他非要自己上山去采，还说那人参绝对上了百年呢。”

皇帝皱眉，想了一会儿道：“拿来朕看看。”

“是。”兰贵妃颔首，一副不懂圣心的表情，让宫人把人参端了上来。

很大的一株野参，根须都完好，上头还带着些泥。沈在野看了一眼，倒吸一口气，然后低了头。

“爱卿在惊讶什么？”明德帝撇着嘴接过人参盒子，道，“这样的人参，宫里也不是没有。”

沈在野颔首：“陛下所言甚是，微臣只是有些惊讶，这样的百年老参，一般都是长在很危险的悬崖峭壁上的，没想到南王竟然亲自去挖了，实在是有些……愚蠢。”

明德帝向来不爱听人夸南王，但这一骂，他心里倒也觉得不公正了，说道：“这也算不得他愚蠢，还是有孝心的，至少比太子什么也没送来好。”

“太子虽然未送什么，皇上也实在是不缺，来问安了也就是了。”兰贵妃道，“倒是南王这样似乎有些见外了，还拿礼盒包好。到底是亲父子，也跟外人送礼似的。”

皇帝皱眉，仔细看了看手里的盒子，还当真是花了心思认认真真包好的。虽然是亲父子，但他向来与无暇疏远，这孩子心里，恐怕也没意识到自己是他的生父吧？

略微有些唏嘘，皇帝突然道：“去让人把太子传过来吧。”

兰贵妃一愣：“这个时候？太子恐怕在上晚课了。”

“让他过来，朕有要紧的事。”皇帝垂了眼眸道，“你顺便也回避一下。”

能让陆芷兰回避的，肯定只有他后宫里其他女人的事情了。沈在野心下了然，和兰贵妃一起退了出去。

“接下来就看桃花做得够不够了。”走在外头，兰贵妃低声道，“他要是真听桃花的话，那今日这一场，咱们就算是大胜。”

“娘娘怎么会把希望全寄托在一个宫女身上？”沈在野说道，“太子定然是会帮南王的，微臣有把握。至于姜桃花，您不必太在意她。”

陆芷兰微微皱眉，看了他半晌，忍不住道：“沈丞相，您有没有发现，您在遇见与姜氏有关的事情之时，说的话都不如以往公正。”

“娘娘何出此言？”沈在野低笑，“宫女就是宫女，作用本也就不大，只能旁敲侧击让太子有那个意思罢了。真正想让太子去做，还是得微臣来。”

“但愿丞相做得滴水不漏吧。”看了看天色，兰贵妃道，“你也该出宫了，一路好走，本宫就不送了。”

沈在野颔首，脚下的步子却没动，看了远处一会儿，道：“微臣今晚不想出宫，就在外头等着陛下，彻夜给陛下侍药吧。”

兰贵妃一愣：“你这是干什么？皇上哪里需要你侍药？”

沈在野没再吭声，看着远处穆无垠一路带着姜桃花走过来，眼神微动。

穆无垠是说到做到的，说带着她就带着她，来御前也是一样。不过这殿门姜桃花进不去，只能在外头站着等。

兰贵妃看了看明处站着的她，又看了看沈在野，皱眉道：“沈丞相该不会真的对姜氏……”

“娘娘多想了。”沈在野面无表情地道，“微臣只是想等太子带出来的结果而已。”

是吗？狐疑地看了他许久，兰贵妃扶着宫人的手，先行回芷兰宫去了。

姜桃花乖乖地站在外头等着，旁边不少宫人在悄悄地打量她，她也没什么不自在，时不时还屈膝休息一下。

“梦儿姑娘。”没一会儿，东宫来了几个宫人道，“太子妃请你过去一叙。”

桃花身子僵了僵，笑道：“等太子出来了，再一起回去也无妨。”

几个宫人直接上来围住了她，轻声道：“太子妃吩咐让你马上过去，姑娘请。"

手被人押在了背后，桃花挣扎都没余地，强行被他们往东宫带。

千算万算，她怎么就忘记了这一茬！皇帝见太子，她是必定要落单的啊，这下可好，落到太子妃手里，那等着她的会是什么呢？

"走快点。"无人的宫道上，几个宫人也不客气了，推着她道，"别磨蹭了，没用的，太子爷起码要一个时辰才会回来。你不想吃苦，就老老实实走吧。"

"不是我不想走。"桃花笑了笑，"问题是，这不是回东宫的路啊。"

几个宫人相互看了一眼，其中一个嘟囔道："眼睛还挺尖。"

桃花站住了脚，一脸戒备地看着他们："你们到底要带我去哪里？"

"去你该去的地方。"为首的宫人道，"别怪人没提醒你，敬酒不吃吃罚酒就是这样的结局，走吧，你已经没机会了。"

瞳孔微缩，桃花贴着墙不肯动，说道："我觉得我还可以跟太子妃再聊聊。"

"晚了。"宫人摇头，拿了绳子过来便直接将桃花绑了个死紧，"你知道这条宫道的名字吗？"

一般问这种问题，答案都不怎么好。桃花勉强笑了笑："我对宫道的名字没什么兴趣，但是各位公公可否告知咱们即将去的地方的名字？"

知道了要去哪儿，好歹可以让她想一想，还有没有逃脱的机会。

宫人一笑，看了一眼宫道的尽头，低声道："这条宫道叫黄泉路，通往的自然是阴曹地府。"

听起来好可怕的样子，桃花干笑两声："能说具体点吗？反正我都要死了，总要把死法告诉我，让我也好有个准备吧？"

几个宫人直接将她架了起来，一边拽着走一边道："咱们宫里头有个东西叫焚尸炉，得了传染之疾的宫人都是在那儿被烧得尸骨无存的。你别再动心思了，肯定是有去无回的，而且太子根本不会知道你去了哪里，也不可能找得到你。"

够狠的啊！姜桃花吓得白了脸，眼珠子滴溜溜地转，看着前头越来越近的门，终于是慌了神。

青苔不在身边，她根本不可能从这么多人的手里挣扎出去，一旦被烧成了灰，那可真是什么都没了！

左右看了看，桃花努力放松了身子，瞧准了机会就使劲往后一踢，挣脱开背后之人的束缚，然后拔腿就跑！

“你个臭丫头！”宫人骂骂咧咧地追上来，倒也不是很急，喊道，“前头是死路，只有焚尸炉，你要想自己跳进去，咱们绝对不拦着你。怎么还踢人呢！”

跑进那扇门，桃花抬眼看了看，眼里满是绝望。

真的是死路，硕大的炉子烧得四周都是滚烫，空气里有垃圾的恶臭和一股子奇怪的肉焦味儿，让人闻之欲呕。

炉子旁边站着个年迈的宫人，手里捏着把铁锹，回过头来看着她，眼里一点生气都没有：“又来东西了？”

姜桃花吓了个半死，抬眼看了看四周，宫墙都极高，短时间内她根本没办法爬出去！再看看那老人背后的屋子，她一咬牙，干脆破罐子破摔，进去躲了起来。

大概是知道她无处可躲，老人笑了两声，看着后头追进来的宫人道：“慢慢抓，不着急，上一个还没烧透呢。”

几个宫人都笑了，慢悠悠地将这一处小房子围了起来，不紧不慢地四处翻找。

桃花躲在床底下，吓得直发抖，看见有脚停在床边，瞳孔忍不住就是一缩。

四周的景象好像都变得缓慢起来，她可以清晰地看见床边的人慢慢蹲下来，一张硕大的脸看向了她，眼里带着狩猎成功的阴狠，伸手就朝她抓了过来。

“啊——”桃花惨叫着闭上眼，双手抱头，努力默念，“看不见我，看不见我，看不见我……”

都已经四目相对了，怎么才能看不见她啊？！一边自我安慰一边绝望，桃花静静地等着自己被抓出去，然而等了一会儿，那人竟然还没抓到她。

她慢慢地睁开眼看了看，床外头那张脸不见了，却依旧停着一个人，精致的黑靴上绣了银边儿，带着股衣冠禽兽的味道。

“还没抓到啊？”外头的老人喊了一声，吓得桃花一个激灵，忍不住又往床里头缩了缩。

“抓到了。”屋子里的人淡淡地应了一声，声音颇有些耳熟。

吓得脑子一片空白的姜桃花一时间还没想起这是谁的声音，冷不防就有手从外头进来，将她一把拖了出去。

“啊啊啊！”桃花大声惨叫，闭着眼睛手脚乱挥，“放开我，放开我，放开我！”

这人力气极大，伸手一拎就将她拎进了怀里，一脸嫌弃地制住她的手脚，冷声道：“你确定要我放开你？”

熟悉的气息，熟悉的语气，熟悉的怀抱，姜桃花呆愣地睁眼，就见沈毒蛇正一脸冷漠地抱着自己。屋子的地上躺着四个不知道是睡过去还是昏过去了的宫人，一点声音都没有。

“你……”桃花下意识地扯着他的衣襟，“你怎么会在这里？”

“为了送你进焚尸炉。”沈在野面无表情地抱着她往门口走，“你的命是我的，这种事得让我亲自来。”

禽兽！深吸一口气，桃花跟勒马似的揪住沈在野的衣襟往后拽，压低了声音道：“烧死我对你有什么好处？你还不放手！”

“留着你也是个祸害。”睨她一眼，沈在野淡淡地道，“看你最近的言行，也不是想活的样子。”

“我……”桃花咬牙，眼看着他就要拉开门了，心一横眼一闭，还是得用美人计！

桃花使劲一扯，直接将沈在野整个人扯着转了个身，背抵着门。伸手撑在门上，桃花二话不说，低头就吻住他的唇，辗转缠绵，极尽温柔。

沈在野身子微僵，却又骤然放松，任由她压着自己放肆，半垂着的眼里有奇异的光，叫人瞧着有些悲伤。

然而姜桃花压根没看他，只想着怎么能把这人快速搞定，好让他放她一条生路。

两人很久不曾有这般亲近，沈在野甚至觉得已经是暌违已久，忍不住伸手掐着她的腰，往自己身上压。

“还没抓到吗？”外头的老宫人终于忍不住来敲门了，“你们几个人，怎么连个小姑娘都抓不住啊？”

敲门声就在背后响起，沈在野迅速回神，皱眉拉开身上的人，嫌弃地抹了把嘴，二话不说带着她从窗口离开了。

老宫人推门进去的时候，沈在野就拎着姜桃花大摇大摆地从院子里出去了。姜桃花当真是跑得比兔子还快，别看个子小，腿脚还真灵活，叫他都险些追不上。

“赶着去投胎？”沈在野讥道。

刚刚死里逃生，桃花还吓得直哆嗦呢，闻言没好气地翻了个白眼：“狗嘴里吐不出象牙！”

“你说什么？”沈在野眯眼，“是我听错了吗？”

“您听错了！”桃花咧嘴一笑，“妾身夸您呢，夸您牙口好。”

沈在野看着四周安全了，才冷笑一声，抱着胳膊道：“我一早就提醒过你小心，看样子你是压根没放在心上。今日要不是我，你真的就要重新投胎了。”

“奴婢谢过相爷。”桃花撇了撇嘴，道，“兰贵妃让咱们相互照应，爷做得很好，要奖赏的话，可以去找兰贵妃要。”

沈在野伸手擦了擦自己的嘴角，皱眉道：“你方才侵犯了我，真的不用道歉？”

侵犯？桃花惊呆地看了看他，从头看到脚：“兰贵妃夸您善辞令，您也不能张口就瞎说吧？还从未听说过女子侵犯男子的！”

“你区区一个宫女，占的可是丞相爷的便宜。”沈在野一脸理所应当地道，“我也不是贪心的人，就把那一万两黄金还我吧。”

你怎么不直接去抢呢？姜桃花冷笑，扭头就走：“合约上写得清清楚楚，相爷要了奴婢的命，那黄金就归奴婢了，您还想再拿回去，是不是有失风度？”

“我没想要你的命。”沈在野垂眸，轻哼了一声，“我是……”

“梦儿姑娘！”前头突然有人跑了过来，老远就喊了一声，“是梦儿姑娘吗？”

桃花一愣，飞快地将沈在野一把推进旁边的草丛里，动作干净利落不带犹豫，然后微笑着看着跑来的人问：“怎么了？”

“可找着您了。”宫人气喘吁吁地道，“太子爷在问您哪儿去了，您快跟奴婢回去吧。”

“好。”微微颔首，桃花头也不回地跟着那宫人走了。

沈在野从草丛里出来，黑着脸扯掉身上的落叶、杂草，抿了抿唇，跟着往那边走。

第十一章
刺 客

皇帝与太子聊了许久之后，神色看起来又是愧疚又是心痛，招了沈在野进去道："丞相，你协助太子，去将楚淑妃的牌位供奉进皇庙吧。"

"怎么？"沈在野一脸意外，"陛下不是……发生什么事了吗？说出来让臣弄个清楚，也才好向下头的人吩咐。"

"唉。"明德帝靠在软枕上，头一次显出了老态，缓缓说道，"朕可能真的是误会楚儿了，她当年为了替朕向吴国借兵，甘愿去当人质，朕却怀疑她与吴王有染，也不相信无暇当真是朕的血脉……这一误会，人也没了，连让朕悔罪的机会都没了。"

沈在野微微一愣，看了穆无垠一眼。

太子轻叹道："丞相可能有所不知，楚淑妃在去吴国之前就怀了南王弟，然而有人封了御医的口，将父皇蒙在鼓里，所以才委屈了南王弟这么多年。"

这个他自然是知道的，当年楚淑妃去吴国，没到八个月就生下了南王，怎么算也该是明德帝的骨肉。

"误会解开了自然是好。"沈在野看向明德帝，"这事看样子还得奖赏太子一番，若不是他，陛下这多年的心结怕也是难解。"

"是啊。"明德帝看着穆无垠道，"本以为这孩子心里没有兄弟情义，没想到到底还是本性纯良，惦记亲情。赏是定然要赏的。"

"只要父皇心里舒坦了，便是对儿臣最好的奖赏。"穆无垠笑道，"父皇还是快些把身子养好吧。"

嘴上是这么说，然而说实话，穆无垠现在最大的愿望恐怕就是皇帝早点驾崩了。太子之位和沈在野都已经捏在了他手里，皇帝一驾崩，他立马就能登基，坐拥这大好江山。

可惜明德帝还正值壮年。

欣慰地看了太子一眼，明德帝未曾察觉什么，满目慈祥地让他退下。穆无垠应了，出门才松了口气，急忙去找桃花。

等宫殿里只剩他们两人的时候，皇帝才看向沈在野：“爱卿觉得，太子此举为何？”

沈在野微微挑眉，瞧了瞧皇帝的表情，低笑道：“太子自然是为了解开陛下的心结，不然还能为何？”

“你这狡猾的狐狸！”明德帝失笑，“他那点心思，朕还看不出来吗？你还帮他打什么掩护？”

沈在野撩了前袍跪在龙榻边，一本正经地道：“陛下睿智，是微臣愚钝，当真没看出来太子有什么别的意思。他与南王爷是兄弟，兄弟相帮，不是应当的吗？”

明德帝哼笑了一声，摇头道：“你瞧他对无垢那股子狠劲，还能真的单纯因为兄弟情帮无暇一把？怕是觉得无暇不会威胁到他的地位，所以才做好人的吧。”

真不愧是当皇帝的人。沈在野垂眸：“那陛下觉得南王是什么心思？”

“无暇？”明德帝愣了愣，想了半天才道，“他本性纯良，能有什么心思？至多不过是想让他母妃的灵位进祖庙。”

因为见面很少，皇帝对南王的了解自然也不多，印象之中他就是个好学的孩子，没别的特点。

沈在野微微皱眉，也没打算多说什么。明德帝的性子古怪，你越说一个人好，他越不会听，不如让他自己慢慢去发现好了。

穆无垠带着桃花走在回东宫的路上，眉头一直没松开过。桃花见状，便小声问了他一句：“殿下在想什么？”

看了身后的人一眼，穆无垠挥手让人都退下，然后才低声道：“本宫觉得这太子之位，也未必有多舒服。”

嗯？桃花挑眉。他先前不是还死活想争抢吗？现在怎么就不舒服了？

穆无垠叹了口气，抬头看着她道："本宫若是皇帝，要立你为妃，必定就无人阻碍了。可惜父皇身体康健，起码还有二三十年好活，也就是说，本宫还要当二三十年的太子，中途变数未知，前途更是难料。"

桃花无比错愕："殿下的意思是？"他难不成想提前弄死皇帝，自己登基啊？这也太狠心了点吧？到底是亲父子呢。

穆无垠摇头，没说下去，只带着她继续往前走。

犹豫了片刻，桃花还是小声道："奴婢倒是羡慕殿下，父皇安在，手足相亲，比孤家寡人好多了。"

"这些东西有什么用？"穆无垠低笑，回头看她一眼道，"你到底是太单纯，不懂帝王家，帝王家最没用的就是亲情。为了利益和荣耀，什么父子，什么兄弟，都不过是挨得近方便插刀的人罢了。"

人是生来就喜欢群居抱团的动物，血缘关系只是让人与人之间关系更亲近的冠冕堂皇的借口罢了，说到底，大家都是单独的人，谁少了谁不能活？

姜桃花笑了笑："大概是奴婢太单纯吧，但既然挨得近，为什么不是相互取暖，却非要插刀呢？"

穆无垠微微一愣，皱眉道："那自然是因为大家都想要同一个东西。"

人多，东西却只有一个，那不只有争抢了吗？同是皇子，没人愿意站在旁边孤零零地看着，让自己的兄弟华服高冠。

"你别想太多，好好等着本宫就是。"穆无垠低声安慰了桃花一句，看向前头道，"等瑜王的丧期过了，本宫会立你为妃的。"

桃花点点头，垂下眸子。

怪不得沈在野会盯上这太子，他的心也太不安定了，已经得了东宫之位，却还想很快登上皇位。这样急功近利的人，最容易被人利用，而且下场恐怕会很惨。

回去东宫，厉氏正在门口等着，一见太子身边那丫头完好无损，当即就吓了一跳："你……"

“奴婢给太子妃娘娘请安。”桃花一笑，朝着她屈膝，就跟什么也没发生过一样。

厉氏半晌才找回自己的声音，顶着太子疑虑的目光，低声道：“殿下回来了就好，妾身准备了夜宵请殿下享用。”

“好。”看她两眼，穆无垠道，“本宫也正好有事想同你聊聊。”

能聊什么？还不是那小狐狸精的事？厉氏满心不悦。

桃花倒也识趣，屈膝道：“奴婢还要回屋去打扫，便先告退了。”

“嗯。”穆无垠点头，看着她绕进宫人住的后院，才带厉氏去了侧宫。

厉氏也是个狠角色啊，坦白讲，今日要是没有沈在野，她肯定会葬身焚尸炉。现在想起来，姜桃花都有点后怕。

然而，就算他今日救了自己一命，自己也不会念他半点恩情。一边杀她一边救她的人不是真慈悲，不过是假好心罢了。她现在能帮他们做事，他自然会待她好，就跟打猎之前要把狗养好是一个道理。现在的她在沈在野眼里，就只是一条能捕获大猎物的狗。

正想着呢，沈在野竟然就无声无息地从窗外飘了进来。桃花一愣，看着他这张脸，下意识地张嘴吐出一个字：“汪！”

沈在野是一本正经地要来跟她商量事情的，冷不防听她发出一声狗叫，差点没绷住笑了出来。

“你干什么？”他带着笑意问。

桃花没好气地翻了个白眼，坐回自己的床上，上下打量了他一番：“这话该奴婢来问吧？相爷深夜来访，所为何事？”

沈在野道：“你在这东宫里很危险，还是快点脱身比较好。”

他今晚之所以想留下来，就是觉得她会出事，果然是出了不小的事。这女人到哪儿都不会让人省心。

“相爷觉得哪里不危险？”桃花眼里浮上嘲讽之色，斜眼看着他，“相府吗？”

有他在的地方才是最危险的，相比起来，其他人身边都是仙境！

沈在野脸色微微一沉，颇有些恼怒地道：“在怪我之前，你不能先听我解释？”

“解释什么？”桃花冷笑，“解释您不是真的想杀奴婢，只是被人所逼，您其实是想救我的？”

沈在野：“……”

“我从来不喜欢事后的补偿，如果给个甜枣就能打你一巴掌，那我立马给你买一麻袋的甜枣，然后赏你八十个耳光！”桃花笑得俏皮，眼神却是冰凉的，“相爷该谢谢奴婢体质特殊，不然现在您连解释的机会都没有。”

“体质特殊？”沈在野神色微动，“我一早就想问了，你当时中了毒，为何会没事？”

“想知道吗？”桃花冷笑，“那您慢慢猜呀。”

屋子里安静了一会儿。

沈在野努力让自己平静下来，心里不断告诉自己这事儿是他先做错的，就不要跟这女人计较了。但是……但是姜桃花别的不会，怎么就这么会惹恼他呢？瞧着她脸上这表情，他当真很想伸手把她脸捏着揉一揉！

“我会找机会把你接出宫的。”他闷声道，“你等着就好。”

“凭什么？”桃花挑眉，“我现在日子过得好好的，为什么要回去继续被人变着法儿谋杀？”

“你已经是我的人了。”沈在野眯眼，“怎么？还真想改嫁？”

桃花笑眯眯地点头：“有何不可呢？反正太子这般喜欢我，跟着他也不错。”

“你以为他是真心喜欢你？”沈在野深吸一口气，冷眼睨着她道，“不过是因为你容貌尚可，又跟他错过了几回，他才显得在意你一些罢了。你这样的女人，有脑子的男人都不会喜欢。”

“哦。”桃花道，“那您这么想我回去做什么呢？反正您也不喜欢我，放在后院不是很硌硬吗？”

“我乐意。”沈在野咬牙，“在拿到我的休书之前，你就算当个花瓶，也得在相府的后院里摆着！”

桃花安静地看了沈在野一会儿，低声道：“爷可真是霸道，许自己对别人狠，却不许别人对自己狠。您这样的男人，有脑子的女人也都不会喜欢。”

“是吗？”气极反笑，沈在野抱着胳膊看着她，“那你这种有脑子的女人，就喜欢穆无垠那样的男人？”

“有什么不对吗？”桃花轻笑，“女人要的从来不是自己的男人有多厉害多了不起，而是要对自己温柔体贴，足够在意自己。天下都是你们男人的，但在那四四方方的院子里，女人希望你们的心是她的，这也有错？”

闻言，沈在野冷笑了一声：“没想到你也这么蠢，且不说你会喜欢什么样的男人，但穆无垠是太子，你竟然会相信他的心是你的？”

姜桃花沉默。她自然是不会这么想的，但是现在她更不会跟沈在野多解释半句。经历了死里逃生，她现在想做的只是睡一觉，而不是跟他没完没了地吵。

“殿下。”

沈在野正要再说什么，门外却远远传来穆无垠的声音：“你们都下去休息吧，本宫跟梦儿说会儿话。”

屋子里两人都吓了一跳，姜桃花条件反射地便想将沈在野推出窗外，沈在野黑了半边脸，抓着上头的窗户弦直接就飞上了房梁。

功夫不错啊！桃花咋舌，看来他书房暗室里的剑真不是摆着看的。

“梦儿？”穆无垠已经推开了房门。桃花忽然回神，走上前去行礼：“见过殿下。”

“你我二人的时候，不用行这些虚礼。”穆无垠叹了口气，走到她床边的椅子上坐下，抬眼看着她道，“方才我已经跟厉氏说过了，叫她不要再难为你。”

桃花嘴角一抽，干笑两声，心想您也真是耿直啊，这种话直接去找厉氏说，那厉氏岂不是更不会放过小女子？在平衡女人之间的关系方面，太子殿下终究还是嫩了点，该跟沈在野好好学学，要罚谁要护谁，都得不动声色才好。

“多谢殿下怜爱。”腹诽归腹诽，该谢还是得谢。

穆无垠看着她，目光柔软又满含深情：“真是委屈你了。”

她委屈？房梁上的沈在野冷笑，他堂堂丞相，竟然被逼得蹲在这种地方，他才委屈呢！三更半夜、孤男寡女的，太子想说什么难道不能在白天说？

“能得殿下偏爱，是奴婢的福气，没什么委屈不委屈的。”桃花温顺地道，“殿下心怀天下，不必时时刻刻顾着奴婢。”

深情地看了她一会儿，穆无垠轻笑：“我总觉得你跟别的女人不一样。”

哪儿不一样？多个眼睛还是多个耳朵啊？沈在野冷笑，男人哄女人怎么总是用这种话？又老套又俗气！

桃花害羞低头，小声道：“太子别取笑奴婢了。”

“没有取笑。”穆无垠脸上满是认真，“你就是与那些庸脂俗粉不一样，别的女人见着我，没有不贴上来的。只有你，三番五次与我错过，害我魂牵梦萦。”

沈在野和姜桃花的嘴角同时抽了抽。

你说男人是不是都这么贱啊？顺顺利利落在他手里头，他还不一定有多珍惜你，非得过程九曲十八弯，他才觉得宝贵！

“那奴婢要是高高兴兴地给殿下当侧妃，殿下是不是反而不会喜欢了？”桃花笑眯眯地问了一句。

穆无垠很认真地看着她，摇头道：“不会，因为我很喜欢你，想与你白头到老的那种喜欢。今后不管发生什么，我都一定会好好对你，绝对不会辜负你！”

桃花很想顺着他的话应下，谢个恩也就完事了。然而忍了半天，她实在忍不住想问：“一辈子这么长，殿下现在说这些是不是太虚无缥缈了？”

都以为女人这么好哄啊？一不写契约交押金，二不给保障留后路的，长了张会说话的嘴很了不起？偏巧世上什么壶配什么盖儿，就有女人吃这一套，傻兮兮地把一辈子托付在这嘴皮子上头了。

穆无垠愣了愣，大概是没想到她会这么问，半晌才道：“如何会虚无缥缈？两人因为相爱在一起，难道不比父母之命媒妁之言更容易长久吗？”

“奴婢也不清楚这两种情况到底哪一种更长久。”桃花微微皱眉，“但奴婢可以确定的是，爱情只是余生的一个开头，光靠这个就想过一辈子，有些荒唐了。”

沈在野听得皱眉，心想这女人把太子当什么了，竟然在他面前这么长篇大论？男人最不喜欢女人贪婪，这一上来就想过一辈子，谁愿意跟她……

“你说得有道理。”穆无垠想了半天，认真地点头，眼里又多了些奇异的光芒，“你果然跟别的女子不同，还从未有人跟本宫说过这样的话。”

沈在野：“……”

在说完之后，姜桃花其实也是有些后悔的，没事跟太子说这些干吗？她就是个宫女而已。

但是，一看穆无垠这反应，她倒突然有些感慨了：“世间难得有太子这般通情达理的男人。”

眯眼看着下头这两个人，沈在野觉得姜桃花刚刚学那一声狗叫也不是平白无故的，肯定是在提前告诉他，这儿即将出现一对狗男女。

真是体贴啊！体贴得他想吃狗肉！

“我一直没问你。”穆无垠小心翼翼地看着桃花道，“你怎么会昏倒在路上，又是怎么从沈丞相手里活过来的？”

“说来话长。”桃花装作无意地扫了房梁上头一眼，抿唇道，“上次被那人下毒，奴婢没吞下去，之后吐了出来，便捡回了小命。但奴婢遇人不淑，嫁的人是个衣冠禽兽，一直算计奴婢不说，还企图杀了奴婢。奴婢也是没办法，这才又逃了出来。”

太子的脸色很不好看，说道：“又是你嫁的那个人，上次见你，你也是被他的姬妾追杀，这次倒好，直接被他追杀了。”

“是啊，幸好他死了。”桃花眯着眼睛笑，“死得可惨了，被刺客杀害，五马分尸！”

沈在野眼皮跳了跳。

穆无垠愣怔，低头想了想：“最近国都竟然发生了这么惨的命案？”

“殿下日理万机，自然是不知道的。”心里一跳，桃花连忙道，“奴婢那夫君也不住国都。”

“这样啊。”穆无垠点头，看了看她，突然就伸手拉住了她的手。

桃花身子微微一僵，看了看他的动作，有些尴尬：“太子？”

“我还怕你忘不掉他，现在看来，你是能全心全意接受我的吧？”

房梁上没什么动静，桃花看着靠她越来越近的太子，低声道：“接受是能接受……但也得等丧期之后吧？殿下忘记了？”

穆无垠伸手搂住她的腰，微微抿唇，眼神深邃：“我有些忍不住了。”

姜桃花：“……”

这种情况她是想过的，也有解决的办法，那就是诱敌深入，再用媚术哄他直接入睡。然而，现在房梁上多了个沈在野，她很怕自己一动，直接就被他跳下来劈成两半！毕竟就算给人扣绿帽子，那也得在背后偷偷扣啊，这样光明正大当着人的面出墙，她还是很心虚的。

“殿下。”桃花轻轻推着穆无垠，勉强笑道，“您得遵守皇命的。”

“嗯。”穆无垠点头，轻轻抱着她道，“就这样待一会儿就好。”

面无表情地扯了面巾出来戴上，沈在野将外袍脱了，只着里头黑色的长袍，目光幽深地看了下头一眼，直接从房梁上跳了下去。

太子是背对着他这边的，自然看不见，姜桃花却吓得惊叫了一声，瞪眼看着这黑衣蒙面的人：“你……”

穆无垠一愣，刚想回头，衣襟却被人猛地一扯，接着就是重重的一拳直接砸在他脸上！

穆无垠捂着脸回过头，还没来得及喊出声，另一边脸又挨了一拳。那人下手极狠，压着他的肩膀用膝盖狠命一顶他的肚子，接着一个过肩摔险些将他摔进地砖里！不等他呼救，他又扳过他两只手，背在身后使劲一拧！

就听见“咔嚓”两声，好像有什么东西错了位。

“啊！”穆无垠半晌才感受到痛，他也是会武的，在这人面前竟然毫无还手之力，顿时明白发生了什么，连忙大喊，“有刺客！”

沈在野冷笑，一双眸子冰冷得像布满结了二十年的霜，他扫了姜桃花一眼，就直接破窗离开。

桃花看傻了眼，呆呆地站在原地，都忘记去扶太子了。

他的身手竟然这么利落！当文臣是不是太可惜了？

“殿下！”外头的护卫纷纷涌了进来，七手八脚地扶起穆无垠，急忙询问，“刺客呢？”

脸上慢慢浮肿，穆无垠气不打一处来：“你们还好意思问本宫？早跑了，还不追？！”

“是！”

桃花回过神，连忙一脸关切地去拿药箱，看着穆无垠小声问：“您没事吧？”

当着女人的面被这么狠揍一顿，能没事吗？穆无垠心里气得半死，却也不能对面前这人发火，只能极力压着火气忍着疼道：“没事，等他们抓住刺客，定然要把他五马分尸！”

桃花认真严肃地点头：“没错！”

然而说是这么说，穆无垠两只手的骨头都被沈在野拧得脱了臼，御医一来，事情还是压不住的，整个东宫陡然就热闹起来。

厉氏已经气冲冲地跑去皇后那边告状了，桃花跪在主殿外头，心里竟然还觉得挺舒坦的，虽然不知道原因，但是她觉得今晚上发生的事可真有意思。

宫中闹刺客，整个后宫和东宫都一起戒严了，第二天下朝，文武百官挨个都来东宫慰问。

“太子怎么会伤成这样！”沈在野一脸怒意地问旁边的人，“刺客抓着了吗？”

旁边的护卫羞愧地低头：“刺客武功太高，卑职已经将宫里找了个遍，未曾找到踪迹。”

“废物！”沈在野皱眉，转头安慰穆无垠，“太子放心，沈某一定会禀明陛下，在您养伤期间，事务暂交三公代理。”

穆无垠皱眉：“怎么能交给三公？”

屋子里的人都是一愣，沈在野眼神也是微动：“殿下的意思是……”

“交给你一人即可。”穆无垠严肃地道，“别人本宫都不放心，本宫只相信你。”

沈在野抿唇，眼里闪现一片感动之色：“太子竟信任沈某至此……”

“这是应当的。”穆无垠皱眉道，“没有你，就没有本宫如今的东宫之位。不过丞相，你一定要替本宫抓住凶手严惩才是！”

沈在野严肃地点头，道：“沈某一定尽力！”

打他这一顿，自己心里倒是舒畅了不少，沈在野起身，往这主殿里扫了一眼。姜桃花在哪里看热闹？怕是憋笑憋得很辛苦吧？

“殿下。”外头有宫人匆忙进来通禀，“陛下驾到！”

众人都是一愣，沈在野连忙起身出去行礼：“微臣参见陛下。”

明德帝大怒，扶着皇后的手往里走，扫了他一眼道：“你起来，陪朕去教训这个孽障！”

穆无垠听着声音便吓了一跳，不解地起身跪下来，看着进来的皇帝，疑惑地喊了声：“父皇？”

“你眼里还有朕这个父皇？！”明德帝挥袖打在他的顶冠上，怒道，“为了个民女，闹得你这东宫鸡犬不宁，你还有什么脸面叫朕父皇？”

穆无垠一愣，抬头看了看。厉氏正站在皇后的身边，垂着眼眸没敢看他。

这女人竟然将错都算在梦儿头上？穆无垠气不打一处来，连忙低头道：“父皇请听儿臣一言，那刺客不知从何处而来，也不知为何只伤了儿臣而未取儿臣性命。但儿臣敢肯定，此事与梦儿无关！”

“你还想维护她？”明德帝大怒，“来人，把那贱婢给朕抓过来！”

“是。”

“皇上！”沈在野心里一跳，皱眉上前道，“您何以生气至此？东宫进了刺客，与太子无关，也不至于问罪无辜的宫女。”

他一看这情况就知定是厉氏去告状了，想必话说得难听，才让皇帝如此暴怒。沈在野有些紧张，这个时候要是把姜桃花抓到皇帝皇后面前看了脸，那以后她想再回相府，就更难了。这些关键的人物，能少见一个就是一个。

“无辜？”明德帝脸色难看得很，“她迷惑太子，令太子在她房中遇刺，这也称得上是无辜？”

“不关她的事。”穆无垠急忙拱手，“只是巧合而已，没有证据证明梦儿与刺客有关，她不过是个普通百姓，怎么可能认识那样的江湖高手？”

“糊涂！”明德帝恨铁不成钢地看着他，“你平时处事都尚算清醒，怎么一遇见女人就这么糊涂？朕要处死她，你难道还要为了个民女，跟朕作对？”

穆无垠哑然。沈在野侧头看了他一眼，竟在他脸上看见了犹豫之色。

竟然犹豫了？他认识姜桃花才多久，相处才几天？难不成他还愿意为她忤逆圣意？沈在野很不能理解，也更加相信，这人不适合当皇帝，太优柔寡断了！

“陛下！”外头去抓人的禁卫已经回来了，为首的庞将军皱眉道，“卑职无能，那宫女跳进了接天湖，不知道游去哪里了。”

皇帝愣了愣，回头看他一眼：“跳湖了？”

“是。”

沈在野一顿，刚拱手想说话，却见穆无垠已经站了起来，急声道：“父皇，错杀无辜，岂是天子该为之事？因一民女，让父皇一世英名毁于一旦，实在不值！儿臣现在就去救人！”

“你站……”明德帝“住”字还没说出来，受伤的太子爷已经跑得不见了影子。他双臂还绑着木夹，竟还灵活地钻出了禁卫的包围。

明德帝怒极，伸手砸了旁边的茶盏，低斥道：“没个轻重！”

皇后连忙劝道：“陛下别气坏了身子，无垠他天性重情义，此事……也未必有厉氏说的那般严重。”

厉氏一愣，连忙跪下道：“儿臣该死！请父皇息怒！”

明德帝冷笑，看着空了的宫殿门口，咬牙道：“这太子之位就不该给他坐，如此冲动的性子，能成什么事？”

皇后和厉氏都吓了一跳，连忙跪下行礼。沈在野也忙跟着躬身：“微臣去将太子带回来。”

“你顺便和他说一声。”帝王眯着眼道，“他若执意要留那女子，那便将太子的金冠交出来给恒王！”

“……微臣明白。”

厉氏只是想让皇帝出面处置了姜桃花，没想到后果会这么严重，当即就后悔了，连忙磕头道：“父皇息怒，太子他忠君爱国，从登东宫之位起便一直勤奋认真，为君分忧。您不能因为一个贱婢，就将太子这么多的苦劳一把抹去啊！”

“不是你说太子被妖女迷惑，已经听不进劝谏了吗？”明德帝低头，看着她道，“既然连话都听不进了，他还当什么太子？”

“是儿臣夸张了，儿臣该死！”厉氏低着头道，“太子并非昏庸之人，那宫女也没那么厉害，只是儿臣的嫉妒心作祟罢了！请父皇宽恕太子！”

明德帝一愣，错愕地低头看她：“当真？”

“请父皇降罪！”厉氏以头触地，声音哽咽。

沈在野瞧着，微微有些唏嘘。都有这么好的正妃了，穆无垠干什么还非要姜桃花不可？

明德帝的怒气也慢慢消退，看了她许久，叹息道：“罢了，既然如此，就让人把那宫女带回来，打五十个板子即可。你亲自监刑。”

“……谢父皇。”

沈在野微微皱眉，悄无声息地退出去找人。

他没想到一时冲动会招致这样的后果，姜桃花那小身板，能经得起几下打？还是干脆带出宫去算了。

接天湖十分宽广，绕着湖走了半天，沈在野才找到那对狗男女。

姜桃花像是刚刚上岸，浑身湿淋淋的，脸上的表情呆傻极了。她面前的穆无垠两只手都被绑着，身上也湿透了，正红着眼看着她。

“差点以为你真的淹死了！”穆无垠低吼，“跳湖做什么？哪怕被带到父皇面前，我也能救你！”

心里像是被什么东西刺了一下，桃花瞧着面前这狼狈的人，愣愣地问：

"您……跳下来救我？"

"不然呢？"穆无垠皱眉，"等着他们将你的尸体抬上来？"

桃花哑口无言，看了看穆无垠脸上未消的红肿，又看了看他被绑的根本用不了的两只手——他刚刚简直就是用这一双筷子一样的东西把她夹上来的。

桃花喉咙有些发紧，歪着脑袋打量了太子半晌，低笑道："头一次有人这样救我。"不带任何功利，只因为她快死了，所以拼命来救她的人，穆无垠是头一个。

沈在野慢慢走过去，冷眼看着姜桃花脸上的表情，忍不住讽刺道："二位是打算在这里情话绵绵？"

桃花抬眼看了看他，挣扎着站起来，又伸手将穆无垠扶了起来，低声道："您快回去换身衣裳吧，若是让皇上看见，只会更生气。奴婢随丞相回去领罚。"

"不。"穆无垠摇头，"你随我回去，我会说服父皇，刺客的事本就与你无关。"

"丞相有分寸的。"桃花笑了笑，笑意头一次到达眼底，"您刚当太子不久，惹怒陛下不妥。该奴婢受的，奴婢会受，只要留住命就行。"

穆无垠不放心地看她一眼，又看了看沈在野："丞相能护住她吧？"

"保命不难。"沈在野面无表情地道，"您还是快些回去吧。"

"好。"穆无垠看着桃花道，"我回东宫等你们。"

桃花点头，目光里是难得的温柔，看得沈在野眯了眯眼。等太子走远了，他才冷声开口："你这眼神是什么意思？爱上他了？"

"我只是觉得他这么傻的人很难得。"低头看了看自己湿透的裙子，桃花轻笑，"他身上有相爷没有的东西。"

"什么？"

"真心。"桃花指了指心口，道，"好久没人真心对我了，想想也真是心动。"

沈在野黑了半边脸，冷笑道："姜桃花，如果我没记错，他只是救了你一命，而我也救过你一命，凭什么他是真心，我就不是？”

桃花眼神古怪地侧头看他一眼，撇嘴：“奴婢只见过送饭给乞丐的人被夸善良，却没见过喂猎狗的猎人被夸善良。这点道理相爷不会不明白吧？”

沈在野微微一愣，笑着睨着她道：“为了挤对我，你都不惜骂自己是狗了，那我还有什么好说的？你觉得太子是真心，那你便跟他过一辈子吧，只要你回去挨得住罚。”

当真有罚啊？桃花皱眉：“你我好歹还在合作，就不能帮忙挡一挡？”

“让你有真心的太子爷去挡吧。”沈在野眯眼，“话是你说的，该你受的罚，你会受着。”

哎，那不是仗着有他在，所以说个好听话而已吗？桃花干笑两声，连忙讨好地凑到沈在野身边问：“那惩罚重吗？”

“不重。”沈在野淡定地道，“五十大板，厉氏监刑。”

桃花愣住，扭头就走：“你们先玩吧，我还是继续回湖里待着。”

“怎么？”沈在野伸手抓住她，皮笑肉不笑地道，“不是为了让太子不被皇上怪罪，自己甘愿受罚吗？这么伟大的事，可不能临阵脱逃。走，我亲自护送你回去！”

桃花僵着脸挣扎，死命摇头：“要回你自己回！五十大板哎，打下来我还有命在？！”

“你现在跳回湖里去，也没有命在。”沈在野冷笑，“不如去求求太子，看他会不会为你违抗圣命？”

“太子是无辜的，你做什么非把他扯进来不可？”桃花气得翻白眼，张口就咬住沈在野的手腕，愤怒又口齿不清地道，“你一人做事，有本事一人当！”

“哦？”沈在野睨着她，“你的意思是，太子是无辜的，我就得为了保全你和太子，去向皇上请罪？”

这么听着怎么感觉怪怪的？倒像是他们的不对了？桃花眨了眨眼，一时竟然没反应过来，不知道该怎么反驳。

沈在野面无表情地将她丢开，伸手扯下自己的外袍扔在她头上，淡淡地道："别磨蹭了，趁着陛下还没有要杀了你的意思，赶紧回去领罚，然后躲在东宫别出来了。"

将沈在野的袍子裹在身上，桃花撇嘴，苦着脸跟在他后头走，嘴里碎碎念道："我这是为谁辛苦为谁忙？辛苦就算了，功劳全是别人的，罚还得我一个人受？没天理！"

沈在野听得哭笑不得，也没打算跟她多说，拎着她回东宫去换了身干衣裳，才送到厉氏面前去。

厉氏哭得正厉害，看着底下跪着的姜桃花，咬牙道："你可知你给太子惹了多大的麻烦？！"

"奴婢知错。"

这锅怎么也得好好背着了，桃花叹了口气，看厉氏哭得那么惨，顺手递了一条手帕给她："太子妃息怒，奴婢回来领罚了。"

厉氏微微一愣，皱着眉将她的手挥开，沉声吩咐："拉出去打五十大板！"

"是！"旁边的人应了，上来就拉人。桃花也不打算再挣扎，反正是祸躲不过，老老实实跟着他们去院子里趴下，抬眼还看见沈在野在一边看热闹。

"怎么？"看着她这眼神，沈在野走过来两步，淡淡地道，"很恼我？"

岂止是恼啊，简直恨不得咬死他！桃花假笑了两声："奴婢再次感谢相爷的大恩大德，希望相爷以后平平安安，万事顺利。"

本是祝福的话，活生生被她说出了一种诅咒的味道。沈在野失笑，冷冷地挥手就让人动刑。

姜桃花发誓，她这辈子真的没见过比沈在野更可恶的人了，分明是他冲动揍了太子，后果怎么全是她来承受？还……还见死不救！

闭眼等着板子落下来，她在心里最后祝愿沈在野天打雷劈死无全尸！

"啪。"

木板落在她屁股上，轻轻的一下，一点也不疼。桃花错愕，连忙睁开眼看了看。

身后两个人打得可卖力了，然而真正落在她身上的板子却没什么力道。桃花抬眼看了看前头站着的沈在野，他脸上还是一点表情也没有，冷漠地看着她道："你好歹配合一下，叫两声。"

既然准备救她，那先说句软话能死吗？！桃花撇嘴，趴在凳子上应付似的叫了几声，抿唇看着前头那人，真是又嫌弃又无奈。

这人为什么总是不能好好说话呢？把她气得半死，把他自己也气得半死，到底对他有什么好处？人活着已经很不容易了，为什么还要彼此折磨啊？

斜了她两眼，沈在野转头就走，一路出宫，眼神再也没能暖起来。

"哎？怎么样了？"徐燕归在府里等沈在野，见他回来，急忙上来问道，"你解释了没？她怎么说？"

沈在野不耐烦地将他挥开，沉声道："继续去做你的事，别来烦我。"

"又怎么了？"徐燕归锲而不舍地贴上来，看了看这人的表情，皱眉道，"你去宫里这么久，该不会还没解释清楚吧？"

"没什么好解释的。"沈在野冷着脸道，"反正在她心里，我就是千方百计要害她的人，救了她也不是真心。换了别人，随随便便救她一下，那就是令人动心的真情。"

徐燕归吸了吸鼻子，朝四处看了看，皱着眉头一本正经地道："怎么回事？你闻见了吗？谁家的陈醋坛子翻了？"

目光如剑，沈在野淡淡地道："你不想在这府里待了，就直说。"

"哎，别呀，有话好好说。"徐燕归伸手拿出一沓纸来，道，"说正经的，我又帮你查了不少东西，你看看有没有用。"

沈在野抿唇，拿过两张来看了看，眼神微动："恒王妃的远亲？"

徐燕归点头："最近正在朝中找职位，恒王为人低调，不常用权势做私事，但这次动静挺大，想必是他的王妃闹得厉害。"

"那咱们便帮他们一把吧。"沈在野轻笑，一遇事就恢复了往常的冷静，将徐燕归手里的东西都看完，放在火盆里烧了，说道，“湛卢，去同秦太仆说一声，让他空个内史的位置出来。”

“是。”湛卢应声而去。

打开桌上放着的册子，沈在野目光深邃地扫了几眼，微微一笑，满是胜券在握的感觉。

“就这个时候你还像你。”徐燕归看得惊讶，“总算有点让我觉得熟悉的影子了。”

沈在野斜他一眼，合了册子：“你瞎说什么？”

“我瞎说？”徐燕归伸手将旁边的铜镜抓过来递到沈在野面前，没好气地道，“你自己看看，一旦遇上姜桃花的事，你还像那个运筹帷幄、诡计多端的沈在野？”

沈在野眉梢微挑，一把将镜子挥开，淡淡地道：“别以为把褒词和贬词放在一起用我就听不出来，你去做自己该做的事，要是觉得舌头多余，不妨割下来喂猪。”

徐燕归伸手捂了捂自己的嘴，转身就走，边走边嘀咕：“果然是不该让他碰女色的，一碰就一发不可收拾，还嘴硬……”

不过，姜桃花不在，这相府实在好生寂寥，有时候远远看着沈在野一个人坐在书房里，他都觉得他有些可怜。孤独了这么久，他身边也的确该有个人陪着吧？

受了“五十大板”的桃花有理由可以在床上待上很长一段时间，穆无垠派了个小丫头来照顾她，万分活泼地跟她说这宫里的消息。

“咱们太子爷这回可惨了，受伤了不说，还被皇上骂了好久。”小丫头眼睛水灵灵的，滴溜溜地在她身上打转，“姐姐可真厉害。”

“哪里哪里。”有气无力地谦虚了一下，桃花问她，“太子怎么不过来了？”

小丫头左右看了看，小声道：“正生气呢，因着他双手暂时都不能动，沈丞相本想帮太子处理些公务的，谁知皇上竟然将修筑堤坝和秋季收粮入库两件大事都交给了恒王，还将恒王府的一个亲戚提做了内史。”

微微一愣，姜桃花想了想。当今圣上也是懂权衡之术的，瑜王没了便提拔恒王，总要刺激得太子不断上进才行。

只是……这法子对穆无垠未必管用，比起上进，他更可能会做的就是除掉对手。

她想了想，突然觉得有点不妥，连忙看着那小丫头道："我昨天晚上做了个梦，梦见有个神仙跟我说，太子若保全手足，必能荣登九五。这也是奇了，我平时从来没梦见过神仙的。"

小丫头一愣，看了看她："姐姐说的是真的？"

"真的啊，做梦而已，我骗你做什么？"桃花笑了笑，"只是这种话还是不要同太子说了，咱们毕竟只是奴婢，对手足如何，还得太子自己掂量。"

小丫头似懂非懂地点头，然而转身回去主殿的时候，还是一字不漏地转达给了太子。

"竟然有这样奇怪的梦？"穆无垠失笑，"难得她在梦里都惦记着我。"

保全手足吗？可就算他想保全，总有些不听话的手啊脚的，要坏他的事。既然如此，那就没什么好保全的了。

恒王负责修筑国都堤坝，然而夏日炎炎，外头十分炎热，恒王是不可能亲自在场监督的。偏巧，太师建议皇帝暗中观察几位皇子做事能力如何，微服出宫去堤坝上看了看。又偏巧，碰见个蛮不讲理的督查官，对苦力又打又骂，直接出了人命，导致怨声载道。

回宫之后皇帝的脸色就不太好看，沈在野知了原委，拱手劝道："皇子办差，本就如此，陛下何必生气？当真让恒王去那太阳下头猛晒几日，心疼的还不是您？"

明德帝轻笑了一声，斜倚在龙椅上看着他："你的意思是，朕的皇子当中，没有一个能把差事办得妥帖的？"

"人之常情。"沈在野低头道。

“朕不信这人之常情。”哼了一声，皇帝伸手就翻出了南王的折子，扔到桌上道，“至少若是交给无暇，他定然能办好。”

沈在野微微一愣，挑眉，伸手拿起折子看了看。

这东西也不知道穆无暇是在什么时候写的，竟是一份安民之册，字迹工整，条理清楚，正好可以用在修筑堤坝，颇费百姓劳力之时。

他竟然没跟自己说一声就直接将其送到了皇帝手里？

“南王有心了。”沈在野合上折子道，“但他毕竟年纪还小，很难成大事。”

“看来爱卿比朕还不了解无暇啊。”皇帝轻笑，“朕虽然冷落他多年，但只要是交到他手里的差事，都完成得很好，从未出过任何纰漏。”

“那也不排除运气的可能。”沈在野道，“毕竟南王做的都不是什么大差事，而恒王此次可是在修筑国都堤坝。”

明德帝哭笑不得，斜眼看着他道：“你就非要跟朕犟，看不起无暇？”

“微臣不敢。”沈在野低头拱手，“只是实话实说，所有皇子当中，南王年纪最小，经事也最少，陛下切不可因一时愧疚而高看他。”

年纪小是实话，经事少也是实话，可明德帝听着不舒服了。到底是自己的皇子，看起来又是个稳妥之人，怎么就在别人嘴里被贬成了这个样子？

仔细想了想，皇帝发现自己可能的确是没给过南王多少差事，当即就道：“既然修筑堤坝的事恒王做不好，那不如就交给南王吧。”

“陛下……”沈在野一愣，张口又想反对。皇帝直接抬手止住了他要说的话：“朕意已决。”

垂了眼眸，沈在野轻轻勾唇，低头行礼：“微臣遵旨。”

东宫。

穆无垠正阴沉着脸坐在书房里想事情，旁边的谋臣低声禀告了堤坝出的事，总算让他脸色好看了些。他笑道：“恒王本就不是什么能有大出息的人，要真指望他挑大梁，朝廷早完了！不过你们有没有什么办法，让他彻底不能做这差事？”

谋臣们纷纷沉默，面带为难之色。正在这时候，外头来人禀告，沈丞相来了。

“快请进来！”

沈在野踏进书房就迎上太子炙热的目光，便行礼道：“沈某刚从陛下那儿过来，陛下已经下旨，监工堤坝之事，恒王办事不力，即日起转交给南王督办。”

“太好了！”穆无垠当即拍了拍手上夹着的木板，高兴地道，“方才本宫就在为此事发愁，没想到丞相却已经替本宫办好了，真不愧是神机妙算的相爷！”

“太子过奖。”沈在野颔首，“只是南王年幼，此事若是也办不好……那陛下未必就会觉得是皇子都无用，可能反而会认为有人蓄意挑事了。”

“你放心。”穆无垠摆手道，“本宫会帮南王弟一把的，若是有人要跟他过不去，本宫会立马揪住，送到父皇面前去！”

沈在野点了点头，总算松了口气。

穆无暇终于有光明正大表现的机会了。

监工其实是很简单的事，但有劳力的地方就有粮饷，一般这里头都会被人捞走不少油水，以至于修筑堤坝的工人是根本不能吃饱饭的。

当桃花听闻是南王接手这差事的时候，她倒是放心地笑了：“他肯定能做好。”

“姐姐怎么对南王这么有信心？”旁边的小丫头好奇地看着她问。

“听闻南王是儒学大家黔夫子的入室弟子。”桃花搪塞她两句，“自然不会太差。”

小丫头似懂非懂，桃花却猛然想起上次与南王一起乘车遇见贫民的场景。南王不过十六岁，稚气还未脱干净，却难得有一身正气。沈在野总是想引他走捷径，然而他竟然能一直坚持自己的想法，不被他人左右。

这样的人也是很难得的，其他人如太子，一旦有了沈在野这样的智囊辅佐，肯定是言听计从，省心又省力，慢慢地就不会自己去想事情了。南王不一样，他从一开始就不赞同沈在野的某些做法，对于正确的谏言却又能虚心采纳，很有主见。

姜桃花觉得，这样的人才适合当皇帝，他缺的只是让明德帝看见他才能的机会，而不需要别人教他怎么做事。

沈在野显然是不太明白这一点的，在他眼里，南王就是个脾气古怪的孩子，遇见大事，他自然要指点一二，所以一出宫就去南王府了。

可惜，穆无暇只接了圣旨，却没打算听他的话，冷着脸就将他关在了门外。

“王爷。”沈在野无奈地靠在门上道，“微臣话还没说完，您明日便要去监工，为防万一，肯定得去堤坝上最显眼的地方站着。一旦陛下驾到，会有人知会您，您准备迎接就是。”

“不需要。”屋子里传来的声音里满是厌恶，“本王做事不用你教。”

这熊孩子！平息了一下怒意，沈在野皱眉道:“恒王就是差事没做好，所以陛下才会将此事交给您，您若不做得漂亮些，如何向皇上证明您的能力？”

门打开了，穆无暇一脸严肃地看着他问：“沈丞相，修筑堤坝是修来给父皇看的，还是为了让它坚固牢实，护一方百姓平安？”

沈在野垂了眼眸看着他，很认真地回答：“对王爷来说，这只是修来给皇上看的。”

皇帝跟他赌气，要的只是南王做得好的表现，没人会在意那堤坝到底坚固不坚固，只要不塌就行。而中途他总得做些花样出来，比如派粮食给劳工，或者尝试一下和劳工一起修筑堤坝，体会劳工的辛苦。只有这样才能让人看到可以歌颂的地方啊，不然就平平淡淡地修完，皇上能觉得他能力不凡？

“看来本王同丞相果真没有什么话好讲。”穆无暇深深地看了他一眼，“多谢丞相为无暇争取来这机会，但是之后的事，就不劳丞相费心了。”

说罢，他重新将门使劲关上。

沈在野脸色有些难看，完全不能理解这孩子到底是怎么想的。按照自己的法子来做，皇帝是一定会好好奖赏南王一番的，他不那么做，还想怎么做？

沈在野沉着脸回府，梅照雪倒是做了冰糖银耳在等他，见他心情不佳，便温柔地问："爷怎么了？"

沈在野张了张嘴，刚想说点什么，抬头一看这张脸，叹息一声，只摇了摇头。

这后院里已经没有可以同他说这些的人了。

姜桃花带着"伤"一瘸一拐地去给太子送茶，太子见状，连忙让她在软榻上躺下来，柔声问道："好些了吗？最近本宫太忙，一直没去看你。"

"奴婢好多了，多谢太子关心。"桃花看了看他桌上堆着的一摞文书，笑道，"不过听闻殿下最近总睡不着，可是有什么烦心事？"

"也没什么。"穆无垠皱眉，"太医说我这双手还要十天才能活动，写字也会比较困难，但偏巧最近事务繁多，我有些力不从心。"

桃花看了看他，试探性地问："可是因为恒王？奴婢听说，皇上有意让恒王坐太子之位。"

"可不是吗？"穆无垠无奈地笑道，"当着那么多人的面，说要把太子的金冠给恒王，半点没考虑过我的感受。不过恒王也是个扶不上墙的，他最近犯的错事可不少，只等本宫收够了证据，往父皇面前参上一本，他就要吃不了兜着走！"

桃花垂眸，仔细想了一会儿，突然小声道："殿下可能答应奴婢一个请求？"

"什么？"穆无垠温柔地看着她，"难得你愿意求我，你说，我都答应。"

"奴婢想着，万一哪天殿下不想要奴婢了，或者是因为形势所逼，必须送奴婢走……奴婢想让殿下提前为奴婢准备一条后路。"

穆无垠一愣："不会发生这种事的，你放心。"

"凡事都有个万一。"桃花看着他笑了笑，"殿下不愿意为奴婢多留一条路吗？"

穆无垠仔细想了想，她说得好像也有道理，便点头问道："什么样的后路？”

“在驿站里准备一辆随时可以带奴婢走而没人会发现的马车，然后在怀远城买一处宅院吧。”桃花道，“院子里备上让奴婢能够平淡过一辈子的钱财即可。”

这要求听起来有些荒谬，大有她准备跑路的意思。然而穆无垠竟然一点也没犹豫，点头道：“这不是难事，若是有那么一处宅院能让你安心些，那本宫便为你去做。”

“千万别让别人发现了。”桃花认真地道，“一旦被人发现，就没用了。”

“我知道。”穆无垠点头，抬手想摸一摸她的秀发，却发现自己手上还夹着木板，只能无奈地放弃，看着她笑了笑，“我会保护好你的，你放心吧。”

桃花抿唇，看着太子脸上的神情，忍不住就多说了一句：“您要是能不与兄弟相争，安安稳稳继续当太子就好了。”

穆无垠挑眉，低笑一声：“因为你那个梦吗？没关系的，身在皇室，手足相残在所难免，我早就有了准备。”

可是你不能不带脑子啊！桃花很想咆哮，沈在野明显领着你在往黄泉路上走呢，你怎么就看不明白？

然而，立场不同，就算穆无垠再让她感动，她也不能当真把这话吼出来，只能一脸感动地笑了笑，然后伺候他喝茶。

第十三章

奇毒

相府之中格局已变，沈在野提了不少人上来当娘子，又新迎了九卿家的闺女做侍衣，看起来是沉迷女色，然而相府里头的人知道，丞相已经半个月没笑过了。

沈在野沉着脸改公文，沉着脸跟人议事，再沉着脸独自睡在临武院。湛卢都有些瞧不下去了，拉着徐燕归小声问："姜娘子到底什么时候能回来啊？"

"这得去问你主子。"徐燕归摇头，"他不想法子，别人谁也帮不了他。"

湛卢觉得这话说得很有道理，当真跑去问自家主子了。

徐燕归趴在房梁上，镇定地看着湛卢被沈在野从窗口扔出去，摇头叹息："现在的人，怎么都这么单纯呢？谁让他离那么近去问了？要问也该像我一样躲好啊！哎，沈在野，你真的不打算把姜桃花接回来了？"

冷眼扫向房梁上头，沈在野一字一句地道："我不稀罕她回来。"

不稀罕？徐燕归挑眉："当真不稀罕，那你每天抱着那破枕头睡干什么？扔了啊！"

底下的人不说话了，垂了眼眸回去书桌后头继续看公文。

何苦呢？徐燕归"啧啧"了两声："认个错，道个歉有那么难吗？你看看太子，在外头那么正经睿智的人，在姜桃花面前还不是老老实实的？直接说出心里的话，又温柔又体贴，你看姜桃花有多受用。"

"你闭嘴！"沈在野伸手便朝房梁上扔了本书，眉目含霜，"我做事，不需要你们提醒。"

徐燕归倒挂在房梁上躲开他的攻击，摇了摇头："既然如此，那难过也得你自己一个人受着了。”

他为什么要难过？怎么可能难过？不过是个女人而已，最近事情多，他烦的是南王不听话，所以脸色难看，跟姜桃花有什么关系？

沈在野冷笑，姜桃花那样做不过是在故意气他吧，有他在前，她若是还看得上穆无垠，那就是她眼瞎了。再说，她那样利益至上的女人，跟自己一样，会把谁放在心上？

“主子。”被扔出去的湛卢又回来了，扒着窗户小心翼翼地道，“南王已经去堤坝上了，您要跟去看看吗？”

沈在野闭眼长出一口气，起身道：“替我更衣。”

虽然南王不听话，但自己无论如何也还是要帮忙的。头一次有这么大的差事，万不能出任何差错。

苦力的粮饷已经发下来了，是穆无暇亲自去粮仓点领，又亲自护送进城外粮仓里的，一颗米也没少。中途遇见不少阻碍和麻烦，穆无暇也不是死脑筋，打点了一番，又抬出了皇命，一切便都顺顺利利的。

中午时分，苦力们都聚集在一边准备吃饭。令他们惊奇的是，今日的饭食不再是稀粥，而是一碗碗实实在在的白米饭！

众人都惊呆了，差点不敢拿碗。南王府的侍卫笑道：“王爷说了，该给你们吃的，一口饭也不会少，只要好好干活，天天都能吃米饭，管饱！”

这本是寻常的事，出力就该有饭吃。然而这些苦力被压榨久了，竟然喜极而泣，跪在地上连连磕头。

穆无暇在高处看得皱眉，沈在野却笑了：“王爷做得很好。”

“这叫很好？”穆无暇侧头看他一眼，冷笑，“也是，平日里他们的口粮都落进了你们的口袋，这回本王掏出来还给了他们，相较之下，是本王做得好些。然而这本就是该做之事，没什么好夸赞的。”

“不夸赞您，如何能让皇上知道其他人的恶行？”

穆无暇别开头，淡淡地道：“就算知道其他人的恶行又如何？父皇也不会进行严惩，一旦有皇子涉罪，他更会将事情压下来。时间久了，下头的人该怎么样还是怎么样，不会有什么改变。”

这才是他想当皇帝的原因，他一定会比大魏现任皇帝做得好，因为他不会犯跟他一样的错误。

沈在野只当南王的怪脾气又犯了，也没打算理会，继续看着下头磕头的盛况。

“无暇。”后头传来太子的声音，南王和沈在野都是一愣，纷纷回头，就见穆无垠一身常服出现在眼前，后头还跟着姜桃花。

南王眼眸微亮，看了桃花一眼，便朝太子拱手：“皇兄怎么来了？”

“反正在宫里也不能做事，就带着梦儿出来走走。”太子笑道，“没想到你们都在。”

沈在野低头：“听闻陛下有意巡查，沈某自然是要过来看看的。”

“是啊，也不知道父皇最近是怎么了。”找了凳子坐下，太子道，“身子还没养好，倒是四处微服私访，丞相考虑问题一向周到，咱们还是小心些为好。”

南王跟着点头，目光飘啊飘的一直往桃花那边瞧。姜桃花今日心情也很不错，偷偷朝他眨了眨眼。

“皇兄身上有伤，不如就在这儿与丞相说说话吧。”南王道，“我带皇兄的宫女去看看这堤坝上的景色，如何？”

太子挑眉，看了看自己身后的女子，打趣似的道：“南王弟还真把她当姐姐了不成？”

“皇兄舍不得？”南王眨了眨眼，“怕我抢走她不成？”

“哈哈哈。”太子大笑，“尽管带去吧，能被你当成姐姐，是梦儿的福气。不过她的伤刚好不久，别走太远。”

“知道了。”南王一笑，行了礼便带着桃花往下走。

沈在野冷眼瞧着，姜桃花全程都没看他一眼，要么是看着南王笑，要么是看着太子笑。

笑得真难看！

走得够远了，穆无暇才松了口气，看着桃花道：“姜姐姐在宫里过得可好？”

桃花耸了耸肩，道：“还不错，不至于让人担心。倒是王爷最近接了大差事，累不累？”

“不累。”穆无暇撇了撇嘴，终于有点小孩子的模样，不悦地道，“就是又跟丞相吵起来了。”

也不知道当初那人为什么会让沈在野跟着自己，自己与他的想法分明是一个在南，一个在北，永远想不到一起去。

“猜也能猜到你们在吵什么。”桃花笑了笑，看着堤坝下头的水道，“但丞相做的必定是为您好的事情，您也不必太抵触他。”

“不是抵触，实在是道不同不相为谋。”南王皱眉道，“本王觉得不管是做事还是做人，踏踏实实才是最基本的，但丞相每次都爱玩花样，刻意做些面子上的事来博得奖赏。就拿堤坝的事来说吧，若真照他说的去做那些表面功夫，能得多少人真心实意的夸奖？还不如把最根本的粮饷问题解决了，让每个苦力都吃好睡饱，堤坝自然修得就快了。”

桃花安静地听他抱怨完，才笑着道：“奴婢倒是觉得，丞相和王爷是天生相配的君臣。”

“此话怎讲？”

“因为您擅长做实事，而丞相总有手段将您做的事的好处展示给别人看，如同您说的，他擅长博取奖赏。”找了地方蹲下来，桃花捏了块小石头，在地上随意画着，“这世上的人做事，要是都踏实低调，不声不响，那其他不明真相的人是不知道你做的是好事的。这样一来，好事不表，坏事不显，世人难分善恶，自然会走捷径选更容易的方式去做事。王爷没错，但相爷也没错，您做得对的地方，他就该替您博奖赏。赏罚有度，才能让人明辨是非。”

南王愣愣地看着地上，见姜桃花画了个“人”字出来，一捺撑着一撇，相辅成“人”。

“王爷是这一撇，相爷是这一捺。相爷虽不如王爷光明磊落、踏实勤恳，但他必不可少。这样说，王爷能明白吗？”

心里堵着的东西豁然开朗，穆无暇抿了抿唇，嘴上仍是不怎么服气："照姐姐这样的说法，坏人都是必不可少的？"

桃花微微一愣，失笑："虽然丞相对奴婢是挺坏的，但就王爷的立场来说，他不是坏人。"

"坏人还分立场？"穆无暇别开头，说道，"坏就是坏。"

桃花起身继续往前走，摸着下巴想了想："沈在野这人是挺坏的，给我下毒想杀了我，欺我骗我又负我……但，他没有对不起王爷的地方。"

穆无暇神情古怪地看她一眼，道："他都对你这么不好了，你还念着他的好？"

"并不是念着他的好。"桃花摇头，"而是懂事的人都会抛开个人恩怨给人以最公正的评价，他不是一个好男人，但一定是个好人臣。"

穆无暇愣了半晌，跟着她慢慢走了一段路，才低声道："姐姐很了解丞相。"

两人相识也不过几个月，能这样了解，实在是难得。

姜桃花叹气，的确是很了解啊，彼此对彼此都很了解。然而越是了解，两个人就越难靠近。

正想开口说什么，心口却猛地一痛，桃花瞬间就白了脸，僵住身子没敢再走。

"怎么了？"穆无暇回头，看她脸色不对劲儿，连忙问了一声。

在宫里已经有半个多月了，青苔不在，她的药也没带！现在想起这事儿已经晚了，桃花慢慢蹲下来，努力想装得轻松一点，然而蚀骨的疼痛感汹涌而至，疼得她快要咬碎一口银牙，什么都来不及想，滚在地上就蜷成一团。

"姜姐姐？！"穆无暇吓了一跳。为了说话，他没带侍卫出来，往后看了看，果断地背起她就往回跑。

"找……找青苔。"桃花用尽力气说了这几个字，接着就疼得再也没力气开口了。

穆无暇点了点头，一边跑一边道："本王记住了，你先坚持一会儿。"

沈在野还在高楼上与太子闲聊，余光一扫就瞧见南王背着个人朝这边回来了，起身便往下看了看，皱着眉问湛卢：“出什么事了？”

湛卢一脸莫名其妙：“奴才一直跟您在一起呢，哪里知道出什么事了？不过看姜……看那宫女的样子，好像挺难受的。”

穆无垠也站了起来，看了看情况就往下跑。沈在野抿唇跟上，心下不免在想姜桃花又在玩儿什么花样？

南王将桃花放在楼下的房间里，已经吩咐人去请大夫。桃花躺在床上，浑身被汗水打湿，脸色苍白如纸。她虽然咬着牙没吭声，但脖子上的筋都已经紧了起来，显然是疼极了。

“梦儿！”穆无垠坐到床边便拉着她的手，着急地看向穆无暇，“出什么事了？”

“我也不知。”穆无暇拧着眉头道，“走得好好的，她突然就疼成了这个样子。”

装的吧？沈在野抿唇，冷眼看了一会儿，发现外头的大夫已经进来了。

众人纷纷退出去，穆无暇沉着脸把沈在野拉到一边，低声道：“她说要找青苔，也不知是什么意思。”

青苔？沈在野皱眉，青苔不是跟她一起走的吗？现在人在哪里，除了她还有谁知道？

“湛卢。”他转头吩咐，“你派人去找青苔，应该还在国都之中。若她不肯出来，你便贴告示，说要给山上的姜氏寻药。”

“奴才明白！”湛卢转身就跑。

大夫过了许久才出来，战战兢兢地看着外头这几个贵人，拱手道：“老夫医术不精，不知这位姑娘得的是什么病，只看脉象紊乱，像是中了奇毒……”

穆无垠恍然：“上次御医也看过，说她体内有奇毒，但尚且不知道怎么解。”

奇毒？沈在野一顿，上前在太子耳边道：“若是上回沈某下的那毒，不妨将解药喂给她试试？”

“好像不是那种毒。”穆无垠摇头，“若是那种宫中常用的毒，御医不可能看不出来的。”

“先试试再说吧。”沈在野垂眸，直接从袖子里掏出翠绿色的瓶子，倒出解药就塞进了太子手里。

穆无垠想了想，还是拿药进去给桃花喂下，但药喂下去半晌，床上的人不见丝毫好转，反而是越疼越厉害，跟被斩了尾巴的蛇一样在床上不停地翻滚扭动，嘴里也忍不住叫出声来：“疼……”

沈在野终于正经起来，走到床边看了看桃花的样子，沉声道：“太子殿下，她这毒恐怕会要了性命，既然无人能解，不如让沈某送她去寻神医，尚有一丝活下来的机会。”

“神医？”穆无垠皱眉，“既然有神医能解，那你直接将他带来不就好了？”

沈在野摇头：“神医一般都性子古怪，就算是圣旨也不愿听。要人真心救治，自然不能用皇权压人，太子若是当真信得过沈某，此女子就交给沈某吧，定然保她性命无碍。”

穆无垠抬头看了看他，眼里满是不放心：“丞相的意思是，要把她送走？”

“只有这一个办法。”

穆无垠摇头：“虽然本宫很相信丞相，但……”但沈在野三番五次要杀梦儿，他怎么可能还将梦儿交给他？

“啊！”桃花睁开了眼，瞳孔里神色涣散，眼泪止不住地流，嘴里喊着，“好痛……救命啊！”

穆无垠一惊，连忙伸手抓着她的手，结果谁知竟跟握着一块冰一样，冷得刺骨！

“梦儿？”连喊了她几声，穆无垠也真是急了，左右为难之下，又看了看沈在野，“丞相当真能保她性命？那要用多久的时间？”

“最快一个月。”沈在野道，“沈某必定会让殿下看见她活得好好的，沈某以性命担保。”

得这么一句话，穆无垠当真是很放心的，只是还有些舍不得，看了姜桃花好几眼，才点头：“那丞相就快让人带她上路吧。”

“是。”沈在野颔首，迅速命人准备了马车，亲自将姜桃花抱了上去，回头看着他们道，“那沈某也先行一步，等安排好了她，再回来复命。”

穆无垠点头，挥手就让自己的一个亲信跟上去，吩咐道：“有什么消息，就让雷霆传信回来。”

“好。”沈在野颔首应了，进了车厢便吩咐人快些回相府。

“相爷。”跑了一段路之后，雷霆才凑到马车边问，“要怎么回禀太子殿下？”

“我会让你跟着空车出城，一路往秋水山走。”沈在野抱着怀里的人，低声道，“你如期写信回禀太子情况即可。”

雷霆说是太子亲信，其实却是他培养已久的人，也是该派上用场的时候了。

雷霆应了，看着他们在相府门口下车，接着就继续驾车往城外走。沈在野抱紧了姜桃花，一路闯进临武院，拎了徐燕归过来便问：“湛卢回来了吗？”

“还没有。”徐燕归惊愕地看着他怀里的人，“你当真直接把她抢回来了？！”

“闭嘴！”将人放到自己的床榻上，沈在野头上也出了层汗，坐在床边捏着姜桃花的手，神色不太好看地道，“为什么吃了解药也没用？”

徐燕归老实地闭着嘴，没回答他，换来他冷眼以对。

“哎，你这人着急起来真是不讲道理。”徐燕归哭笑不得地道，“解药没用，就说明中的不是那种毒啊，你连她怎么了都不知道就乱喂药，指不定还会毒上加毒。”

桃花疼得已经意识不清了，但耳边还一直有人在吵吵，忍不住一脚踹了过去：“吵死了！”

肚子上冷不防挨一脚，沈在野伸手捏着她的脚腕，咬牙切齿地道：“话多的是他，你踢我干什么！”

“报应。”徐燕归幸灾乐祸地笑。

不过看着桃花这样子，他也笑不了多畅快，凑近床边瞧了瞧，嘀咕道：“这看起来比生孩子还痛，到底是怎么回事？”

沈在野已经不想说话了，眉头皱得死紧，看着床上的人不停地扭动挣扎，干脆伸了胳膊过去让她抱着。

姜桃花总有这个习惯，一抱东西就手脚并用，像只小猫咪一样抱得紧紧的。大概是太久没被她抱过了，瞧着她这样子，沈在野的眉头倒是松了松，心里也是一暖。

看着沈在野的表情，徐燕归忍不住抖了抖身子，说道：“虽然这段时间我与湛卢都在想法子让你笑，但你也不能一来就笑得这么……”这么春暖花开吧？

沈在野斜他一眼，道：“你出去看看湛卢那边如何了，一旦发现青苔，立马带回来。”

“好好好。”徐燕归抬手捂着自己的眼睛，“你爱做什么做什么吧，我不看，我走了。”

谁要做什么了？沈在野皱眉，满眼嫌弃地看着他消失在门外，然后一脸冷漠地继续看着姜桃花。

他没见过她这么痛苦的样子，她整个人像是从水里捞出来的一样，呼吸也越来越弱。

“别睡过去了。”沈在野坐在床边，伸手捏了捏她的肩膀，将她上半身捞到怀里放着，低声道，“你睡着了喂不进药，当真死在这儿，太子会找我算账的。”

桃花迷迷糊糊听见这句话，勉强笑了笑，有气无力地道：“我死了，不是最称你的心意吗？”

“那你要死就死痛快一点，别哼哼了。”沈在野皱眉，“很吵。”

桃花咬牙，当真不出声了，身子却从手一路凉下去，浑身都是寒气。沈在野都忍不住打了个寒战，恼怒地问：“你到底是怎么回事？”

桃花没理他，只听进去了他那一句“睡着了喂不进药”，闭眼咬牙挺着等青苔回来。

沈在野抿唇，一脸不悦地看了她许久，终于脱了外袍躺上了床。他刚一躺好，姜桃花整个人就钻进了他怀里，身体贴着他的身体，脚缠着他的脚，努力从他身上吸取暖意。

“真跟只缺阳气的狐狸精似的。”沈在野说着，身子却没动，垂眸看着怀里这人，嘀咕了一句，“换成穆无垠，可不一定会做到这个份上。”

屋子里没别人，桃花也没听见丞相爷这句幼稚至极的话，她感觉自己快死了，无边无际的疼痛和冰冷像是要把她淹没，有黑暗的手从地下伸出来，抓着她就要往黄泉路上拖！

“主子！”青苔一身狼狈地从外头冲进来，看着里头的场景，微微一愣。

“还有闲心发呆？”沈在野冷得嘴唇都白了，横眉怒道，“快救她！”

青苔连忙拿了两颗药塞进桃花的嘴里。姜桃花努力将药咽下去，这才放松了身子，任由自己陷入混浊的深渊里。

“你能解释一下吗？”沈在野撑起身子靠在床头，皱眉看着怀里的人，“她中了什么毒？”

青苔垂眸，手抓着裙摆死命拧着，低头道：“这不是毒，只是主子的旧疾罢了，每月只要按时吃药，就不会有什么大碍。”

“这是什么药？”沈在野伸手想拿她手里的药瓶，青苔却躲得飞快，他眯了眯眼，“不能见人？”

“不是。”青苔小声道，“这是很珍贵的养身之药，奴婢怕有什么闪失，那主子就不好过了。”

看了她两眼，沈在野问：“这药还有多少颗？可够她一直吃下去？”

要是说不够，这位主子还不把她手里的药拿去研制新药吗？真让大魏的丞相知道了赵国的媚蛊，那她回去可交不了差。

青苔叩头下去，认真地道：“药是管够的，相爷不必操心。”

管够？徐燕归从后头伸了个头出来，挑眉道：“这药这么好，还能养身，那不如送兰贵妃两颗？她的心疾还没找到药，一直靠毒药吊着也不是个办法。”

青苔大惊，连忙摇头：“这药对心疾是不管用的。”

“你刚刚不是说是养身之药吗？”徐燕归挑眉，“骗人的？”

“……没。”

“那就是药不够姜氏吃？”

“……也不是。”

徐燕归轻笑一声，伸手就将青苔那药瓶子夺了过来，道：“这也没，那也没，那就是你这个当丫鬟的小气了。”

说罢，他倒了两颗捏在手里，才将瓶子还给青苔：“等你家主子好了，又得兰贵妃一个人情，必定也会高兴的。”

青苔傻了眼，又不敢在沈在野面前表露出什么来，只能将瓶子收回来放好，然后低着头死死抓着自己的衣裳。

两颗药就是一个月啊，赵国那边的人也不知道什么时候会来大魏，万一断了药……那可真是会出人命的！

沈在野低头仔细探着桃花的脉搏，也就没注意青苔的表情。感觉桃花的脉象渐渐平复，他才轻轻松了口气。

徐燕归径直去了皇宫送药。湛卢看了一眼床上这两人，小声问了自家主子一句：“您当真要在一个月之后把姜娘子送回去吗？”

沈在野眼神古怪地看他一眼，认真地问：“你觉得你家主子是说话算话的人？”

湛卢不问了，老老实实带着青苔回去收拾争春阁。

第十二章

回府

沈在野抱着怀里的人，不知怎么回事突然觉得很困，当即就安安心心地睡了一觉。

然而争春阁的门一开，府里立马就热闹起来，顾怀柔闻信就带着一大群人跑过去问："姜娘子回来了？"

"回来了。"青苔点头，勉强笑道，"感谢娘子惦记。"

"人呢？"顾怀柔拉着她的手就往里走，"太久没见她，我有好多话想问呢！"

湛卢拱了拱手，笑道："人好不容易回来，各位娘子就让她和相爷好生说会儿话，晚些再来不迟。"

自家主子真是有先见之明，把人放在临武院，真是清净了不少。

柳香君阴阳怪气地小声道："姜氏一回来，爷好像就来了兴致呢，已经多久不曾去后院了？现在倒是待在里头不出来。"

顾怀柔皱眉看她一眼："柳侍衣这话说得未免太过，姜娘子大病初归，爷要陪着也是应当，咱们还是先走吧。"

后头的一群人纷纷行礼退下，柳香君撇了撇嘴，还有些不愿意走。顾怀柔伸手就将她拉了出去，不悦地道："你别忘了自个儿的身份。"

"我就是觉得爷偏心太过罢了。"柳香君嘀咕道，"你不觉得吗？爷像对谁都没个真心似的，可偏偏就对姜氏不一样。"

顾怀柔一愣，捏着帕子没再说话。

其实她也有这种感觉，但……爷的心思，谁说得准呢？看起来像是宠爱姜氏，可说丢去山上，不还是丢去山上了吗？这么长的时间不见，爷多陪陪姜氏，她倒是不觉得有什么不妥。

若是姜氏在，能让爷多往后院走动走动，那对大家来说自然是好事。

日落西山的时候，沈在野终于醒了。他难得睡个好觉，睁眼就看见了枕边的姜桃花。

这女人睡着的样子依旧让他觉得很顺眼，就是唇色差了些，跟个鬼似的。想了想，他起身开门朝外头吩咐："做些清淡的晚膳。"

"是。"下人应了，正要走，却又被他叫住。

"记得小菜里还是带点肉。"

下人愣愣地点头，心想相爷这吩咐的口气，怎么跟要拿菜喂什么小动物似的？

姜小动物没一会儿也醒了过来，一双眼里雾蒙蒙的，迷茫地看着眼前的人："你是谁？"

"你相公。"沈在野将她抱起来放到桌边的椅子上，伸手把筷子放进她手里，"用了晚膳再继续休息。"

桃花揉了揉眼，待看清这人的脸，脸色就不太好看："我为什么会在这里？"

"你不在这里，就该在阴曹地府了。"沈在野斜她一眼，"怎么？还惦记着你的太子？"

桃花微微皱眉，一脸古怪地看着他道："半个多月没见，相爷从哪儿学来这酸不溜丢的语气？糖醋白菜都不用放醋了。"

沈在野没好气地夹了一筷子糖醋白菜放在她碗里，道："吃你的饭吧，别饿死了。"

姜桃花捏着筷子想去夹，奈何手还是酸软无力的，叹了口气："爷也是太不会照顾人了，妾身还没痊愈呢，浑身都没力气，给一双筷子也吃不了饭。"

"抱歉，我不温柔也不体贴。"沈在野冷声道，"吃不了就别吃了。"

谁稀罕啊？桃花轻哼一声，爬下椅子就往床的方向走。但是，还没走两步，她整个人就被沈在野拦腰捞了回去。

“坐好。”

桃花一愣，抬头看了看他的下巴，有些愣怔。

好像是许久没这么亲近了，这感觉竟然很陌生。沈在野这怀抱一如既往僵硬，只是他竟然当真肯喂她吃饭了。

一勺饭加半勺菜，沈在野面无表情地往桃花嘴里塞，边塞边道：“想睡也该吃饱了再睡，你身子太弱。”

没反驳他，桃花乖乖地咀嚼着，时不时伸手指指桌上的盘子：“我要吃那个，还有那个。”

沈在野很不高兴，自己又不是下人，还得给她加菜喂饭？

然而，不高兴也是心里不高兴，他手上的动作一点不含糊，倒是比青苔伺候得还细致些。

满足地吃完饭，桃花滚去床上看着沈在野道：“多谢相爷恩典。”

沈在野一听这话就知道她心里还在记恨自个儿，也不在意，自顾自地拿了文书去旁边看，任她自己在床上休息。

重新躺上来，桃花才发现那枕头竟然是自己送的那个，药香萦绕，闻着就让人觉得舒坦。这枕头竟然没被沈在野扔了？她伸头看了看，沈在野一脸严肃地在看文书，根本没注意她。桃花撇嘴，心想真不愧是朝堂上混的人，就是会做表面功夫。他都下定决心要取她性命了，还假惺惺地留个枕头在这儿干什么？

伸手把药枕抱起来，姜桃花很想说这东西不如还给她。结果她一拿起来，发现下头竟然还有东西。碎成两块的玉佩，一端还系着红绳，不知从哪儿沾了泥，看起来脏兮兮的。桃花微愣，呆呆地看了这东西半晌，眼神微动，慢慢将枕头放了回去。

“爷，妾身接下来必须待在相府了吗？”

“不然你想去哪里？”沈在野头也没抬，语带嘲讽地道，“还想回太子身边？没机会了。”

“您能不能说话别总带刺儿？”桃花皱眉，“就心平气和地说一句要我留在相府，有那么难吗？”

“没空搭理你。”沈在野头也不抬地道，“你要是不喜欢这里，就滚回你的争春阁。”

真是个讨人厌的男人啊！桃花噘嘴，当真从床上滚了下来，骨碌碌地就朝门口滚去。

“你干什么！”沈在野一惊，连忙起身过去将她拎起来，上下扫她一眼，怒道，“让你滚你还真滚？”

桃花一本正经地点头：“相爷说话，妾身就听。您说什么，妾身都当真。”

“我……”沈在野快要被气死了，说道，“我让你去死你去不去？”

“好。”桃花点头，“不过您再等几年吧。”

这愚蠢的女人！沈在野咬牙，冷哼一声将她扔回床上：“老实躺着！”

桃花就势在床上滚了一圈，抱起自己的药枕，面带揶揄地看着他：“爷还留着这个干什么？”

沈在野微微一顿，别开头道：“用着舒服，自然就留下了。”

“那……这个呢？”桃花伸手把碎掉的玉佩拎出来，挑眉问道。

“这本就是我的东西，你丢了，还不许我收回来？”沈在野翻了个白眼，道，“我还没跟你算账，这玉佩很贵的。”

桃花撇撇嘴，随手将东西扔回去，道：“贵也是您亲口咬断砸碎了的，关妾身什么事？这床睡得不舒服，妾身还是回自己院子去了，爷慢慢看公文吧！”说罢，她起身裹了外袍就往外走。

沈在野下意识地抬了抬手，却又皱着眉放了下来，冷眼看着她出去，哼了一声便继续看自己的东西。

他是不是很不会哄女人开心？可是明明其他人都挺好哄的，为什么这个姜桃花就这么难缠？

不爽地回到争春阁里躺着，桃花看了一眼旁边眼里含着泪的青苔，连忙摆手：“你家主子很累了，没空看你哭，省省。”

“主子！”青苔哽咽着跪在床边，咬牙道，“只有一个月的时间了，赵国再不来人，您……”

一个月？桃花吓得打了个寒战，连忙撑起身子看向她：“怎么就只有一个月了？”

青苔掏出了药瓶：“这药被徐先生抢走了两颗，奴婢不敢说是什么药，也就没拦住……”

桃花嘴角一抽，将药瓶拿过来看了看，里头当真只剩下最后两颗药了。

这可怎么办啊？赵国的人也不会说来就来，她总不至于没被沈在野杀了，却死在这该死的毒上头吧？

“所以，这药其实是不够吃的？”房梁上的徐燕归问了一句。

屋子里两个人吓了一跳，青苔白了脸，惊愕地抬头往上看。

徐燕归飘然落下来，脸上的神色高深莫测。他走到床边，摊开手掌，上头还躺着一颗药，问道：“青苔为什么要撒谎？”

青苔傻了，看看桃花，又看看徐燕归，一时间也不知道说什么好。

一看她这心虚的样子，徐燕归就更好奇了，凑近她一些，眯着眼道：“按道理说，你家主子出问题了，应该告诉丞相才对啊，他那么心疼姜氏，还能不帮着想办法？”

桃花一愣，歪着脑袋看了青苔好一会儿，见她满头冒汗，支支吾吾说不出话，心里一瞬间就明白是怎么回事了。

“徐先生怎么一来就欺负我的丫鬟？”她笑道，“相爷什么时候又心疼我了？他巴不得我死才对，青苔说谎也没错啊。”

“巴不得你死？”徐燕归眼神古怪地看着她，长叹了一口气，“你们两个到底有完没完？就不能好好坐下来把误会都解释清楚吗？沈在野要是想你死，就不会想把解药留给你，也不会心急火燎地四处找你了。”

桃花愣了愣，眨眼看着他：“什么意思？”

“你是不是还记恨着他要杀你这回事儿？”徐燕归摇头道，“开始我也以为他肯定是决定杀了你的，毕竟你一旦被太子发现，太子对沈在野的信任就会荡然无存。不管从哪个方面考虑，你都是该死的。”

“然而那傻子没真想弄死你，本来是该陪你一起用膳，免得你起疑的，但他硬是一口没吃，把唯一的解药给了李医女，打算救你。结果你倒好，跑得无影无踪，害得他以为你必死无疑，还大病了一场。”

姜桃花傻了，呆呆地看着徐燕归一张一合的嘴，突然觉得有些听不明白他在说什么。

沈在野没想杀她？可是不对啊，他要是没想杀她，那东宫里重逢的时候，为什么又那么想掐死她？

“你骗我的吧？”桃花皱眉，“他为什么会那么好心？”

徐燕归翻了个白眼：“我骗你是有肉吃还是怎么的？你随意去问问这府里的人，看看沈在野这大半个月过的都是什么日子。”

姜桃花沉默了，她一向会透过表面看事情的本质，然而这件事，她突然就看不明白了。沈在野不想杀她，是想留下她的？而且是在与利益相违背的情况下，也想保住她？他是不是脑子被门夹了？

“你要实在不信，还可以亲自去问问沈在野，看他对你到底是什么心思。”徐燕归撇嘴道，“总之你我打的那个赌，不是你赢了，是我赢了，你欠我一条命。”

“……这也算？”桃花皱眉，“我的确是从鬼门关走了一遭回来的，凭什么他就是无罪的？毒还是他下的没错啊，谁要他事后的解药？不知道先跟我商量一下吗？这赌局就算我没赢，但也不能说我输，平局吧。”

可真会讨价还价啊！徐燕归哼笑一声，捏着那小药丸道：“平局可以，你给我解释一下这是什么药吧？”

青苔头埋得很低，一声不敢再吭。桃花看了看她，轻笑道：“就是解毒的药，我不是中毒了吗？”

“沈在野在你身上下的毒，他已经喂了你解药了。”徐燕归皱眉道，“没有用。”

她那毒发作起来的样子，是他从未见过的。

桃花耸肩：“我可以不说吗？”

“不说也没关系。”徐燕归将手里的药放回她手里的药瓶里，似笑非笑地道，“另一颗已经送到宫里御医那里去了，相信不久就能有个结果。”

桃花挑眉，看了看青苔，无奈地道：“这算不得我的过错吧？”

青苔好半天才抬起头，满眼都是愧疚地看着她道："若是相爷能救您……那，说了也无妨。"

"无妨吗？"桃花轻笑，眼神却万分认真，"你不怕新后怪罪你？"

青苔沉默。

她从两年前开始就跟在姜桃花身边，因着很喜欢这个主子，所以相处很亲近也很融洽。她以为桃花不知道她是新后的人，故而对她毫无防备。

然而……她竟然是知道的。

怪不得主子曾经说："青苔，我可以把命交到你手上，但是我无法完全信任你。"命给她，她不敢拿。但一旦完全信任，她才是真的会被新后完全知道行迹，控制得死死的。

青苔喉咙微紧，重重地朝桃花磕了两个头："奴婢对不起主子！"

桃花轻笑，摆摆手道："一早就知道的事，你也没能害我什么。"除了给她种了媚蛊。

青苔眼眶通红，只感觉浑身冰冷，像是失去了什么重要的东西一样。一想到自家主子一直知道自己的行为，她就恨不得自尽谢罪！

"这又是闹的哪一出啊？"徐燕归看糊涂了，"你们主仆俩感情这么好，怎么会……"

"先生想知道，我可以说。"桃花转头看着他笑道，"你们若是能救我，我更是感激不尽。"

她怕就怕，在听完之后，他们根本就不会想救她。

徐燕归点头，端正地坐好："你说吧。"

"赵国式微，后宫干政，新后想立我长姐为皇储，我是逼不得已才选择来大魏和亲，另寻出路的。"桃花道，"在临走之前，新后怕我脱离她的掌控，所以让青苔给我下了媚蛊，也就是一种蛊毒，每月需要服一颗药才能抑制，否则疼上三个时辰，就会七窍流血而死。"

徐燕归吓了一跳，看向她手里的瓶子："那她是没打算让你活命？"

"没那么狠。"桃花轻笑，"药给了十二颗，从我出嫁开始算的一年之后，就该是赵国使臣来大魏之时。届时他们就会看我听不听话，再给下一年的解药。”

从她出嫁的时候算起？从赵国到大魏，车程也有两个月时间，再算上过去的这三四个月，也该还剩六颗啊？徐燕归瞪眼：“那为什么最后只有这点了，还说只有一个月了？”

“这得感谢相爷。”桃花笑了笑，“媚蛊会吞噬其他的毒，然而他给的毒可真厉害，被媚蛊吞噬之后，倒是增强了媚蛊的毒性，让我一月要吃两颗解毒丹才能活。”

徐燕归倒吸一口凉气，道：“他不是给你解药了吗？”

“没用了啊。”桃花耸肩，“他那药又不能解媚蛊的毒，而他下的毒都已经被吞噬了，也解不了，所以我说，咱们的赌局，应该是平局。”

就算沈在野真的没想杀她，但这种不知道事先跟她商量的愚蠢行为，也的确让她少了半条命。

徐燕归听了十分愕然，好半天才道：“也就是说，你同你们赵国最有权势的人是敌对的？”

“嗯。”桃花点头，“救我，就等于是跟赵国的新后作对。不救我，我死了，你们丞相爷少一个容易被人捏住的把柄。徐先生，你若是沈在野，你会怎么选择？”

徐燕归沉默了。他突然觉得还不如不知道的好，不知道的话，姜桃花就算是因着这毒死了，他也不过就是觉得惋惜。现在要是知而不救，那恐怕就不仅仅是惋惜了。

但要是救了，先不说该怎么救，能怎么救的问题，真救下来，也的确是个麻烦啊。

徐燕归看着她问：“你希望我告诉丞相吗？”

“罢了。”桃花垂眸，“看你的反应也就能猜到他的反应了，你还不如别告诉他，也免得他再想些什么法子来对付我。”

打量了她好一会儿，徐燕归点头应了：“好，那我就当没听过。”

“嗯，另外那颗药还是给我拿回来吧。”桃花道，“就算是宫里的御医，应该也是找不到配方的，你们大魏又没人玩蛊毒，术业没专攻，就不要浪费东西了。”

“这个回头再说。”徐燕归起身道，“你先好好安慰一下沈在野吧，他这回是当真被你吓坏了，偏生面儿上还什么都不能表露出来，憋得也是难受。”

挑了挑眉，桃花嘀咕道：“自作自受，关我什么事。”

徐燕归轻叹一声，觉得自己也是尽力了，这两人爱折腾，那就继续折腾吧，他还有事要做。

青苔一直跪着没起来，徐燕归一走，屋子里彻底安静下来，她也就更难受了。

“你也起来吧，我饿了，去准备晚膳。”桃花吩咐道。

青苔心里一沉，抬眼看向自家主子：“您不怪奴婢吗？”

“要怪早怪了。”桃花笑道，“你这小丫头心里藏不住事，全写在脸上，难为你在我身边战战兢兢这么久了。卢氏给你的命令，你恐怕也没完成过几次。”

青苔有些哽咽，浑身都颤抖起来：“您是什么时候发现的？”

“你第一次给我下媚蛊的时候。”桃花伸了个懒腰，往床上一倒，一脸轻松地看着她道，“太明显了，你脸上满是要做亏心事的挣扎表情，所以那一次我没吃。”

只是她不吃，新后卢氏便不放她远嫁。假意吃了，她的反应又没那么像，骗不了人。于是挣扎了许久之后，她还是把那东西吞了，老老实实地将青苔带在身边，踏上来大魏的路。

青苔咬牙：“您该直接打死奴婢的，奴婢一开始就没安好心……”

“你的心比其他人好多了。”斜她一眼，桃花道，“行了，别愧疚了，老实说，我留你在身边也是有原因的。”

“什么？”青苔红着眼问。

“因为你比普通人还蠢。”姜桃花一本正经地道，“你想做什么我都能一眼看穿，如此一来，卢氏想控制我就难了。与其杀了你换个更聪明的来，那还不如就你了。”

青苔傻了，愣愣地抬头看着她，撇撇嘴，突然委屈地大哭起来：“主子……”

“好了好了。”桃花哭笑不得，伸手摸了摸她的脑袋，“你做好你分内之事即可，不用怕会害着我，我自有打算。要是当真愧疚，今天晚上就给我做点好吃的。”

青苔跌坐在地上，不管不顾地哭了个够。自家主子总是刀子嘴豆腐心，所以每次要替卢氏做事，她都心虚得厉害。主子一直看在眼里吧？知道自己不忍心害她，所以才对她这么好……那她这多年来日日夜夜的自责，岂不是毫无用处？

越想越伤心，青苔哭得那叫一个惊天动地，吓得刚进门来的顾怀柔差点退了出去。

“这是怎么了？”顾怀柔伸头打量了里面两眼，“姜娘子，你打青苔了不成？”

桃花冤枉极了，撇嘴道：“我可没那么心狠，小丫头在伤心往事呢。”

说罢，她又戳了戳青苔的额头：“客人来了，还不去倒茶？要哭等没人了再哭。”

青苔咬着唇，眼泪汪汪地给顾氏倒了茶，然后飞快地退了出去。

“我一直觉得青苔是个厉害的丫鬟呢。”看着她的背影，顾怀柔摇头道，“她这会儿哭起来倒像个孩子。”

“再厉害的人，也有伤心的时候。”桃花笑眯眯地看着她道，“顾娘子找我有事？”

顾怀柔叹了口气，坐在她床边看着她道：“没什么事，只是你好不容易回来了，我总要过来看看。这大半个月，府里的日子实在难熬，连夫人都盼着你赶快回来呢。”

桃花微微一愣，想起徐燕归说的话，垂了眼眸问：“怎么了啊？”

“朝中好像出了什么事情。”顾怀柔猜测道，“应该还是一件大事，不然爷不可能天天晚上睡不着，积劳成疾，最后病倒了。我在府里这么久，还没见过爷那么憔悴无助的时候，他偏生又一句话也不愿跟人说，连夫人都被关在了临武院的外头。”

桃花别开脸，轻笑道：“他这应该是做了亏心事，怕鬼敲门吧。”

“这话怎么讲？”顾怀柔不解地看着她，“你是没见爷那样子，像天塌了一样，可不是心虚而已。”

姜桃花沉默了，盯着自己床上的枕头，突然想起沈在野床上的东西。

他说：“用着舒服，自然就留下了。”

既然睡着很舒服，那为什么会失眠？明明很后悔杀她，但是再见的时候为什么又那么凶巴巴的？

抿了抿唇，桃花道：“爷是这样的脾气，夫人又为什么想要我回来？”

顾怀柔摇头：“这个我也不知道，只是常听夫人念叨你，说要是你在就好了，定然能知道爷在想什么。”

“这次我也不知道他在想什么。”桃花面无表情地往床里一滚，“我的病还没好呢，还要养上两日，你先回去休息吧。”

“啊？”顾怀柔嘴里嘀咕着，“我还说来找娘子说会儿话呢，结果您怎么也变得怪怪的了。”

“没事，过两日就好了。”桃花闭眼道，“你快走吧。”

顾氏撇嘴，迟疑地起身，终究还是离开了。她一走，桃花翻身就坐了起来，等一阵眩晕过去，裹了被子便往外跑！

“主子，晚膳……”青苔端着菜回来的时候，屋子里却空荡荡的。

临武院。

沈在野板着脸喝完了药，抓了颗梅子含在嘴里，皱着眉继续看手里的册子。

秦廷尉最近颇有归顺之心，想帮他拿下段始南的治粟内史之位。段芸心反正是没活路了，他想要的是放过还在关押的秦解语。

然而，自己手里有他的把柄，为什么要做亏本的买卖？段芸心和秦解语还是一并死了的好，也算……给徐管事一个交代。

正想着呢，主屋的门就被人打开了。沈在野抬头，刚想说湛卢怎么不敲门就进来，结果却看见一卷被子骨碌碌地滚到了他的脚下。

沈在野条件反射地想一脚踩上去，那被子却忽地飞开，接着衣衫不整的姜桃花跳到了他怀里，撒娇似的抱着他的腰，眨巴着眼道："爷，长夜漫漫，可需要妾身伺候？"

沈在野打了个寒战，一脸见鬼了的表情："你吃错药了？"这女人先前不是还浑身是刺，这会儿怎么就这么乖巧了？

"嘿嘿。"桃花傻傻地看着他笑，"听闻爷最近都没睡好，妾身怕爷太劳累，想着让爷再好生睡会儿。"

沈在野身子一僵，别开了脸："我一直睡得挺好的。"

"是吗？"桃花眯眼，伸手将沈在野的头扳回来，盯着他眼下的黑色，挑眉道，"睡得好竟然会这样憔悴？爷在操心什么事儿呢？"

沈在野垂眸，不悦地将她的手拿开："自然是朝政之事。"

"这样啊。"桃花笑得满脸得意，坐在他腿上，白嫩嫩的脚丫子直往他怀里伸，"那您抽空抱抱妾身嘛，就抱一会儿。"

沈在野嫌弃地扫她一眼，皱眉道："你这大晚上的是想干什么？"

他嘴上是这么说，手上的动作却很诚实，将她的腰搂得好好的，就怕她掉下去。

桃花一阵奸笑，就跟什么鬼主意得逞了似的。看得沈在野浑身直起鸡皮疙瘩，忍不住问道："你到底是怎么了？"

"没什么。"桃花伸手将他死死抱着，小声道，"就是太久没见了，想多抱抱您。"

沈在野眼神柔和下来，伸手摸了摸怀里这人的头发，心里一直吊着的东西也好像终于落地。

屋子里安静下来，桃花没再说话，沈在野也没打破这气氛，任由她跟只猫咪一样蹭着自个儿，像是久别重逢的撒娇。

良久之后，沈在野终于勾了勾嘴角，抱着她放到了床榻上，低声道："别瞎折腾了，你脸色难看得跟鬼一样，还想勾引我不成？"

桃花撇嘴："妾身没那么想，就是看着天色这么晚了，您也该一起休息了吧？"

睨了她一会儿，沈在野道："你是想让我好好休息，还是缺个抱着睡的东西？"

"能两全其美，又何乐而不为？"

听着好有道理的样子，沈在野颔首，慢慢将外袍褪去，陪她一起躺在床上。桃花跟往常一样滚过来抱住了他，就跟两人之间什么也没发生过一样，温温暖暖，亲密无间。

沈在野没闭眼，看着帐顶想了一会儿，低声开口："他们给你说什么了？"

"也没什么。"桃花闭着眼将脑袋埋在他肩头，"只是先前妾身不知道您想保妾身一命，倒是冤枉您了。"她本还记恨他这一点，结果发现是误会，那就好办了，两人还能好好合作下去。

"你没冤枉我。"沈在野垂眸，淡淡地道，"我是想杀了你的。"

那解药，他也是犹豫了许久才决定给她的，他没将她看得很重，只是最后不知道为什么，鬼使神差地做了那样的决定。

桃花一愣，不悦地撇嘴："爷，恕妾身直言，事情已经成了现在这样，您就不能别这么老实，随口哄哄我吗？"

"我哄，你会信？"沈在野斜眼看着她。

认真地想了想，桃花摇头。

"那不就得了。"沈在野闭上眼，淡淡地道，"你我之间不需要撒谎，彼此都猜得到对方的心思，又何必大费周章地伪装。"

桃花叹了口气："妾身本来还有些感动呢，想着您心里好歹还是惦记着妾身的，就算有想杀妾身的心思，最后到底还是心软了。没想到爷只是一时冲动。"

沈在野轻哼了一声，侧过身背对着她睡，桃花却跟块牛皮糖似的，依旧从背后抱着他，笑得甜蜜蜜的。虽然沈在野说话不讨喜，但是有句话是对的，他们都猜得到对方的心思。

比如她现在就看出来了，沈在野是死鸭子嘴硬，在这场刀光剑影的对局里，不是只有她一个人入戏，他好像也动了不该有的想法，自乱了阵脚。看他也这么不好受，那她就开心了，觉得总算没输得太难看。咧了咧嘴，桃花万分喜欢看沈在野这死鸭子嘴硬的样子，这充分表明了，她的培养感情战术不是毫无效果的，想到这里，心情瞬间就舒畅了。

“后日秦解语将被处死刑。”闭着眼的沈在野语气淡淡地道，“徐管事若是还没能放下，你便带她去观刑吧。”

桃花微微一愣，撑起脑袋来看他：“您与秦廷尉要决裂？”

“并没有。”

“那……”那怎么会这么痛快地要斩了秦解语？

“杀人偿命，前些天我一时兴起，给逐月翻案了。”沈在野道，“事情拖了这么久，也该有个结果。”

桃花眨眨眼看了看他的后脑勺，翻身骑到他身上，压着他躺平，吧唧一口就亲在他的脸颊上：“多谢爷！”

“老实躺好。”沈在野睁眼，皱眉看着她的脸色，“你的身子比陆芷兰还差，好生养着吧。”

桃花微微一顿，傻笑着回他旁边躺下，心想早知道自己死一次能让他做这么多事，那就该早点“死”，说不定他还能帮自己完成遗愿呢。

段芸心和秦解语因为都曾经是相府内眷，处刑也不会是菜市口。姜桃花清晨就带徐管事乘车到了司宗府，亲眼看这两人伏法。

徐管事平静地看着秦解语伏法，等她咽了气，徐管事却红了眼，哽咽着哭出了声。

“都报了仇了，她还哭这么惨干什么？”青苔小声问了一句。

桃花叹息道：“因为不管秦氏死多少次都于事无补，比起看凶手伏法，她更想要的应该是自己的女儿活过来。”

徐管事哭得狼狈，不过她到底是懂事的，发泄一通之后便跪在桃花面前，红着眼睛道：“没有娘子，逐月的仇是报不了的。老身今后水里火里听凭娘子差遣，只要是娘子吩咐的事，老身必定拼尽全力。”

“好。”桃花点头，“我现在就有个忙要你帮。”

徐管事抬头，认真地看着她道：“娘子尽管吩咐。”

许久没回相府了，后院里的变化倒是不小。古清影和南宫琴升为了娘子，这两人也都是九卿家的女儿，不过皆为庶女，看沈在野这拉拢的意思，想必背后的两位大人还没择主。

瑜王已薨，朝中只剩三位皇子，恒王有夺位之心，奈何还没做什么大事，便被太子盯死了。倒是南王，顺风顺水地开始在皇帝面前展示才华，博取好感。

按照这样的发展，沈在野很快会以帮太子为掩护，拉拢三公九卿，再找机会帮南王夺了太子之位。

然而，这后院里现在还有个最大的麻烦——梅照雪。

第十四章
梅氏

梅奉常是九卿之首，也是最开始就支持穆无垠的人，有她统领相府后院，与其他人来往，沟通关系，顺带搅浑水，那这院子里的水就清不了。

徐管事要帮她做的第一件事，就是往各个院子里走动走动，说说她的好话，最后再挨个邀这些娘子、侍衣来争春阁聊聊。

这事儿只有徐管事能做，因为进府的人都是在她那儿学的规矩，自然都是熟悉的。熟人好说话，再加上她本就是颇为受宠的娘子，有了徐管事这个桥梁，没人不往争春阁走。

只是来的人难免都各怀鬼胎。

“见过姜娘子。”新上位的古氏和南宫氏上前行礼，一个明艳若朝霞，一个清爽若晚风，看得桃花忍不住感叹：“咱们爷真是好福气。”

“爷最好的福气，不就是得了姜娘子吗？”古清影笑了笑，坐在旁边道，“先前身份有别，咱们都没能好好看看娘子这天姿国色。如今一瞧，终于明白娘子为何最得爷欢心了。”

都是会说话的，屋子里气氛融洽得很。顾怀柔笑道：“可不是吗？姜娘子一回来，爷的心情好像才终于好了，舍得往后院走动了。”

“唉。”桃花叹了口气，“我福薄，得爷垂怜，可惜身子不好。此次上山养病，也没什么成效，承不了多少恩宠了。”

“怎么？”南宫琴好奇地问，“娘子到底得的是什么病啊？”

看了她们一眼，桃花抿唇，面露悲伤之色：“我拿你们当姐妹，才同你们说这个的，你们万不可传出去。”

“好。”众人都点头，“姐姐尽管说，妹妹们保证把您说的都烂在肚子里。”

迟疑了一会儿，桃花招手让她们都进内室，坐在床边围成一圈，才低声道：“我这身子不好，恐怕难怀子嗣了。”

倒吸一口凉气，三个女人都瞪大了眼看着她：“怎么会这样？！”

女人一旦不能生孩子，那还有什么用啊？

桃花苦笑一声，半掩着脸道：“爷也是知道的，所以才送我去山上寻医，奈何……大夫说实在没办法，只能听天由命。”

先前顾怀柔说那一句话，还让另外两个人有些硌硬，毕竟谁都不希望相爷的心落在别人身上。但一听这话，她们瞬间就什么都不计较了，眼里也满是同情。

古清影还安慰道：“爷知道你不能生育，还对您这样好，姐姐该高兴才是。”

“是啊。”南宫琴道，“就算不能有孩子，有恩宠也是好的。”

“男人的恩宠，没了孩子的保障，能有多长久呢。”桃花伤心地抹眼睛，“我也就胜在年轻貌美，还有两分本钱。可将来的日子……指不定会有多惨呢。”

顾怀柔眉头皱得死紧：“大夫也没办法了吗？”

“没有了。”桃花叹息一声，抬眼看着她们，“梅夫人有句话说得好，这院子里靠男人是过不好日子的，只能女人之间相互帮衬。如今我正得宠，也不介意拉各位一把。但你们可愿在我将来落魄之时，也拉我一把？”

这买卖多划算啊，谁会不愿意？古清影和南宫琴一口便答应下来。顾怀柔倒是盯着桃花看了许久，眼里满是惋惜地说道：“你的命运怎么这么坎坷？”

“有什么办法呢？”桃花低头捋着袖口，“都是上天安排好的，挣扎也没用。”

“好。”顾怀柔点头，“那我以后会帮你，虽不能帮你重新得宠，但让你衣食无忧还是没问题的。”

感激地看了看她，桃花笑着点头，又看向旁边两位娘子：“既然你们答应了，那我就去同爷说，咱们雨露均沾，谁也少不了。”

“娘子真是大度。”古清影笑眯眯地道，“多谢了。”

南宫琴跟着颔首，话不多，眼里的神色倒是更诚恳。

然而，这几个信誓旦旦保证不会说出去的人刚离开争春阁没几个时辰，姜桃花不能生育的消息就传遍了半个丞相府。

“主子。”青苔抿唇，“那三位娘子可真不靠谱，亏您这么相信她们，她们却转头就把话传出去了。”

“有什么奇怪的？”拿银针试了燕窝之后，桃花开心地喝起来，“世上为什么没有不透风的墙呢？就是因为人的嘴巴又没被缝上，当着你的面儿说的是绝对不会泄露出去，可是一转身难免有与人聊天的时候，一冲动就把话传出去了。一传十，十传百，还不得闹得满府皆知？”

青苔恍然大悟：“您故意的？”

“不然呢？”桃花看一眼这傻丫头，摇头道，“我难不成还真的蠢到会拿自己的秘密跟人交心，以求多个朋友？这人心隔肚皮的，傻子才会这么想。真正的秘密就该自己藏着，谁也不能告诉。”

青苔点头，算是又学会了一点东西。逢人只说三分话，哪能全抛一片心？

不过，府里闹得沸沸扬扬的后果也不太好，晚上的时候，沈在野黑着脸就来找她算账了。

“你在乱传些什么东西？”

桃花眯眯地看着他问：“妾身不能生育，爷会嫌弃吗？”

“少废话。”沈在野拎她起来放在软榻上，严肃地道，“在盘算些什么，提前给我说清楚了！”

“妾身只不过觉得高处不胜寒，想在院子里多交几个朋友罢了。”桃花一脸无辜地道，“若是不这么说，谁会放下戒备真心跟妾身好啊？”

交朋友？沈在野冷笑：“你交朋友干什么？”

“夫人在这院子里广结善缘，处处逢源，妾身怎么能不学着点？”桃花看着他的眼睛道，“万一以后有个什么事儿，说不定还能有人帮忙呢。”

沈在野微微一顿，看清她眼里的神色，皱眉想了想：“你要跟梅氏过不去？”

“不可以吗？”桃花微笑，“爷还不是准备跟太子过不去了？”

“你……”沈在野脸色不太好看，“你怎么知道梅氏跟太子的关系？”

“您忘了？”桃花挑眉，妩媚一笑，“妾身可是在东宫待了大半个月呢，该见的人都见着了，太子做事也没回避妾身，这些东西还能不知道吗？先前妾身还奇怪秦解语为什么会那样听夫人的话，如今妾身也明白了，秦廷尉与梅奉常的关系也不错吧？”

看了她一会儿，沈在野摇了摇头：“穆无垠果然是难成大事，竟然对你毫无防备！”

“太子最大的缺点只是识人不清罢了。”桃花耸肩，“他也有谋略，只是遇见了你我这两个坏人，一个负他信任，一个负他真心。”

相比之下，南王就厉害得多，所交之人，都是有本事又靠谱的，绝对不会害他。

沈在野哼了一声，心里直叹气。穆无垠那儿让她窥见了端倪，那恐怕很多事情都瞒不住了。

“你想怎么做？”

桃花跪坐起来，认真地看着他道：“男主外，女主内，妾身负责将梅夫人架空，爷只管做爷该做的事。”

架空梅照雪？沈在野笑了：“梅氏做主母也有两年了，府里大小事务都是她在管，你有什么本事架空她？”

“爷只要答应妾身，事成之后，帮妾身一个忙就行了。”桃花道，“其余的，不用爷操心。”

这么厉害？沈在野饶有趣味地看了她两眼：“好，时间可不多，你别让我失望。”

“遵命！”俏皮地行了个礼，桃花抬头，讨好地笑道，“既然如此，那爷是不是也配合妾身一番，今晚去古娘子那儿看看呗？”

沈在野脸色微沉，道：“你让我去我便去，那我成什么了？”

“那您别去古娘子那儿，千万别去！”桃花立马改口，瞪眼道，“您去了我跟您急！”

沈在野冷哼了一声，起身便往外走：“本还想多陪陪你，看来你也是不需要。既然如此，那可别怪我无情。”

“爷慢走啊！”桃花挥了挥手绢儿，“下次再来。”

“主子。”青苔哭笑不得，“您这样，爷以后当真不来咱们这儿了怎么办？”

“怕个啥？”桃花拍了拍手，“他不会的。”

他不仅不会，还会配合她好好对后院这一群女人。沈在野又不傻，她做的是跟他利益一致的事，脑子被门夹了才会跟她对着干。

姜桃花猜得没错，沈在野虽然很不情愿，但最后还是去了古清影的院子里。

古氏可高兴坏了，她一直没得什么恩宠，看来姜娘子当真很靠谱，应该说了她不少好话，不然相爷也不会这么快就来了。

“娘子。”贴身丫鬟东篱小声在她耳边道，“管家送了不少首饰过来，又制了新的寝衣，正好赶着送来了。”

这种事情，一向是梅照雪在管。管家会给她送这个，自然也是夫人吩咐了。古清影感激不已，将这恩情记下，然后高高兴兴地沐浴侍寝。

徐管事看着回来复命的丫鬟，笑着朝管家道谢：“有劳。”

“哪里哪里。”钱管家摆手道，“你以往帮我的地方可不少，这点小忙算什么？”

徐管事点头：“古娘子对老身有恩，所以老身帮她一把，这事儿还望钱管家莫要和夫人说。”

“我明白的。”这种私下塞东西的事儿他干得多了，自然不能让夫人知道。

徐管事笑着行了礼，便回了自己的院子里去。

第二天一早，古氏神清气爽地去凌寒院请安，见着梅照雪就行了大礼：“多谢夫人对妾身的照拂。”

梅照雪一愣，也不知道这谢从何而来，不过古氏是刚受宠的人，她自然就欣然接受了，笑着道：“往后可要好生伺候爷，有什么需要，尽管跟我提便是。”

“是。”古氏高兴地在旁边坐下。

柳香君听着可就不太乐意了，说道：“夫人的意思是，只有受宠的人才可以提吗？我院子里最近也缺东西呢。”

梅照雪看了她一眼，道：“府里的用度都是登记在册的，伺候爷的人辛苦些，自然得的东西多一些。你与其埋怨，不如想想办法，看如何才能得爷的心？”

姜桃花坐在旁边喝茶，一声没吭。梅照雪倒是一眼扫了过去，笑道：“姜娘子好不容易回来，受的罪也不少，就不必这么频繁地来请安了，好生休息就是。”

“谢夫人。”桃花笑了笑，“既然如此，那妾身就回去待着了。”

“好。”梅照雪目光柔和地看着她道，“你要是实在闲得无聊，可以替我管一管这府里的琐事，最近府里的开销不小，也替我想个法子省省开支。”

还真是什么难往她身上甩什么啊，这种得罪人的事，为啥要她来做？

桃花掩唇咳嗽了两声，一脸无精打采地说道：“夫人也知妾身应该好生养着，操劳不得，这些琐事，妾身想必也是帮不上什么忙的。”

“话是这么说。但这院子里如今除了你，我也不知还有谁能帮着做点事。”梅照雪叹息，“段氏和秦解语都没了，孟氏也没了。新上来的两位娘子尚还不熟悉规矩，这样看来，只有……”

“夫人，妾身可以帮忙啊！”柳香君连忙抢过话头来，“妾身对这府里的事算是熟悉，节省开支这样的事也不是不会做。”

梅照雪愣了愣，众人也都齐齐扭头看向她。

桃花抬手捂住了自个儿的眼睛，心里偷乐，人人都想推的差事，她还一个劲儿地往自己身上揽？

听得梅照雪刚才的一番话，她直接推辞，心里想着这活儿多半是要落在顾怀柔身上的，谁知道半路杀出个柳香君，满腔热血，一副要干大事的样子。

梅照雪沉默了一会儿，看着她问："你确定你能做好？"

"这有什么难的？"柳香君笑吟吟地道，"您放心好了，您的吩咐，妾身一定好好完成。"

人家都这么说了，再拒绝也未免让人脸上不好看。梅照雪只能迟疑地点头，又看了姜桃花一眼。

算她走运，居然还有个傻子冲出来争抢。

不过顾怀柔很是担心，一离开凌寒院，便拉着桃花的胳膊皱眉道："这要怎么办？以柳氏的性子，定然会搅浑水，您最近好不容易跟众人的关系融洽……"

"她若有那个本事搅到我头上，就算她厉害。"桃花轻笑。

如今这院子里，除了梅照雪对她还有点心思，谁还敢轻易惹她？柳香君揽下这差事跟她可没什么关系，她安全得很。

既然安全，那她在岸上看着就行了。

顾怀柔点头，总算放心了些。桃花看了看她道："你晚上回去在院子里备些清凉油，再跟按摩师傅学学推拿之法，爷要是去了，也能解解乏。"

"爷会来吗？"顾怀柔一愣，"他许久没来我院子里了。"

"会来的。"桃花肯定地道，"你做好准备便是。"

沈在野最近要有大动作，自然会在后院里多走动，她猜也猜得到，除了梅氏，其他人都会受宠。

然而别人是猜不到的，看她这么胸有成竹，只当是她在沈在野面前替她们说好话，争恩宠。后头不远不近跟着的古氏和南宫氏一听，立马就迎了上来。

"多谢娘子照拂。"古清影笑吟吟地拉着桃花的手道，"没有娘子，我不知还要被冷落多久呢。以后娘子有事，我必定全力相帮。"

南宫琴微微颔首，一双眼略带渴望又含蓄地看着她。

"没什么好谢的。"桃花看着她们道，"咱们既然已经认了姐妹，那自然是要相互帮忙的，你们也都准备着吧，说不定爷什么时候就去了呢。”

“好。”古清影笑着拍了拍她的手，“那就有劳姐姐了。”

顾怀柔安静地看着，没吭声，等这两人走了，才低声道：“看起来可真不靠谱，她们大概也是为着恩宠才围来您身边的。”

“她们为什么来的不重要。”桃花耸肩，“能围过来就行了。”

这相府里的主母有两大作用，一个是平衡姬妾关系，另一个是管理府中用度。用度方面桃花插不了手，但把前者的差事揽过来，简直是太简单了，毕竟姬妾最看重的还是沈在野的恩宠。

她总能猜对沈在野下一个会去谁院子里，提前不要脸地抢个功，没几天的时间，所有人都觉得相爷对她言听计从，自然就都爱往争春阁走动了。

“主子。”凌寒院里，绣屏皱眉跪在梅照雪身边道，“最近来咱们院子里请安的人可是越来越少了，几个娘子都爱往争春阁跑，只有您亲近的几个侍衣还在这儿晃荡。”

梅照雪安静地摆弄着茶具，脸上依旧一片平静：“人往高处走，这有什么奇怪的？姜氏那儿有她们要的东西，她们自然趋之若鹜。”

“可是，奴婢总觉得姜娘子这次回来，像是野心勃勃要夺您的位置似的。”绣屏皱眉，“您没发现吗？这才几日，府里的人都拿她当神一样供着，地位仅次于爷，那又将您放在了哪里？”

“想夺我的位置？”梅照雪笑了笑，“我先前就让她试过管这府中之事，结果如何？爷心里也该明白，她不适合当夫人。”

绣屏摇头：“可是爷现在好像比以前更喜欢姜氏了，以前还没像这样肯听她的话的。奴婢担心一直这样下去，爷迟早被姜氏迷惑，直接将您的位置给她了。”

梅照雪抬眼看了看她，绣屏连忙低头。

屋子里安静了片刻，梅照雪轻叹了一口气：“你傍晚的时候悄悄去给古氏送信，让她过来一趟。”

“是。”

两年多了，头一次有人妄图骑到她的头上来。梅照雪皮笑肉不笑地将茶杯叠在一起，动作优雅地将茶具收了起来。她心里想，跟她斗，姜桃花还嫩了点吧。

傍晚的时候，沈在野让人知会了南宫琴今晚侍寝。桃花得意地笑了笑，心里打着小算盘道："一点没错，下一个又轮到顾氏了。"

青苔从外头进来，凑到她旁边小声道："主子，古娘子去凌寒院了。"

"去得好啊。"桃花眯了眯眼，"还当真是她。"

虽说她是故意让她们把自己不能生育的消息传出去的，但到底是谁说的，她还是很好奇。在她们三个人侍寝的时候，桃花都让徐嬷嬷以夫人的名义送了奖赏过去，南宫琴和顾怀柔都没什么反应，只有古清影谢了梅氏的恩。

已经跟她达成协议，又对梅照雪示好，想必不是一心一意与她站在一起的，那消息多半就是她泄露的了。

古氏还是当初答应得最利索的人呢，没想到出卖她时也是最利索的。所以这交朋友啊，还是等摸透了底细再交心比较好。

"柳侍衣那边怎么样了？"桃花问。

提起她，青苔就浑身不舒服，说道："还是那样，一直在府里晃悠，看见什么地方开支大了，当即让人家改。有人不服气，她就抬出夫人来，把人好一顿数落。夫人那边气得不行，还得夸她尽心尽力。"

就知道会是这样的结果，桃花乐得在床上打滚，说道："什么叫搬起石头砸自己的脚，夫人还不太了解柳氏这性子，我要是她，当场就会拒绝柳氏。她本是想甩个得罪人的事给我，没想到怨气还是全积攒到了凌寒院，而且恐怕比她亲自去做还多吧。"

青苔心有余悸地点头："爷本来还想在咱们院子里修个水池的，竟然也被柳侍衣拦下了。"

这么厉害？桃花眨眼："修水池干什么？"

"不是您昨天说咱们院子离花园有点远，看个锦鲤都不方便吗？"青苔道，“爷听说了，就打算让人直接在后院里修个鱼池，养鱼给您看。”

啥？桃花傻眼了：“这么宠我？他又想做什么？”

沈在野一对她好就没什么好事，这她心里清楚得很。

青苔摇头：“奴婢不知道，爷也好久没来咱们院子里了，忙着宠别人呢，可能是怕主子伤心，所以安慰安慰您吧。”

她有什么好伤心的？有钱有权的男人三妻四妾也是平常事，沈在野那种身份的人，也不可能一直围着她一个人转，她要是想不开，那就是跟自己过不去啊。

第十五章
毁容

瞧着时辰已经快到子夜，桃花也没再多想什么，直接钻进被窝准备睡觉。青苔拿了灯出去，仔细地将门关好了。

然而她还是忘记了关窗户，有人从窗户进来，悄无声息地爬上了床。

桃花被声响惊得睁开眼，身子僵了僵，伸手一摸这人的腰，便长出了一口气，抱上去撒娇道："爷要吓死妾身不成？这偷偷摸摸的，是要做什么？"

沈在野挑眉："你怎么知道是我？"

"这还不简单？"桃花捏着他的腰道，"妾身对这儿很熟悉，一抱就知道。"

沈在野轻哼一声，搂着她，任由她压在自己胸膛上，问道："你最近又在算计我？"

"哪有？"桃花嘿嘿直笑，"爷要做什么事，妾身可是一点都没插手啊。"

"那你是怎么知道我要去谁院子里的，还每次一算一个准？"沈在野眯眼，"你在我身边安插了人？"

"这个在您身边有人也没用啊，除非在您肚子里安插蛔虫才行。"桃花一本正经地道，"没错，您肚子里最大的那条蛔虫是妾身的虫！"

本来还有些严肃的，一听这话，沈在野失笑，伸手就掐了掐她的脸："你倒是厉害，给了那虫子多少好处？"

桃花扭啊扭地爬到他身上，笑眯眯地道："爷，说正经的，您准备怎么对付太子？"

沈在野笑意微顿，看了看身上的人，黑暗之中眸子里还泛着清冷的光，但里头的神色怎么也看不清楚。

“你在担心他？”

“也不是担心。”桃花撇嘴，“他会有怎样的下场，妾身一早就清楚，只是随口问问罢了。”

随口问问？沈在野冷笑，想起她在接天湖边凝视穆无垠那眼神，心里就莫名觉得烦躁：“你怕是想救他一命吧？”

桃花心虚地摇头，道：“妾身哪有那本事啊，只是太子毕竟算是对妾身有恩，爷能保他一条命的话……”

“不能。”沈在野平静地打断她的话，伸手将她从自己身上拨开，闭眼道，“那不是你能管的事情，老老实实在后院里待着吧。”

这条路看来是走不通了，桃花嘟嘴，不悦地背对着他躺过去。

每次都是她贴上去抱，这人还说挥开就挥开，老娘不抱了不行吗！

两人安静地各自睡觉，沈在野却没能睡着，皱眉侧头，看了看旁边的人：“你闹什么脾气？”

“谁闹脾气了？”桃花哼哼道，“抱得手疼。妾身只是想好好睡觉而已。”身后的人一阵沉默，桃花噘着嘴在心里发誓，绝对不主动抱他了！弄得好似她有多离不开他似的！谁稀罕啊？！

沈在野等了一会儿，等这人的呼吸均匀，终于睡着的时候，才伸手将她抱回来，让她搂着自己。睡着了的桃花把发过的誓忘得一干二净，吧唧着嘴又把旁边的人抱得死紧。

“傻子。”屋子里有人低笑了一声，然后便安心地拥着她入眠。

第二天一大早，沈在野已经不见了，桃花也没问他去了哪里，自顾自地收拾好，便去厨房逛了一圈。

府里节省开支，最惨的自然就是厨房的采买，往日里是个捞油水的活儿，如今却是个烫手山芋。这不，远远看见桃花往这边走，负责采买的刘管事连忙迎了上来。

“姜娘子！”

看着眼前这人，桃花笑了笑：“有什么事？”

“您……您是大慈大悲的观世音，求您救救奴才吧！”刘管事直接在桃花面前跪下了，可怜巴巴地道，“夫人让节省开支，这府里的肉和菜又都是从贵的地方进的货，奴才夹在这中间，还得倒贴银子，这日子可怎么过？”

桃花微微挑眉，很无奈地道：“我怎么能帮得了你？我也只是个娘子罢了。”

“徐管事说，您是乐于助人的。”刘管事连连作揖，“她那事儿，不也是您给做主翻的案吗？奴才这点小事……还望娘子帮个忙。”

看了他一会儿，桃花示意他起身，到旁边去细说。

“府里的菜和肉是从什么地方进的货？”桃花问。

刘管事苦着脸道：“就是从夫人娘家的远亲那儿进的，夫人说了，那儿的肉和菜最新鲜，可价格也最贵啊。偏生现在又是夫人下令节省开支，昨儿柳侍衣过来说，以后每日买菜只有十两银子，那岂不是要饿死半府的人？”

“这事你不如直接去找夫人说啊。”桃花道，“既然是她的亲戚，命令又是她下的，解铃还须系铃人不是吗？”

“奴才哪里敢？”刘管事摇头，“夫人只会觉得奴才办事不力，另换人来做，那奴才该何去何从啊？”

听他说得也有道理，桃花笑了笑：“既然夫人那儿不能说，那你不如直接去跟相爷说吧。”

刘管事一愣，有些迟疑地道：“奴才哪里有机会能见相爷？”

“这个简单。”桃花道，“相爷最近爱去花园里逛，到时候我让青苔带你过去便是。”

“多谢娘子！”刘管事连忙行礼，“只是……万一夫人怪到奴才头上，会不会还是要赶走奴才？”

“不会。”桃花摇头，“你都到爷面前说话了，她若再动你，不是明摆着和爷过不去？放心吧。”

有道理！刘管事感激涕零地拱手：“徐管事所言不假，娘子真是菩萨心肠！”

这话夸得她都不好意思了，桃花笑了笑，与他作别便回去睡回笼觉。

“夫人这真是自己跟自己过不去啊。”青苔跟在她身后感叹道，“好端端的，为什么要节省开支？”

“因为秋季相爷会查府里的账本。”桃花懒洋洋地道，“先前她把账本给我管的时候，府里的开支比前几个月少了一半，账面上却没什么不对，前后一对比，自然让她脸上不好看。”

说起来这也是因果循环，她管账的时候府里闹腾得很，各种各样的麻烦接踵而至，不过与此同时，闲得无聊乱花钱的姬妾也就少了。府里的人顶着狂风骤雨，生怕惹事上身，背地里捞的油水也跟着少了些。

她倒是没特地做什么，这样的结果，也算是福祸相依。

青苔幸灾乐祸地拍了拍手：“那夫人可就得多花点心思了。”

桃花接着往前走，心想梅氏现在可不只是要在节省开支上花心思，她在这府里的人心，也是失尽了。

梅照雪没有意识到下人的问题，她在意的只是桃花与府里几个比较重要的娘子坐了一条船。先前的三足鼎立和两分局面已经被打破，重新洗牌之后，自己竟然比姜氏差了一截。

“姜娘子太会做人了。”古清影嗑着瓜子道，“她不跟人争，也不跟人抢，谁跟她好，谁会就得爷的恩宠，那这府里的人还不巴巴地捧着她？不是妾身要多嘴，夫人您再懈怠，指不定哪天就让她抢班夺权了。”

“你不也是捧着她吗？”梅照雪淡淡地笑了笑，“所以得的恩宠也不少。”

古氏一愣，放下瓜子跑到梅照雪身边道：“妾身这还不是为将来打算吗？她送的恩宠，不要白不要，但妾身的心是向着夫人您的呀。令尊最近对家父提拔有加，妾身定然是会帮着夫人的。”

古氏话说得漂亮，其实也是个哪儿有好处往哪儿钻的人，还会讲什么情义？梅照雪勾了勾唇，抿了口茶水道："如今算来，最得宠的还是你跟南宫氏，你们都是侍衣上来的人，她怎么没同你一条心？"

"同是侍衣，也不是很熟。"古清影撇嘴，"她那人不爱说话，又有点死脑筋，真以为可以靠姜娘子一辈子呢！"

"是吗？听说她哥哥最近也刚入朝。"梅照雪垂眸道，"有空还是带她过来凌寒院走走吧。"

"好。"古清影应下，笑着退了出去。

梅照雪看着案上的三个茶杯，拎起一个来，丢进了旁边的水盆。

两天之后，顾怀柔一脸尴尬地来找桃花了："姜娘子，出了点事儿。"

桃花正午休呢，打着哈欠看着她："又怎么了？"

"妾身的父亲先前不是调做内史了吗？"顾怀柔抿唇，"今日收到消息，又转做了宗正。"

"这是好事啊。"桃花道，"升官了。"

"可……"顾怀柔皱眉，"先前朝中一直有消息，这个位置该是南宫酒的，眼下南宫娘子怕是在生气，今儿遇见我都沉着脸，一句话没说就走了。"

桃花道："朝廷上的调度，关你们什么事呢？她大概也就是一时想不开，过几天就好了。对了，大魏的宗正，是不是管理皇族事务的？"

"正是。"

心里一喜，桃花连忙拉着她的手道："那之后你可能得帮我一个忙。"

顾怀柔点头："只要是娘子的吩咐，我必定尽力。"

那可真是太好了，桃花笑弯了眼，这条路一铺，她就有能力还人家的恩情了。

但是，第二天晚上，在顾怀柔沐浴准备侍寝的时候，温清阁里竟然有丫鬟失手，将一桶还没来得及兑凉水的热水朝顾怀柔兜头倒了下去。

姜桃花赶到的时候，顾怀柔将自己锁在房里谁也不见，连医女都只勉强给她涂了药膏，便被赶了出来。

“怎么样了？”桃花皱眉拉着李医女问。

李医女连连摇头：“整张脸被烫伤，身上也被烫红了大片，容貌算是毁了，命还在都算不错。”

桃花倒吸一口凉气，女人毁了容貌，有几个还愿意继续活下去的？

“你确定她命还在？！”

李医女一愣，还没来得及回答，就见姜桃花一脚将锁着的门踹开了！

顾怀柔头上盖着黑纱，正准备悬梁自尽。

“哎！”桃花吓了个半死，连忙让青苔把她抱下来，拿绳子将她的双手捆在背后，“你这是干什么！”

顾怀柔沙哑着嗓子道：“我这一辈子从来没有这么丑的时候，活着也没什么用，不如死了算了！”

“女人难不成只能靠脸活啊？”桃花安慰道，“你先冷静一下，咱们再想办法，府里应该有不少生肌养颜的药……”

“没用的。”顾怀柔摇头，“我这样子自己都看不下去，没救了！”

女人的容貌何等重要，她的脸变成这样，沈在野怎么可能还会亲近她？这院子里没了恩宠，她活着还有什么意思？

桃花伸手想掀开她头上的纱罩看看，顾怀柔却像是受了很大的惊吓，连连后退，吼道：“你们都出去！”

“娘子。”李医女皱眉，“让奴婢在这儿照顾吧。顾娘子现在情绪不稳，人多了对她没好处。等她平静下来的时候您再来。”

“好。”桃花起身，深吸一口气道，“我一定会让爷严惩那丫鬟，你放心吧。”

顾怀柔大哭，声音里满是绝望，听得人心跟着发颤。青苔连忙将自家主子拉了出去，院子里，沈在野刚好带着梅照雪赶过来。

“那丫鬟人呢？”沈在野沉声道，“出了这么大的事，可不是一句失手就能遮掩过去的。”

桃花抿唇，看了梅氏一眼，挥手让人把那丫鬟带了上来。

“相爷饶命！”小丫鬟吓得浑身发抖，“奴婢当真不是故意的！”

“不是故意的？”沈在野眯眼斥责，“那么滚烫的水，你提的时候感觉不到？竟然还朝着主子兜头倒下去！这若不是故意，那什么叫故意？！”

小丫鬟哭着道：“奴婢当时有些走神，一时提错了桶……”

“这丫鬟看着好生眼熟。”梅照雪突然开口道，“但妾身有些想不起来是在哪儿见过了。你们想得起来吗？”

她后半句是看着旁边的柳氏和南宫氏等人问的，柳香君自然是一脸无辜地摇头，南宫琴顿了顿，也摇头。

“都不认识？”梅照雪微微皱眉，“奇了怪了，主子不认识。那其余的丫鬟认识吗？这小丫头平时跟谁玩得好？”

身后的绣屏连忙道：“奴婢想起来了，前几日夫人在府里闲逛的时候，在花园拐角差点被两个丫鬟冲撞，其中一个就是这丫头，还有一个……好像是南宫娘子身边的碧荷。”

桃花一愣，侧头看向旁边站着的碧荷。后者吓得脸都白了，连忙跪下道：“夫人明鉴，奴婢和涟漪没什么来往，只是那日刚好在路上碰见，所以一起走罢了。”

“是吗？”梅照雪笑了笑，“那倒是我多想了，既然是涟漪的罪过，又害得顾娘子容貌尽毁，那爷可要严惩。”

沈在野看了她两眼，沉声道：“拖下去打一百板子。”

一百板子！摆明了就是没打算给涟漪留命。不过顾氏也丢了半条命，这惩罚算是她罪有应得，故而桃花没开口阻拦，眼睁睁看着涟漪被人拖了下去，一路哀号。

不过，即便是知道要死了，涟漪也没说出别的什么话，看起来当真像是她的无心之失。

然而，因着梅照雪刚刚的话，柳香君一连看了南宫琴好几眼，还低声问：“真的跟你没关系？”

南宫琴皱眉，摇头道：“会跟我有什么关系？我与顾娘子无冤无仇，做什么要这样害她？”

"哎，不是听说她爹抢了你哥哥的宗正之位吗？"柳香君眨眼道，"你和她难道不是闹掰了？"

"没有的事。"南宫琴气得直哆嗦，"柳侍衣莫要信口开河，万一有人当真，把这罪名算在了我的头上，那岂不是太冤枉？"

沈在野看了这边一眼，微微皱眉。

抬头对上他的目光，南宫琴一愣，相爷的眼里也是有怀疑的，他也怀疑是她做的？她气不打一处来，当即跪了下来委屈地说："爷明鉴，这事儿跟妾身当真没什么关系！"

说来也尴尬啊，没什么证据能证明这事是她做的，但偏生所有人都会怀疑她。南宫琴觉得憋屈极了，又没什么好解释的，急得红了眼。

沈在野摆手道："不是你做的就罢了，都散了吧，我去看看顾氏。"

"爷。"桃花皱眉，"顾氏现在情绪不稳，最不想见的肯定就是您，您还是别进去了，在门外跟她说会儿话即可。"

沈在野点头，叹息一声，挥手让其他人出去，自己站在门口跟里头的顾氏说话。

跨出温清阁，桃花仔细想了想，这前因后果是不是也太巧了点？顾氏的爹刚拿到了南宫酒的宗正之位，转眼顾氏就出事了，还跟南宫琴扯上了关系。

"南宫娘子。"瞧着梅照雪从旁边要追上前头的南宫琴了，桃花连忙喊了一声。

南宫琴红着眼睛回头，梅氏的步子也是一顿，然后若无其事地继续往前走。

"娘子也怀疑是我？"南宫琴皱眉。

"没有。"桃花摇头，"我觉得不是你。"

南宫琴眉头微松，眼泪吧嗒吧嗒就往下掉："本以为您和顾娘子关系最好，要来问我的罪呢。"

"怎么会。"桃花抿唇，看着前头走着的梅照雪，低声道，"不过你的丫鬟为什么会跟涟漪在一起，还被夫人撞见了？"

旁边的碧荷连忙道："真的只是碰巧而已！"

"那夫人可想得真多。"桃花侧头看她，"你得罪过夫人？"

南宫琴皱眉，想了一会儿道："这几日古氏拉我去凌寒院坐坐，我都推了没去。"

被姜桃花这么一提点，南宫琴倒是想起来了，该不会是这一点得罪了夫人，所以今日这样拉她下水？好歹是正室，心眼怎么会这么小？

"既然有人要朝你泼脏水，那你就待在屋子里别出来了，躲过这一阵子再说。"桃花道，"至于顾娘子那边，我会替她找最好的大夫和药。"

"好。"南宫琴点头，朝桃花行礼之后，皱着眉回了自己的院子。

她刚回去没多久，凌寒院又来人请她过去。南宫琴冷哼一声，直接闭门谢客，称病不见人。

梅照雪微微不悦："这人可真是固执。"

古清影笑道："不懂事嘛，所以惹麻烦上身了。顾娘子这一遭算是毁了，姜娘子想必也不好受，应该没空再跟您争了吧？"

"她没空才怪呢。"梅照雪低笑，捏着帕子道，"府里最近不少人去爷面前诉苦，说我最近节省开支，给他们添了不少难题，活儿都要干不下去了。"

古清影一愣："这些奴才胆子这么大？"

"还不是背后有人撑腰的缘故？"梅照雪道，"既然如此，也不用节省开支了，你们该用的就用，缺什么都去账房领就是。"

"多谢夫人。"古氏笑道，"姜娘子也是太单纯了，想收买人心，可府里的用度到底还是捏在您手里呢。"

古氏在一边叽叽喳喳，梅照雪也没见有多高兴，她只靠在窗边，看着外头的阴雨天。

又是一场雨要来了。

府里的用度一松，桃花也没客气，将悬壶堂最好的大夫和最贵的药都弄进了温清阁。

冷静了一天，顾怀柔终于算是清醒了，乖乖让大夫看诊，认真吃药抹药，只盼着能消除脸上身上的伤疤。

桃花坐在外室看着，心里不免觉得悲戚。女人这一辈子真的太惨了，仰着男人鼻息过活也就罢了，一旦没了好看的脸，竟然只有死这一条路。

出来的大夫都连连摇头，低声对她道：“饶是用最好的去痕膏，这疤痕怕是也要三五年才能淡下去。”

桃花皱眉，让青苔带着大夫们下去领赏，然后坐到顾怀柔床边道：“我明日给你做个好看的面具，如何？”

顾怀柔沉默，屋子里一片安静，就在桃花以为她不会开口说话的时候，她却低声道：“这不是偶然的，我能感觉到，是有人故意害我。”

桃花微微一顿，皱眉：“可涟漪已经……”

“被打死了是吗？”顾怀柔冷笑，靠在床头上，头上的黑纱微微晃动，“也不知是不是杀人灭口，反正我是毁了，背后那人怕是也奸计得逞了。”

“姜娘子，你很聪明，能帮我报这仇吗？若是能报，怀柔愿为您当牛做马，以还恩情。”

桃花抿唇：“你都这样说了，我自然是会帮你的，只是现在也不知从何查起。”

“那涟漪父母健在，父亲瘫痪在床，家就在国都边儿上的乡镇里，娘子若是有心，可以让人去查查，看能不能找到什么蛛丝马迹。”顾怀柔道，“若实在没有办法……那，我也只有凭着直觉找人报仇了。”

“你别冲动。”桃花拉着她的手道，“我会替你去查清楚的。”

这事看起来是个无头案，但女人的直觉一向很准，姜桃花决定相信顾怀柔一回。

回了争春阁，沈在野已经在里头等她了，看起来心情不是很好。

“爷？”桃花看着他，“您这是在为顾氏的事难过吗？”

“不是。”沈在野揉着眉心道，“皇上今日微服出宫去堤坝上查看情况了，回来对南王大加夸奖。”

这不是好事吗？桃花不解地看着他：“那您有什么不高兴的？”

“夸奖的同时，陛下把巡营的任务也交给他了。”沈在野皱眉，“那傻子答应得可快了，我拦都拦不住。”

巡营？桃花摸了摸下巴：“听起来是个苦差事，不过也挺好的啊，让南王与军营里的人熟悉熟悉。”

“吃力也不怎么讨好的事，做那个干什么？”沈在野不悦地道。

桃花看了他两眼：“爷知道南王是怎么想的吗？”

“我如何能知道？”沈在野皱眉，“他最近避我避得厉害，也不肯多说话。”

“妾身觉得，您与南王之间缺了点沟通。”桃花自然地坐上他的大腿，认真地道，“南王年纪虽小，却有自己的想法，做事也有条有理，您看修筑堤坝之事，陛下最终不是仍旧夸奖了他吗？甚至还主动给了巡营的任务。”

沈在野微微一愣，垂眸思索。看起来好像的确是这么回事，但他也不知道南王这是因为运气还是别的原因。在他看来，穆无暇太过固执，不懂权术，应该听他的话来做事才最妥当。

“您别总拿他当孩子看啊。”桃花眨眼，“帝王家出身的孩子，又经历过不少大事，也不是什么都不懂。他缺机遇，您可以给机遇，但剩下的路，您不妨就放手让他自己走。”

放手？沈在野眉头皱得更紧了：“你竟然觉得他这样死心眼的行为是对的？”

“没什么错啊。”桃花耸肩，“差事是苦，但是陛下亲自给的，为什么不先做好呢？万一他推辞，惹了皇上生气，那岂不是得不偿失？”

“不用他推辞。我自然会帮他。”沈在野道，“但他半点都不肯配合……”

桃花失笑：“爷就是太自信，从不肯相信别人也是能成事的。您不相信南王，南王自然就不会相信您，这个道理您还不懂？”

话是这么说没错，可……沈在野不悦地抬头看她：“比起我，你更相信南王？”

“权谋方面，妾身自然更相信爷。”桃花道，“但做事方面，相信南王也没什么不对，毕竟您细想他做过的事，哪一件不是妥帖稳当，颇受好评？”

沈在野眯眼想了一会儿，掐住她的腰，往自己怀里压了压：“你这是被南王收买了还是怎么的，竟然给他当起说客来了。”

因为她知道沈在野最后必定还是得听南王的话，腿自然要抱最大的，不帮南王说好话，她还能帮谁说好话？

一撩自个儿的裙摆，桃花摆出了很魅惑的姿势：“爷还需要妾身深入说服您一下吗？”

沈在野嫌弃地将她拎开，道：“我还有事要忙，你顾好后院便行了。”

后院……想起顾怀柔，桃花叹了口气：“爷有空还是多去陪陪顾氏吧。”

“我自然是会去的。”沈在野道，“最近几天晚上也会在她那儿歇。”

好男人啊！桃花咋舌，其实顾怀柔那张脸现在真的是有些恐怖，他还能陪着，也算是有情有义。

当然，她知道前提是顾宗正也牢牢站在沈在野这边。

“爷慢走。”

送走沈在野，桃花就继续在屋子里查医书找药材。可傍晚的时候，徐燕归竟然来了，脸色还很凝重。

“怎么了你？”抬头看了他一眼，桃花挑眉，“老婆被人抢了？”

“不是。”徐燕归叹息，“我只是没想到顾氏会这么惨，她倒是个不错的人，就是性子急了点。”

听这话，他还对顾怀柔挺了解啊？桃花眨眼，好奇地看着他：“你该不会也总往温清阁跑吧？”

徐燕归没吭声，垂着眼眸不知道在想什么。等了一会儿，他竟然抬头看着姜桃花道：“其实我挺喜欢你的。”

啥？桃花差点被自己口水呛着，一脸震惊地看着他，双手抱胸：“你想干吗？”

“别紧张。”徐燕归道，“我只是说说自己真实的想法，你跟这院子里的女人都不一样，我的确是动过心想帮你，也想着有没有可能以后带你走。但是，看沈在野这个模样，我是没机会了。顾氏这事一出……我倒是挺想照顾她安度余生的。”

桃花目瞪口呆，说道：“你……你知道你自己在说什么吗？顾氏可是沈在野的人！”

“说了你也不懂。”徐燕归眼里满是复杂的神色，“我只是闷得难受，找个人说出来而已，没指望你出什么主意。”

“你就不怕我告诉沈在野你想拐他的娘子？”桃花挑眉。

“不怕。”徐燕归道，“你爱告便去，沈在野是绝对不会拿我怎么样的，可能还得感激我。”

桃花微微眯眼，看了他一会儿，脑子里闪过每个姬妾屋子里厚厚的窗帘，又闪过徐燕归学沈在野声音的画面，突然道：“这院子里的女人，不会都是由你来替沈在野行房的吧？”

徐燕归身子一震，吓得左右看了看，瞪眼道：“你这女人怎么什么都猜得到？猜到了也别说出来行不行？”

还真是这样？桃花受到了惊吓，看了他半晌，才伸手指着自己问：“那你为什么没跟我……”

“这也是我人生中的遗憾。”徐燕归轻笑了一声，“命中注定我要错过你。”

怎么回事啊？姜桃花想不明白了，放着一大堆的女人不睡，沈在野为什么要借别人的手？不举吗？呃，根本不会，那为什么要让人给自己头上戴一堆绿帽子？

“你别瞎想。”徐燕归皱眉道，“我和他只是各取所需，我练功需要女人，他成事不能有女人，所以才会想出这样的办法。”

“原来是这样。”桃花干笑了两声，“那我就是个意外？”

“是。”徐燕归颔首，“只要你能活到他大事完成的那一天，你也必定成为他生命里不可缺少的人。”

算她走运吗？桃花愣愣地看着旁边的花瓶，一瞬间就明白了为什么沈在野三更半夜总会来找她，也明白了为什么他能对自己的女人那么狠心。

因为她们根本就都不是他的女人啊！

姜桃花想了一会儿，心里竟然还有点高兴的意思。她拧了自己一下，看着徐燕归道：“所以你是打算对顾氏的后半生负责，故而来跟我表明心意，一刀两断？”

“算是吧。”徐燕归遗憾地道，“你我真是有缘无分。”

“我可真是冤枉死了。”桃花笑道，“莫名其妙被你喜欢，又莫名其妙被你放弃，到头来你倒是痴心一片，又深情又负责任。我倒是个勾引男人，还辜负人家一片真心的坏人了？”

徐燕归一愣，皱眉想了想：“好像还真是这样。”

“那不行，你得补偿我。”桃花笑道，“起码和顾氏以后要是正式成亲，得给我发个喜钱。”

成亲？徐燕归摇头：“你想到哪里去了？我只是打算以后接她回燕归门养着罢了。”

桃花脸上的笑容一顿，眯眼：“你也嫌弃她毁容了？”

“倒不是这个原因，而是本就没什么感情，只有责任罢了。”徐燕归道，“总不能还要我跟她白头到老吧？”

桃花皱了皱眉，摇头道：“你既然只是这么想的，那现在还是别去打扰她了，没了美貌已经够让她伤心了，要是发现和自己同床共枕的人一直不是沈在野，那她真的会想死的。”

“我比沈在野差了不成？”徐燕归冷哼，“论相貌，我可不输他。论地位，他这区区丞相，在江湖上也不算什么。”

“不是这个原因。”桃花摇头，“总之你既然对她没感觉，就别去伤害她了。万一出什么事，沈在野会拿你是问的。”

徐燕归撇了撇嘴，道：“还早呢，我就是心里烦，先跟你说一声。时候不早了，我去温清阁那边了。”

“好。”目送徐燕归飞身出去，桃花低头继续看医书，看了一会儿才想起来，一拍桌子怒道，“我还夸沈毒蛇是个好男人，他这又是在做表面功夫啊！”

这也太狠了，看来她猜得果真没错，这大魏的丞相，他并没有想干一辈子，所以什么牵挂也没留，到时候要走，也是无牵无挂。这样的人，会不会活得太寂寞了？就像搬着帐篷四处流浪一样，帐篷不是房子，好搬，但也给不了人什么安全感。